KB238355

여자의 첫 생일

여자의 첫 생일

여자의 첫 생일

안이희옥 장편소설

문학동네

차 례

거울 앞의 나

　잠결에 모기 소리가 들렸다. 공습경보처럼 날카로운 소리였다. 모기에 쏘일까봐 겁이 나서 자리에서 벌떡 일어났다. 방안은 커튼 사이로 아침빛이 스며들어 어슴푸레했다. 전자모기향을 보니 하얗게 색이 바랜 채 꺼져 있었다. 극성스런 벌레들 같으니라구, 이제는 없어질 때도 되었을 텐데…… 잠이 덜 깬 목소리로 중얼거리며 늘어지게 하품을 한 후 시계를 보았다. 평소보다 이십오 분 일찍 눈을 뜬 것이다. 다시 자리에 누우려던 나는 생각을 바꾸어 이불을 걷고 일어났다. 오늘은 화요일, 기획회의가 있는 날이니까 일찌거니 출근해서 회의 준비를 하는 것도 나쁘지 않을 것이다.

　커튼을 젖히고 창문을 활짝 열었다. 팔월의 태양은 벌써 꽤 높이 솟아 있었다. 창문 오른편의 나지막한 야산과 넓은 들이 신선한 금빛 햇살을 받으며 싱그러운 녹색으로 반짝였다. 창문 왼편으로는 아파트 건넛동의 유리창들이 거울처럼 햇빛을 반사했다. 손바닥만한 잔디밭 앞에 즐비하게 늘어선 승용차의 지붕들도 딱정벌레의 등처럼 매끄럽게 빛났다. 나는 심호흡을 하며 기지개를 켰다. 시외의 맑은 아침공기가 뱃속까지 시원하게 파고들었다. 기분 좋은 날씨야. 경쾌한 몸놀림으로 이부자리를 개어 장 속에 넣었다. 그리고 침실로 쓰는 작은방을 빠져나왔다. 발에 잘 맞는 구두처럼 편안한 십일 평짜리 나의 보금자리는 주인과 함께 깨어 소리를 내기 시작했다.

우선 세수를 하고 머리를 감았다. 욕조가 없는 좁은 화장실이지만 샤워기, 세면대, 양변기 등 필요한 시설은 골고루 갖추어 있어 불편하지 않았다. 매일 아침 머리를 감아야 기분이 개운해지는 나는 수건으로 젖은 머리칼을 말리며 화장실을 나왔다. 한 사람이 서서 일하기에 적당한, 복도만한 주방에는 조그만 냉장고와 식탁이 있었다. 식탁 위의 토스터에 식빵 두 쪽을 넣고, 냉장고에서 우유를 꺼내 큰 잔에 조금 따른 후 커피를 듬뿍 넣었다. 커피가 녹기를 기다려 다시 우유를 가득 따른 후 토스터에서 빵을 꺼냈다.

식탁에 앉아 빵과 밀크커피를 먹으면서 생각했다. 아침에 약간 선선한 바람기가 도는 걸 보니 내 생일이 멀지 않았는데…… 나는 빵을 씹으면서 식탁에서 일어나 큰방으로 갔다. 서재로 쓰는 큰방에는 내가 직접 편집한 책들과 아끼는 책들이 빼곡히 들어차 있었다. 베란다와 통하는 유리문이 있는 벽면에 자리잡은 커다란 책상 위에는 컴퓨터가 화면이 꺼진 채 주인의 손을 기다리고 있었다. 컴퓨터를 잠깐 쓰다듬어주고 책상 위 벽에 붙은 달력을 보았다. 오늘이 화요일이니까…… 1991년도 달력을 눈으로 짚어나가던 나는 이번 주 일요일이 마흔번째 생일이라는 것을 깨달았다.

마흔번째라니! 한 살 더 나이들기를 손꼽아 기다리던 어린 시절에는 마흔 살이란 얼마나 까마득하게 멀리 느껴졌던가! 그런데 그 까마득하게 먼 길을 단숨에 달려와 오늘에 이른 것이다. 식탁에 되앉아서 밀크커피를 마저 마시며 생각했다. 독일 여자 바흐만은 『삼십세』라는 소설을 썼다. 그러나 한국 여자인 나는 서른 살 때 글 쓸 정신이 없었다. 그때는 밤낮도 없이 일하기에 바빴다. 그렇게 생활에 쫓기면서 어느새 사십이나 되었다. 기가 막힌 일이다. 이제라도 나의 삶을 곰곰이 되짚어봐야 한다. 그런 의미에서 이번 생일은 예사롭게 지나쳐서는 안 될 것이다. 일상의 활동을 잠시 중단하고 지나온 날과 다가올 날들에 대해 의식적으로 깊이 생각해 봐야 한다. 마침 일요일이 생일이니 다행이다. 마흔 살이 된 것에 대해 충분히 명상해 볼 수 있을 테니까……

나는 빈 컵과 접시 하나를 재빨리 씻으며 궁리했다. 주말에 어디 여행이라도 다녀올까? 그러나 곧 고개를 저었다. 아무래도 나의 이 작은 집이 쉬기에는 제일 좋다.

다시 작은방으로 돌아와 거울을 보고 머리를 빗었다. 아주 가끔 흰 머리가 하나씩 보이는 머리칼은 짧고 약간 곱슬이어서 빗어주기만 하면 자연스레 자리를 잡았다. 다음에 장롱을 열고 일요일날 다려놓은 외출복들 중에서 녹색 투피스를 꺼내 입었다. 마지막으로 엷은 화장을 하고 녹색에 어울리는 주홍빛 립스틱을 살짝 발랐다.

거울 속에는 이제 정장을 한 노련한 전문직 여성이 서 있었다. 중키에 약간 마른 몸매, 부드러운 둥근 테의 안경으로 날카로움을 가리고 있는 검고 또렷한 눈, 다소 높고 곧은 콧날, 끝이 조금 처져서 고집 있어 보이는 단단한 입매, 타원형의 얼굴을 단정하게 마무리짓고 있는 탄탄한 턱…… 어디 한 군데도 빈틈이 없어 보이는 모습이었다.

사실은 나의 이런 모습이 마음에 드는 것은 아니었다. 도대체 치마 입는 것부터가 못마땅했다. 직장생활을 하다보니 남의 이목이 있어 정장 차림을 하게 되었지만 하고 싶은 대로 한다면 청바지에 운동화, 잠바 차림으로 홀가분하게 다니고 싶다. 이십대의 발랄한 젊은

이들처럼……

　나는 가볍게 한숨을 쉰 후 애써 표정을 밝게 가꾸고 자세를 단정하게 곧추세웠다. 내가 나가면 하루종일 비어 있을 집안을 두루 살펴본 다음 현관을 나섰다. 열쇠로 현관문을 잠근 후 단단히 잠기었나 잡아당겨 보았다. 문은 꼼짝도 않았다. 안심하여 열쇠를 핸드백에 넣고 버스 정류장으로 향했다. 사람들은 자가용을 하나 장만하라고 종종 권유했지만 나는 운전을 배울 생각이 전혀 없었다. 복잡한 도로에서 운전하느라 신경쓸 시간에 버스를 타고 가면서 자유로운 상념에 빠지는 편이 훨씬 나았다. 출퇴근시간의 버스가 만원인 것이 좀 불편했지만……

　출근시간 삼십 분 전에 회사 앞에 도착했다. 회사는 예전에 출판사들이 많이 모여 있던 출판단지 부근에 있었다. 책을 만들고 파는 일이 땅장사보다 훨씬 이익이 적은 탓인지 출판단지는 대기업에 땅을 팔고 말았다. 그래서 출판사들이 뿔뿔이 흩어져간 자리에 이제는 고급아파트가 들어서 있었다. 그 옆의 사층짜리 허름한 건물에 세들어 있는 회사가 내가 다니는 가나 출판사였다. 지하의 다방, 일층의 기사식당과 이층의 당구장을 지나 삼층으로 올라갔다. 책을 잔뜩 쌓아올린 지게를 지고 걸어서 삼층까지 오르내려야 하는 제본소 인부들과 관리부 직원들을 생각하면 너무나 높은 층에 자리잡은 출판사였다. 삼층에는 장사를 하는 영업부와 책의 배본과 보관을 담당하는 관리부가 있었다. 영업부야 별로 넓은 장소를 필요로 하지 않지만 책을 쌓아놓는 창고는 넓은 공간이 필요했다. 사업을 시작한 지 오래 되었거나 장사가 잘 되지 않아 재고가 많은 출판사는 흔히 창고가 비좁아 곤란을 겪기 마련이었다. 가나 출판사도 예외가 아니었다. 삼층 계단에 붙은 영업부의 문을 열자 한구석에 첩첩이 쌓아놓은 책의 재고들부터 눈에 띄었다. 영업부와 칸막이 하나를 사이에 두고 있는 넓은 창고가 가득 차서 밖으로 흘러나온 책들이었다. 나는 저

절로 얼굴이 찌푸려지는 것을 애써 감추며 매일 아침 해온 대로 명
랑하게 인사를 했다.

"안녕하세요?"

영업부 직원들은 반수 이상이 벌써 나와 있었다. 우두머리인 영업
부장이 유난히 부지런을 떨고 닦달을 하는 편이라 게으름을 필 수가
없었던 것이다.

"어머, 일찍 나오셨네요!"

경리 겸 사장 비서일을 맡고 있는 오미자가 반색을 하며 인사를
받았다. 그러나 영업부장은 이맛살을 잔뜩 찌푸린 채 장부에 코를
박고 쳐다보지도 않았다. 십 년 전 내가 가나 출판사에 입사할 당시
부터 여자간부를 쓴다고 불만을 보였던 그였다. 그후 그는 장사가
잘 되면 괜찮고 장사가 안 되면 적개심을 보였다. 사실 장사가 안 되
는 것은 공동의 책임이랄 수 있는데 그는 편집부장이 여자여서 능력
이 모자라기 때문이라고 탓을 했다. 껄끄러운 사람이었다. 그만 문을
닫고 나오려는데 김대리가 나를 불렀다. 김대리는 사장의 친척 뻘
되는 사람으로 두터운 신임을 받고 있었다. 나이는 젊었지만 사실
능력도 있었다. 따라서 관리부 책임자로서 창고일을 도맡을 뿐만 아
니라 책의 제작까지 담당하고 있었다.

"윤부장님, 인쇄소에 한번 가주셔야겠는데요."

"왜요? 인쇄가 또 막혔어요?"

나의 물음에 김대리는 멋쩍게 뒤통수를 긁적이며 대답했다.

"우리가 요새 지불을 통 못 해주니까 그 자식들이 아예 인쇄를 걸
생각을 안 해요."

"지불이 나빠서 인쇄를 안 건다면 내가 간다고 해결이 될까요?"

내가 고개를 갸우뚱하자 김대리가 씨익 웃으며 말했다.

"에이, 부장님 수완이 좋으시면서 뭘 그래요?"

능글능글한 인쇄소 사장을 떠올리며 나는 마지못해 대답했다.

"알았어요. 내가 한번 가볼게요."

"고맙습니다."

김대리의 인사를 뒤로 하고 영업부를 나와 사층으로 향했다. 사층에는 사장실과 편집부가 있었는데 아직 아무도 나와 있지 않았다. 모두가 고등학교 출신인 영업부에 비해 대학교 출신이 많이 섞여 있는 편집부 직원들은 지식인답게(?) 게을렀다.

나는 평소보다 일찍 출근함으로써 생긴 여유를 즐기면서 책상에 앉아 오늘 할일을 점검했다. 오전에는 기획회의가 있었다. 우리 출판사가 기획위원으로 모시고 있는 중견 평론가 이선생과 젊은 소설가 장선생이 열시까지 올 것이다. 평론가 이선생은 내가 존경하는 많지 않은 사람 중의 하나다. 그는 칠십년대의 삼엄한 유신치하에서 민주화운동을 하다가 강단에서 쫓겨난 해직교수였다.

그가 심하게 탄압을 받던 시절의 일화가 있다. 그는 민족문학사를 정립하기 위해 오랜 세월 피땀어린 원고를 써왔는데, 기관원에게 그만 그 원고를 압수당하고 말았다. 보통사람 같으면 애타며 원고를 찾기 위해 애썼을 것이다. 그러나 그는 대범하게 자신의 노고에 대한 집착을 버렸다. 물론 기관원에게 돌려달라고 애걸하지도 않았다. 따라서 미완성된 그의 민족문학사는 영원히 햇빛을 보지 못했다. 그러나 그는 태연자약했다고 한다. 나는 그 일화를 들었을 때, 이선생이 마치 도를 통한 듯 한 차원 높은 경지에 도달한 사람이 아닐까 존경심이 생겼다.

어쨌든 그는 두 번이나 옥고를 치르면서 꾸준히 민주화 투쟁을 전개해 왔다. 또한 민족·민중문학을 열심히 연구하고 그것의 발전을 위해 애써 왔다. 때문에 민족문학진영의 든든한 기둥으로서 독자적인 영역을 개척했고 그를 의지하고 따르는 후배들이 무수히 많았다. 그의 투쟁경력이나 연구성과에 더하여 사람을 포용할 줄 아는 후덕한 인품 덕분이었다.

그를 기획위원으로 초빙한 이후 다양한 정보제공과 진지한 탐구 자세로 인해 많은 것을 배웠다. 그래서 일주일에 한 번 있는 회의가 매우 유익했다. 그러나 최근에 사장의 기색은 별로 좋지 않았다. 사장은 기획의 성과물이 베스트셀러로 나타나 어려운 회사의 형편을 일시에 호전시켜 줄 것을 초조하게 기다리고 있었다. 나는 기획노트를 펼쳐보며 오늘은 이선생이 획기적인 제안을 내놓으면 좋겠다고 생각했다.

오후에는 김대리의 부탁을 들어 인쇄소에 가봐야 했다. 인쇄소 사장이 꼴보기 싫긴 하지만 십 년 넘게 거래해 왔고 어려울 때는 외상으로도 일해 주는 단골이어서 가끔 얼굴을 내밀지 않을 수 없었다. 내가 할일을 대충 계획한 후 직원들의 작업상황을 살펴보기 위해 편집일지를 끌어당겼다. 편집일지에는 직원들 각자가 하룻동안 한 일을 적어넣는 난과 건의사항을 써넣는 칸이 있었고, 차장, 부장, 사장의 서명난이 있었다. 사장은 일주일에 한 번씩 서명을 했고 나와 한 차장은 매일 일지를 살폈다. 가끔 귀찮기도 했지만 직원들의 형편과 개성을 빨리 알 수 있었고 일의 진척상황을 기록으로 남길 수 있어 꽤 유용한 제도였다.

일지를 막 넘기려는데 말단직원인 황명애가 출근을 했다. 황명애는 전문대학을 갓 졸업한 신입사원으로 궂은 일을 도맡아 하고 있었다. 그녀는 일찌거니 나와 있는 나를 보자 깜짝 놀라며 물었다.

"어머, 부장님 벌써 나오셨어요?"

"네. 오늘은 좀 일찍 일어났어요."

"아직 책상도 안 닦았는데……"

황명애가 미안하다는 듯이 서둘러 책상 위를 닦기 시작했다. 나는 말단직원이 책상을 닦아야 하는 것에 부당함을 느꼈다. 각자의 책상은 제각각 닦을 일이었다. 그러나 내가 말단이었을 때는 부당하다는 생각을 억누르고 책상을 닦아야 했고, 상관이 된 후에는 거북한 느낌을 참으며 아랫사람이 책상 닦는 것을 놔두어야 했다. 칠팔 년 전이던가? 처음 편집부장이 되었을 때, 보다 민주적인 편집실 운영을 해보려는 의욕에 가득 찼던 적이 있었다. 말단 때 느꼈던 부당함을 되씹으며 부장인 내가 사무실 청소도 하고 쓰레기통도 비우면서 매사에 직원들과 평등한 관계를 가지려고 노력했었다. 그러자 즉각 이상한 소문이 났다. 가나 출판사에서는 편집부장 대신 고급 급사를 채용했다는 소문이었다. 직원들의 태도도 좋지 않았다. 처음에는 함께 청소하기를 어려워하던 직원들이 점차 나를 친구처럼 친근하게 여기게 된 것까지는 좋았다. 그러나 나중에는 부장으로서의 역할이 필요한 일에도 맞먹으려 하였다. 명령은커녕 지시가 불가능하여졌고 통솔력을 제대로 발휘할 수 없었다. 나는 맥이 빠져서 한숨을 쉬었다. 조직이라는 게 이런 거구나, 이래서 위계질서가 강조되는 거구나…… 고민 끝에 기존의 관습대로 권위를 세워 직원들과 거리를 둘 수밖에 없었다. 거북함을 느끼면서도 청소와 잔심부름 같은 것은 서슴없이 시키는 손쉬운 타협을 한 것이다.

이와 비슷한 일들은 무수히 많았다. 무언가 새로운 시도를 해보려던 젊은날의 나에게는 늘 무거운 압박이 가해졌다. 나는 청바지를 입고 자유로이 뛰어다니는 내면의 모습을 숨기고 정장을 한 전문직 여성의 외양을 갖추어나갔다. 그러면서 점점 말이 없고 신중한 사람이 되어갔다. 필요한 사항 외에는 별로 얘기하지 않는 편집부장의 책상은 유난히 넓고 크고 휑뎅그레했다. 혼자 사는 아파트에서는 외로운 적이 없는 나였지만 여럿이 일하는 회사에서는 문득문득 뼈저리게 고독해지곤 했다. 그것은 지위가 올라갈수록 더 심해지는 증상인지도 몰랐다.

아홉시가 가까워지자 정영숙이 출근했다. 내가 가나 출판사로 옮겨오기 전에 다녔던 하늘 출판사 시절부터 함께 일해온 부하직원이었다. 아니, 부하라기보다 이제는 서로가 없어서는 안 될 절친한 동

료였다. 나는 그녀가 대학을 졸업하고 직장생활을 시작한 이후의 공
적인 모습뿐만 아니라 어떻게 연애를 했고 결혼을 했으며 아이를 낳
았는지 사적인 사연까지 훤히 알고 있었다. 그녀는 성실하고 능력도
있었으나 도무지 욕심이 없었다. 다른 출판사에서 편집장으로 오라
는 제안도 있었는데 내 밑에서 일하는 고참 평직원으로 만족하고 가
지 않았다. 편집장의 책임을 맡게 되면 골치가 아파진다는 이유에서
였다. 아무래도 약간 진취성이 부족하지 않나 싶었다. 그녀보다 늦게
입사한 한경남이 단지 남자라는 이유만으로 차장이 되었을 때에도
불만을 느낀 사람은 나였지 막상 당사자는 태연했다. 직장에서는 별
부담없는 일을 하고 가정에 충실하는 평화로운 생활이 더 중요한 모
양이었다. 그녀는 먼저 나와 있는 나를 보자 뚱뚱한 몸을 사리며 말
없이 웃고는 제자리에 앉았다.
　곧이어 입사한 지 이 년이 지난 서현희가 헐레벌떡 뛰어들어 왔
다. 정각 아홉시였다. 그녀는 나를 보자 혀를 쏙 내밀고는 얼른 자리
에 앉았다. 그리고는 큰 키에 어울리지 않게 책꽂이 뒤로 몸을 움츠
리고 못다한 아침 화장을 성급히 했다. 연달아 문이 열리며 안녕하
십니까 하고 씩씩하게 외치는 소리가 들렸다. 표지와 광고 디자인을
맡고 있는 조민철이었다. 그는 들어오면서 서현희를 보고 한마디했
다.
　"그렇게 찍어바른다고 호박이 수박으로 변할 것 같아요?"
　가벼운 농담에 직원들이 모두 미소를 머금었으나 나는 이마를 살
짝 찌푸렸다. 여자의 용모를 놓고 호박이니 뭐니 빗대어 놀리는 것
을 좋아하지 않았기 때문이다. 서현희도 불쾌한지 조민철을 잠시 째
려보았다. 이로써 한경남 차장만 빼고는 모두 출근한 셈이었다.
　한차장은 아홉시가 훨씬 지난 후에도 나타나지 않았다. 몇 번 주
의를 줬는데도 한차장의 지각하는 버릇은 좀체로 고쳐지지 않았다.
나는 한차장 대신 정영숙에게 오늘 할일을 얘기할 수밖에 없었다.

"오늘은 각 신문사 문화부에 신간을 보내야 되겠어요. 새로 나온 『민중불교』를 두 권씩 넣어 신간 안내문과 함께 출판담당 기자들에게 우송하세요. 신간 안내문은 내가 쓸 테니까 발송작업은 직원들 모두 나누어 하세요. ……그리고, 정치물 교정지는 나왔나요?"

정영숙은 대답 대신 재빨리 조판소에 전화를 걸었다.

"모아 전산이죠? 이과장님 계셔요? ……아휴, 우리 교정지가 왜 이렇게 안 나와요?"

정영숙이 조판소와 통화하는 소리를 들으며 내 할일로 돌아와 신간 안내문을 쓰기 시작했다. 직원들은 매주 월요일에 있는 편집부 회의에서 일주일 동안 할일을 나누어 맡으므로 평일에는 급하거나 특별한 사항만 환기시키면 되었다.

정영숙이 통화를 끝내고 수화기를 놓자마자 내게 전화가 걸려왔다. 『민중불교』의 대표 필자인 목어스님이었다. 스님은 진보적인 동료들과 『민중불교』라는 부정기간행물을 기획했다. 뿐만 아니라 직접 원고를 모아오고 필자교정을 보는 등 궂은 일을 마다하지 않았다. 간단한 인사말이 오고간 뒤 스님이 다짜고짜 물었다.

"아니, 책이 나왔는데 왜 이렇게 조용합니까? 출판사에서 아무런 광고도 안 하니 이래가지고서야 책이 나왔는지 안 나왔는지 독자들이 어떻게 알겠어요?"

"에이, 스님 참 성급하시네요. 그러잖아도 오늘 각 신문사에 신간 안내를 돌립니다. 조금만 기다리시면 기사가 나갈 거예요."

나는 왼손으로는 송수화기를 들고 오른손으로는 신간 안내문을 쓰면서 느긋하게 대답했다.

"신문기자들을 믿을 수가 있나요?"

스님은 가당찮다는 듯 되물었다.

"내용이 워낙 좋으니까 화제의 책으로 다뤄줄 거예요. 염려 마세요."

나는 스님을 어린아이 다루듯 달랬다.

"그래도 광고는 해야지……"

스님이 한풀 꺾인 목소리로 중얼거렸다.

"너무 조급해 하지 마세요. 신간 안내 기사가 먼저 나가고 후에 광고를 치는 게 효과적이니까요. 아무 때나 광고를 하면 별 효력이 없어요."

출판광고에 대해서 훤히 꿰뚫고 있는 전문가처럼 내가 차근차근 설명했다.

"에이, 신간 안내 기사와 광고가 함께 나가는 게 훨씬 좋지, 무슨 소리를 하는 거예요?"

스님이 속세의 일을 잘도 알고 있어서 좀체로 설득당하지 않았다. 나는 신간 안내문을 쓰던 볼펜을 놓고 두 손으로 수화기를 잡으며 정색을 하고 말했다.

"광고 계획은 사장님과 영업부장이 상의해서 적절한 시기를 잡습니다. 두 분 다 책을 잘 팔기 위한 전략에는 뛰어납니다. 우리 출판사의 노련한 영업 감각을 믿으십시오."

자신있게 말하고 있었으나 입안이 말라왔다. 신문사에 밀린 광고료를 지불하지 못해서 더이상 광고를 칠 수 없는 속사정이 있었던 것이다.

"요즘 자금사정이 나쁜 거 아녜요? 원고료도 아직 안 주고……"

눈치 빠른 스님은 퉁명스레 또 하나의 불만을 털어놓았다. 나는 담배를 한대 피워물었다.

"일시적으로 수금이 안 돼서 그렇지 별 탈 없습니다. 곧 드리게 될 거예요."

착잡하여 담배를 피워문 것과는 달리 태연한 어조로 느긋하게 대답했다.

어느 장사나 다 그렇겠지만 특히 출판사가 사정이 어렵다고 소문이 나면 곤란했다. 필자들을 확보하기 힘들어지고 자금 융통도 안 되기 때문이었다. 생각해 보라. 인세도 줄 것 같지 않은 가난한 출판사에 피땀 흘려 쓴 원고를 넘길 저자가 어디 있으며, 돈을 꾸어줄 투자가가 누가 있겠는가?

이때 편집실 문이 쾅 소리를 내며 열렸다. 이어 한차장이 신문을 말아쥔 채 술이 덜 깬 얼굴로 아무렇게나 걸친 양복자락에 바람을 일으키며 들어왔다. 나는 저절로 이맛살이 찌푸려지는 것을 느끼며 시계를 보았다. 아홉시 이십분이 지나 있었다. 한차장을 애써 외면하며 수화기를 통해 들려오는 스님의 목소리에 귀를 기울였다.

"어쨌든 책이 나왔으니 나는 그만 토굴로 들어갈까 합니다."

난데없는 말에 놀라서 물었다.

"토굴이라니요? 스님, 묵고 계시던 절을 떠나시는 겁니까?"

"네. 그 동안 속세 일로 너무 번거로웠어요. 수양을 좀 해야죠."

얄밉도록 현실에 밝다 싶더니 스님은 스님인 모양이었다. 할 말을 잃고 가만히 있는데 스님이 마지막 당부를 했다.

"내가 원고료를 받아서 필자들한테 전해 줘야 하는데, 언제 나올지 모르는 고료를 마냥 기다릴 수도 없고…… 윤부장이 대신 수고 좀 해주세요. 명단과 주소록을 우편으로 부칠 테니까 원고료가 나오면 필자들에게 일일이 송금해 주세요. 그 정도는 해줄 수 있죠?"

"그럼요, 우리 쪽에서 해야 할 일인걸요. 염려 마세요."

한고비를 넘긴 기분으로 나는 가볍게 대답했다.

"사장한테는 내가 따로 전화를 걸어 작별인사를 하지요. 그럼 윤부장도 안녕히 계시고 한 일 년쯤 후에 봅시다."

"네, 스님 몸조심하세요."

당분간 원고료 독촉은 안 받겠구나 하는 안도의 마음 반, 섭섭한 마음 반으로 전화를 끊었다. 애초에 베스트셀러를 바라고 섭외한 필자는 아니었다. 불교의 진보운동을 대변하는 유일한 책이라서 애써 만든 것이다. 본래 가나 출판사는 사회 변혁을 위한 출판문화운동을 목적으로 창립했다. 비록 잘 팔리지 않더라도 꼭 있어야 할 책이라고 판단되면 정성들여 만들곤 했다. 요즘은 재정난으로 양서 출판을 잘 못하고 있지만……

『민중불교』는 기껏해야 삼천 부 기본 부수를 좀 넘어서 재판 정도 찍게 되면 황송해 할 수준의 책이었다. 그런데 스님이 책을 내놓고 많은 독자에게 알려지기를 바라는 것은 당연했으나 광고 치기를 채근하는 태도는 좀 체신머리없이 느껴졌다. 어쨌든 필자는 왕이다! 가능한 한 최선의 대우를 해주어야 한다. 아직도 원고료를 주지 못한 것은 변명의 여지가 없다. 나는 담배를 눌러 비틀어 껐다. 기분이 좋지 않았다.

한차장은 언제 지각을 했느냐는 듯이, 또는 좀 지각을 하면 어떠냐는 듯이, 책상에서 의자를 멀찍이 밀어놓고 앉아 두 다리를 쭉 뻗은 편안한 자세로 신문을 읽고 있었다. 바쁜 근무시간에 신문을 읽는 그의 태도는 마치 자신은 아주 유능한 사람인데 적합한 직위를 갖지 못해 하루하루를 허비하고 있다는 무언의 항의처럼 보였다. 나는 분노와 피곤함을 동시에 느꼈다. 정장을 입은 노련한 전문직 여성인 나는 부하직원의 불성실한 태도에 화가 났으며 그를 불러 단단히 주의를 주고 싶었다. 그러나 청바지에 헐렁한 면티셔츠를 입은 상상 속의 나는 제 할일 제가 못 챙기는데 내가 무슨 상관이야? 별시덥잖은 인간도 다 있군…… 하면서 피곤해 하고 있었다. 이럴 때는 상상 속의 나를 물리치고 상관답게 처신해야 한다는 것을 잘 알고 있었다. 하지만 매일 아침마다 지각하지 마라, 신문은 집에서 보라 잔소리를 할 수도 없는 일이었다. 이 골치 아픈 문제아를 어떻게 대한다? 나는 말없이 얼굴을 찌푸렸다. 다른 직원들은 여성 부장과 남성 차장 사이에 흐르는 긴장된 침묵이 불안한지 서로 눈치를 살피고 있었다.

팽팽한 침묵을 깨며 편집실 문을 가볍게 두드리는 소리가 들렸다. 직원들의 시선이 일제히 문 쪽으로 쏠렸다. 문이 열리며 훤칠한 키에 회색 양복을 단정하게 차려입은 기획위원 이선생이 들어왔다. 사십대 후반인데도 귀밑머리만 약간 희끗할 뿐 풍파를 겪은 사람답지 않게 생기있고 건장한 모습이었다. 그는 사람의 마음 속을 꿰뚫어보는 듯한 날카로운 눈매를 가지고 있었다. 그래서 때때로 차가운 느낌을 주기도 했으나 대부분은 너그러운 미소를 띠어서 푸근하게 보였다. 오늘도 그는 눈빛을 빛내는 한편 미소를 머금으며 편집실 안을 둘러보았다. 회의시간보다 조금 일찍 와서 직원들과 인사를 나누는 것이 그의 버릇이었다. 직원들은 긴장감을 깨뜨린 이선생의 등장을 필요 이상으로 반가워했다. 특히 한차장은 자리에서 벌떡 일어나며 구십도로 허리를 꺾었다.

"안녕하십니까?"

"뭐, 새로운 소식이라도 있어요?"

이선생은 한차장의 책상 위에 펼쳐져 있는 신문을 넘겨보며 물었다.

"소련에서 군부 쿠데타가 실패했다는 소식이 대대적으로 실렸습니다".

신문을 보는 일은 업무상 꼭 필요하고 그것을 이선생이 인정해 주지 않느냐는 듯이 의기양양하게 한차장이 대답했다. 이선생은 이미 알고 있는 소식인지 무덤덤하게 고개만 끄덕였다. 그리고 직원들의 책상 위에 놓인 일거리들을 살펴보며 일일이 인사한 후 내 책상 앞까지 왔다. 나는 호의적인 웃음을 띠어 보였다.

"뭘 쓰고 있어요?"

이선생이 내 책상 위를 굽어보며 물었다.

"『민중불교』 신간 안내문을 쓰고 있습니다."

"골치 아프겠군, 까다로운 목어스님 비위를 맞추려면……"

목어스님을 잘 알고 있는 이선생이 껄껄 웃었다.

"저한테 일임하시고 토굴로 들어가셨어요."

"그래요?"

순간 이선생의 얼굴에서 잠시 웃음이 사라졌다. 그리고 무언가 깊이 생각하는 눈치였다. 그러나 이내 평소의 모습으로 돌아온 이선생은 정영숙과 나를 번갈아 보더니 가볍게 농담을 했다.

"윤부장도 정영숙씨처럼 결혼하고 직장에 다니면 더 좋잖아요? 누가 알아준다고 결혼도 안 하고 일만 해요? 쯧쯔……"

이선생은 내게 곧잘 이런 농담을 했다. 하지만 정영숙이 결혼 후 임신, 출산, 육아에 바빠지면서 진급의 기회를 놓쳐버린 사정을 알고 나면 이런 얘기를 할 수 없으리라. 어쨌든 이선생이 이렇게 가끔가다 놀리지만 않는다면 완벽하게 존경했을 텐데…… 아쉽게 생각하며 나는 말없이 웃었다. 독신이라는 사실을 특별나거나 이상하게 여기는 사람들에게 무수히 들어온 이런 종류의 말에는 무조건 응수를 않는 게 상책이었다. 어설프게 대답했다가 소모적인 논쟁에 말려들거나 마찰을 일으킬 필요는 전혀 없었다. 따라서 사람들이 노처녀라고 놀릴 때는 가만히 웃기만 하면 되었다. 말없이 웃는 나의 내면에 어떤 생각들이 오가는지 상대방은 결코 모를 것이었다. 깊숙이 숨겨진 자아. 그것은 나 자신조차도 잘 모르는 억눌리고 내밀한 모습이었다. 사회에 적응하기 위해 적당히 입을 다물고 순응하며 태연한 척하지만, 사실은 내 내부에 무서운 용암이 들끓고 있는지도 몰랐다. 이러한 속셈을 모르는 이선생은 여전히 나를 동정어린 눈빛으로 내려다보며 중얼거렸다.

"장선생은 곧 결혼한다는데……"

낮은 목소리였는데도 불구하고 편집실 직원들은 용케 알아듣고 일제히 환호성을 질렀다.

"어머, 장선생님이 장가드세요?"

"어떤 여자하고 결혼해요?"

"언제로 날 잡았어요?"

여직원들의 질문 공세를 받은 이선생은 싱긋이 웃으며 장선생이 오면 직접 물어보라고 발뺌을 했다. 비교적 젊은 나이에 대학 전임 강사이면서 소설가로 자리잡은 장선생은 오랫동안 사귀어온 여자가 있었다. 일찍부터 그 사실을 알고 있었고 술자리에서 몇 번 그 여자를 만난 적도 있는 나는 진심으로 기뻐하며 말했다.

"결혼이 늦어진다고 여자 쪽에서 애타하더니 정말 잘됐군요. 장선생님이 오면 단단히 축하해야겠어요."

그러자 이선생이 허물없는 사이에 타박을 주듯 내게 비아냥거렸다.

"윤부장은 샘나지도 않아요? 아직도 시집 못 간 노처녀가……"

순간 나는 어떻게 나의 마음을 설명해야 할지 알 수가 없었다. 나는 애초에 결혼에 대한 기대감이나 별다른 환상이 없는 사람인지도 몰랐다. 결혼을 한다는 사람이 있으면 축하해 주긴 했지만 부러워해 본 적은 없었다. 장선생의 결혼도 정말로 샘이 나지 않을 뿐더러 즐겁기만 했다. 나는 이선생을 막연히 쳐다보며 입을 다물 수밖에 없었다. 역사의식이 아주 진보적이고 개성도 독특한 사람이 결혼문제에서는 왜 이토록 봉건적 관습과 보편적인 감정에서 한치도 벗어나지 못하는지 이상했다.

어느새 열시가 되었다. 이선생과 나는 사장실로 들어갔다. 널찍한 사장실에는 커다란 사무용 책상과 가나 출판사에서 만든 책들을 꽂아놓은 책꽂이들이 한쪽에 있었고, 중앙에 대형 소파가 놓여 있었다. 작은 키에 배가 볼록 나왔으며 대머리가 약간 벗어진 오십대 초반의 사장은 전형적인 사장의 모습을 하고 있었으나 눈빛만은 장사꾼답지 않게 맑고 진지했다. 아마도 그가 칠십년대에 민주화 투쟁을 열심히 했던 해직기자 출신이었기 때문에 여느 장사꾼과는 좀 다른 면모를 보이는지도 몰랐다. 하긴 요즘같이 극심한 불경기에는 하도 돈에 쪼들리다 보니 그도 어쩔 수 없이 단순한 장사꾼으로 전락하고 있었지만…… 그는 다소 노곤해 보이는 표정으로 소파 가운데 앉아 있었다. 맞은편에는 장선생이 벌써 와 있었다. 두 사람은 이선생을 보자 반색을 했다. 특히 사장은 활짝 웃으며 장선생의 결혼 소식이 담긴 청첩장을 펴보였다.

"아주 이상적인 결혼입니다. 같이 국문학을 연구하는 동지끼리 결합하니 서로간에 얼마나 도움이 되겠어요?"

"공동의 목표를 가진 남녀가 함께 생활하는 건 복된 일이지요. 나도 장선생처럼 연애하고 결혼했더라면 하는 부러움이 생깁니다."

이선생의 맞장구에 사장은 소리내어 껄껄 웃었다.

"이선생님은 행복한 결혼생활을 하신다고 소문이 자자한 분인데 뭘 더 부러워하십니까?"

"그래도 젊은 세대들을 보면 부럽습니다. 우리 때는 부모가 맺어주는 결혼이어서 아기자기한 연애의 맛을 몰랐지요. 또, 너무나 가난해서 사랑을 찾을 여유도 없었고, 신혼의 재미도 몰랐고……"

이선생은 장선생을 바라보며 교훈을 주려는 듯 덧붙였다.

"결혼해서 삼일째 되던 날 신부가 울더군요. 왜 우냐고 했더니 삼일 동안 밥을 전혀 못 먹었다는 겁니다. 경상도에서는 남자들이 먼저 밥상을 받고 후에 남자가 남긴 밥을 여자가 먹게 되어 있었거든요. 그런데 내가 총각시절의 습관대로 밥을 남기지 않고 먹었으니 신부가 굶을 수밖에요. 그때 기분이 참 이상합디다. 우리는 왜 이렇게 가난해야 하나 하는 분노도 생기고, 결혼이란 밥을 나누어 먹는 것이구나 하는 깨달음도 오고, 아내를 배려한다는 게 어떤 거구나 하는 생각도 나고……"

이선생의 말에 나는 깜짝 놀라 눈이 휘둥그래졌다. 여자는 남자가 남긴 밥을 먹었다니…… 남기지 않으면 굶을 수밖에 없었다니……

세상에, 그럴 수가? 그게 도대체 몇 년 전의 얘기인가? 그런 악랄한
세상을 살아온 사람이 이조시대쯤의 옛사람이 아니라 나와 십 년 차
이도 안 나는 이선생이란 말인가? 지금 여기 마주앉아 같은 시대를
살아가고 있는…… 나는 어이가 없어 멍하니 이선생을 바라보았다.
이선생의 젊을 적 가난으로부터 비롯된 사회개혁 의지를 이해함과
동시에 여자에 대한 봉건적 고정관념의 뿌리를 발견하는 기분이기도
했다.

　몇 마디 한담이 더 오가는 등 화기애애한 담소의 시간이 지나가자
이선생이 정색을 하고 말했다.

　"오늘은 아주 큰 기획거리를 가져왔습니다."

　사장의 약간 벗겨진 이마가 활짝 펴지며 두 눈이 반짝 빛났다. 그
리고 윗몸을 앞으로 기울였다. 나는 노트를 펼치고 받아적을 준비를
했다. 이선생은 침착하게 입을 열었다.

　"최근에 소련이 사회주의를 포기해감에 따라 국제정세가 한치 앞
을 예측할 수 없도록 급변하고 있습니다. 앞으로 국내 진보운동에도
많은 영향을 미치지 않을까 생각됩니다. 아울러 북한사회도 좀더 개
방되리라 봅니다. 이런 변화를 겪으면서 어떤 사람들은 사회운동의
방향에 혼란이 오지 않을까 우려합니다만, 나는 이때야말로 우리의
목표가 보다 선명해진다고 확신합니다. 그것은 급변하는 국제정세에
주체적으로 대응할 수 있는 민족주의와 그 민족주의를 바탕으로 한
통일운동입니다. 이러한 목표에는 누구나 공감하고 있어서 말로 표
현하는 것이 새삼스런 느낌이 들 정도지요. 그러나 현실적으로 우리
가 어느 정도 통일시대를 대비해 왔는가를 돌이켜보면 할 말이 없습
니다. 당장 우리가 몸담고 있는 출판문화운동이나 민족문학진영에서
도 제대로 된 통일시대의 민족문학전집이 나오지 못하고 있는 실정
입니다."

　단숨에 기획의 기본 취지를 설명한 이선생은 목소리를 낮추어 애

기를 계속했다.

"물론, 이삼 년 전에 북한 문학이 처음 소개되어 화제를 불러일으켰고 베스트셀러를 내기도 했었습니다. 하지만 산발적이고 경쟁적인 데서 그쳤고, 어느 한군데에서도 본격적이고 체계적인 출판을 하지는 못했습니다. 그런 기획을 시도해 본 곳이 있기는 했지만 오래 가지는 못했죠. 내용이 어슷비슷하고 주제가 천편일률적인 북한 작품에 대해 독자들이 쉽게 식상했으니까요. 그러나 그러한 현상은 북한 문학을 흥미 위주로 소개했기 때문에 생긴 부작용이 아닐까 생각합니다. 사실 월북 작가들의 작품을 따지고 보면 국문학사에 기념비로 남을 명작들이 많습니다. 요즘 다시 북한에 대한 연구가 활발해질 징조를 보이고 있으니, 이때 우리가 고전으로 남을 만한 월북 작가들의 명작을 본격적으로 간행했으면 합니다."

민족문학진영의 커다란 기둥인 이선생의 제안은 오랫동안 심사숙고한 결과인 듯했으며, 그만큼 간절한 염원을 담은 것이었다. 통일시대의 민족문학 수립은 어쩌면 그가 평생 동안 꿈꾸어온 일인지도 몰랐다. 그러나 사회주의권에 대한 호기심이 여지없이 깨져버린 이 즈음에 이런 제안을 한다는 것은 상업적인 면에서 때늦은 감이 있었다. 나는 힐끗 사장의 기색을 살펴보았다. 사장의 반짝이던 눈빛은 실망으로 무겁게 가라앉아 있었다. 그러나 이선생은 개의치 않고 제안 설명을 계속했다.

"내 말은 이제 와서 월북 작가들만의 작품을 출판하자는 뜻은 아닙니다. 월북 작가들의 작품을 충분히 연구해서 남한 작가들의 우수한 작품과 함께 출판하자는 얘기입니다. 우리 문학은 그야말로 반쪽의 문학 아니었습니까? 이번 기획은 나머지 반쪽의 문학을 복원하여 남북한을 총망라한 통일시대의 민족문학전집을 최초로 출판하자는 겁니다."

이선생이 힘있는 목소리로 말을 맺었다. 그러나 사장은 무심한 얼굴로 소파의 팔걸이만 내려다보고 있었다. 사장의 시큰둥한 반응에 애가 탔는지 장선생이 덧붙였다.

"남쪽 작가들의 작품도 이제까지와는 달리 새로운 시각으로 해석하여 발췌한다는 것이 이번 기획의 특징입니다. 보수적인 문학진영에서 순수문학이라고 떠받들었던 유명작품 말고도 진보적인 세계관을 담은 좋은 대표작들이 있습니다. 진정한 민족문학이랄 수 있는 그러한 작품들을 골라 엮어보자는 거지요."

장선생은 이선생과 미리 의논이 되어 있었던 듯 작가와 작품 목록을 복사한 종이를 나누어주었다. 나는 그 목록을 세밀하게 읽어보았다. 대학교를 다닐 때 교수들로부터 귀동냥으로 듣기만 했을 뿐 막상 그 작품을 대하기 어려웠던 월북 작가들의 이름이 빠짐없이 실려있었다. 물론 이삼 년 전에 해금 무드를 타고 소개된 작품도 있었지만, 한눈에 보기좋게 편집되기는 처음인 것 같았다. 거기다가 남한 작가임이 분명한데 무슨 이유에서인지 잘 알려지지 않은 작품의 제목도 드문드문 눈에 띄었다. 나는 한때 국문학도였던 사람으로 가벼운 흥분을 느꼈다. 오랜 세월 깊은 바다 속에서 잠자고 있었던 민족의 보물이 드디어 그 모습을 드러내는구나! 이선생과 장선생의 연구 결과에 감탄하며 작품 목록을 외기라도 할 듯 열심히 보고 있을 때 사장이 나지막한 소리로 물었다.

"이 작품들은 주로 단편입니까? 장편입니까?"

"단편들을 우선 뽑았습니다. 장편은 따로 엮을 생각을 하고……"

사장이 무언가 관심을 보인 게 기쁜지 장선생이 재빨리 대답했다. 그러자 사장은 힘없이 중얼거렸다.

"요즘 단편은 좀체로 팔리지 않는데……"

나는 오랜 세월 같이 일해온 사장의 마음을 이내 알아챌 수 있었다. 그는 이미 독자들의 흥미가 사그라든 월북 작가의 작품들에 별 흥미를 느끼지 않을 뿐더러 이렇게 상업성이 없는 기획을 내놓는 기획위원들에게 상당히 실망하고 있었다. 사실 민족문학의 완결판을 내다는 것은 소규모 출판사로서는 생사가 걸린 큰일이다. 아무리 취지가 좋더라도 사장으로서는 상업성을 고려하지 않을 수 없다. 더군다나 독서시장의 동향이 불안하고 회사의 형편도 좋지 않은 이 즈음에야. 나는 양서만을 출판할 수 없는 독서시장에 대해 비애를 느끼며 아쉬운 마음으로 작품 목록을 만지작거렸다. 그것은 애써 찾아낸 보물이 이미 녹쓸어 있음을 발견할 때와 같은 아쉬움이었다. 그때 장선생이 사장을 설득하기 시작했다.

"전국의 국문과 대학생들을 상대한다고 생각해 보십시오. 삼천 부 기본 부수는 넉넉히 나갈 것입니다. 그 외에 민족문학에 관심있는 독자들도 있을 테고…… 또, 기본 부수가 나가는 책들을 꾸준히 만들다 보면 그 중에 하나쯤은 히트를 쳐서 베스트셀러가 터질 수도 있습니다."

사장의 눈빛이 슬그머니 일렁였다. 약간 기대를 해보는 눈치였다. 나는 순간적으로 갈등을 느꼈다. 청바지에 헐렁한 면티를 입고 국문학 책을 옆에 낀 젊은 시절의 나는 민족문학전집을 내야 한다고 주장하고 있었다. 그러나 투피스로 정장을 한 중년의 노련한 편집장인 나는 이 전집을 내면 회사가 망한다고 눈을 부릅떴다. 결국 나는 보물을 집어던질 때와 같은 애석함을 느끼며 장선생과 다른 의견을 제시하지 않을 수 없었다.

"전국의 국문과 대학생들이라면, 백 개 대학이 있다 치고, 한 과에 오십 명씩 잡아 모두 오천 명입니다. 그 중에서 문학이 아닌 어학을 하는 학생들이 반수가 넘습니다. 그러면 문학 인구는 약 이천오백 명인데 또 그 가운데 절반이 고전문학을 합니다. 결국 이 책을 사볼 현대문학 독자는 막상 천이백오십 명밖에 안 된다는 얘기입니다. 그리고 그들 모두가 다 사본다고 할 수도 없지요. 그렇다면 기본 부수는 천 부 정도가 되리라는 예상이 나오는데……"

내가 입으로 계산하고 있는 동안 사장은 머리 속으로 책의 제작비
와 인건비, 기타 비용, 판매 부수와의 관계를 재빨리 계산해 볼 것이
틀림없었다. 아니, 어쩌면 사장은 나보다 먼저 계산을 끝냈을지도 몰
랐다. 다만 한때 민주화운동을 했던 투사로서 드러내놓고 민족문학
전집의 발간에 반대할 수 없는 체면 때문에 장삿속을 보이지 못하고
있을 것이었다. 기획위원들 앞에서 체면을 지키는 동안 부하직원인
내가 대신 반대 의견을 주장하는 것이 사장에게는 퍽 편한 일이리
라. 나는 이선생과 장선생에게 미안해 하며 말을 맺었다.

　"이 민족문학전집은 상당히 중요하고 야심만만한 기획임에는 틀
림없지만 우리 같은 소규모 출판사에서 감당할 수 있는 성질의 것이
아니라고 봅니다. 판매 부수에 큰 타격을 입지 않을 대형 출판사나
대학교 부설연구소 같은 곳에서 낸다면 굉장한 업적이 되겠지요."

　이선생의 얼굴이 눈에 띌 만큼 딱딱해졌다. 칠십년대에 강단에서
해직되어 떠돌이 생활을 해온 그에게는 대형 출판사나 대학 연구소
를 상대할 기회가 없었으며 또 그러려고도 하지 않았다. 그가 즐겨
관계를 맺는 곳은 진보적인 성향의 운동단체나 사회과학 출판사들이
었다. 덕분에 우리 출판사에서도 그같은 거물급 인사를 기획위원으
로 모실 수 있었지만…… 나는 이선생의 굳어진 얼굴을 훔쳐보며
내가 얼마나 그를 존중하고 있는지, 그럼에도 불구하고 왜 이 기획
에 반대할 수밖에 없는지, 불황의 늪에 빠진 출판계의 현황과 회사
의 자금난을 자세히 설명하고 싶은 기분이었다. 이윽고 사장이 입을
열었다.

　"나도 윤부장의 의견에 공감합니다. 매우 의미있고 아까운 기획이
지만 우리 규모로서는 무리일 듯싶습니다."

　회의는 끝났다. 사장과 나는 현관까지 내려가 기획위원들을 배웅
했다. 점심을 같이 하자고 권해도 굳이 마다하고 경직된 모습으로
돌아가는 이선생과 장선생을 보자니 그지없이 착잡한 기분이 들었

다. 그러나 할 수 없는 일이었다. 장선생의 결혼식에 가서 이선생을
만나면 서로의 기분을 풀어줄 해명을 할 수밖에⋯⋯

그만 편집실로 올라가려는데 사장이 말을 건넸다.

"윤부장, 기획위원들이 그냥 가버렸으니 우리끼리 점심이나 같이
하지요."

사장은 대답을 기다리지 않고 먼저 앞장서서 걸어갔다. 나는 군말
없이 따라갔다. 회사에서 삼백 미터쯤 떨어진 곳에 허술한 찌개백반
집이 있었다. 유리문에 붉은 페인트로 '실비집'이라고 쓴 서툰 글씨
가 눈에 띄었다. 어지간히 돈이 없는 모양인지 사장은 그 집으로 들
어갔다. 식당 안은 좁았으나 사람이 없어 한적했다. 우리는 후덥지근
한 바람을 내뿜고 있는 선풍기로부터 멀리 떨어져 앉았다. 된장찌개
이인분을 주문한 후 사장이 친근한 목소리로 물었다.

"윤부장이 나와 같이 일한 지도 꽤 오래 됐지요?"

"벌써 십 년이 넘었습니다. 광주항쟁이 있었던 천구백팔십년도 겨
울에 입사했으니까요."

나는 기억을 더듬으며 미소를 띠고 대답했다. 사장도 옛생각이 나
는지 눈을 가느스름하게 뜨며 얘기했다.

"그때는 이루 말할 수 없이 악랄한 시대였지만 우리 회사로서는
가장 호경기였어요. 남들이 겁이 나서 못 내는 민주인사들의 책을
냈었거든요. 덕분에 뻔질나게 기관에 불려다녔지만, 책은 엄청나게
팔렸어요. 국민들이 탄압을 받으면 받을수록 그만큼 더 민주화를 열
망했다는 증거지요. 그 시절에는 이 주머니에 손을 넣어도 돈, 저 주
머니에 손을 넣어도 돈, 그저 돈이 쏟아져 들어왔지요. 더군다나 민
주화를 위한 출판문화운동을 한다는 보람도 있었고⋯⋯"

사장은 좋았던 시절을 회상만 해도 신이 나는 모양이었다. 날씨가
더워서 이마에 땀이 흐르는 것도 아랑곳하지 않고 열을 올리며 말했
다.

　"윤부장은 그 시절을 나와 함께 했으니까 잘 알고 있겠지만, 나는 육십년대 대학시절부터 운동권에서 활약했기 때문에 민주인사들과는 아주 친했어요. 내가 출판사를 차렸다는 소문이 나자 이 사람도 원고를 주고 저 사람도 원고를 주고…… 그때는 특별히 신경쓰지 않아도 내 혼자 힘만으로 저절로 기획이 되었지요. 그때 윤부장이 나를 믿고 성실하게 일해 준 것에 감사해요. 정말 윤부장은 열심히 일해 왔어요."

　뜻밖에 사장의 칭찬을 들은 나는 쑥스럽기도 하고 흐뭇하기도 해서 빙그레 웃으며 고개를 숙였다. 사장은 얘기를 계속했다.

　"그런데, 그후 우리 회사와 유사한 진보적 출판사가 많이 생겨나자 차츰 기획이 어려워지기 시작했어요. 필자들이 우리 회사로만 몰리지 않았고, 독자들도 우리 책만 사지는 않았죠. 그러자 윤부장이 기획을 돕기 시작했어요. 솔솔 팔리는 문학물도 가져오고, 꾸준히 나가는 여성운동 책도 물어오고……"

　회상에 잠겼던 사장의 눈빛이 갑자기 번쩍 빛났다. 그러더니 현실로 돌아와 우리 출판사에서 지속적으로 책을 내고 있는 여성운동단체 '대안문화'에 관해 물었다.

　"요즘도 대안문화에 계속 나가고 있죠?"

　"예."

　무슨 말이 나올지 몰라 다소 긴장하며 내가 대답했다. 사장은 고개를 끄덕였다.

　"계속 열심히 나가세요. 처음에 윤부장이 대안문화 동인지를 내자고 했을 때 그 책이 잘 나갈까 의심했었는데, 겪어보니 아주 잘한 일이었어요. 해마다 한 권씩 전부 여섯 권을 만들었는데 각 권마다 만 부씩은 팔렸고, 한 권도 죽은 책이 없어요. 창간호가 아직도 움직이고 있으니 그야말로 스테디셀러라고 할 수 있죠. 워낙 책을 잘 만들기도 했지만 이제는 독자들이 여성문제에 관심을 갖는다는 증거예요."

나는 대안문화에 대해서 아는 바를 좀더 얘기할까 하다가 그만 잠자코 있기로 했다. 사장이 이렇게 여러 말을 하는 데에는 무슨 의도가 있으리라는 생각에서였다. 사장은 갑자기 한숨을 쉬더니 맥없이 중얼거렸다.

"대안문화 동인지 같은 스테디셀러가 스무 종만 있어도 회사가 안정될 텐데…… 알다시피 대통령 선거를 겪으면서 진보적인 출판물들은 판매고가 형편없이 줄어들었어요. 정치적 허무주의가 팽배해지면서 독자들은 더이상 사회문제에 관심을 갖지 않아요. 민주화운동에도 냉소적이고 무관심해요."

사장이 지친 얼굴로 나를 보았다. 그는 오십대 초반의 나이보다 훨씬 늙어 보였다. 나는 가슴이 아파오는 것을 느끼며 묵묵히 다음 말을 기다렸다.

"정치물이나 사회과학물이 한계에 부딪치자 나는 문학물에서 탈출구를 찾았지요. 때마침 저작권법도 통과되어서 국내 문학인들의 작품이 인기를 얻었고…… 하지만 나는 문학에 대해서는 문외한이에요. 국문학을 전공한 윤부장을 믿을 수밖에 없었고 윤부장의 의견대로 기획위원을 초빙해서 내 기획력의 약점을 보완하게 됐지요. 거기까지는 아주 잘했어요. 처음에는 기획위원들이 열심히 일해 주어서 섭섭잖게 성과가 있었고 윤부장도 충분히 능력을 발휘해 줘서 고마웠어요."

얘기의 진전에 따라 나는 차츰 입속이 말라왔다. 이제부터 사장의 본심이 드러나리라. 거듭해온 칭찬만은 아닌 불만의 소리가…… 아니나 다를까? 사장은 볼멘 목소리로 입을 열었다.

"이제는 기획위원들의 능력에도 한계가 온 것 같아요. 윤부장도 오늘 느꼈겠지만 더이상 새로운 기획이 나오고 있지 않아요. 기획위원들이 알고 있는 민족문학진영의 필자들도 바닥이 났고……"

사장은 정색을 하고 물어왔다.

"이 시점에서 기획위원 체제를 계속 유지할 필요가 있을까요?"

내가 대답할 말을 찾고 있는데 주문한 된장찌개가 나왔다. 음식을 먹느라고 잠시 대화가 끊긴 사이 나는 생각을 가다듬었다. 그리고 천천히 의견을 내놓았다.

"기획위원 체제에 대해서는 신중히 생각해 봐야 할 것입니다. 단기적으로 당장 장사에 도움이 안 된다고 폐지했다가는 장기적으로 많은 것을 잃게 됩니다. 그 동안 기획위원들이 가지고 있는 인맥을 중심으로 우리 출판사와 연관을 맺게 된 작가와 비평가 그룹을 생각해 보십시오. 이들은 끊임없이 연구하고 창작하면서 담론의 장을 열어가고 있습니다. 우리가 이들을 엮어서 무크나 계간지라도 내게 된다면 가나 출판사를 중심으로 일종의 독특한 민족문화권이 형성되는 거지요. 그렇게 되면 힘들이지 않고도 새로운 작품과 작가들을 계속적으로 확보하게 됩니다. 그러기 위해서는 지금의 기획위원들이 절대적으로 필요합니다."

사장이 씹고 있던 밥을 꿀꺽 넘기고는 고개를 흔들었다.

"요즘 독자들이 진보적인 민족문학진영의 작품들을 얼마나 사보겠어요? 기존의 튼튼한 계간지들도 운영난을 겪고 있는데…… 게다가 무크나 계간지들이 여기저기서 쏟아져 나오고 있잖아요? 한마디로 운동권 서적은 한물갔어요. 최근의 도서시장은 그야말로 이변을 겪고 있다고 보아도 좋아요. 이제는 의식있는 문학물마저 파고들 자리가 없어진 거예요. 별 내용도 없이 제목만 긴 이상한 시집들이 히트를 치지 않나, 야릇한 번역서가 판을 치지 않나……"

사장은 손수건으로 얼굴의 땀을 닦아내며 기운없이 말했다.

"진지함이 사라지는 시대가 온 거예요. 우리는 숱한 어려움 속에서 문제를 찾아내고 그 문제를 해결하기 위해 안간힘을 쓰며 살아왔어요. 하지만 지금의 세대는 어려움을 모르고 풍요롭게 살아서 문제

를 느끼지도 못할 뿐더러 노력해서 무엇을 해결하려고도 하지 않아
요. 무엇이든 가볍게 즐기려고만 하고 감각적이고 즉흥적이고……
소위 말하는 포스트 모던한 시대가 온 것 같은데 내 감각으로는 도
저히 이해가 가지 않아요.”

잠시 대화가 끊겼다. 두 사람 다 열심히 밥만 먹었다. 수저를 놓고
나자 사장이 넌지시 물었다.

“한차장은 일하는 게 어때요? 윤부장 속을 많이 썩이죠?”

나는 잠시 주춤했다. 질문의 속뜻을 알 수 없었던 것이다. 솔직하
게 대답하는 한편 부하직원을 어느 정도 감쌀 수밖에 없었다.

“한차장은 별 의식도 없고 일할 때 꾀를 피우는 게 탈이긴 하지
만, 순발력이 있고 추진력도 있습니다.”

“그 친구가 바로 어려움을 모르고 자란 사람이죠. 서현희도 그렇
죠? 조민철도 마찬가지일 테고……”

사장은 부하직원들에 대해 훤히 꿰뚫고 있었다. 나는 할 수 없이
웃으며 대답했다.

“신세대들의 대표지요.”

“바로 그거야!”

사장이 무릎을 쳤다.

“그 세대들을 이용해서 요즘의 종잡을 수 없는 독자들을 공략해
보면 어떨까요? 즉 종래에 해오던 양서 출판은 윤부장과 정영숙, 황
명애 같은 진지한 친구들이 계속 하고, 한차장과 서현희 들은 새로
운 기획을 추진하는 걸로 이원화해 보자는 거죠. 물론 모두가 윤부
장의 통솔하에 이루어지는 거지만 좀더 효율적으로 분담해 보자는
얘기입니다.”

나는 모기가 콧등을 물려고 달려들 때와 같은 가벼운 위기감을 느
꼈다. 그러나 내색하지 않고 시원스레 대답했다.

“좋습니다.”

"쇠뿔도 단김에 빼렸다고 지금 당장 편집실로 갑시다. 가서 직접 직원들의 의견을 들어봅시다."

음식값을 식탁 위에 놓고 사장은 서둘러 자리에서 일어났다. 앞장서서 회사로 걸어가는 사장을 따라가며 내가 조심스레 물었다.

"기획위원 체제는 어떻게 하실 겁니까?"

"그건 좀더 두고 생각해 봅시다."

사장의 대답은 막연했다. 그 대신 새로운 화제를 꺼냈다.

"아 참, 윤부장. 얼마 전에 내가 추리작가를 한 명 알게 됐는데, 혹시 우리 회사로 찾아오면 잘 대해 주세요. 김건웅이라고, 이름은 들어봤죠? 추리작가 중에서는 일류급이니까……"

"예. 스포츠 신문에 연재물을 쓴다는 걸 알고 있어요. 그런데, 우리 회사에서 추리물도 낼 겁니까?"

"장사만 된다면 뭐든지 내야죠."

사장은 단호하게 대답했다. 나는 회사의 앞날이 걱정되기 시작했다. 아무리 생각해도 사장이 너무 허겁지겁 장사에 매달리는 것 같았다. 궁지에 몰릴수록 이성을 잃지 말아야 하는데. 근심에 잠겨 몇 발자국 걷다 보니 어느새 편집실 앞이었다. 문을 열고 사장을 안으로 모셨다. 정영숙과 황명애가 도시락을 먹은 후 커피를 마시고 있다가 놀라서 벌떡 일어났다. 사장이 예고 없이 편집실을 방문하는 일은 좀체로 없었기 때문이었다. 일어나는 두 사람을 향해 사장이 손을 내저었다.

"아니, 그대로 앉아 있어요. 직원들과 얘기를 나누고 싶어서 들른 거니까……"

나는 사장을 상석인 내 자리로 안내하려고 하였다. 그러나 사장은 굳이 말단 옆의 빈 의자에 앉았다. 그리고 미소 띤 얼굴로 물었다.

"정영숙씨 딸은 잘 커요?"

"예. 말을 조금씩 배우기 시작했어요."

　　정영숙과 김명희가 사장과 가벼운 담소를 나누고 있는 사이, 점심 먹으러 밖에 나갔던 한차장과 서현희, 조민철 들이 차례차례 들어왔다. 일일이 그들의 근황을 물으며 한담을 주고받은 후 사장은 비로소 본론을 꺼냈다.

　　"이렇게 여러 직원들과 빙 둘러앉으니 마음이 든든해지는군요. 오늘 내가 갑자기 회의를 소집하는 것은 지금 우리 회사가 그야말로 비상사태를 맞고 있기 때문입니다. 지난 몇 달 동안 월급이 제 날짜에 나오지 않아 여러분도 이미 회사의 어려운 형편을 짐작하고 있었을 거예요."

　　사장은 내게 말했던 그대로 팔십년대 초반 가나 출판사의 성장과정과 육이구 이후의 쇠퇴 국면, 그리고 현재의 극심한 경영난을 설명했다.

　　"한마디로 팔십년대에 열심히 만들었고 잘 팔렸던 책들이 회사의 자산으로 축적되기는커녕 아무짝에도 쓸모없는 휴지로 변해 버린 겁니다. 이제 정치물도 사회과학도 민족문학도 회사의 정상적인 경영을 가능하게 해주지 못하고 있어요. 그래서 앞으로 어떻게 하면 좋을까 여러분과 의논하고 싶습니다."

　　사장의 설명이 끝나자 편집실에는 무거운 침묵이 감돌았다. 아무도 선뜻 새로운 대안을 제시하지 못하자 사장이 내게 눈짓을 했다. 나는 마지못해 입을 열었다.

　　"저는 사회과학물이나 민족문학물의 시장이 아주 없어졌다고는 생각하지 않습니다. 시대적인 변화에 맞춰 새로운 담론을 계발한다면 고정된 독자층을 얻을 수 있습니다. 그러나 그 독자층이 예전에 비해 상대적으로 줄어든 것만은 확실합니다. 따라서 우리 회사의 이미지를 구축해 온 양서 출판, 즉 사회과학과 문학의 간행을 계속하여 전문성을 확보해 가는 한편 재정난을 타개해 줄 상업성이 있는 출판물에 손을 대는 것이 어떨까 합니다."

　이때 말꼬리를 자르며 한차장이 카랑카랑한 목소리로 맞장구를 쳤다.

　"제 생각이 바로 그겁니다. 어제 영업부와 술을 마실 때도 그런 얘기를 했는데, 이제 양서 출판만으로는 도저히 버틸 수가 없답니다. 우리도 장사가 될 대중물에 눈을 돌려야 합니다. 물론 윤부장님 말씀대로 회사의 이미지를 지켜가는 것도 중요하고 전문성을 확보하는 것도 시급하다는 걸 잘 알고 있습니다. 그러니 종래의 양서 출판도 지속하고 새로운 대중물도 낼 수 있는 대안을 마련해야 합니다. 영업부에서도 그러더군요. 출판등록을 하나 더 내서 최근의 도서 시장에 부합하는 가벼운 대중물을 간행하자고……"

　나는 속으로 신음을 삼켰다. 결국 이거였구나, 사장의 속셈은…… 한차장의 입을 통해 출판등록을 하나 더 내자는 얘기가 공개적으로 나왔지만 사실은 영업부의 건의사항으로서 사장이 이미 마음 속으로 실행을 결심했을 터였다. 그렇지 않다면 이런 회의를 소집하지 않았으리라. 사장이 나에게는 자연스럽게 의논하듯 했지만 속으로는 치밀하게 계산을 끝냈던 것이다. 한차장은 자신이 쓸데없이 술을 마시는 게 아니라고 강조하듯 영업부와의 술자리 얘기를 했지만, 가능하면 술자리를 피하려는 나에게는 사내 정보에 느리다고 뒤통수를 한 대 때린 격이었다. 또한 영업부장과의 잦은 술자리 덕분에 한차장이 대중물 기획에 발탁되도록 건의되었을지도 몰랐다. 어쨌든 사장은 기다렸던 발언이 나오자 반색을 하며 한차장을 보았다.

　"출판등록을 따로 낼 만큼 좋은 대중물 기획거리가 있습니까?"

　"찾아보면 얼마든지 있을 겁니다. 그 동안 경영진과 기획위원, 간부급 들이 주로 해왔던 출판기획에 편집부와 영업부 전직원이 매달린다면 새로운 아이디어가 쏟아져 나오리라고 생각합니다. 특히 대중물은 젊고 신선한 감각을 필요로 하지 않습니까?"

　한차장은 그 동안 경영 핵심에서 소외되어 온 것에 대한 불만을 은근히 내비치면서 동시에 젊은 직원들에게 인기를 끌 발언을 했다. 사장이 이십대 직원들에게 의견을 물었다. 모두가 기획에 참여하겠다는 의사를 밝혔다. 사장은 결론을 내렸다.

"좋습니다. 이제부터 전직원이 기획에 참여합시다. 좋은 아이디어가 있으면 언제든지 내게 말해 주십시오. 사장실 문을 활짝 열어놓겠습니다."

사장의 말에 한차장이 희색을 띠며 물었다.

"직접 사장님께 말씀을 드리는 체제가 되는 겁니까?"

그제야 사장은 관리 계통에 문제가 생길 수도 있다는 것을 깨달았는지 차근차근 풀어서 답변했다.

"물론 직접 말하는 것도 좋습니다. 그러나 각자가 매일매일 편집일지를 적고 있으니 그 제도를 활용합시다. 일지에 아이디어를 적어내면 내가 보게 됩니다. 그러면 직접 말하는 것과 같은 효과가 있지요. 또한 매주 월요일 편집실 회의가 있으니까 회의를 통해 윤부장에게 전달하면 곧 내게 틀림없이 전달됩니다. 덧붙여 말하면 전직원이 기획에 참여하되 실무는 여전히 윤부장이 통솔하는 겁니다. 특히 종래의 양서 출판은 윤부장과 정영숙씨가 주축이 되어 지속하고, 새로운 대중물은……"

사장은 잠시 말을 끊었다. 한차장은 긴장이 되는지 침을 꿀꺽 삼켰다. 사장이 한차장을 보며 잠시 망설이더니 좀더 두고보자고 결심했는지 흐릿하게 말을 맺었다.

"……새로운 대중물은 젊은 세대들이 맡아봅시다. 어때요?"

이십대인 서현희가 좋아요오 하고 말꼬리를 길게 끌며 대답했다. 사장이 만족한 얼굴로 자리에서 일어났다. 한차장은 확실한 언질을 받지는 않았으나 자신에게 기회가 주어졌다는 것을 직감적으로 느낀 모양이었다. 흥분이 되는지 얼굴이 붉어져서 볼펜만 돌리고 있었다. 나는 묵묵히 책상 위를 정돈했다. 직원들도 제자리에 차분히 앉아 교정을 보기 시작했다. 편집실의 일하는 분위기가 잡혔을 즈음 나는 핸드백을 들고 일어나서 조용히 한차장에게 말했다.

"인쇄소에 갔다 올 테니까 그 동안 잘 부탁해요."

"염려 말고 다녀오십시오."

한차장이 여느 때와는 달리 싹싹하게 대답했다. 나도 대범하게 웃어 보인 후 회사를 빠져나왔다.

에어컨이 켜 있어 시원한 편집실에서 밖으로 나오자 후덥지근한 공기에 숨이 막혀왔다. 한낮의 태양이 높이 솟아 뜨거운 열을 뿜고 있었는데, 맑은 하늘을 가린 뿌연 매연이 온실효과를 가져와서 더욱 더운 것 같았다. 공해의 주범인 줄 알면서도 에어컨을 아쉬워하게 되니 환경파괴의 악순환이 그칠 리가 없었다. 인쇄소까지는 두 정거장 거리였지만 나는 지름길로 걸어가기로 했다. 잠시 문명의 이기들이 지긋지긋하게 느껴졌기 때문이었다. 생각해 보라. 이 더운 날 매연을 뿜어대며 난폭하게 달리는 버스의 커다란 찜통 같은 몸체 속으로 들어간다는 것은 얼마나 끔찍한 일인가? 큰길을 버리고 한적한 주택가의 꼬불꼬불한 골목길로 들어섰다. 길이 좁아지니 산지사방으로 넓게 퍼져 있던 의식도 한 군데로 차분히 모아지는 것 같았다. 나는 천천히 걸으며 곰곰이 생각했다.

사장은 왜 처음부터 대중물 기획을 내게 맡기려고 하지 않았을까? 또 나는 왜 맡으려고도 하지 않았을까? 젊고 참신한 감각이 사라진 사십이라는 나이 때문이었을까? 갑자기 아까 사장과 점심을 같이 할 때처럼 코 앞으로 모기가 날아드는 것 같은 소리가 들렸다. 아니, 모기가 날아드는 정도가 아니라 날카로운 공습경보 사이렌이 울리는 것 같은 위기감이 몰려왔다. 나는 현기증을 느끼며 허청허청 걸었다. 골목길의 보도블록은 울퉁불퉁 엉망으로 놓여 있었다. 뾰족한 구두 굽이 블록 모퉁이에 간혹 채이는 것을 느끼며 뒤뚱뒤뚱 걷던 나는 세차게 고개를 흔들었다.

어리석은 위기감이다. 사십이라는 나이에 주눅들 것이 아니라 자신감을 가져야 한다. 늙는다는 것은 자연스런 일이고 나이는 곧 능력과 경험의 축적이 아닌가? 나는 아직도 이십 년은 더 일할 수 있다. 포스트 모던한 새세대라고? 겁낼 것 없다. 무수한 변화를 감당해 온 내가 또 하나의 변화를 두려워할 필요가 있는가? 오히려 젊은이들보다 더 여유 있게 변화에 대처하며 좀더 좋은 아이디어를 낼 수도 있다. 나는 어깨를 펴고 힘차게 걷기 시작했다. 이마에 땀이 흘렀다. 핸드백에서 손수건을 꺼내 땀을 닦았다. 다시 기운이 빠지며 생각이 가라앉았다.

문제는 사십이라는 나이가 들도록 어떤 경험을 연마해 왔느냐는데 있다. 그렇다. 졸업하고 십칠 년 동안 나는 양서 출판에만 종사해 왔다. 그것을 훤히 알고 있는 사장으로서는 갑자기 대중물 기획을 하라는 소리를 할 수 없었을 것이다. 또한 나 역시 급격한 방향전환을 할 생각도 없었다. 왜? 나는 구멍가게가 있는 곳에서 골목길을 꺾어들었다. 그리고 천천히 걸어가며 생각을 계속했다.

도대체 대중물이란 무엇인가? 양서란 또 어떤 것인가? 처음부터 다시 정의를 내려보자. 우리가 흔히 말하는 대중물이란 흥미 위주의 저급한 오락거리를 말한다. 그러나 과연 대중들이 저급한 오락거리만 찾는가? 아니다. 꼭 그렇지만은 않다. 또한 진보적인 양서란 의식 있는 지식인과 민중을 대상으로 하는 책을 일컫는다. 그러나 과연 민중들이 진보적인 책을 읽는가? 거의 안 본다. 그렇다면 대중물과 진보적인 양서의 구분 사이에는 새로운 영역이 있을 것이다. 즉, 대중이 단순한 오락거리가 아닌 마음의 양식으로 찾는 책이 있을 것이다. 또한 어려운 지식인 취향이 아니면서도 의식있는 민중들의 마음을 두드릴 책의 범주가 있을 것이다. 그렇다면 종래의 흥미 위주 대중물이 아니면서 동시에 민중에게 너무 어렵지 않은 새로운 읽을거리의 등장이 가능할 것이다. 여기까지 생각이 미치자 나는 숙였던 고개를 들었다. 그렇다. 무조건 주춤주춤 물러서지 말자. 대중물 기획이라고 도외시하고 한차장에게 모든 것을 떠넘기지 말자. 직원들과 함께 토의하여 새로운 대중물을 찾아내자.

나는 빠른 속도로 걷기 시작했다. 그래, 정치물, 사회과학물, 문학물, 이제는 대중물까지 해보는 거다. 생각해 보면 지난 십칠 년 동안 편집일을 하면서 얼마나 많은 일을 겪었는가? 편집기술의 변천만 해도 활판, 사진식자, 전산사식의 여러 과정을 거쳐왔다. 또, 평직원, 차장, 부장 노릇을 두루 해냈다. 이제는 주간으로 승진할 만도 하지 않은가? 좋다. 새로운 대중물까지 해보면서 한차장을 키우는 거다. 상당히 마음에 안 드는 인물이긴 하지만 잘 키우면 쓸모가 있을지도 모른다. 장차 주간이 될지도 모르는데 아량을 가져야지…… 나는 당당한 걸음걸이로 인쇄소에 들어갔다.

인쇄소의 입구는 커다란 창고와 같았다. 시멘트 벽돌 건물 안에 자르지 않은 국전지와 사륙전지들이 천장 높이까지 빽빽하게 쌓여 있었다. 기분 좋은 냄새가 나는 종이더미 사이를 비집고 안으로 들어갔다. 기계 소리 요란한 공장이 나타났다. 빠른 속도로 돌아가고 있는 거대한 인쇄기 사이사이에 직공들이 드문드문 서서 일을 하고 있었다. 공장 안을 한 바퀴 둘러보았으나 내가 찾는 공장장은 보이지 않았다. 공장 한귀퉁이에 붙어 있는 사무실로 갔다. 회색 페인트칠을 한 문을 열자 입구에 앉아 있던 경리 보는 여직원이 아는 체를 했다.

"어머, 윤부장님. 오랜만에 오셨네요."

"반갑지요? 잘 지냈어요?"

상냥하게 물어보며 사무실 안을 휘둘러보았다. 여전히 공장장은 보이지 않았다. 그러나 사무실을 반으로 나눈 칸막이 너머에서 목소리가 들렸다. 칸막이 저편은 사장의 책상과 응접세트가 있었다. 곧장 그쪽으로 갈까 하다가 먼저 경리에게 물어보았다.

“사장님, 계셔요?”

“지금 중요한 손님이 오셔서 말씀을 나누고 계셔요.”

“공장장님도 함께 계시죠?”

“예.”

경리의 대답을 들은 나는 그만 빈 의자에 주저앉아 애기가 끝나기를 기다리기로 했다. 한참 후에야 공장장이 칸막이 뒤에서 나왔다.

“안녕하세요?”

나는 반가운 김에 높은 목소리로 인사말을 던졌다.

“웬일이우? 직접 왕림하시구……”

공장장이 허리춤에 꽂아놓았던 면장갑을 빼서 손에 끼며 비꼬듯 말했다.

“하도 인쇄가 안 걸려서 답답해서 왔죠.”

내 말이 끝나기도 전에 칸막이 뒤에서 사장이 고함을 버럭 질렀다.

“돈을 줘야 일을 하지! 벌써 얼마가 밀린 줄 알아?”

나는 공장장에게 목을 움츠려 보인 후 칸막이 뒤로 향했다. 사장은 나도 익히 알고 있는 두루 출판사 제작부장과 함께 앉아 있다가 인상을 쓰며 나를 째려보았다. 경리가 중요한 손님이라고 말한 장본인이 두루 출판사 오부장이었나 의아한 느낌이 들었다. 그러나 그런 의아함을 풀기보다 성난 사장을 상대하는 일이 더 급했다.

“용케 제 목소리를 알아들으시네요.”

나는 사장을 향해 여유만만하게 웃어 보이며 소파에 마주앉았다.

“빚쟁이 목소리를 내가 왜 못 알아들어?”

“빚쟁이, 빚쟁이 하지 마세요. 시원하게 일시불로 갚아드릴 테니까……”

사장은 다리를 꼬며 뻐딱한 자세를 취하더니 턱을 치켜들고 콧방귀를 뀌었다.

"흥! 어느 세월에?"

"어느 세월이라뇨? 저희가 한창 형편이 좋았을 때는 이 인쇄소도 신이 났었잖아요. 지불도 좋았구요. 다시 한번 멋진 소식이 있을 거예요. 조금만 기다려보세요."

사장이 꼬았던 다리를 풀며 고개를 설레설레 흔들었다.

"가나 출판사가 좋았던 시절은 지나간 것 같애. 요즘은 두루 출판사처럼 정계에 인맥이라도 닿아 있어야 재벌 총수를 잡아서 베스트셀러를 내놓지……"

사장의 말을 들은 나는 비로소 두루 출판사의 제작 업무를 담당하고 있는 오부장이 중요한 손님으로 취급되고 있는 이유를 알 수 있었다. 출판계의 티케이라고 자타가 공인하는 두루 출판사의 사장은 요즈음 자본주의의 꽃인 대기업 회장이 쓴 책을 냄으로써 도서시장을 석권하고 있었다. 그러니 몇십만 부씩 인쇄해가는 오부장이 중요한 손님이 될 수밖에…… 나는 오랜만에 만난 오부장에게 아는 체도 할 겸 판매부수를 물어보았다.

"모처럼 대형 베스트셀러가 터졌다고 하던데 대충 몇만 부나 팔렸나요?"

오부장은 어깨에 힘을 넣고 목을 빳빳이 세우면서 점잔을 빼는 목소리로 대답했다.

"에, 백만 부는 무난히 넘어설 것 같습니다. 윤부장님이 진작에 저희 회사로 오셨더라면 오늘날 아주 좋았을 텐데…… 가나 출판사는 거래처에서 좋지 않은 소리를 들을 정도로 어려운가 본데, 정말 힘드시겠습니다. 대우는 제대로 받고 계신지요? 저희 회사 직원들은 특별히 베스트셀러 수당을 받았는데……"

내가 열심히 만들었던 대안문화 동인지가 몇 년 전에 우수도서로 선정되어 상을 받은 적이 있었다. 시상식장에서 두루 출판사 사장을 알게 되었는데, 그는 나를 능력있는 편집장으로 인정해 주었다. 그후 그는 기회 있을 때마다 자기 회사로 와서 함께 일하자는 제안을 해오고 있었다. 두루 출판사 사장의 수족으로서 그 사실을 잘 알고 있는 오부장은 기회를 잡았다는 듯이 자기 회사 자랑을 했다. 그러나 두루 출판사의 성격을 좋아하지 않는데다 오랫동안 일해온 정든 직장을 떠날 생각이 없는 나로서는 말없이 웃어 보일 수밖에 없었다.

"저희 회사에 한번 놀러 오십시오. 사장님이 반가워하실 겁니다."

오부장은 의미심장하게 말한 후 자리에서 일어났다. 이미 인쇄소와의 용건은 끝난 모양이었다. 인쇄소 사장과 공장장이 배웅을 하기 위해 허둥지둥 따라 나갔다. 나는 소파에 혼자 남아 잠시 씁쓸한 기분을 곱씹어야 했다. 친체제적인 두루 출판사의 책은 백만 부씩 팔리는데 사회 변화를 꿈꾸는 진보적인 책들은 불황의 늪을 헤매야 하다니…… 이제는 점점 더 극우 보수세력이 날뛰겠지…… 암담함을 느끼며 앉아 있는데 배웅 나갔던 사장과 공장장이 돌아왔다. 나는 실무를 맡고 있는 공장장에게 단도직입적으로 물었다.

"우리 책은 언제 찍어주시겠습니까?"

"찍긴 뭘 찍어? 돈도 안 주는데 공짜로 찍어줘?"

공장장 대신 사장이 나서며 면박을 줬다. 나는 무안한 마음이 들었으나 내색하지 않고 뻔뻔스레 응수했다.

"이거 왜 이러십니까? 사장님. 여지껏 지내온 의리를 생각해서 어려울 때 봐주셔야지요. 이러다 우리도 백만 부짜리를 터뜨리면 어떡하려고 이러십니까?"

사장은 조금도 주눅들지 않고 대드는 내 얼굴을 힐끗 보더니 피식 웃음을 터뜨렸다.

"어휴, 내가 윤부장 등쌀에 못살지, 못살어. 집에서 마누라한테 당하는 것만 해도 괴로운데 회사 와서 윤부장한테까지 닦달을 당하니, 이거야 원…… 어이, 공장장! 인쇄 계획이 잡혀 있나?"

공장장이 느릿느릿 대답했다.

“보름쯤 후에 걸릴 겁니다.”

“보름이요?”

나는 눈을 휘둥그렇게 떠 보이며 호들갑을 떨었다. 사실 보름 후라는 대답은 아직 인쇄 계획이 잡혀 있지 않다는 말과 같았다. 나는 단호하게 요구했다.

“보름 후라니 말도 안 돼요. 오늘 당장 걸어주세요.”

“오늘은 두루 출판사 책이 돌아가고 있는 중이에요.”

공장장이 어쩔 수 없다는 듯이 어깨를 으쓱했다.

“그러면 내일 아침 일찍 걸어주세요.”

나는 계속 오기를 부리며 당당하게 요구했다.

“내일은 내륙 출판사 만 부짜리가 들어갈 거예요. 얼마 동안은 계획이 빡빡해요.”

공장장은 미안하다는 듯이 내 시선을 외면하며 우물우물 대답했다. 나는 작전을 바꾸어 부드럽게 부탁했다.

“공장장님, 우리 책은 부수가 적어서 두 시간이면 인쇄가 끝나요. 더도 말고 두 시간만 할애해 주세요.”

“그러면 오늘 두루 출판사 일 끝내고 내일 아침 내륙 출판사 일 하기 전에 두 시간을 내야 한다는 얘긴데, 오늘 밤 잔업을 하지 않는 이상 불가능해요.”

공장장이 손가락을 꼽으며 계산을 해본 뒤 고개를 저었다.

“두 시간만 연장근무를 할 수는 없을까요?”

내가 조심스럽게 부탁하자 사장이 가로막고 나섰다.

“어허, 이 사람 세상 돌아가는 걸 모르시는군. 요즘 공돌이들이 야근하려는 줄 알아? 억지로 잔업시켰다간 공원들이 다 나가서 인쇄소 문닫게 돼.”

사장이 쯧쯔 혀를 차며 삐딱한 자세로 앉아 담배를 꼬나물었다. 공장장이 덧붙여 설명했다.

"요샌 한마디로 인력난이에요. 힘들여 일하려는 사람들이 없어요. 돈을 많이 준다고 해도 기계밥은 안 먹으려고 해요. 모두 쉽고 즐겁게 적당적당히만 살려고 하죠. 그러니 아무리 일이 많아도 잔업이나 야근을 하라고 직공들에게 말할 수가 없어요. 나도 속이 터져 죽을 지경이죠. 너무 재촉하지 말아요. 신경써서 해드릴 테니까……"
공장장은 말을 마치고 휘적휘적 걸어 나갔다.
"공장장님, 늦어도 내일은 걸어주시는 거예요!"
나는 공장장의 등뒤에 대고 막무가내로 소리를 질렀다.
"알았수다. 잘 해드릴게."
공장장이 사무실을 나가며 시원스레 대답했다. 잠시 문이 여닫기는 사이 기계 돌아가는 소음이 밀려들어 왔다가 멀어져갔다.
"하여간 사람 조르는 데는 이골이 났군. 시집을 갔었으면 남편깨나 들볶았을 거야."
사장이 이죽거렸다. 나는 가볍게 받아넘겼다.
"그러니까 아예 안 갔죠."
"정말 영영 안 갈 거야?"
사장이 윗몸을 앞으로 기울이며 내 얼굴을 빤히 쳐다보고 물었다.
"여태까지 혼자 잘 살았는데 이제와서 굳이 결혼하려고 할 필요가 있나요?"
속으로 이런 대화는 정말 질색이다 싶었으나 내색하지 않고 선선히 대답했다.
"젊었을 때야 혼자라도 잘 살지. 하지만 늙어서가 문제야. 자식도 없고……"
나는 씽긋 웃으며 반문했다.
"요새 젊은이들이 늙은 부모 모시려고 하나요? 다 따로 살려고 하지요. 사장님은 노후에 자식들이 돌봐줄 것 같아요?"
사장은 잠시 말이 막히는 모양이었다. 그러더니 자신없이 중얼거렸다.

"그래도 장례 치러줄 자식은 있어야지."

이때 경리가 주스를 두 잔 가져왔다. 나는 주스를 마시며 이제 용건이 끝났으니 적당히 일어날 구실을 찾아야겠다고 생각했다. 그러나 사장은 계속 쓸데없는 화제를 꺼냈다.

"그러면 평생 결혼도 안 하고 자식도 안 키우고 무슨 재미로 살아? 보아하니 적당히 즐기는 것 같지도 않던데…… 시집도 못 가고 허구헌날 일만 하면 쓰나. 쯧쯔……"

아침에 이선생으로부터 들은 걱정을 오후에 인쇄소 사장에게서 또 듣고 있었다. 지겨웠으나 참을 수밖에 없었다. 문득 사장이 목소리를 낮추어 은근하게 물었다.

"아직 휴가 안 받았지?"

"예."

"어때? 이번 휴가는 나랑 일본 여행을 갔다 오는 게? 훌쩍 기분전환도 하고 말이야."

나는 어처구니가 없어 사장의 낯짝을 힐끗 쳐다보았다. 능글능글한 웃음이 번진 입가가 지저분해 보였다. 불쾌한 기색을 감추며 애써 명랑하게 대답했다.

"그렇게 여유 있는 팔자가 되면 좋게요? 일이 밀려서 휴가나 받을 수 있을지 모르겠어요. 저는 이만 가볼게요. 약속이 있어요."

주스잔을 놓고 소파에서 일어났다. 그러나 사장은 끝까지 농지거리를 잊지 않았다.

"약속? 나를 두고 무슨 약속이 있어? 좋은 약속이야?"

나는 역겨움이 치밀어오르는 것을 꾹 누르며 태연한 얼굴로 작별인사를 했다. 사무실을 나오자 기계 돌아가는 소리가 간신히 마음을 가라앉혔다. 언제나 그렇듯이 사람들이 땀흘려 일하는 작업현장은 나에게 활력을 준다. 기계 사이를 비집고 다니며 묵묵히 일하는 직공들을 보았다. 힘들여 일하려는 사람들이 없어서 인력난을 겪고 있다는 공장장의 말이 떠올랐다. 그래, 가진 자들이 한번 호되게 당해봐야 한다. 그 동안 경제성장을 추구한다는 명목 아래 기업주들이 노동자들을 저임금과 장시간 노동으로 얼마나 혹사해 왔는가? 지금 인력난이니 뭐니 하면서 엄살을 부리지만 사람 노동력의 소중함을 깨달으려면 아직 멀었다. 기업주들이 좀더 곤란을 겪어본 후 노동자들을 우대하게 될 때까지 직공들이여, 좀더 단결하고 좀더 강해지자! 믿음직스러운 노동자들을 보며 마음 속으로 중얼거리고 있을 때 공장장과 눈이 마주쳤다. 나는 씽긋 웃으며 큰 소리로 외쳤다.

“저 갑니다! 잘 부탁해요!”

내 목소리는 기계 소리에 묻혀 사라졌다. 그러나 공장장은 알아들었다는 듯 고개를 끄덕였다. 나는 열심히 일하는 공장장과 직공들이 능글맞은 사장보다 백배는 더 든든하다고 다시 한번 생각하며 인쇄소를 빠져나왔다.

그러나 편집실로 돌아오니 직원들이 인쇄소처럼 열심히 작업에 몰두하고 있지 않았다. 정영숙과 황명애만이 자리를 지키고 앉아 교정을 보고 있을 뿐 나머지 직원들은 한차장의 책상 주위에 몰려들어 와자지껄 떠들고 있었다.

“무슨 일이 있어요?”

돌발적인 사건이라도 일어났나 의아해진 나는 직원들을 비집고 한차장에게 다가가며 물었다. 한차장이 책상 위에 펼쳐놓았던 스포츠 신문을 가리키며 대답했다.

“기획 얘기를 하고 있었습니다. 자, 보십시오. 이 신문에 잘 팔릴 책거리들이 수두룩합니다. 알기 쉬운 의학 상식부터 흥미있는 점성술, 인기있는 상담 코너 등등……”

비교적 좋은 환경에서 자라 성격이 밝고 명랑한 대신 좌우를 모르고 천방지축 덤벙대는 서현희가 다소 들뜬 목소리로 한차장의 말을 받았다.

"제가 이런 인기물을 연재하는 필자들을 섭외해 볼게요."

표지와 광고 디자인을 전담하고 있는 조민철까지도 합세해서 말했다.

"기획이라는 게 뭐 그리 대단한 일도 아니군요. 스포츠 신문만 열심히 봐도 장사될 책거리가 허다하지 않습니까? 저도 한몫 거들겠습니다. 제가 제안한 기획물이 잘 팔리면 저한테도 특별수당이나 기획료가 떨어지는 거죠?"

나는 일단 무슨 큰일이 벌어지지는 않았구나 안심했다. 그러나 스포츠 신문을 보고 흥분하고 있는 직원들에 대해 저절로 한숨이 나오려는 것을 꾹 참았다. 찬찬히 한차장과 서현희, 조민철을 둘러보았다. 그리고 가볍기가 거품 같은 그들을 향해 무겁게 입을 열었다. 아까 인쇄소에 갈 때 곰곰이 궁리했던 생각들을 약간 내비칠 필요가 있었던 것이다.

"우리가 기획하고자 하는 대중물이 반드시 흥미 위주의 오락거리를 애기하는지 한번 본격적으로 토의해 봐야겠군요. 대중들이 주머니에서 돈을 꺼내 지불하고 사기까지 하는 책이 과연 오락거리에 한정되어 있을까요?"

한차장이 스포츠 신문을 접으며 피식 웃었다.

"에이, 부장님은 또 심각하게 나오신다. 요즘 스포츠 신문이 얼마나 잘 팔리는지 아십니까? 대중물은 심각해서는 안 됩니다."

"이삼백 원짜리 신문과 사오천 원짜리 단행본은 많이 다르지요. 신문은 읽고 버리는 거지만 책은 마음의 양식으로 간직하는 거 아닙니까?"

내 말이 못마땅한 듯 조민철이 반박했다.

"그렇게 생각하신다면 결국 상업적인 대중물과는 멀어지게 됩니다."

"그럴까요? 이 기회에 대중물이란 과연 무엇이며 어떠해야 할지 의논해 봅시다. 다음 월요일에 편집회의가 있으니까 그때까지 각자가 생각하는 대중물의 개념을 정리해서 발표하기로 합시다. 아울러 자신이 구상하는 대중물의 개념에 알맞는 책거리의 목록도 예를 들어 제시하고요."

나는 근무 시간이 흐르고 있음을 의식하며 오늘의 과제를 다음 편집회의 때로 미루었다.

"야, 이거 바쁘게 됐군요. 그러니까 대중물이란 어떠해야 한다고 발표하는 한편 구체적인 기획거리까지 내놓으란 말씀이시죠?"

조민철이 늘 들고 다니는 수첩에 기록을 하며 물었다.

"그렇지요. 서로 다른 생각들을 모아보면 좋은 결과가 나올 거예요."

나는 스포츠 신문을 두고 일어났던 작은 소동을 마무리하며 그만 내 책상으로 향했다.

"잠깐만, 부장님!"

한차장이 나를 불러세웠다. 나는 돌아서서 한차장을 보았다.

"말씀하신 대로 하려면 기획에 투자할 시간이 필요합니다. 매일 교정과 실무에 매달려 있는 저희로서는 생각할 시간이 전혀 없습니다. 적어도 하루에 반나절은 기획에 할애할 시간을 주셔야 합니다. 자료도 찾아보고 서점에도 나가보고 섭외도 해봐야 되지 않습니까?"

나는 정영숙과 황명애를 보았다. 그들은 묵묵히 교정보기를 계속하고 있었다. 저렇게 쉴 틈 없이 일을 해도 모자랄 만큼 많은 실무가 있었다. 게다가 빈둥거리기 잘하는 한차장이 생각할 시간이 없다는 말은 믿기 어려웠다. 그런데 전직원이 하루에 반나절을 기획에 할애한다면? 실무는 뒷전으로 밀려나 책의 생산에 차질이 올 것이다. 그렇다고 전직원이 참여하기로 결정한 기획일을 하지 말라고 할 수는 없다. 잠시 생각해 본 나는 천천히 입을 열었다.

"실무를 중단할 수 없다는 건 여러분도 잘 아실 거예요. 그러니 하루 반나절은 곤란하고 하루에 두 시간씩을 기획에 할당합시다. 오전 아홉시에 늦지 않게 와서 실무를 보다가 오후 네시부터 여섯시 퇴근시간까지 기획을 하는 걸로……"

"너무 빠듯합니다."

한차장이 항의했다. 나는 단호하게 대답했다.

"더 이상은 곤란합니다. 편집부 전직원이 책의 생산을 중단하고 기획만 할 수는 없습니다."

한차장이 볼멘 소리를 했다.

"그렇다면 이 기회에 기획부와 실무 팀을 분리하는 게 어떨까요? 인원도 더 보강하고……"

나는 가난한 부모가 고급 장난감을 사달라고 조르는 어린아이를 대할 때처럼 전신에 기운이 빠지는 걸 느끼며 머리칼을 한번 쓸어올렸다.

"직원을 더 뽑을 수 없는 형편이라는 건 한차장도 잘 아시잖아요? 그리고 여지껏 일부만 참여했던 기획을 전직원이 분담하자는 의도지 또다시 특정 인력이 전담하자는 애기는 아니잖아요? 어렵고 벅차지만 운용의 묘를 살려서 실무도 계속하고 기획도 새로 해봅시다."

한차장이 입을 다물었다. 서현희가 제자리로 돌아갔다. 그러나 조민철은 시계를 보더니 내게 와 말했다.

"저는 표지 디자인 구상도 얻을 겸 기획거리도 살펴볼 겸 서점에 나갔다 곧바로 퇴근하겠습니다. 실무를 하기로 한 네시가 훨씬 지나 벌써 다섯시가 넘었으니 괜찮겠죠?"

나는 가볍게 고개를 끄덕였다. 미술 담당인 조민철까지 나대는 데는 골치가 아파왔지만 직원들의 자율성을 믿을 수밖에 없었다. 그러자 한차장도 자리에서 일어섰다.

"저도 선배가 경영하는 기획대행회사에 들러보고 퇴근하겠습니다."

한차장과 조민철이 나간 뒤 서현희는 묵은 신문철을 가져와 뒤적거리기 시작했다. 나는 최근에 검토하고 있던 신예작가의 원고를 읽기 시작했으나 한차장들과의 설왕설래 끝에 지친 탓인지 능률이 오르지 않았다. 퇴근시간이 다 되었을 무렵 내게 전화가 왔다.

"언니야? 나 막내야."

내가 예뻐하는 동생의 목소리가 잠시 피곤함을 잊게 해줬다.

"웬일이니? 회사로 전화를 다하고……"

"웬일이라니? 언니, 오늘이 아버지 제삿날인 거 알고 있어?"

아차! 깜박 잊고 있었구나! 내 생일은 기억하면서 아버지 기일은 잊고 있었다니…… 나는 속으로 낭패하여 부르짖었다. 그러나 동생을 실망시키지 않으려고 태연하게 말했다.

"그럼, 알고 있지. 열흘 전쯤 어머니한테 전화를 받았어."

"아휴, 다행이다. 난 언니가 잊고 있는 줄 알았어. 그러면 퇴근하고 오빠집으로 올 거지?"

오늘 저녁에 아무 약속이 없는 것을 다행스럽게 여기며 내가 대답했다.

"곧 갈게. 너도 갈 거지?"

"난 벌써 와 있어. 지금 오빠네서 전화하는 거야. 어머니가 제사음식 만드는 거 거들어드리고 있다구……"

동생이 자랑스레 말했다. 나는 웃으며 전화를 마무리했다.

"기특하구나, 역시 내 동생이야. 있다가 보자."

"응, 총알같이 달려와야 해. 끊어."

전화를 끊고 서둘러 퇴근 준비를 했다. 아무리 좋아하지 않았던 아버지였지만 제삿날을 잊고 있었다니 미안했다. 여섯시 정각에 가방을 들고 일어서며 정영숙에게 인사했다.

"먼저 갈게요."

“서두르시는 걸 보니 좋은 약속이 있나 보죠?”
정영숙이 책상 위를 정리하며 미소지었다. 나는 말없이 마주 웃어
보인 후 사무실을 나왔다.

아버지

　　회사 앞에서 마을 버스를 타고 신촌으로 향했다. 어머니가 계시는 오빠의 집은 내가 사는 능곡을 한참 지나 일산 신도시에 있었다. 신촌 기차역 부근에서 일산으로 가는 시외버스를 탔다. 종점에서 시외버스를 탄 덕분에 느긋하게 앉아서 갈 수가 있었다. 한 시간 가량 걸리는 먼길을 갈 셈으로 등받이에 머리를 기대고 눈을 감았다. 그러나 한잠 푹 자고 싶은 마음과는 달리 찬물에 머리라도 감은 듯 정신이 맑아져왔다. 동시에 별로 기억하고 싶지 않은 아버지의 생전의 모습이 떠올랐다.

　　밤이 깊어 자정이 다가올 때였다. 서울 시내 한복판인 계동에 있던 우리 집에는 때마침 가을 달빛이 쏟아져내려 고즈넉한 한옥의 정취가 무르익고 있었다. 어머니가 기거하시던 안방과 아버지가 서재로 쓰던 건넌방, 그리고 대청이 있는 안채는 사람이 살지 않는 듯 조용했는데 귀뚜라미 울음소리만 헛되이 댓돌 위를 맴돌고 있었다. 그러나 오빠 방과 내 방이 있는 아래채는 불빛이 환했다. 당시에는 중학교에 진학하는 데에도 심한 입시전쟁을 치러야 했으므로 국민학교 오학년이던 오빠는 제 방에서 밤늦도록 공부에 열중하고 있었다. 국민학교 이학년이어서 아직 그렇게까지 열심히 공부하지 않아도 괜찮은 나까지도 잠들지 않고 동화책을 보았다. 내 옆에는 잠든 동생과 바느질을 하고 계신 어머니가 있었다. 커다란 안방을 놔두고 좁은 내 방에 와 있는 어머니는 말없이 바느질만 하였다. 그러나 시간이 지날수록 불안해 하는 기색이 역력해서 몇 번이나 바늘에 손끝을 찔리곤 했다. 요란한 귀뚜라미 소리마저 없었다면 한밤의 긴장된 적막은 견딜 수 없는 것이었으리라.

어머니가 시집올 때 가져왔다는 괘종시계가 대청에서 지친 듯 나직하고 둔탁한 목소리로 열두 번을 울었다. 동시에 대문간에서 혀 꼬부라진 남자의 음성이 쩌렁쩌렁 울려퍼졌다.

"이리 오너라아아!"

"왔다!"

어머니가 가슴이 철렁 내려앉는 표정으로 짧게 부르짖었다. 이어 재빨리 바느질감을 치우며 내게 하소연하듯 말했다.

"여민아, 어여 나가봐라. 나는 중민이 데리고 나갈게."

어머니는 다가올 공포의 시간을 어린 자식들을 방패삼아 모면해 보려고 하였다. 번번이 헛된 시도여서 당할 만큼은 꼭 당했음에도 불구하고…… 어쨌든 나는 어머니를 생각해서 황급히 대문께로 뛰어나갔다.

"이제 오세요? 아버지."

대문을 열자 아버지가 곧 뒤로 넘어갈 것같이 만취한 몸을 양발을 쫙 벌려 곧추세우고, 게슴츠레한 눈으로 나를 보았다.

"누구냐?"

"여민이에요, 아버지."

"여민이? 응, 우리 맏딸 여민이 말이냐?"

가장 귀여워하는 딸 앞에서 아버지의 말투는 다소 누그러졌다.

"예, 안으로 들어가세요, 아버지."

나는 아버지를 부축하려고 팔을 잡았다. 그러자 갑자기 아버지가 내 손을 매섭게 뿌리치며 쩌렁쩌렁 울리는 소리로 외쳤다.

"니가 기생이냐, 창녀냐? 왜 가만있는 나를 잡아끌어, 응?"

국민학교 이학년 여자아이로서 들을 말이 아니었지만 나는 마음에 담지 않았다. 취한 사람에게서 정상적인 태도를 기대하지 않을 만큼 조숙했던 것이다. 오히려 아버지가 자식들만큼은 때리지 않는 것을 다행으로 여겼으니까……

아버지는 어둠에 뒤덮인 마당 쪽을 한참 노려보다가 간신히 대문 안으로 들어섰다.

"요시!"

무엇을 벼르는 사람처럼 아버지의 입에서는 일본말이 튀어나왔다.

"많이 늦으셨어요."

오빠와 어머니가 나와서 휘청거리는 아버지를 붙잡았다. 그러나 아버지는 부축하는 어머니의 앙가슴을 모질게 떼밀며 악을 썼다.

"징그럽다, 이년! 내 일생을 망친 년!"

어머니가 에그머니 하고 비명을 지르면서 안마당의 꽃밭 속으로 꼬꾸라졌다. 꽃밭 속에 서 있던 커다란 홍초의 줄기가 후두둑 부러졌다. 어머니는 무엇에 크게 부딪쳤는지 몸을 가누지 못하고 계속 신음만 했다. 나는 오빠와 함께 어머니를 일으켜 세우며 전신을 떨었다. 지겨웠다. 매일 거듭되는 이 곤욕. 밤늦은 아버지의 귀가. 하루를 종결짓는 이 횡포. 어릴 때부터 연습해온 이 행사에 이제는 익숙해질 만도 했으나 매번 힘들기는 마찬가지였다. 아니, 조금씩 더 힘들어지고 참을 수가 없어졌다. 그런데 어머니는 평생을 견뎌온 것이다. 도대체 어머니는 왜 이혼하지 않는 걸까? 어린 생각에도 나는 어머니를 이해할 수 없었다. 불쌍하기도 하고 한심하기도 한 어머니를 아래채 툇마루에 앉힌 후, 오빠와 나는 아버지를 집 안으로 모셔들이기 위해 십오 분 가량 끌고, 밀고, 당기는 실랑이를 해냈다.

간신히 아버지를 건넌방으로 모신 후 자리에 들기를 권했으나 막무가내로 눕지 않았다. 오늘 밤도 일찍 자기는 틀렸다는 신호였다. 오빠를 힐끗 보니 이미 체념한 듯 아버지 앞에 얌전히 앉아 있었다. 나도 할 수 없이 오빠 옆에 가 앉았다. 아버지는 이부자리 위에 앉아 윗몸을 건들건들 흔드시면서 오빠에게 물었다.

"막내, 혜민이는?"

마음이 약한 오빠는 제대로 대답을 못하고 내게 눈짓을 했다. 나는 침을 한번 꿀꺽 삼킨 후 오빠 대신 대답했다.

"자고 있어요. 오늘 하루종일 뛰어놀아 고단한가 봐요. 아직 어린 애니까 깨우지 마세요, 아버지."

아버지가 반쯤 감았던 눈을 번쩍 뜨며 버럭 소리를 질렀다.

"어린애라구? 세 살은 결코 어린 나이가 아니야. 나는 그 나이에 너희 할아버지를 여의고 가장이 됐었어. 들어봐, 세 살에 가장이 됐었다구……"

이제부터 아버지가 할 얘기가 무엇인지는 뻔했다. 외우라면 외울 수도 있을 만큼 반복해서 들어온 아버지의 자서전. 그 얘기를 또 듣는 것은 폭력적인 술주정 못지않게 견디기 힘든 일이었다. 그러나 듣지 않을 수가 없었다. 아버지는 우리 집안의 최고 권력자였고, 그 뜻을 거역할 수 있는 사람은 아무도 없었으니까……

"나는 철들기 전에 부모를 모두 잃어 육친의 정을 모르고 살았다. 너희 친할머니는 나를 낳고 산후조리가 잘못되어 곧 돌아가셨지. 할아버지는 할 수 없이 열여섯 살짜리 가난한 양반집 딸과 재혼을 하셨단다. 그러나 내가 세 살 되던 해에 할아버지가 호열자에 걸려 갑자기 세상을 뜨시고 말았어. 난 시집온 지 얼마 안 돼 청상과부가 된 계모 할머니 밑에서 자랐지. 할아버지가 남겨주신 논과 밭 등 재산 은 많았지만 마음고생이 심했던 유년시절이었다."

아버지는 지그시 눈을 감고 옛일을 회상했다. 오빠와 나는 꾸중을 듣는 사람처럼 고개를 숙인 채 반은 졸고 반은 듣고 있었다.

"열여덟 살의 청상과부가 전실자식을 기르기란 쉬운 일이 아니었 겠지. 하지만 워낙 성미가 모진 사람이었다. 한번 화를 내기 시작하 면 제 성질에 못이겨 쓰러질 때까지 난리를 치곤 했었어. 덕분에 나 는 걷기가 무섭게 회초리를 맞아야 했다. 명색이 부잣집 외아들이 라는 내가 겨울에 양말 한 켤레를 못 얻어신을 정도로 학대를 받았 지. 사내답게 참는 훈련을 쌓아야 한다고 가난한 집 아이들처럼 맨 발로 다니게 했으니까…… 소학교 때는 급기야 폐렴에 걸린 적도 있었다. 그때 죽을 고비를 넘기고 다시 학교에 갔는데, 늘 일등만 하 던 내 성적이 그만 사등으로 뚝 떨어지고 말았어. 성적표를 받아가 지고 온 날 매를 맞았는데 어찌나 혹독하게 맞았는지 그만 기절하고 말았던 일도 있었지. 그런데 너희 어머닌 어디 갔냐?"

갑자기 아버지가 어머니를 찾는 통에 바짝 긴장한 나는 냉큼 둘러 댔다.

"부엌에 계셔요. 그런데, 아버지, 저녁은 드셨어요?"

"응, 가서 저녁은 필요 없고 술이나 한병 가져오라고 해라."

나는 건넌방을 나와 어머니를 찾았다. 어머니는 내가 둘러댄 대로 부엌에 있었다. 그러나 저녁을 차리지는 않고 불을 끈 채 멍하니 앉 아 있었다. 마치 고양이 앞의 쥐가 도망도 치지 못하고 숨죽이고 있 는 것처럼…… 나는 불을 켜며 메마른 목소리로 술을 가져오란다고 전했다. 어머니는 발아래가 꺼지도록 한숨을 쉬며 조그맣게 말했다.

"얼마나 더 괴롭히려고 또 술을 찾나? 가서 곧 가져간다고 해라."

건넌방으로 돌아오니 아버지가 오빠를 상대로 말씀을 계속하고 있었다.

"내가 결혼을 늦게 한 이유는 어떤 여자건 계모 시할머니를 만나 지독한 고생을 하지 않도록 하기 위해서였지. 죄스런 얘기지만 계모가 돌아가시자 그야말로 해방된 느낌이 들더군. 비로소 결혼할 생각도 나고……"

계모 할머니 대신 아버지 당신이 어머니를 충분히 괴롭히고 있다고 말하고 싶은 것을 꾹 참고 오빠 곁에 가 앉았다. 마음이 고운 오빠는 불행한 성장기를 보낸 아버지에게 연민의 눈빛을 보내고 있었다. 아버지는 그 눈빛을 느꼈는지 오빠를 향해 따뜻하게 말씀하셨다.

"계모 할머님은 정말 무서운 분이셨지만 훌륭한 점도 많았다. 가난한 사람들에 대한 동정심이 유달리 깊었고, 늘 잃어버린 나라를 걱정하면서 뛰어난 지도자가 되라고 가르치셨다."

나는 너무 어렸기 때문에 논리적으로 파고들지는 못했으나, 집안에서 못된 성질을 부리던 할머니가 나랏일을 걱정했다는 건 뭔가 어울리지 않는 일이라고 생각했다. 그리고 아버지 역시 별수없이 그런 할머니를 닮았다고 느꼈다. 그러나 나의 말짱한 생각을 모르는 아버지는 계속 얘기하셨다.

"계모 할머님은 할아버지의 유산을 허비하지 않고 더 늘려놓으셨지. 내가 일본에서 대학을 마치고 돌아온 후, 논과 밭을 소작인들에게 거의 무상으로 분배해 주는 바람에 많은 재산이 줄어들었지만…… 하지만 나는 아직도 그 일을 후회하지 않는다. 그때 소작인들이 고마워하던 얼굴을 잊을 수가 없어."

아버지는 다시 지그시 눈을 감고 추억에 잠기며 엷게 미소지었다. 이때 어머니가 술병과 마른안주를 쟁반에 받쳐들고 들어왔다. 어머니는 겁을 집어먹은 얼굴로 주춤주춤 아버지 옆에 다가가 술쟁반을 내려놓은 후 얼른 멀찍이 물러났다. 아버지가 눈을 번쩍 뜨고 턱짓으로 앉으라는 명령을 했다. 어머니는 마지못해 문 어귀에 쭈그리고 앉았다. 아버지가 술쟁반을 끌어당기며 얘기를 이었다.

"지금도 고향에 가면 나를 은인으로 여기는 사람들이 남아 있지. 그 사람들 덕분에 육이오도 무사히 넘겼다. 그러고도 재산이 남아 오늘날까지 풍족하게 먹고 살 수 있으니 나 좋고 남 좋고 오죽 좋은 일이냐?"

어머니는 풍족하다는 말에 아버지 몰래 입을 삐죽거렸다. 할아버지의 유산으로 먹고는 살았으나 달리 수입원이 없는 빠듯한 살림살이가 불만이었던 것이다. 어머니는 늘 아버지가 언젠가 한량 노릇을 청산하고 돈벌이를 해서 좀더 넉넉한 생활을 해보는 것이 소원이었다. 그러나 아버지는 어머니의 간절한 소원에는 아랑곳없이 잔에다 술을 넘치게 따르며 오빠를 향해 말했다.

"사나이는 큰일을 해야 한다. 내 한 몸보다는 민족과 국가를 먼저 생각하고 이웃을 위해 헌신해야 한다. 계모 할머님은 늘 말씀하셨지. 사람의 배꼽이 왜 배꼽이냐? 부모보다 백 곱을 낫게 살라고 '백곱' 하고 이름 붙여서 오늘날 배꼽이 된 거란다. 즉 부모와 탯줄이 붙었던 자리에 백 곱의 삶을 살라는 교훈이 있는 거다. 넌 이 애비보다 백 곱은 나은 삶을 살아야 한다. 애비는 시대를 잘못 만나 허송세월을 하게 되었지만, 너만은 명실공히 대장부가 되어 큰일을 성취해야 한다. 알았느냐?"

말씀을 끝낸 아버지는 술을 벌컥벌컥 마셨다. 그러나 다음 순간 눈을 세모꼴로 세우더니 어머니를 노려보며 술잔을 집어던졌다.

"누가 포도주를 갖고 오랬어? 위스키를 달란 말이야!"

술잔은 쨍그랑 소리를 내며 방바닥에 부딪쳐 산산이 깨졌다. 나는 순간적으로 생각했다. 부모보다 백 곱은 낫게 살라고 말하면서 어째서 아버지는 계모에게서 보고 당한 그대로밖에 못하는 걸까? 왜 계모의 못된 성질로부터 벗어나지 못하는 걸까? 그러나 더이상 생각할 시간이 없었다. 어머니가 조그맣게 변명을 했기 때문이었다.

“너무 취하신 거 같아서 약한 술로 가져왔……”

“이년이? 나를 어떻게 보고……”

어머니의 변명이 채 끝나기도 전에 아버지의 고함이 터지면서 주먹이 날아갔다. 겁에 질린 어머니는 미처 피하지도 못하고 아랫배를 된통 얻어맞았다. 아이구구구…… 어머니가 배를 움켜쥐고 주저앉았다. 아버지는 어머니의 잔등과 어깨를 가리지 않고 마구 때리기 시작했다.

“아버지, 왜 이러세요? 아버지, 참으세요!”

오빠가 성난 아버지의 팔에 매달리며 필사적으로 말렸다.

“놔라! 너희들은 모른다. 내가 이년 때문에 못 갔어. 그때 못 가고 오늘날 요모양 요꼴이 됐단 말이야! 이년!”

아버지는 매달리는 오빠를 거칠게 밀어버리고는 미친 듯이 어머니를 두들겼다. 못 가기는 어디를 못 갔고, 그때란 언제를 말하는 것일까? 아마도 어머니와 아버지 사이에는 자식들이 모르는 비밀이 있는 모양이었다. 그렇다 하더라도 아버지가 어머니를 때리는 정도는 지나치게 난폭했다. 꼭 어머니를 죽일 것만 같았다. 나는 심한 공포를 느꼈다. 손가락 하나 꼼짝할 수 없을 만큼 온몸이 굳어졌고, 가슴이 아프게 조여오면서 숨쉬기가 어려웠다. 이마에는 진땀이 맺혔고 허벅지가 후들후들 떨렸다. 누군가 나타났으면 싶었다. 제발 누군가 힘센 사람이 나타나서 아버지를 꼼짝 못하게 하고 어머니를 구해 줬으면 싶었다. 그러나 방안에는 아버지가 밀치면 나동그라지는 힘없는 오빠와 대책없이 맞기만 하는 무력한 어머니뿐이었다. 믿고 기댈 수 있는 사람은 아무도 없었다. 아무도 도와줄 사람이 없다는 생각이 들자 나는 이를 악물었다. 때마침 어머니가 얼굴을 맞아서 코피가 터졌다. 그런데도 아버지는 매질을 멈추지 않았다. 나는 재빨리 주위를 둘러보았다. 벽면의 커다란 거울과 책꽂이의 책들이 눈에 들어왔다. 다음 순간 나는 두꺼운 책을 꺼내 거울에다 냅다 집어던졌다. 쨍그랑 요란한 소리가 나며 거울이 깨졌다. 아버지가 놀라서 매질을 멈추었다. 아홉 살짜리 어린아이인 나는 잽싸게 깨진 거울조각을 집어들고 아버지를 겨누며 외쳤다.

"때리지 마, 이 미친놈아! 한 번만 더 엄마를 때리면 내가 찔러버릴 거야!"

아버지가 어처구니없다는 듯 나를 멍하니 쳐다보았다. 나는 필사적으로 아버지를 노려보았다. 잠시 숨막히는 침묵이 흘렀다. 이윽고 아버지가 허허 하고 너털웃음을 터뜨렸다.

"허허허…… 당돌한 놈. 니가 보통이 아니구나. 장차 큰인물이 되겠다. 여걸이 되겠어, 허허허……"

아버지는 계속 웃으며 휘적휘적 안방으로 건너가더니 벌렁 큰대자로 누워 곯아떨어졌다. 하루를 마감하는 소동이 끝난 것이었다. 전신이 멍든 어머니는 내 방에 가 누우셨고, 오빠가 대충 건넌방을 치웠다. 그때까지도 나는 깨진 거울조각을 놓지 않고 있었다. 오빠가 내 손에서 살살 거울조각을 빼냈다. 그때 나는 거울조각에 비친 내 눈동자를 보았다. 그 눈동자는 아주 낯설었다. 내 눈 같지 않았다. 그러나 분명히 내 눈동자이긴 했다. 어쩌면 그것은 제이, 제삼의 나일지도 몰랐다. 그리고 그 눈동자는 타인처럼 나를 지켜보고 있었다. 그후로도 오랫동안……

차창 밖을 내다보며 아버지를 기억하는 동안 시외버스는 내가 사는 아파트를 지나치고 있었다. 나는 새삼스런 느낌으로 나의 보금자리가 있는 건물을 바라보았다. 어쩌면 저 작은 집에서 굳이 혼자 사는 이유 중의 하나는 어릴 때의 쓰라린 경험을 되풀이하지 않기 위해서일지도 몰랐다. 물론 나와 같이 아픈 경험을 겪었던 형제들이 나와는 달리 모두 결혼해서 잘 사는 것을 보면 반드시 성장기의 영향 때문만은 아니지만…… 생각을 더듬는 사이 지난날의 기억이 또 한 장면 떠올랐다.

노을이 곱게 지는 여름날 저녁이었다. 아버지를 제외한 우리 가족은 대청마루에 모여 밥을 먹고 있었다. 오빠가 고등학생, 나는 중학생, 동생이 국민학생일 때였다. 하루의 무더위를 식히는 시원한 저녁 바람이 불어왔다. 우리 형제들은 그날 학교에서 있었던 일들을 어머니에게 도란도란 얘기하며 기분 좋게 밥을 나누었던 걸로 기억한다. 식사 후, 어머니가 우물에 담가놓았던 수박을 한통 꺼내왔다. 어머니는 식칼로 수박을 보기 좋게 두 쪽으로 갈랐다. 그리고 한 쪽은 소중하게 모셔두고 나머지 한 쪽을 넷으로 쪼개 나누어 먹었다. 한창 식욕이 왕성했던 우리 형제들은 좀더 수박이 먹고 싶었던 것 같다.

"엄마, 저거 쪼끔만 더 먹으면 안 돼?"

동생이 소중하게 모셔둔 수박 반통을 가리키며 물었다.

"안 돼, 저건 아버지 거야. 아버지는 수박을 좋아하셔서 혼자서 반통을 다 드신다."

어머니가 엄격한 말투로 대답했다. 나는 그런 어머니를 물끄러미 바라보다가 궁금증을 참지 못하고 물었다.

"엄마, 엄마는 아버지가 지겹지도 않아? 그렇게 매일 괴롭힘을 당하고도 아버지가 먹을 것을 꼬박꼬박 챙기고 정성껏 뒷바라지를 다 하니……"

"왜 안 지겹겠니? 지겹다 못해 무섭고 끔찍하다. 그래도 어쩌니? 남편인걸."

어머니가 한숨을 쉬며 대답했다. 나는 남편이어서 어쩔 수 없다는 말을 이해할 수 없었다. 그래서 또 물었다.

"이혼하면 되잖아? 매일 밤 술주정에 시달리고 얻어맞느니 아예 갈라서서 혼자 사는 게 속 편하잖아?"

"이혼? 자식들은 어떡하구?"

어머니는 펄쩍 뛸 듯 놀라며 되물었다. 나는 냉큼 대답했다.

"자식들한테도 부모가 싸우는 모습을 보여서 나쁜 영향을 끼치는 것보다는 아예 이혼하는 게 더 나을지도 모르지, 뭐.”

“어머나, 쟤 말하는 거 봐라. 말을 그렇게 함부로 하는 게 아니다. 여자가 일단 시집을 갔으면 죽어도 그집 귀신이 되야지, 이혼을 하면 자손만대에 욕이 된다. 니가 몰라서 그렇지, 우리 부부가 이혼을 하게 되면 너희들이 온전한 집안에 시집갈 수 있을 것 같니?”

어머니는 끝까지 자식들 때문에 이혼할 수 없다고 우겼다. 그러나 내 생각에는 아무래도 다른 이유가 또 있을 것만 같았다. 그래서 퉁명스레 내뱉았다.

“나야 결혼 안 하면 그만이지, 뭐.”

“여자가 결혼 안 하면 어떻게 먹고 살려구?”

어머니가 반사적으로 물었다. 나는 속으로 아하! 하고 외쳤다. 어머니가 이혼을 안 하는 중요한 이유는 생존을 유지할 능력이 없기 때문이었다. 한마디로 아버지에게 괴롭힘을 당하면서도 함께 사는 것은 아버지가 어머니의 생계 수단이기 때문이었다. 그것을 깨닫는 순간 어머니가 한없이 비참하게 보였다. 나는 진저리를 치면서 단호하게 말했다.

“나는 커서 직업을 가질 테야. 그리고 내 힘으로 벌어먹을 테야.”

“직업여성치고 온전한 여자 못 봤다. 다 어딘가 한구석이 이상하지…… 여자는 옛날부터 결혼해서 집안일을 하고 자식을 낳고 남편을 받드는 게 정상인 게야. 남자는 바깥일을 해서 처자식을 부양하는 거고.”

어머니는 자신이 어릴 때부터 세뇌당해 온 얘기를 내게도 세뇌시키고 있었다. 그러나 나는 부부가 전통적 역할에 얽매어 서로를 괴롭히면서도 서로를 필요로 하는 상황을 받아들일 수가 없었다. 어머니가 남편을 지겨워하면서도 꼼짝 못하고 기대 살고, 나아가 생존을 위해 사랑을 쥐어짜는 처지는 정말 끔찍하게 생각되었다. 하지만 아직 어린 동생은 어머니의 교훈을 곧이곧대로 받아들이며 깜찍하게 말했다.

"나는 커서 시집갈 거야. 아버지처럼 술 마시지 않는 사람하고 결혼하면 되지, 뭐."

"그래, 나도 대학 졸업하자마자 장가갈 거다. 장가가서 부인한테 보란 듯이 아주 잘 해주며 행복하게 살 거다."

오빠도 옆에서 한마디 거들었다. 그러자 어머니가 기운이 나서 덧붙였다.

"옳지, 그래야 한다. 사람은 어느 정도 나이가 들면 결혼해야 하는 거야. 사람마다 다 제 짝이 있단다."

"짝을 잘못 만나면 평생 고생이잖아? 엄마가 아버지 때문에 시달리는 것처럼……"

내가 한마디 쏘아붙였다. 그러자 어머니는 한숨을 쉬며 말했다.

"그것도 다 제 연분이지. 그리고 너희 아버지도 알고 보면 그리 나쁜 사람이 아니다. 그놈에 술이 원수지. 술을 안 마셨을 때는 얼마나 의젓하고 점잖은 분이냐? 일제시대 때 일본에서 대학을 나오셨으니 아는 것이 많아서 늘 나라를 걱정하고 훌륭한 생각을 하신단다. 세월을 잘못 만나 큰뜻을 펴지 못해서 맨날 술로 울화를 달래시지만……"

큰뜻을 펴지 못한다는 이유로 술을 마시고, 취하면 아내를 때림으로써 울화를 푸는 아버지의 횡포에 대해 어머니는 아무런 원한도 품고 있는 것 같지 않았다. 아버지가 누르면 그대로 눌려서 사는 자신의 삶이 얼마나 굴욕적인지 모르는 것 같았다. 아니, 어쩌면 원한을 품거나 굴욕감을 느끼면 더이상 견딜 수 없음으로 아버지의 행태와 자신의 처지를 끊임없이 합리화하고 있는 것 같았다. 나는 한심하기 짝이 없는 어머니와 대화하기를 포기하고 내 방으로 들어갔다. 그리고 빠른 시간 안에 숙제를 마치고 소설책을 읽기 시작했다.

어린시절의 나는 조용하고 얌전한 오빠와는 달리 활발하고 씩씩한 성격이었다. 오빠가 집 안에서 혼자 놀고 있을 때 나는 동네 아이들과 어울려 뜀박질도 하고 싸움질도 했다. 어른들은 늘 오빠와 나를 두고 사내애와 계집애가 바뀌었다고 아쉬워하곤 했다. 특히 부모님들의 안타까움은 대단해서 어떻게 하면 오빠를 남자답게 나를 여자답게 바꾸어 키울 수 있을까 고심하셨다. 따라서 오빠는 섬세하고 소심한 성격임에도 불구하고 남자라는 조건만으로 온갖 기대와 사내다움을 강요받고 힘들어했다. 반면에 나는 여자답지 못하다고 자주 꾸중을 들었다. 한번은 동네 남자애와 싸우고 들어온 나를 어머니가 울면서 때린 적이 있었다. 나는 매 맞는 것이 싫기도 했지만 어머니를 울리고 싶지 않아서 할 수 없이 얌전해지기로 했다. 그후로 나의 이중생활이 시작되었다.

밖에 나가거나 학교에 가면 활달하게 지내고 집에 돌아오면 조용히 있는 것이었다. 집 안에서 얌전해지고 나니 심심해진 나는 책 읽는 일에 재미를 붙이게 되었다. 오빠가 읽던 동화책, 위인전, 역사책, 소설책은 물론 친구들의 책이나 학교 도서실의 책까지 닥치는 대로 읽었다. 책은 쓸데없는 갈등을 잊게 하는 은신처였다. 그러면서 나는 점점 생각이 깊은 아이로 자라나고 있었다.

두서없이 이 일 저 일을 회상하는 동안 시외버스가 어느덧 종점에 도착했다. 나는 주섬주섬 자리에서 일어났다. 대규모 아파트 공사가 진행되고 있는 일산 신도시의 황량한 벌판을 비껴서 이미 주택가가 형성된 거리로 접어들었다. 아스팔트 차도만 깔렸을 뿐 인도는 진흙 바닥 그대로인 길을 걸어 오빠의 집이 있는 아파트 앞에 당도했다. 사글세방 두 칸을 얻어 어머니를 모시고 신혼살림을 차렸던 오빠와 올케는 수십 번의 이사 끝에 방이 네 칸 있는 내집 장만에 성공한 것이다. 이사온 지 얼마 되지 않아 아직은 낯선 오빠의 집에 들어서자 제사 음식 냄새가 시장기를 부추겼다.

"아휴, 골목에까지 구수한 냄새가 나네."

열려 있는 현관문을 밀며 내가 소리치자 올케가 주방에서 뛰어나왔다. 키가 크고 명랑한 성격의 올케는 얼굴 가득 반가운 웃음을 지으며 물었다.

"아가씨 왔어? 배고프지?"

내가 미처 대답하기도 전에 주방에서 어머니의 목소리가 들려왔다.

"막내 시누이한테는 존댓말을 쓰면서 다 큰 시누이한테는 반말을 쓰니 그게 무슨 경우냐? 그리고 아무리 배고파도 제사 음식은 미리 먹는 게 아냐."

"알고 있어요. 아휴, 어머니는 언니한테 톡톡히 시집살이를 시키네. 워낙 나랑 친해서 반말을 쓰는데 뭐가 어때요?"

나는 올케에게 눈을 찡긋해 보이며 어머니께 소리쳐 대답했다. 올케는 나와 같은 대학교, 같은 과 일년 선배로 학창시절부터 스스럼없이 친했다. 흔히 앙숙이라고 일컬어지는 시누이 올케 사이가 아니라 친한 친구인 셈이었다. 올케는 나를 얼싸안으며 같이 주방으로 갔다. 염색을 싫어해서 은백색의 머리를 그대로 곱게 다듬은 어머니가 늙은 내가 일을 해야겠느냐는 듯 샐쭉한 표정으로 나물을 데치고 계셨다. 그 옆에는 아직도 처녀 같은 티가 안 가신 멋쟁이 동생이 앞치마를 두르고 팔을 걷어붙인 채 보란 듯이 열심히 전을 붙이고 있었다. 올케는 그 위세에 눌려 나와 이야기도 나누지 못하고 황급히 생선을 찌기 시작했다.

"제가 도와드릴 일은 없어요?"

내가 묻자 어머니가 가볍게 면박을 주었다.

"니가 할 줄 아는 일이 뭐가 있니? 그저 책이나 만들 줄 알지. 어휴, 저게 빨리 시집을 가야 여자가 될 텐데……"

"시집 안 간다고 여자가 아닌가요?"

나는 냉장고에서 우유를 꺼내 마시며 천연덕스럽게 대꾸했다.

"니가 어디가 여자냐? 선머슴애지. 얘, 너 지금이라도 시집갈래?"

어머니가 눈빛을 빛내며 은근한 목소리로 물었다.

"아휴, 어머니. 왜 또 그러세요? 혼자 잘 사는데……"

"늙으면 혼자 살기 서글퍼져서 못쓴다. 얼마 전에 윗집 아주머니가 그러는데 좋은 신랑감이 있다더라. 상처하고 혼자된 무역회사 중역인데 사람이 아주 쑬쑬하다더라. 전실 자식이 둘 딸리긴 했지만 네 나이에 그런 것 따지게 됐나?"

"아휴, 어머니. 그만하세요. 누가 뭐래도 전 결혼 안 해요."

나는 어머니에게 짜증을 냄으로써 구구한 말을 막았다. 그리고 우유를 벌컥벌컥 마신 후 올케에게 말했다.

"언니는 용케 일찍 퇴근했네."

"퇴근한 지 얼마 안 됐어. 음식은 어머니와 막내아가씨가 거의 장만했어."

중학교 교사생활을 하는 올케는 집안살림을 대신 해주는 시어머니에게 늘 미안해 하며 몹시 눈치를 살폈다. 직장과 가정일을 모두 잘 하기란 역시 힘든 모양이었다.

"씩뚝꺽뚝 그만하고 젯밥 준비해라. 여자들이, 원……"

어머니가 또 타박을 줬다. 어머니는 직장생활을 하는 며느리와 딸을 다 마땅찮게 여기신다. 올케와 나는 마주보며 쓴웃음을 짓곤 각자 할일을 찾아 돌아섰다. 나는 아이들 방으로 가보았다.

현관 옆에 있는 방문을 두드리자 예 하고 대답하는 노민이의 목소리가 들렸다. 나는 방문을 열어보았다. 오빠의 둘째아이로 국민학교 삼학년인 노민이는 컴퓨터 앞에 앉아 있었다.

"큰고모!"

노민이는 나를 보자 달려와 덥석 안겼다. 나는 온몸에 뿌듯하게 실려오는 아이의 무게를 즐기며 꼬옥 안아준 뒤 물었다.

"모두들 저렇게 바쁜데 너는 컴퓨터 오락이나 하고 있니?"

"할머니가 남자는 부엌에 들어오면 안 된대는데, 뭐……"

노민이는 지루해 죽겠다는 표정을 지으며 응석을 부렸다. 나는 어머니가 전통적인 남녀차별 의식을 손자들 교육에도 적용시키구나 싶어 입맛이 썼다. 올케가 시어머니와 교육관이 달라 고충을 겪으리라는 생각도 들었다. 그때 맞은편 방에서 아이들 웃음소리가 들렸다.

"가보자. 재밌는 일이 있나 보다."

나는 노민이를 데리고 선영이 방으로 건너갔다. 오빠의 첫째아이로 국민학교 육학년인 선영이는 유치원에 다니는 어린 형식이와 놀아주고 있었다. 형식이는 동생의 외동아이였다. 둘은 방바닥 가득 스케치북과 크레파스를 펼쳐놓고 낡은 앨범을 보면서 무언가 열심히 그리고 있었다.

"뭘 그렇게 열심히 그리고 있니?"

"할아버지 얼굴을 그려요. 오늘이 할아버지 제삿날이잖아요."

선영이가 어른스럽게 대답했다.

"한 번도 할아버지를 본 적이 없을 텐데 어떻게 얼굴을 그리니?"

내가 짐짓 바보스럽게 묻자 형식이가 여기 하면서 낡은 앨범을 가리켰다. 나는 새삼스런 느낌으로 오래된 흑백사진들을 보았다. 아버지의 젊을 때 모습이 생생하게 실려 있었다.

"이 분이 할아버지죠? 할머니가 가르쳐줬어요."

선영이가 사진 중의 하나를 가리켰다. 건국준비위원회라는 조잡한 플래카드가 붙은 강단에서 여러 명이 찍은 단체사진이었다. 중앙에는 역사책에서 보았던 몽양 여운형의 얼굴이 보였다. 키가 커다란 아버지는 맨 뒷줄에 서 계셨다. 패기 있고 희망찬 청년의 싱그러운 모습으로. 나는 가슴이 저려오는 것을 느끼며 묵묵히 사진첩을 넘겼다. 아버지는 여운형과 같은 거물을 따라다니며 무슨 일을 했었을까? 한 개인의 삶에 너무나 벅차게 작용했을 비극적인 역사의 무게가 가슴을 답답하게 했다. 형식이가 내 어깨에 매달려 사진첩이 넘어가는 것을 보다가 자랑스레 아는 체를 했다.

"여기, 여기 이 사람이 할아버지야."

형식이가 가리키는 사진에는 어느덧 장년이 된 아버지가 산 중턱에 올라 포즈를 잡고 있었다. 역시 여러 명과 함께였는데 그 중에는 장준하의 모습도 보였다. 아버지는 청년 때보다는 음울한 표정이었으나 아직 지쳐 보이지는 않았다. 입가에 자리잡은 주름이 오히려 노숙한 경륜으로 느껴졌다. 아버지는 장준하같이 훌륭한 우국지사들과 어느 정도로 친했던 것일까? 그분들과 어울려 다닐 때도 집에서처럼 망나니 짓을 했을까? 아니면 공과 사가 완전히 분리되어 밖에서는 점잖고 집에서는 엉망이었던 것일까? 나는 자식들에게 상세히 자신의 활동을 알리지 않았던 아버지의 삶에 대해 새삼스레 궁금증을 느꼈다.

이때 소리도 없이 방문이 열리더니 오빠가 들어왔다.

"뭣들 하고 있니?"

"아빠!"

선영이와 노민이가 뛸 듯이 반기며 오빠에게 다가가 안겼다. 오빠는 키가 큼직하여 아버지의 모습을 꼭 빼닮았다. 하지만 성격은 정반대로 가정적이어서 아이들에게 다정하게 뽀뽀를 해주었다.

"오빠, 이제 퇴근하는 길이야?"

나는 그만 앨범을 덮고 일어나며 오빠를 올려다보았다. 귀 옆에 흰머리가 내비치지만 아직은 건장하고 활력이 넘쳐 보였다. 오빠는 손에 들고 있던 서류봉투를 선영이에게 넘겨주며 내게 물었다.

"언제 왔니? 난 오늘 회사에서 회식이 있어서 빠져 나오느라고 혼났다."

"엄마, 아빠 오셨어!"

선영이가 서류봉투를 갖다 두려고 안방으로 뛰어가며 소리쳤다. 제주가 나타나자 여자들의 손놀림이 더 빨라졌다. 그리고 아버지가 생전에 간소화한 우리집 특유의 제사 방식대로 한밤중을 기다릴 것 없이 젯상이 차려졌다. 나는 선영이와 함께 상차림을 도왔다. 굳이 홍동백서를 따지지 않고 아버지가 생전에 좋아하시던 음식을 중심으로 반찬을 늘어놓았다. 그리고 여자를 제외하는 법 없이 가족 모두가 젯상 앞에 모였다. 딸보다는 아들을 훨씬 소중히 여기신 아버지였지만 당시로서는 혁신적인 생각을 많이 하신 분이라 여자도 제사에 참여하도록 지시하셨던 것이다. 하지만 참여하는 데 그칠 뿐 제주는 역시 남자들이었다.

오빠가 향에 불을 붙이고 촛불을 켰다. 제사가 시작된 것이다. 모두들 아버지 영정에 두 번 절을 올렸다. 그리고 가족들이 빙 둘러선 가운데 오빠가 영정 앞에 무릎을 꿇고 앉았다. 손자인 노민이가 영정 앞의 잔을 가져다 오빠에게 주고 술을 따라 올렸다. 이어 진매의 뚜껑을 열고 숟가락을 올려놓았다. 고인이 반찬을 집어 드실 수 있도록 젓가락도 전 위에 놓았다. 여전히 가족들이 빙 둘러선 가운데 제주인 오빠가 혼자서 절을 두 번 올렸다. 오빠의 절이 끝나자 모두들 자리에 앉았다. 알아듣기 어려운 제문을 읽는 절차가 생략된 대신 고인을 추모하는 묵상 시간이 들어간 것이다.

돌아가신 아버지는 생전에 자신이 간소화한 대로 할아버지와 할머니 제사를 드리면서 이 묵상 시간을 최대한으로 활용했었다. 묵념을 올린 후 자식들에게 할아버지나 할머니의 이야기를 전해 주었던 것이다. 그러나 오빠는 자식들에게 고인의 얘기를 해주는 대신 굳게 눈을 감고 묵묵히 기도만 하고 있었다. 나는 오빠가 아버지에 대해 얘기하고 싶어하지 않는 심정에 공감이 갔다. 나 역시 아버지에 관한 기억은 혼자서만 간직할 뿐 굳이 조카들에게 전해 주고 싶지 않았다. 영정의 사진은 젊은 패기도 장년의 경륜도 다 잃어버리고 말년의 비참함을 억지로 추스리고 있는 모습이었다.

평생 할아버지의 유산으로 살던 아버지는 나이가 듦에 따라 덧없이 보낸 세월을 초조해 하셨다. 늘 친구들과 어울려 술이나 마시고 울분이나 토로하는 생활에 허무함을 느꼈던 모양이었다. 갑자기 사업을 해서 돈을 벌겠다고 하셨다. 뜻있는 사람들이 돈이 없어서 고생을 하니 돈을 벌어서 그들을 돕는 것이 남은 생애 동안 할일이라고 하셨다. 오빠가 대학에 들어가고 내가 고등학교를 다닐 때였다. 박정희 정권의 경제개발정책에 따라 수출 붐이 한창 일어나고 있었다. 아버지는 작은 규모의 가방 수출 공장을 차리셨다. 처음에는 사업이 잘 되는 것 같았다. 아버지는 신명이 나서 바쁘게 일하셨고 술주정도 거의 하지 않았다. 어머니는 오랜 세월 동안 기다려온 가정의 평화가 이루어지는 모양이라고 흐뭇해 하셨다. 그러나 영세 기업의 출혈 수출은 별다른 이익을 남기지 못했고 오래 지속될 수도 없었다. 때마침 불경기가 닥치자 사업 경험이 없는 아버지는 여지없이 허물어지고 말았다.

내가 고등학교 이학년 때였다. 집안에 빚쟁이들이 찾아들기 시작했다. 빚쟁이들은 큰 소리로 돈을 내놓으라고 재촉했다. 죄없는 어머니는 기어들어가는 소리로 조금만 참아달라고 애원했다. 아버지는 아예 집에 들어오지 않고 피해 있는 날이 많았다. 생활도 어려워져서 하루하루를 넘기는 것이 힘겹고 불안했다. 그러던 어느 날 아침이었다. 마침 일요일이어서 늦잠을 자고 있는데 요란하게 대문을 두들기는 소리가 났다. 오빠가 나가서 몇 마디 주고받더니 빚쟁이가 왔다고 달갑잖게 여기며 문을 열어주었다. 그런데 문을 열기가 무섭게 십여 명의 건장한 남자들이 우루루 들이닥쳤다. 그들은 다짜고짜 집안 살림살이를 대문 바깥으로 내놓기 시작했다. 어머니가 놀라서 항의하자 그들은 서류를 한 장 내밀었다. 차압 통지서였다. 그때 우리 집은 은행과 사채업자에게 이중으로 저당잡혀 있었는데 사채업자들이 집을 빼앗기 위해 조직적으로 몰려온 것이었다. 고리대금업을 하면서 적은 돈을 빌려주고 큰돈을 빼앗는 사채업자들의 수법은 아주 교묘하고 빈틈없었다. 어리숙한 우리 가족은 멍청히 당할 수밖에 없었다.

조금 전까지만 해도 우리 집이었던 계동의 한옥 앞 골목에는 뉘엿뉘엿 해가 지고 있었다. 길바닥에 세간살이를 쌓아놓고 오갈 데가 없어 우두커니 앉아 있자니 참으로 막막했다. 어머니는 간밤에 집에 들어오지 않아 어디에 있는지도 모르는 아버지에게 연락을 취하기 위해 동분서주했다. 오빠는 함부로 집어던져 흐트러진 세간을 챙겨 묶었다. 어두워지자 동생이 훌쩍훌쩍 울기 시작했다. 가뜩이나 처량한 기분이 드는데 동생의 울음소리까지 들리니 견디기 어려웠다. 나는 동생에게 울지 말라고 면박을 주었다.

아버지는 깜깜해져서야 나타났다. 골목에 아무렇게나 쌓아놓은 살림과 대책 없이 앉아 있는 식구들을 보더니 사채업자들과 협상을 했다. 덕분에 우리는 일주일 동안 우리 집이었던 한옥의 행랑방에 기거할 수가 있었다. 물론 살림은 골목에 그대로 쌓아두고 오빠와 내가 번갈아 지켜야 했지만…… 그 와중에 학교도 가지 못했다. 어머니가 담임 선생에게 전화를 걸어 몹시 아프다고 변명을 했다. 어머니는 "남 부끄러워" 집안이 망했다는 사실을 얘기할 수 없었던 것이다.

일주일 후에 아버지가 임시 대책을 마련하였다. 우리 가족은 트럭에 짐을 싣고 계동을 떠났다. 응암동이라는 낯선 동네였다. 지붕이 나지막하고 허름한 블록집 앞에 도착했을 때 우리는 당연히 그 집을 통째로 쓰는 줄 알았다. 그러나 아버지가 마련한 새 집은 우물 옆의 단칸 월셋방이었다. 그 허름한 집에도 엄연히 주인이 따로 있었던 것이다. 셋방은 계동 한옥의 안방만큼 넓긴 했으나 벽이 허물어질 것 같고 방바닥이 울퉁불퉁했다. 더구나 우물 바로 옆이라 습기가 차서 곰팡이 냄새가 심했다. 그 움막에서 다섯 식구가 살기 위해서는 세간의 대부분을 처분해야 했다. 알고 보니 아버지는 이미 선산까지 처분했을 정도로 빈털털이였다. 당분간 세간을 처분한 돈으로 밥을 끓여 먹었다. 아버지는 이 방은 어디까지나 임시 처소라고 했다. 곧 이 곤궁에서 헤어나게 될 터이니 염려 말라고 하면서 뻔질나게 밖으로 다니셨다. 그러나 번번이 실망하고 맥빠진 얼굴로 소주를 사들고 돌아오시곤 했다. 아버지의 술친구들이 더이상 상대를 안 해주는 모양이었다. 점차 아버지의 외출 횟수가 줄어들고 술 마시는 횟수가 늘어났다. 그런데 이상한 일은 예전처럼 심한 술주정을 전혀 하지 않는 것이었다. 처음에는 아마 남의 집에 세들어 살자니 조심스러워서 그런 모양이라고 모두 안도의 숨을 내쉬었다. 그러나 시간이 지날수록 아버지의 갑작스런 변화에는 심상찮은 점이 있다는 의심이 들었다.

한마디로 아버지는 술주정을 할 힘도 없을 만큼 급격히 기운을 잃었던 것이다. 외출 횟수가 줄어들면서 곧 괜찮아질 거라는 호언장담도 차츰 하지 않았다. 이내 무너질 것 같은 월셋방 한구석에 틀어박혀 하루종일 깡소주를 홀짝홀짝 마시기만 했다. 안주도 없이 말도 없이 밥도 먹지 않고 술만 마시면서 허공을 멍하니 바라보던 아버지는 이미 모든 것을 포기한 늙은 알코올 중독자에 지나지 않았다. 아버지가 그러고 있으니 가족들의 생활은 엉망진창이었다. 모두들 학교를 계속 다니기는 했으나 등록금을 내기는커녕 점심 도시락을 싸가기도 어려웠다.

어느새 겨울이 성큼 다가왔다. 쌀을 사기 위해 쓸 만한 옷가지는 모두 전당포에 잡힌 후였다. 따라서 날씨가 추운데도 불구하고 외투 하나 걸치지 못하고 오들오들 떨면서 학교에서 집으로 돌아왔을 때였다. 방으로 들어가려면 좁다란 간이부엌을 지나야 했는데 부엌문을 여니 가느다란 흐느낌 소리가 들렸다. 불도 켜지 않아 어둑어둑한 아궁이 옆에서 들리는 울음소리는 섬찟할 정도로 을씨년스러웠다. 나는 우선 삼십촉짜리 전구부터 켰다. 어머니가 부엌 바닥에 쭈

그리고 앉아 느껴우는 모습이 드러났다.

"왜 그러세요, 어머니?"

나는 어머니에게 가까이 다가가며 물어보았다. 어머니는 미처 울음을 그치지 못하고 더듬거리며 대답했다.

"쌀이 떨어져서 오늘 저녁거리가 없어…… 연탄도 없어 냉방이고…… 주인집에서는 밀린 방세를 달라 그러는데…… 아버지는 술이 떨어졌다고 자꾸 외상술을 받아오라 그러고…… 이제는 더이상 팔 것도 잡힐 것도 없어……"

어머니는 눈물이 그렁그렁한 눈으로 하소연하듯이 나를 쳐다보았다. 내가 어머니를 부여잡고 함께 울어주기라도 바라는 기색이었다. 그러나 나는 어머니의 하소연을 듣는 순간 울컥 분노가 치밀어올랐다. 이렇게 무력한 인간이 다 있나 싶었던 것이다. 당장 먹을 게 없는데 아무 대책 없이 쭈그리고 앉아 울기나 하다니…… 나는 흐느끼는 어머니를 내버려두고 냉정하게 돌아섰다. 그리고 찬바람을 일으키며 방으로 들어갔다. 썰렁한 냉방의 아랫목에는 아버지와 동생이 각각 이불을 뒤집어쓰고 누워 있었다. 아버지는 술이 고픈 배를 움켜쥐고 동생은 밥이 고픈 배를 거머쥐고 아무런 힘도 없이…… 나는 그들을 거들떠보지도 않고 웃목의 내 책상으로 갔다. 그리고 나만의 열쇠로 책상 서랍을 열었다. 서랍 속에는 중학생 때 전국 학생 백일장에서 장원을 하여 받았던 금메달이 소중하게 간직되어 있었다. 나는 주저하지 않고 그 메달을 꺼냈다. 그리고 책꽂이에서 내가 아끼는 책들을 몇 권 뽑았다. 전혜린 산문집, 까뮈 전집, 도스토예프스키의 책들이었다. 책가방에서 교과서들을 꺼내고 대신 그 책들을 넣은 후 집을 나왔다. 내게 제일 소중한 그 보물들을 팔아 방값을 내고 쌀과 연탄을 살 생각이었던 것이다.

그날 저녁 금은방과 헌책방을 돌면서 불량 청소년으로 오해받아 겪었던 수모는 그리 대단한 경험이 아니다. 오히려 내가 보물로 알고 있었던 금메달과 책들이 얼마나 값어치 없는가 깨달은 것이 커다란 충격이었다. 도금한 금메달은 내게만 소중했을 뿐 아무도 사려고 하지 않았다. 장원이라는 명예는 일원의 가치조차 없었다. 게다가 사춘기의 내 의식을 점령했던 전혜린의 순수한 관념이나 까뮈의 치열한 정신, 도스토예프스키의 처절한 혼은 엿장수가 근으로 달아보는 종이값에 지나지 않았다. 현실적인 생존의 급박함 속에서 문학소녀의 가치관이란 물들인 휴지로 만든 장미송이처럼 쓰잘것없는 감상에 지나지 않았다. 그때 나는 어릴 때부터 꾸어온 꿈—장차 직업여성, 그 중에서도 전문직 여성, 그리고 그 중에서도 작가가 되어 돈을 벌고 자아실현도 하면서 독립적인 생활을 일궈나가겠다는 꿈이 반 이상 무너지는 소리를 들었다. 그러나 나는 어머니처럼 절망에 빠져 무력하게 울 수는 없었다. 나는 이를 악물었다. 그리고 어렵게 책들을 판 돈으로 간신히 쌀 한 봉지를 샀다. 방값은커녕 연탄값도 안 되고 기껏 쌀 한 봉지 값밖에 안 되는 위대한 정신들의 가벼움이여!

오빠는 그날도 밤 늦게 돌아왔다. 당시 ㄱ대 법학과를 다니던 오빠는 성적이 우수한 학생들을 뽑아서 고등고시 준비를 시키는 특수반에 속해 있었다. 큰인물이 되어야 한다는 부모의 희망을 저버리지 않기 위해 자신의 적성과 상관 없이 고시 공부에 열심이었다. 특수반에서 시키는 대로 도시락을 두 개씩 싸들고 새벽부터 밤 늦게까지 도서관에 틀어박혀 법률책과 씨름해 왔던 것이다. 그러나 집안이 망한 다음부터는 마음 편하게 공부만 할 수 없어 오빠 나름대로 심한 갈등을 겪고 있었다. 당장 필요한 쌀값을 벌기 위해 아르바이트라도 할 것이냐 아니면 빨리 고시에 합격하기 위해 더욱 열심히 공부할 것이냐가 갈등의 핵심이었다. 어머니는 집안 걱정 말고 공부만 하라고 했으나 듣기에 좋은 소리일 뿐이었다. 막상 어머니 힘으로는 현실을 조금도 해결하지 못했다. 오빠는 그 즈음 생계의 어려움을 조금이라도 덜까 싶어 두 개씩 싸던 도시락을 하나도 싸가지 않았다.

그러니 어머니의 걱정이 이만저만이 아니었다. 그날도 오빠가 들어오기 무섭게 밥은 먹었냐부터 물어보았다.

"제 걱정은 마세요, 어머니. 요즘은 문일규가 제 도시락까지 싸오니까요."

문일규란 오빠의 친한 친구 이름이었다.

"일규가 도시락을 네 개나 싸온단 말이냐?"

어머니가 믿기지 않는다는 듯 물었다.

"도시락을 싸오기도 하고 식당에서 밥을 사주기도 하지요. 어쨌든 저는 굶고 다니지 않으니까 염려 마세요. 그보다 애들 저녁은 먹었나요?"

"우린 다 먹었다."

어머니가 그간의 사정을 감추려는 듯 눈을 내리깔며 간단히 대답했다. 그리고 다른 소리가 나오기 전에 얼른 덧붙였다.

"아무리 친한 친구라도 그렇지, 매일매일 삼시 세때를 사준단 말이냐?"

"일규는 집이 넉넉하잖아요? 나중에 제가 갚으면 되죠, 뭐."

오빠는 더이상 말을 하지 않고 웃목으로 가서 겉옷을 벗었다. 그러더니 뭔가 이상함을 발견한 듯 휙 돌아서서 내게 물었다.

"여민아, 니 책들 다 어떡했니?"

"팔았어."

나는 간략하게 대꾸했다. 어머니가 움찔하며 돌아앉았더니 또다시 찔끔찔끔 울었다. 나는 답답함을 참을 수가 없어 벌떡 일어나 방 밖으로 나왔다. 바깥은 어둡고 추웠다. 그러나 나는 이를 악물고 추위를 참으면서 우물턱에 걸터앉았다. 진보랏빛 하늘에는 작은 얼음조각 같은 별들이 드문드문 박혀 있었다. 별들을 우러르며 심호흡을 하고 있자니 오빠가 밖으로 나왔다.

"추운데 왜 밖에 나와 있니?"

"어머니처럼 경제력이 없는 여자의 무력함과 나약함은 참아줄 수가 없어. 걸핏하면 울기나 하고…… 난 돈을 벌 거야. 평생 남의 수입에 의존해서 소비생활만 해온 어머니처럼 되지 않고 경제력을 갖춘 자립적 여성이 될 거야. 난 일을 할 거야. 아버지처럼 유산이나 받아 쓰는 생활 말고 내 손으로 벌어먹는 노동을 할 거야."

찬바람에 오들오들 떨면서도 나는 마음 속에 들끓고 있던 뜨거운 결심을 야무지게 내뱉었다. 오빠가 부드럽게 내 어깨를 어루만지더니 나지막히 말했다.

"그래, 좋은 생각이다. 그런데 고등학생인 네가 지금 당장 돈을 벌러 나설 수는 없잖니? 어떻게든 대학은 나와야 취직을 하지."

"이렇게 집이 망할 줄 알았으면 차라리 상업고등학교를 다닐 걸 그랬어. 아니면 이과반으로 진학해서 돈 잘 버는 여의사라도 되든가……"

나는 무가치하게 취급받았던 백일장 장원의 금메달을 떠올리며 가볍게 한숨지었다. 그러나 오빠는 여유 있게 웃으며 나를 달랬다.

"돈도 중요하지만 사람이 자신의 적성에 맞는 일을 해야지. 너는 문학에 재주가 있어서 국문과에 진학하기로 했었잖니? 흔들리지 말고 처음에 뜻한 대로 해봐. 국문과를 나오면 국어 교사가 될 수도 있고, 언론계나 출판계로 진출할 수도 있으니까……"

"당장 쌀값도 없고 등록금도 못 내는데 대학에 진학할 수 있을까?"

나는 암담한 현실을 생각하며 기운 없이 오빠를 쳐다보았다.

"걱정 마. 오빠가 내일부터 아르바이트 자리를 알아볼 테니까. 사실 고시 공부는 내 적성에도 안 맞고, 합격할 자신도 없어. 아르바이트를 하면 집안 살림에도 보탬이 되고 학업도 계속할 수 있어서 내 희망대로 평범한 회사원이 될 수 있겠지. 필요하다면 당분간 휴학을 하고 돈벌이를 할 수도 있어. 여하튼 염려 마. 네가 대학에 들어가서

나 대신 아르바이트를 할 수 있을 때까지 내가 생활을 책임질게."

오빠는 내 등을 툭툭 치며 용기를 북돋아주었다. 그후 오빠는 정말로 대학을 휴학하고 중고생들을 가르치는 학원 강사 노릇을 했다. 어머니는 오빠가 힘겹게 번 돈을 받아 먹거리를 장만하면서 쉴 새 없이 한숨지었다. 고시 공부를 해야 하는데…… 큰인물이 될 아들인데…… 그러면 오빠는 고시 공부에서 해방되어 개운한 느낌을 애써 숨기며 부드럽게 어머니를 위로했다. 걱정 마세요, 어머니. 형편이 좀 나아지면 복학해서 열심히 공부할게요. 나는 그때 오빠가 무척 존경스러웠다. 큰인물 콤플렉스에 걸리지 않고 구체적인 생활의 요구에 따라 하루하루를 충실히 살면서 가족들의 생계와 동생들의 등록금을 책임지던 오빠. 오빠는 나름대로 아버지의 허황된 삶을 극복하려 했던 것인지도 몰랐다. 어쨌든 나는 오빠가 주는 등록금으로 열심히 고3 시절을 보냈다.

제사를 지내는 방안에는 향 냄새가 짙게 퍼지고 있었다. 아버지의 영정 앞에 꿇어앉아 묵묵히 기도만 올리는 오빠의 뒷모습을 보며 나는 생각했다. 오빠는 지금 아버지의 그 비참했던 말년을 기억하고 있을까? 벽에 곰팡이가 낀 습기 찬 월셋방 한구석에서 내가 밥상을 펴놓고 공부하고 있는 사이, 막내는 엎드려 잠이 들고, 어머니는 낡은 옷을 깁고 있는 피난민 살림 같은 장면 옆에, 혼자서 홀짝홀짝 소주를 마시고 계시던 아버지. 진지도 안 드시고 안주도 없이 깡술만 마시며, 술을 빼앗으면 무서운 횡포를 부리던 아버지. 벌겋게 핏발 선 눈과 푸른기가 도는 잿빛 얼굴, 물 빠진 고목처럼 깡말라서 몰라보게 늙고 자포자기한 모습으로 알코올에 모든 것을 쏟아붓던 초라한 아버지.

아버지는 결국 너무 술을 마셔서 위장이 파열되는 내출혈로 피를 한 양동이 쏟으셨다. 피범벅이 된 방안에서 병원으로 옮기려 하자 완강하게 안 가겠다고 버티셨다. 마치 술을 마심으로써 죽음을 재촉해 왔다는 듯이. 억지로 오빠가 등에 업고 병원으로 옮겼을 때는 이미 의식을 잃고 계셨고, 밤새워 피만 토하다가 유언도 없이 돌아가셨다. 일종의 자살이었다.

벌받을 소리일지는 몰라도 그때 나는 사람에게 죽음의 기회가 주어지는 것에 감사했다. 늙고 병들어 지치고 더이상 아무 희망도 없는 사람에게 계속 살아내야 한다는 것은 얼마나 힘겨운 일인가? 생을 마감할 수 있는 죽음이라는 안식이 있다는 것은 탄생과 함께 주어진 또 하나의 축복이었다. 나는 아버지가 비참하게 억지로 연명하는 대신 편안히 깊은 잠에 빠져든 것을 다행스럽게 생각했다. 그래서 장례식 때 어머니와 오빠, 막내동생이 모두 한스럽게 우는데도 나는 울지 않았다. 다만 아버지의 영혼이 누군가에 의해 구원받기를 묵묵히 빌었을 뿐이다.

그리고 그해 겨울 나는 오빠가 다니던 대학의 국문과에 합격했다. 그때 나의 합격을 기뻐하면서도 입학금 걱정으로 어두워지던 오빠의 얼굴을 잊을 수가 없다. 나는 일찍부터 자립하기 위해 아르바이트를 시작했다. 동생의 친구들을 모아 과외공부를 가르쳤던 것이다. 살아남은 자들에겐 열심히 살아내는 것이 최대의 의무였으므로.

아버지의 영정을 보며 하염없이 어려웠던 시절을 회상하고 있을 때, 노민이가 짧게 마른기침을 하였다. 기도 시간이 너무 길지 않느냐는 항의였다. 어른들은 비로소 정신을 차리고 일어났다. 그러자 노민이가 진매에서 수저를 내리고 물을 올렸다. 간소한 제사가 끝난 것이다. 마지막으로 온 가족이 두 번씩 절을 드렸다.

"향하고 촛불을 꺼라. 입으로 불어 끄면 안 된다. 손바람으로 꺼야지."

어머니가 노민이에게 말씀하셨다. 나는 젯상에 올렸던 물을 조금 마신 후 선영이에게 내밀었다.

"이 물 마셔봐. 제사 지낸 물을 마시면 무서움이 없어진대."

선영이, 막내동생, 올케가 모두 물을 한모금씩 마시고는 재미있어하며 웃었다.

"그만들 웃고 저녁상 차려라."

어머니가 제기에 담았던 밥을 큰 그릇에 쏟고 나물을 넣어 비빔밥을 만드시며 타박을 주셨다. 올케가 냉큼 식은 국을 다시 뎁혔다. 나는 조카들과 함께 젯상을 치우고 저녁상을 차렸다. 오빠는 영정을 거두고 간편한 복장으로 갈아입었다. 그리고는 담배가 피고 싶은지 베란다로 나갔다. 나는 혼자서 안방에 남아 상 위에 가족 수만큼 수저를 놓았다. 그때 전화벨이 요란하게 울렸다. 나는 천천히 수화기를 들었다.

"여보세요?"

"아, 형수님! 저, 문일규입니다. 그 동안 별일 없으셨어요?"

내 목소리를 올케 목소리로 잘못 알아듣고 대뜸 인사한 사람은 오빠의 절친한 친구인 문일규였다. 나는 잠시 말이 막혔다.

"여보세요? 아, 여보세요?"

문일규는 내가 아무 말도 하지 않자 여보세요를 반복했다. 나는 조용히 오빠에게 수화기를 넘겨줄까 하다가 아는 사람과 인사를 않는 것도 우스워 침착하게 대답했다.

"오랜만이네요. 저, 윤여민이에요."

그러자 문일규가 잠시 말문이 막히는 모양이었다. 아무 소리가 들리지 않았다. 나는 담담하게 얘기했다.

"오늘이 아버님 기일이라서 오빠집에 왔어요. 문일규씨 소식은 가끔 들었어요. 영희를 자주 만나니까요."

"그렇습니까? 영희가 윤여민씨 얘기는 통 안 하던데……"

머뭇거리던 문일규는 그제야 평소의 태도를 회복하여 활기 있게 말했다.

"한번 우리집에 놀러 오십시오. 영희하고 제가 만든 작품도 좀 보시고……”

나는 가볍게 웃으며 대꾸했다.

“그 작품 벌써 몇 번 봤어요. 영희보다 문일규씨를 더 닮았더군
요.”

“저런, 마누라하고 아들네미가 윤여민씨를 만나는 걸 저만 모르고
있었군요.”

문일규는 다소 어색해 했다.

“워낙 바쁘신 분이니까 영희가 사소한 얘기는 안 했겠지요, 뭐……
오빠가 들어오네요. 바꿔드릴게요.”

나는 베란다에서 들어오는 오빠에게 수화기를 넘겼다. 오빠는 전
화의 상대방이 누구인지를 알자 잠시 내 눈치를 살폈다. 나는 덤덤
한 얼굴로 상을 차린 후 주방으로 나왔다. 올케가 전화 소리를 들었
는지 긴장된 눈으로 나를 보았다. 나는 여유만만하게 웃어 보였다.
올케는 안심한 듯 마주 웃었다. 그러는 우리 두 사람의 뇌리에는 대
학 시절에 함께 지냈던 기억들이 스쳐가고 있었다.

1971년도 대학 입시 합격자 발표가 있던 날이었다. 눈 온 뒤끝이
라 기온이 뚝 떨어져 있었다. 길바닥에는 군데군데 빙판이 얼어붙었
고, 바람이 몹시 차고 매웠다. 오빠와 나는 안암동에 있는 ㄱ대까지
함께 갔다. 로마의 야외 경기장을 연상케 하는 원형의 대운동장 한
쪽에 베니어판으로 만든 게시판들이 즐비하게 서 있었다. 게시판 위
에 붙은 합격자 명단 밑에 수험생과 학부형들이 몰려서 자신들의 이
름을 찾고 있었다. 오빠와 나도 사람들 틈으로 끼여들었다. 오빠의
친구로부터 합격했다는 소식은 들었지만 직접 확인해 보기 위해서였
다. 나는 수험번호가 앞쪽이었기 때문에 명단 위부터 훑어보았다.

“있다!”

명단에서 내 이름을 확인한 순간 가벼운 희열을 느꼈다.

"합격이군. 애썼다! 과외 한번 안 했는데……"

오빠가 활짝 웃으며 내 어깨를 툭툭 두드렸다. 그러더니 어디로 가려는지 성큼성큼 앞장서 걸어갔다. 나는 종종걸음으로 무작정 따라갔다. 대운동장을 가로질러 한참 걷자 현대식으로 지어진 학생회관이 나타났다. 우리는 학생회관 일층의 구내 다방으로 들어갔다. 널찍한 구내 다방에는 학생들이 복작복작 들끓고 있었다. 창가 자리에서 안경 낀 학생이 오빠를 보고 손을 번쩍 들어 보였다. 오빠도 아는 체를 하며 다가갔다.

"여, 윤중민! 오랜만이다. 돈 번다고 통 나타나질 않더니……"

오빠와 반갑게 악수를 나눈 안경 낀 학생이 나에게 시선을 옮겼다.

"이 여학생이 이번에 합격한 동생인가?"

"맞아. 여민아, 인사해라. 오빠 친구 문일규다. 앞으로는 선배님이라고 불러라."

오빠가 내게 말했다. 그러자 문일규가 껄껄 웃더니 손을 불쑥 내밀었다.

"선배님이 뭐 말라빠진 선배님이냐? 간단하게 형이라고 해. 자, 악수!"

"윤여민이에요. 오빠로부터 일규형 말씀을 많이 들었어요."

나는 남학생과 악수를 하는 것이 처음이었던 만큼 다소 멋쩍었지만 주저하지 않고 손을 잡았다. 문일규의 손은 크고 듬직했으며 따뜻했다.

"여기 이은실씨하고도 인사해야지."

오빠가 문일규의 맞은편에 앉아 있던 여학생을 가리키며 말했다. 그제야 나는 여학생의 존재를 깨닫고 바라보았다. 나와 시선이 마주치자 여학생은 살짝 웃어 보였다. 어깨에까지 단정하게 기른 머리와 하얗고 고른 치아가 깔끔한 인상을 주는 기분 좋은 모습이었다. 오빠가 덧붙여 설명했다.

"여민이 너와 같은 과 한 해 선배다. 앞으로 많이 배워라."

"이은실이에요. 중민이형한테 동생 얘기 많이 들었어요. 앞으로 친하게 지내요."

나는 이은실이라는 여학생을 유심히 보았다. 웬지 오빠와 보통 친한 사이가 아니라는 직감이 들어서였다. 도대체 오빠와 저 여학생은 어떻게 알게 되었을까? 내가 생각에 잠겨 있는 사이 문일규와 오빠는 밀린 얘기를 나누고 있었다.

"어때? 이번 학기에는 복학할 수 있겠어?"

"힘들 것 같아. 아예 군대까지 갔다온 다음에 학교로 돌아와야지."

"너무 늦어지는 거 아냐?"

"괜찮을 거야. 그보다 법학과에는 별일 없나?"

문일규는 갑자기 목소리를 낮춰 오빠만 듣도록 대답했다. 나와 이은실은 갑자기 속삭임으로 변한 분위기에 머쓱해져서 할 말을 찾지 못하고 멍청히 앉아 있었다. 잠시 후 오빠가 우리의 모습을 보더니 자리를 정리했다.

"이은실씨, 여민이 데리고 학교 구경 좀 시켜주세요. 나는 일규와 함께 오랜만에 법학과에 들러보고 학원으로 일하러 가야 하니까…… 여민이는 학교 구경 끝내고 집으로 혼자 갈 수 있겠지?"

"그럼. 내가 뭐 어린앤가?"

오빠가 친구들과 중요한 얘기가 있구나 짐작한 나는 자리에서 냉큼 일어나며 대답했다. 문일규가 뭐가 우스운지 빙그레 웃었다. 자리에서 일어난 그는 오빠만큼 큼직하게 보였다. 성큼성큼 앞장서더니 자연스레 차값을 치르는 그를 보고 나는 다소 위축감을 느꼈다. 오빠가 늘 경제적인 도움을 받는다고 하더니 차값도 그가 치르는구나 싶었던 것이다. 그러나 나는 기죽지 않기 위해 턱을 빳빳이 쳐들었다.

오빠와 헤어진 후 이은실의 안내로 국문과 연구실과 도서관 등을 구경하러 다녔다. 그러면서 이은실에게 궁금했던 점을 은근히 물어보았다.

"우리 오빠와 일규형을 어떻게 아셨어요? 과도 다른데……"

"처음에 일규형을 문학회에서 알게 되었어요. 일규형은 법대생 고시파답지 않게 관심 분야가 넓어요. 결사적으로 공부만 하는 동료들과 달리 취미 생활을 하는 여유를 가졌어요. 문학회에 가입하여 시를 쓰기도 하고 주말이면 연극이나 영화, 음악회나 전시회에 가기도 해요. 그런 데에 따라다니다가 일규형의 친구인 중민이형도 자연스레 알게 되었죠."

이은실은 성격이 자상한 편인 것 같았다. 일규형과 오빠에 대해서 느끼고 있는 점을 소상하게 얘기해 주었다.

"중민이형은 아주 좋은 선배예요. 마음이 넓고 생각이 깊어서 사람의 힘든 처지를 잘 헤아리죠. 무리한 욕심을 부리지도 않고 순리를 잘 알아요. 한마디로 성숙하신 분이죠. 일규형도 활발하고 좋은 점이 많지만 너무 어려움을 모르고 자라서 지나치게 자신만만한 게 흠이에요."

"일규형은 집안이 넉넉하다며요?"

나는 막연히 알고 있던 사실에 대해 물어보았다.

"네. 아버지가 저명인사로 명망도 높고 재산도 꽤 있나 봐요. 그래서인지 일규형은 정치에도 관심이 많고 은근히 야심도 있어요. 한때는 과 대표를 지내기도 했죠."

이은실의 말에 나는 오빠가 어떻게 일규형과 친해졌을까 이상했다.

"그런데 어떻게 우리 오빠와 같이 비정치적인 사람과 친해졌을까요?"

"남학생들은 아무리 비정치적인 사람이라도 사회문제에 대해 기본적인 관심을 갖고 있어요. 소위 남자들의 세계라는 거죠. 우리 대학은 남학생들이 압도적으로 많으니까 앞으로 남자들의 세계에 대해 신물이 나도록 보고 배우게 될 거예요.”

이은실은 한 해 선배로서 장담을 했다. 아마 남학생들의 분위기에 진력이 난 모양이었다. 슬그머니 이은실에 관한 궁금증이 일었다.

“은실 언니, 언니라고 해도 되죠?”

“그럼요.”

“언니는 어떻게 자라왔고 어떤 꿈을 가지고 있어요?”

내 질문에 이은실이 활짝 웃었다.

“한꺼번에 많은 질문을 하네요. 간단히 대답할게요. 나는 풍족하지는 않지만 그렇게 어렵지도 않은 교육자 집안에서 자랐어요. 나도 아버지처럼 교사가 되는 게 꿈이죠. 아버지가 국민학교 선생님이시거든요. 무척 가정적이고 자상한 분이에요. 그런 분만 보고 자라다가 거친 남학생들을 만나니까 이해가 안 되는 점이 많아요. 글쎄, 신학기마다 신입생 사이에서 치열한 격투가 벌어진다지 뭐예요.”

“왜요?”

나는 눈이 둥그래져서 물었다.

“강자를 가리는 패권 다툼이죠, 뭐. 남학생들 사이에선 어릴 때부터 익숙해져 있는 일인가 봐요.”

“세상에! 지성인이라는 대학생들이 몸싸움으로 우열을 가리다니……”

놀란 나는 입을 벌리고 이은실의 해맑은 얼굴을 멍청히 쳐다보기만 했다.

이은실, 옛날의 그 온순하고 단정한 여학생은 우여곡절 끝에 지금 나의 올케가 되어 있다. 내게 친절한 선배이자 절친한 친구 노릇을 하던 올케는 나와 문일규의 관계에 대해서도 잘 알고 있다. 느닷없이 전화를 받게 되어 잠시 어색하긴 했지만 새삼스레 마음이 흔들릴 일은 아니라는 것도 충분히 알리라. 나는 자연스런 어조로 올케에게 물었다.

"오빠가 문일규씨와 자주 만나나 보지요?"

올케는 가늘게 한숨을 쉬었다.

"어려운 일만 생기면 연락이 오니까요. 대충 한 달에 한 번쯤 만나나 봐요."

역시 한 달에 한 번쯤 찾아오는 문일규의 부인 영희를 생각하며 나는 쓰게 웃었다. 문일규가 오빠와 만나는 용건을 묻지 않아도 알 것 같았다.

"언제나 그 고생들을 면할지……"

나도 올케를 따라 한숨 지으며 탄식했다.

온 식구가 저녁상에 둘러앉았을 때였다.

"어, 벌써 아홉시가 넘었잖아? 뉴스 좀 보자."

오빠의 말에 따라 노민이가 텔레비전을 틀었다. 마침 뉴스가 방영되고 있었다. 화면은 소련의 흥분한 시민들이 사회주의의 우상이었던 레닌의 동상을 끌어내리는 모습을 보여주고 있었다. 크고 굳세고 강건해 보이던 레닌의 동상은 쇠사슬에 묶여 머리를 바닥으로 처박으며 맥없이 무너져내렸다. 사회주의를 이상적인 대안으로 꿈꿔왔던 사람들에게는 충격적인 좌절을 가져다줄 사건이었다. 나는 사회주의에 대한 환상을 품었던 적은 없으나 자본주의에 만족하고 있지도 않았으므로 잔뜩 비꼬아 말했다.

"인간은 이기적이고 경쟁적이라는 자본주의의 전제가 승리하는 순간이군."

"더 이상 주의나 사상이 추구되진 않을 거예요. 오직 상품들만이 전세계를 휩쓸고 다니겠죠."

올케 역시 비아냥거리며 내 말을 받았다. 오빠가 화면에서 눈을 떼며 우리를 바라보았다. 그리고 나처럼 애초에 사회주의권에 별 희망을 걸지 않았던 만큼 크게 낙망도 하지 않고 힘있게 말했다.

"속단하지들 말아. 현실 사회주의의 몰락이 곧 자본주의의 승리를 의미하지는 않아. 자본주의의 대안으로서의 사회주의는 실패한 것 같지만 역사가 이것으로 끝나는 건 아냐. 자본주의에는 여전히 많은 문제점들이 있으니까 극복 방안이 끊임없이 모색되어질 거야. 오히려 맑스주의에 대한 반성적 성찰과 새로운 대안을 찾는 이념적 모색이 더 활발해질걸?"

비빔밥을 맛있게 먹으며 내가 대답했다.

"제발 그랬으면 좋겠어. 진보적인 양서 출판이 침체 국면을 벗어나서 우리 회사 사정이 좀 나아지게……"

"아, 참. 너 요즘 월급은 제대로 받고 있나?"

오빠가 걱정스레 물었다. 나는 최근의 회사 형편을 대충 얘기했다. 오빠와 내가 대화를 나누는 사이, 막내동생은 어린 형식이에게 밥을 챙겨 먹이느라고 바빴다. 올케도 화제에서 벗어나 아이들을 돌보았다. 모두들 맛있는 반찬이 많은 저녁에 만족하고 있었는데, 어머니는 눈을 지그시 감은 채 힘들게 밥알을 씹고 계셨다. 나는 어머니의 표정이 심상치 않아 마음에 걸렸으나 오빠와의 대화를 중단하지는 않았다.

"그래, 대중물 기획을 한번 해보는 것도 좋은 경험이 될 거다. 정 견디기 힘들게 되면 그때 가서 다른 방도를 찾아보렴. 직장을 옮기든가 독립해서 편집 대행 회사 같은 사무실을 차려보든가…… 너도 이제는 독립할 만큼 크지 않았니?"

오빠는 나의 능력에 대해 전폭적인 신뢰를 보이는 조언을 했다. 나는 빙그레 웃을 수밖에 없었다.

저녁을 먹고 나니 밤 열시가 넘었다. 막내동생과 형식이는 모처럼 어머니와 함께 자고 가기로 했고, 나는 서둘러 오빠집을 나왔다. 어머니가 제사 음식 남은 것을 한보따리 싸주셨다. 혼자서 다 못 먹는다고 사양해도 막무가내로 집어주셨다. 나는 할 수 없이 보따리를 받아들며 살짝 물었다.

"어머니, 언짢은 일이라도 있으세요? 아까부터 얼굴이 안 좋으신데……"

"니 아버지 생각이 나서 그런다. 뉴스를 보니 웬지 니 아버지의 한평생이 더 허무한 것 같애. 일찍 돌아가시길 잘했지, 불쌍한 양반……"

어머니는 소매 끝으로 눈물을 훔치셨다. 마지막 순간까지 어머니를 괴롭히기만 했던 아버지였는데, 무슨 정이 남아 있어서 눈물을 흘리는지 알 수가 없었다. 아마 실패한 인생에 대한 연민인 모양이라고 생각하며 위로의 말 대신 어머니의 팔을 잡았다.

"그래, 그래, 괜찮다. 어여 가거라. 더 늦기 전에……"

나는 어머니의 배웅을 받으며 아파트를 벗어났다. 버스 정류장으로 걸어가자니 음식 보따리의 무게만큼이나 무겁게 어머니의 눈물이 마음에 걸렸다.

……불쌍한 아버지. 그러나 시대 때문에 희생된 세대는 아버지 세대뿐만이 아니다. 나는 아버지의 경우를 교훈삼아 그 혼란의 와중을 비껴왔지만 따지고 보면 우리 세대도 불쌍하고 억울하고 허망하지 않은가?

나만 해도 끊임없이 시대의 수렁 속에 빠져들지 않도록 애써 왔다. 하지만 그 누구도 밤의 어둠을 피할 수 없듯이 시대의 어둠을 완전히 피할 수는 없었던 기억을 갖고 있다.

추억

사월의 새벽은 꽤 쌀쌀했다. 안암동 학교 앞으로 가는 버스에는 사람이 별로 많지 않았다. 나는 버스 뒷좌석에 앉아 차창 밖을 내다보며 오늘 할일을 계획하고 있었다.

"여민이 아냐?"

누가 내 옆의 빈 자리에 앉으며 아는 체를 했다. 나는 천천히 고개를 돌렸다. 희뿌연 여명을 배경으로 검은 안경테 속에서 외꺼풀의 큼직한 눈이 반가움으로 빛나고 있었다. 문일규였다.

"어머, 일규형, 웬일이세요?"

"웬일이라니? 나야 늘 이 시간이면 법대 도서실에 출석해야 하잖아. 지각을 몇 번 하면 고시 준비하는 특수반에서 쫓겨나게 되어 있어. 여민이 오빠도 특수반이었으니까 잘 알고 있지?"

"예."

나는 간단하게 대답했다. 문일규는 입을 불쑥 내밀고 이마를 찡그려 보이며 익살스레 말했다.

"나같이 아침잠이 많은 사람한테는 아주 괴로운 규칙이지. 올빼미같이 밤잠이 없어서 밤 늦게 공부하는 건 얼마든지 괜찮은데 말야. 근데 여민이는 이렇게 이른 시간에 어디로 가는 거지?"

"학교에 가요. 중앙도서관에. 이렇게 일찍 가지 않으면 빈 자리가 없거든요."

내 대답을 들은 문일규가 눈을 둥그렇게 떴다.

"일학년 신입생이 벌써부터 도서관에 자리를 맡아두고 공부만 한단 말이야? 대학 생활의 낭만을 맛볼 사이도 없이……"

나는 아무런 대꾸도 하지 않고 빙그레 웃기만 했다. 문일규가 고개를 갸우뚱하며 나를 유심히 바라보았다.

"일학년이면 과 친구들이나 선후배들과 어울려 술도 배우고 토론도 하느라고 바쁠 텐데…… 아니면 각종 서클에 가입해서 신나는 과외활동을 하거나…… 하다못해 미팅을 해보거나 연애를 시작하기도 하지. 여민이는 그런 데 통 관심이 없어?"

귀찮은 질문이었지만 문일규에게 나쁜 감정을 품고 있지 않았으므로 사실대로 성의있게 대답했다.

"제가 대학생활에서 낭만을 찾지 않는 이유는 두 가지가 있어요. 첫째는 집안 형편이 어렵기 때문이에요. 아시다시피 저희 오빠가 군대에 갔거든요. 오빠 대신 집안의 생계와 저의 학업을 감당해야 해요. 아르바이트를 세 개나 하고 있죠. 고등학생 과외 그룹 하나, 중학생 과외 그룹 둘…… 따라서 방과 후의 시간이나 주말의 여가가 없어요. 아침 시간만이 유일한 저의 시간이죠. 다른 학생들처럼 서클 활동을 할 엄두를 못 내요."

문일규의 눈빛이 희미하게 일렁였다. 나는 동정을 받고 싶진 않았는데 너무 곧이곧대로 얘기한 건 아닌가 싶었다. 기분이 언짢아서 입을 다물려고 하는데 그가 물었다.

"두 가지 이유가 있다고 했지? 나머지 다른 이유는 뭔데?"

나는 잠시 머뭇거렸으나 이왕 얘기하는 김에 솔직히 말하기로 했다.

"저는 어릴 때부터 책을 좋아했어요. 그래서 문학에 관심이 많았죠. 국문과로 진학하면서 가능하면 문학을 해서 내 책을 만들고 싶기도 했어요. 그런데 입학 후 한 달 동안 국문학도들의 분위기를 보면서 실망했어요. 이은실 언니를 따라 문학회에도 가보았는데 역시 질려버렸구요."

"왜?"

문일규는 점점 더 궁금한 모양이었다. 나는 담담하게 말했다.

"문학도들은 대체적으로 예술 지상주의자인 것 같았어요. 현실적인 삶보다 문학을 더 우선시하더군요. 일상적으로 성실하게 생활하는 것을 부차적인 일로 제껴놓고 문학적인 소재가 될 극적인 사건들만 추구해요. 하긴 리얼한 삶의 사건들과 부딪치지 않고 대체적으로 편안한 성장을 해온 젊은이들이라면 모험을 추구하는 것이 당연할지도 몰라요. 하지만 그들에게는 최고의 모험이라는 게 사회문제를 바라보는 의식의 모험이거나 더 운이 나쁘면 기껏해야 성적 모험일 뿐이에요. 나는 남학생들이 술집에 모여 열변을 토하거나 588을 방문하는 것에 관심이 없어요. 나는 성장 과정에서 충분히 극적인 경험들을 했기 때문에 이제 와서 모험을 하러 몰려 다닐 필요가 없어요."

문일규의 입이 약간 벌어지면서 얼굴에 놀라는 빛이 떠올랐다. 그는 새삼스레 나를 뚫어지게 쳐다보았다. 그리고 한참만에 입을 다물면서 감탄한 어조로 신음하듯 말했다.

"알밤같이 단단하군. 어린 나이에…… 중민이가 여동생 자랑을 할 만도 해."

　칭찬을 들으려고 한 얘기가 아니었으므로 나는 약간 멋쩍어져서 얼굴을 붉혔다. 그런 나를 문일규가 그윽한 시선으로 바라보았다. 나는 더욱 몸둘 바를 몰라 그를 외면하고 창밖만 내다보았다. 이윽고 버스가 학교 앞에 도착했다. 고시파 도서실은 내가 가려는 중앙도서관의 꼭대기 층에 있었으므로 우리는 같은 방향으로 나란히 걸어갔다. 봄날의 새벽 공기가 차가워서 저절로 어깨가 움츠러들었다.

　"춥지 않아? 그렇게 얇게 입고……"

　문일규가 물었다. 나는 딱히 걸칠 만한 옷이 없다고 대답하는 대신 무뚝뚝하게 말했다.

　"괜찮아요."

　"겪어보면 알겠지만 학교는 겨울보다 봄 가을에 더 추워. 구식 석조건물이어서 유난히 싸늘한데다 겨울이 아니라고 난로마저 때주지 않거든. 두둑히 입고 다녀야 할 게야. 자, 이거 걸치고 있어!"

　갑자기 문일규가 입고 있던 잠바를 벗어 내밀었다. 어느새 중앙도서관 앞에 도착했을 때였다. 잉크빛의 진한 곤색 잠바로, 속에는 털이 달려 있었다. 나는 졸지에 벌어진 일에 당황하여 황망히 손을 내저었다.

　"아니에요, 형. 전 하나도 춥지 않아요. 정말이에요."

　"괜찮아, 받아둬. 오빠가 군대에 갔으니 이제부터 내가 대신 오빠 노릇을 해야지. 그걸 걸치고 있으면 낯선 남학생들이 장난도 안 치고 좋을걸? 하하하……"

　마다하는 내게 굳이 잠바를 떠넘긴 문일규는 호쾌하게 웃으면서 성큼성큼 꼭대기 층으로 올라가버렸다. 그때부터였다. 내가 그에게 휘말려들기 시작한 것은……

　가난하지만 젊었고 미래에 대한 희망으로 가득 차 있던 자신만만한 나에게 문일규는 그날부터 두근거림과 망설임으로 다가왔다. 그렇다, 나는 망설였다. 이 잠바를 어떻게 돌려줄 것인가, 고시파 도서실로 가져다줄 것인가, 찾으러 올 때까지 기다릴 것인가? 다행히도 그날은 점심시간에 그가 중앙도서관으로 나를 찾아 내려왔다. 그러자 두근거림이 시작되었고 이튿날도, 또 그 다음날도 그것은 계속되었다. 오늘 점심시간에는 그가 내려올 것인가, 말 것인가? 제발 내려오지 말았으면, 너무 산만해지고 약해지잖아. 아니, 내려와야 해, 어제 못다한 얘기가 있어. 매일 점심시간이 가까워지면 나는 안절부절하면서 도서관의 자리를 지켰다. 늘 내 옆자리에 앉아 같이 공부하던 이은실이 이런 눈치를 모를 리가 없었다.

그 당시 이은실은 내게 좋은 길잡이가 되어주고 있었다. 나는 이은실이 쓰던 교과서를 그대로 물려받아 책값 걱정은 하지 않아도 되었다. 뿐만 아니라 이은실의 조언에 따라 수강 과목을 선택하여 신청하였고, 교직도 만약을 위해 들어두었다. 수업이 없는 공강 시간에는 도서관에서 번갈아 자리를 지켜주었다. 그리고 틈만 있으면 서로의 크고작은 사정 얘기를 나누었다. 그러니 이은실이 자연스레 물어올 수밖에……

"너, 일규형을 좋아하는 거 아니니? 솔직히 말해봐."

"모르겠어, 언니."

나는 한숨을 폭 쉬며 솔직한 심정을 털어놓았다.

"이성적으로 생각하면 일규형은 나와 어울릴 사람이 아닌 것 같애. 집안도 너무 좋고…… 나도 언니처럼 큰인물이 되려는 야심만만한 유형은 별로 좋아하지 않아. 너무 남자다운 것도 우리 아버지 같아서 불안해. 근데 감정적으로는 걷잡을 수 없이 끌려. 혼자 있을 때는 주눅들지 말고 내 본연의 모습대로 자신 있게 대하자 다짐하곤하지. 하지만 막상 만나면 작아지고 약해지고 수동적으로 돼서 무너져버리고 말아. 언니, 나 어떡하지?"

이은실이 빙그레 웃었다.

"그게 사랑에 눈멀었다는 거야. 처음엔 의지와 상관 없이 빠져들지. 그러다가 상대방에 익숙해지면 차츰 정신을 차리게 돼.”

“냉정을 되찾게 됐을 땐 너무 늦은 것이 아닐까? 시간과 감정만 허비하고 말이야.”

내가 걱정스레 물었다. 이은실이 깔깔 웃으며 내 팔을 살짝 꼬집었다.

“아휴, 이 깍쟁이. 사랑에서조차 손해보지 않으려고 계산만 하면 어떡해? 걱정 말고 한번 마음껏 좋아해 봐. 감정을 자유롭게 풀어주라구. 그리고 결과가 어떻게 되든 후회하지 않는 거야. 그래야 사랑이 가져다주는 생명력을 경험할 수 있어.”

“그럴까?”

내가 자신 없이 되물었다.

“그럴까가 뭐야? 벌써 관계는 불붙었는데…… 너보다 일규형이 더 폭 빠진 거 같더라. 매일 내려오지를 않나, 너를 바라보는 눈이 보통이 아니야. 나는 그 형이 여학생을 그렇게 그윽한 눈빛으로 쳐다보는 거 처음 봤어.”

이은실의 말은 사실이었다. 문일규는 하루에 한 번은 나를 만나야 안심을 했다. 언제 알아냈는지 내 수업 시간표를 알아서 공강 시간에 도서관으로 오곤 했다. 날씨가 따뜻해져서 우리는 도서관 앞 잔디밭에 앉아 이야기를 나누곤 했다. 그러면 문일규의 친구들이 지나가다 놀렸다.

“문일규, 뭐해? 공부 안 하고……”

“까불지 마. 나는 하루에 한 시간은 이 여학생과 얘기를 나눠야 힘이 나서 공부를 더 잘한다구.”

문일규는 부끄러움도 없이 큰 소리로 응수하곤 했다. 그의 친구들이 우리를 보고도 더이상 놀리지 않고 자연스레 받아들이게 되었을 때는 벌써 가을이 오고 있었다.

내가 대학에 입학했던 1971년은 봄학기부터 어수선한 상황이었다. 박정희의 재집권을 위한 삼선개헌 후 실시된 대통령 선거를 시작으로 학생들은 정치 문제에 촉각을 곤두세우고 있었다. 군사독재 장기집권이니 부정선거니 하는 말들을 흔히 들을 수 있었다. 가을학기가 되자 학생들의 비판 의식은 데모로 구체화되었다. 부정부패의 척결, 정보정치의 폐지, 군사 교련의 반대 등을 외치며 산발적으로 일어나던 데모가 점점 커져갔다. 도서실과 강의실에 학생들이 줄어들었고 데모대는 불어났다. 나는 의식적으로 눈을 감고 귀를 막으며 강의실과 도서실을 고수하고 있었다. 하지만 문일규는 종종 총학생회 참모들이나 데모꾼들과 어울려 술을 마시는 눈치였다. 별로 달갑지 않은 일이었으나 나는 모르는 체했다. 문일규 역시 내게 정치적인 발언을 하는 일은 없었다.

시월 십구일이었다. 이은실과 나는 중앙도서관에서 장학금을 따기 위한 공부를 하고 있었다. 갑자기 도서관 바닥이 흔들리는 듯한 느낌이 들었다. 마치 지진이라도 난 것 같았다.

"왜 이러지?"

"무슨 일이야?"

학생들은 자리에서 일어나 창가로 갔다. 도서관이 있는 언덕 아래편으로 학교 정문과 널찍한 차도가 내려다보였다. 그런데 지금 완전무장한 군인을 태운 오토바이 부대가 차도를 가득 메우며 교문을 향해 달려오고 있었다. 오토바이뿐만이 아니었다.

"탱크다! 탱크가 쳐들어오고 있어!"

"미쳤군! 전쟁 때나 쓰는 탱크를 학교로 보내다니……"

"위험하다, 피하자!"

"교문 앞에서 멈추겠지, 설마 학내까지 들어오려구?"

학생들은 대부분 그대로 서서 구경을 했다. 그러나 일부 학생들은 오늘은 공부하기 틀렸다고 투덜거리면서 짐을 쌌다. 이은실이 얼굴이 하얗게 질려 내게 말했다.

"어서 피하자. 여학생들이 군인들과 마주쳐서 좋을 건 하나도 없어."

나는 별로 겁이 나지 않았으나 이은실의 충고에 따라 가방을 쌌다.

"저런, 저런, 죽일 놈들 봤나?"

"막 들어오는데?"

창가에 있던 학생들이 흥분해서 소리를 질렀다. 나는 무슨 일인가 궁금하여 고개를 삐죽이 내밀고 창밖을 쳐다보았다. 학교 안에는 이미 오토바이 부대와 탱크 부대에 뒤이어 국방색 트럭이 한무더기 쳐들어오고 있었다. 그리고 트럭에서는 완전무장한 군인들이 실전을 방불케 하는 모습으로 뛰어내렸다. 그들은 땅에 발을 딛기가 무섭게 백병전하듯 주변에 있는 학생들을 닥치는 대로 곤봉으로 때리기 시작했다.

"어머, 저럴 수가?"

나도 모르게 탄식이 흘러 나왔다.

"뭐하고 있어? 빨리 피하지 않고……"

누가 팔을 잡아끌었다. 돌아보니 어느새 내려왔는지 문일규가 딱딱하게 굳은 얼굴로 나를 문 쪽으로 밀었다.

"뒷길로 해서 후문으로 빠지면 도망칠 수 있을 거야. 빨리 가!"

"형은?"

"난 남아서 할일이 있어. 우물거리지 말고 빨리 나가!"

문일규의 목소리는 곧 흥분한 학생들의 함성에 묻혀 들리지 않게 되었다.

"안 되겠다, 나가자!"

"나가자! 싸우자!"

동료 학생들이 맞는 것을 목격한 학구파 학생들은 데모대와 합류

하기 위해 와르르 도서관을 빠져 나갔다. 그러나 데모대는 벌써 군인들에게 쫓겨 학교 건물 안으로 퇴각하고 있었다. 그때였다. 누군가 도서관 한가운데의 책상 위에 올라섰다. 문일규였다. 그는 눈빛을 번뜩이며 우왕좌왕하는 학생들을 둘러본 뒤 굵고 힘있는 목소리로 외쳤다.

"여러분! 사태가 급박하다고 해서 당황하지 말고 지성인답게 침착하게 행동합시다!"

학생들의 시선이 일제히 문일규에게 쏠렸다. 그때 이은실이 내 손목을 세게 잡아끌며 속삭였다.

"빨리 가자! 우리가 여기 있으면 일규형한테 방해만 돼."

나는 이은실에게 이끌려 도서관을 빠져 나왔다. 등뒤에서 문일규의 목소리가 쩌렁쩌렁 울렸다.

"우리 ㄱ대생의 생명이자 상아탑의 상징인 도서관만큼은 지켜야 합니다. 모두 의자를 모아 바리케이드를 쌓고 군인들이 들어오지 못하도록 싸웁시다!"

상황이 급박한 만큼 연설도 짧은 것 같았다. 그러나 나는 그 짧은 연설마저 다 듣지 못하고 이은실을 따라 샛길로 빠져 후문으로 도망치기 시작했다. 도망치면서 얼핏 보니 남학생들이 군인들에게 총개머리판으로 맞으며 트럭 안으로 끌려갔다. 옷은 찢긴 채 머리 뒤에 두 손을 얹고 무릎으로 기게 해서 끌어가는 것이었다. 데모를 했건 안 했건 문제가 아니었다. 무차별 공격이었다. 하다못해 식당에서 느긋이 밥 먹는 사람도 잡아갔다.

이은실과 내가 뒷문으로 도망쳐 나올 때였다. 교양학부 쪽에서 한 여학생이 최루탄 가루를 하얗게 뒤집어쓴 채 비틀거리며 달려오는 게 보였다. 눈물, 콧물로 범벅이 된 그 여학생은 앞이 안 보여 제대로 뛰지도 못하고 있었다. 이은실과 나는 누가 먼저랄 것 없이 그 여학생을 부축하여 학교를 빠져 나왔다. 그리고 급한 대로 뒷문 부근에 있는 구멍가게로 들어갔다. 우선 최루탄을 정면으로 맞은 듯한 여학생을 씻겨야 했기 때문이었다. 학교 부근에 있어서 데모를 무수히 겪어온 가게 주인은 사정을 금방 이해했다. 가게 안집의 수도를 쓰라고 친절하게 허락했다. 우리는 여학생에게 묻은 최루탄 가루를 털어내고 세수를 시켰다. 눈물, 콧물을 쏟으며 기침을 계속하던 여학생은 급기야 구토를 했다. 우리는 병원에 데려가야 하지 않을까 염려하고 있는데, 한바탕 토하고 난 여학생이 비로소 숨을 몰아 쉬었다. 질식하지 않고 그만하기 다행이었다.

"고마워요. 이제 좀 살 것 같아요. 집으로 가서 좀더 씻어야겠어요."

정신을 차린 여학생이 치하를 하며, 자신의 자취방이 부근에 있다고 말했다. 우리는 아직도 비틀거리는 여학생을 부축하여 그 자취방까지 함께 갔다. 깔끔한 한옥에 있는 외진 문간방이었다. 여학생이 차근차근 다시 씻고 옷을 갈아입은 뒤 방으로 들어왔다.

"아무래도 목욕을 가야겠어요. 아무리 씻어도 최루탄 냄새가 가시질 않아요. 아, 참. 제 소개부터 하죠. 저는 신문방송학과 일학년 김영희예요. 교내 신문사 기자로 일하고 있어요."

자기 소개를 하는 김영희의 눈은 아직 충혈되어 있었지만 눈매가 여간내기가 아니라는 느낌을 주었다.

"어쩌다 그렇게 최루탄을 정통으로 맞았어요?"

이은실이 안쓰러워하며 물었다.

"교양학부에서 취재를 하고 있었어요. 군인들이 쳐들어오자 여학생 휴게실로 피했지요. 그런데 여학생들만 모여 있는 것을 뻔히 보면서도 지나가던 군인들이 창문으로 최루탄을 마구 던져 넣었어요. 히죽히죽 웃으면서 장난삼아 말이죠. 삽시간에 여학생 휴게실은 아수라장이 됐어요. 어떻게 빠져 나왔는지 모르겠어요."

"잔인한 놈들!"

온유하기 짝이 없는 이은실도 격해 오는 울분의 감정을 참을 수 없었던지 욕을 해댔다.

"도대체 어디서 들이닥친 군인들일까요?"

"학생들을 잡아서 어디로 데려가는 걸까요?"

"남아서 싸우기로 한 학생들은 어떻게 됐을까요?"

우리는 서로에게 번갈아 질문을 던졌지만 아무도 해답을 몰랐다. 나는 문일규가 어떻게 되었는지 상당히 걱정이 되었다. 그러나 다시 학교에 가볼 수는 없는 노릇이었다. 답답한 침묵 끝에 김영희가 말했다.

"저는 목욕한 후 신문사 동료들이 자주 모이는 술집에 가보겠어요. 살아남은 사람이 있으면 한 명이라도 나오겠죠. 어쩌면 상황이 어떻게 돌아가는 건지 정보를 얻을 수 있을지도 몰라요."

우리는 김영희에게 작별 인사를 한 후 자취방을 나왔다. 큰길로 나와 학교 쪽을 보니 정말 으시시했다. 무장 군인들이 학교 주변에 일 미터 간격으로 둘러서서 사람의 접근을 막고 있었다. 학교가 감옥으로 변한 것 같았다.

"학교를 완전히 뺏겼어."

이은실이 기가 막혀서 내뱉았다.

"언제까지 못 들어가게 할 건가?"

내가 막막한 기분으로 중얼거렸다.

"뭐 이런 일이 다 있지?"

우리는 우두커니 서서 학교를 바라만 보다가 이튿날 아침 학교 앞 다방에서 만나기로 하고 기운없이 헤어졌다.

그날 뉴스를 듣고서야 서울 일각에 위수령이 내려졌음과 대학이 당분간 폐쇄된다는 것을 알았다. 학원질서 확립에 관한 대통령의 특별 명령이라는 것이었다. 검은 시월! 학생들은 상아탑이 군화에 의해 짓밟혀진 그때를 이렇게 불렀다. 일제시대에도 없었던, 역사 이래 처음 있는 일이었다. 신문도 잘 안 보던 나로서는 정치가 갑자기 내 생활에 뛰어들어 엄청난 영향력을 끼치는 것을 겪고 놀라지 않을 수 없었다. 시대와 무관하게 산다는 일은 불가능하구나 처음으로 뼈저리게 느꼈다. 아버지처럼 시대에 뛰어들어 살지 않는다 해도 시대가 내 생활을 먼저 습격하는 것이었다.

아버지! 나는 그날 돌아가신 아버지를 비로소 조금 이해할 것 같았다. 젊은 시절에는 일제에 저항하고, 해방 후에는 독재정권을 비판했던 아버지. 아버지의 정의감은 옳았을지도 몰랐다. 문제는 아버지가 자아 형성이 덜 된 미성숙한 상태에서 사회운동에 지나치게 경도되었다는 데에 있다. 자신을 추스리고 가정을 이끌 인격과 능력이 갖추어지지 않았는데, 시대상황 때문에 우선적으로 사회운동에 뛰어들고, 그 사회운동이 모든 모순을 해결할 수 있는 만병통치약인 양 자기 합리화를 했던 것이 아버지가 인생에서 실패한 주요 원인이었다. 그러나 우리 세대의 젊은이들도 그와 같은 실수를 하지 않는다는 보장이 어디 있는가? 상황이 이렇게 급박한데……

나는 도서관 책상 위로 뛰어오르던 문일규의 모습을 생각했다. 그의 행동은 충분히 이해할 수 있었다. 그 상황에서는 싸울 수도 있었다. 어쩌면 그 싸움은 정당한 분노의 표현일지도 몰랐다. 그런데 나는 왜 싸우지 않고 피했는가? 왜 모두들 피하라고만 했는가? 여자이기 때문에? 그렇다. 여학생이었기 때문이었다.

남자들은 역사가 시작된 이후 계속 싸워왔다. 그러면 여자들은 무얼 했는가? 나는 자연스레 어머니를 생각했다. 거친 바깥 바람을 몰고다니던 모순 많은 아버지를 끝까지 참아주고 이해하고, 그를 위해서 아이들을 낳고 기르고 먹이고 거두어온 어머니. 어머니는 그것이 여자의 일이라고 믿었다. 과연 그런가? 나는 어머니가 믿는 여자의 길은 가지 않기로 일찍부터 결심했다. 그러면 나는 어떻게 살 것인가? 남자들처럼 싸우고 살 것인가? 아니다. 그건 아니다.

나는 곰곰이 생각했다. 싸우며 사는 남자의 길, 뒷바라지하며 사는 여자의 길. 이렇게 딱 나누어 정의되지 않는 제삼의 길이 있을 것이다. 전통적인 고정관념, 남자와 여자를 이분법으로 가르지 않는 어떤 새 길이, 새 역할이……

그러면 그 새 길과 새 역할은 어떤 것일까? 그 새 길과 새 역할에 맞추어 살려면 지금 당장 나는 어떡해야 하나? 대답은 쉽게 나오지 않았다. 나는 이은실과 만나 상황을 파악해 가며 의논하기로 하고, 평상시처럼 아르바이트를 했다.

다음날 아침에 학교 앞으로 갔다. 학교는 여전히 군인들에게 점령되어 있었다. 멀찍이 바라보니 대운동장에 국방색 막사들이 들어서고 탱크들이 주둔해 있었다. 할 수 없이 약속 장소인 다방으로 갔다. 이은실이 나를 보자마자 물었다.

"일규형은 어떻게 됐니? 집에 전화해 봤니?"

"응, 전화해 봤는데 집에서도 소식을 모르는 모양이야. 일하는 사람이 받아서 어제 안 들어왔다고만 하던데?"

"큰일이다. 잡혀갔나 봐."

이은실이 문일규를 걱정하며 어두운 표정을 지었다.

"잡혀갔겠지. 앞서서 싸웠는데……"

나는 한숨 섞어 대답한 후 묵묵히 앉아 있었다. 한치 앞도 보이지 않는 깜깜한 굴 속에 갇힌 기분이었다. 이은실이 답답한지 새로운 제안을 했다.

"어제 만났던 그 김영희라는 여학생 자취방으로 가볼까? 그새 신문사 동료들을 만나서 무슨 소식이라도 들었는지 알아보게……"

"그래, 언니. 그게 좋겠다."

나는 고개를 끄덕였다. 우리는 차값을 치르고 다방을 나왔다. 비실비실 학교 앞을 돌아 후문 쪽으로 통하는 골목길로 들어섰다.

마침 김영희는 집에 있었다. 최루탄에 절은 옷을 빨다가 젖은 손으로 대문을 열어주었다.

"이젠 괜찮으세요?"

이은실이 구멍가게에서 산 사과봉지를 내밀며 물었다.

"아휴, 말씀 낮추세요. 후배한테……"

김영희가 자취방으로 우리를 들여 보내며 말을 놓으라고 권했다. 그리고 같은 학년인 내게 자연스레 먼저 반말을 했다.

"잠깐 기다려. 빨래를 널고 올게."

우리는 비로소 김영희의 자취방을 찬찬히 구경했다. 비닐옷장 하나, 책상 하나, 책꽂이 하나, 커피 포트 한 개가 전부인 단출한 살림이었다. 그러나 벽면에는 둥근 거울과 예쁜 벽걸이 인형이 걸려 있어 방 주인의 오밀조밀한 취미를 짐작하게 했다. 나는 책꽂이에 꽂힌 책들을 유심히 살펴보았다. 신문방송학과 교과서 외에도 신학책 몇 권이 눈에 띄었다. 그때 영희가 쟁반 위에 접시와 칼을 받쳐들고 방안으로 들어왔다.

"기독교인이야?"

내가 신학책을 가리키며 물었다.

"가끔 교회에 놀러 가. 냉담 신자지."

영희는 부끄러운 듯 수줍게 웃으며 사과를 깎았다. 어느새 올려 놨는지 커피 포트에서 물 끓는 소리가 기분 좋게 들렸다.

"뭐 새로운 소식 들은 거 있어?"

이은실이 물었다. 영희가 고개를 저었다.

"많은 학생들이 수도경비 사령부로 끌려갔다는 것 외에는 깜깜 무소식이에요. 건물 안에 남아 저항하던 학생들은 몽땅 잡혀갔대요. 신문사 동료들도 대부분 끌려갔어요. 남아 있는 사람들은 폭격이라도 맞은 것처럼 전부 어디론가 숨어버렸구요. 일요일날 교회라도 가야 자세한 정보를 들을 수 있을 것 같아요."

"교회에서 그런 소식을 들을 수 있나?"

교회를 다녀본 적이 있는 이은실이 어림없다는 듯 되물었다. 김영희가 씽긋 웃으며 대답했다.

"제가 다니는 교회는 사회 문제에 관심이 많은 사람들이 모이거든요."

"그런 교회도 있어?"

이은실이 눈을 둥그렇게 떴다. 김영희는 걸핏하면 전도부터 하려는 기독교인들의 극성스러움을 전혀 보이지 않고 조용하게 말했다.

"네. 궁금하면 한번 가보세요. 그건 그렇고 군인들이 쉽게 학교에서 철수할 것 같지 않아요. 저도 며칠 더 지켜보다 고향으로 가야겠어요."

"고향이 어딘데?"

나는 또랑또랑한 영희의 표준말이 지방 사람처럼 느껴지지 않아 물어보았다.

"광주 부근에서 부모님이 아주 영세한 규모의 목장을 하고 있어. 나는 중학교 때부터 서울에서 학교를 다녔지만……"

그러고 보니 영희의 말투에 전라도 억양이 약간 섞여 있는 듯도 싶었다.

"그럼 자취생활을 한 지 꽤 오래 됐겠네?"

나처럼 어머니나 동생을 부양하지 않아도 되는 영희의 단촐한 생활을 은근히 부러워하며 내가 물었다.

"아냐. 중고등학교는 친척집에서 다녔어. 대학 들어와서 얹혀 살기가 눈치 보여서 독립한 거야."

영희는 자신의 처지에 대해 터놓고 얘기했다. 집안이 워낙 가난해서 중고등학교를 거의 장학금으로 공부했다는 것, 대학 들어와서도 장학금에 의존하고 있으며 신문사에서 받는 몇 푼 안 되는 봉급으로 자취생활을 해나가고 있다는 것이었다. 나는 영희의 가난한 처지에 깊은 동료의식을 느꼈다. 따라서 오래된 친구를 대하듯 내 생각을 자연스레 털어놓게 되었다. 남자와 여자의 역할을 고정관념으로 나누지 않고 새로운 길을 찾는 방법, 그러기 위해서 당장 어떡해야 하나 하는 고민이었다. 내 얘기를 들은 영희는 눈을 빛내며 공감을 표시했다.

"너도 그런 고민을 했구나. 나도 어제 생각을 많이 했어. 남학생이나 여학생이나 학생인 건 마찬가진데, 어제 같은 상황에서 남학생들은 싸웠고 여학생들은 피했거든. 나는 정말 여자라는 게 부끄러웠어. 아무리 생각해 봐도 여자라고 움츠러들지 말고 남학생과 동등하게 싸워야 했어. 그게 여자가 고정관념을 벗어나서 남자와 평등해지는 방법이 아닐까?"

이은실이 대뜸 반론을 제기했다.

"아휴, 평등해지기 위해서 같이 싸운다는 건 말이 안 돼. 여자와 남자는 생리적으로 달라. 어제 우리가 남아서 싸우다가 잡혀갔으면 무슨 꼴을 당했겠어? 거친 군인들이 약한 여학생들을 그냥 두었을 것 같아? 우리는 우리가 남학생들과 다를 게 없다고 생각하지만 현실적으로 그렇지 않아. 우린 훨씬 불리해."

김영희와 이은실 사이에 열띤 논쟁이 벌어졌다. 나는 두 사람의 주장이 나름대로 일리가 있다고 생각했다. 그러나 김영희처럼 남학생과 똑같이 싸워야 한다는 말에는 동조할 수 없었다. 또한 이은실같이 남녀를 확연히 분리해 생각하는 것도 시시했다. 무언가 다른 대안이 있을 것 같았다. 그러나 그것이 무엇인지는 알 수 없었다. 답답했다. 그러나 그때 우리는 겨우 대학 일이학년생이었다. 대답을 찾기까지 열심히 고민할 수밖에 없었다.

어쨌든 그후로 김영희와 우리는 함께 고민하는 친구가 되었다. 논쟁을 벌였던 이은실은 김영희를 따라 교회도 함께 가보곤 했다. 나는 평일 저녁마다 과외공부를 가르치는 것은 물론 토요일과 일요일에는 두세 팀을 연이어 가르쳐야 했기 때문에 교회에 가볼 틈이 없었다. 그러나 이은실을 통해 민주인사가 많이 모이는 진보적인 교회의 분위기에 대해 들을 수 있었다. 군사독재 정권에 저항적인 목사의 설교를 들으면 속이 다 시원해지고 무언가 민주화를 위해서 애써야 할 것 같은 생각이 든다는 것이었다. 나는 언젠가 시간을 내서 그 교회에 한번 가보리라 별렀다.

그러나 속절없이 시간은 갔고 나는 이학년이 되었다. 위수령 때 수도 경비 사령부로 끌려갔던 남학생들은 그대로 강제 징집이 되어 강의실에는 학생들의 수가 눈에 띄게 줄어들었다. 남아 있는 학생들도 어깨가 처져 있어 대학의 분위기가 말이 아니었다. 간혹 독이 오른 눈빛을 띤 학생도 있었으나 극소수였다. 대부분은 무기력감에 빠져 허탈해 하고 있었다. 아무것도 모르는 72학번 신입생들이 입학해서 캠퍼스를 누비는 통에 그나마 활력이 있어 보일 정도였다. 그러나 그 활력조차 건강한 것은 아니었다. 대학가에는 청바지와 통기타, 장발머리와 김민기의 「친구」라는 노래가 유행했다. 그러나 장발과 김민기의 노래는 곧 단속 대상이 되었다. 남은 것은 패배주의밖에 없었다. 정신이 텅 빈 공백 상태에 미국의 록 음악과 마리화나가 수입되었다. 이른바 퇴폐 풍조였다.

다행히 그 퇴폐 풍조에 물들지 않은 학생은 취직 시험 준비나 학점 따기, 아르바이트에 몰두할 수 있을 뿐이었다. 나 역시 장학금을 위한 학점 따기와 아르바이트로 바빴다. 그러나 더이상 중앙도서관에는 가지 않았다. 중앙도서관에 앉아 있으면 어디선가 문일규가 불쑥 나타나줄 것만 같아 공부에 몰두할 수가 없었기 때문이다. 다른 남학생들처럼 문일규도 군대에 끌려갔다는 것만 알았을 뿐 어디로 끌려갔는지, 어떻게 지내는지 통 소식을 알 수 없었다. 갑갑하고 쓸쓸한 나날이었다.

이은실과 나는 중앙도서관에 가지 않는 대신 문과대 도서실에 단골 자리를 만들었다. 그리고 우리 두 사람의 옆에는 김영희의 자리도 덧붙여졌다. 김영희는 그 즈음 신문사의 분규로 한바탕 홍역을 치렀다. 검열을 두려워해서 애초에 문제가 될 기사는 싣지 않으려는 주간과 어떻게든 옳은 소리를 한번 해보려는 학생 기자들 간의 싸움이었다. 결과는 학생 기자들이 집단 사표를 내는 것으로 끝났고, 김영희도 신문사를 그만두었다. 쥐꼬리만한 봉급조차 못 받게 된 것이다. 나는 사방으로 수소문해서 과외 그룹을 하나 소개해 주었다. 나와 비슷한 생활을 시작한 것이다. 물론 나보다는 아르바이트를 훨씬 덜해서 학우들과 어울려 술자리를 갖기도 하고, 교회 청년부에도 열심히 나갈 여유는 있었지만…… 어쨌든 김영희도 우리와 함께 강의실과 도서실을 오락가락하면서 점점 더 친해졌다.

기다리고 기다리던 소식은 봄이 지나서야 왔다. 문일규로부터 봉함엽서가 온 것이다. 나는 후들거리는 가슴을 진정시키며 군사우편이라고 도장이 찍힌 엽서를 뜯었다.

보고 싶은 여민이에게

여기는 최전방이다. 시시각각 노리는 적의 침투를 막기 위해 오늘도 최선을 다하고 있다. 자랑스런 대한민국의 남아로서 신성한 국방의 의무를 수행하는 일에 무한한 영광과 자부심을 느낀다. 나는 몸 건강히 잘 있으니, 내 염려는 말아라. 친구들에게도 안부 전하고, 학생의 본분을 다해 공부 열심히 하기 바란다고 말해 주렴.

사랑한다.

일병 문일규.

속았다! 무언가 속은 느낌이었다. 그렇게 걱정했는데, 뭐, 신성한 국방 의무에 무한한 영광을 느낀다구? 나는 어이 없어하며 이은실에게 이 짤막한 편지를 보여주었다. 이은실이 배시시 웃더니 말했다.

"살아 있긴 살아 있는 모양인데, 어지간히 고생하나 부다. 최전방에서 편지조차 맘대로 못 쓰고……”

“그래도 이건 너무했잖아?”

나는 편지를 주머니에 아무렇게나 쑤셔박으며 투덜거렸다.

“오죽하면 그랬겠니? 검열을 받는 편지일 테니까 행간을 읽어. 그 편지 중에 진심으로 쓴 건 사랑한다는 말밖에 없는 것 같다.”

“그럴까?”

되물으면서 생각해 보니 문일규가 내게 사랑한다고 말한 건 이번이 처음이었다. 나는 주머니에 쑤셔박았던 편지를 다시 꺼내 곱게 접었다. 그리고 아주 긴 답장을 썼다. 검열을 생각해서 수상한 말은 일체 빼고 신변잡기를 쓸데없이 길게 썼다. 오빠도 국방의 의무를 열심히 하고 있다는 것, 과외 가르치는 학생이 성적이 올랐다는 것, 김영희라는 새 친구가 생겼다는 것 등 이것저것 자상히 썼다. 그것이 사랑한다는 간단한 말에 대한 보답일 것 같았다. 그러면서도 나도 사랑한다는 말은 끝내 하지 못했다. 그저 보고 싶다고 말했을 뿐. 도대체 사랑한다는 말 따위로 내 간절한 그리움을 대신할 수 있었을까?

다시 가을이 왔다. 이은실과 나는 문과대 도서실을 지키고 있었으나 김영희는 무엇이 그리 바쁜지 아예 자리를 거두고 돌아다녔다. 시월 십칠일 아침이었다. 김영희가 숨을 헐떡이며 문과대 도서실로 들어오더니 우리에게 다가와 속삭였다.

“오늘 아침 사일팔 탑의 제문에 먹물이 묻어 있는 걸 보았어!”

나는 바싹 긴장했다. 언젠가 문일규로부터 들은 얘기가 떠올랐다. ㄱ대생들은 데모를 하기 전에 4·18탑의 기념비에 적힌 글자를 먹물로 본을 뜨는 관습이 있다고…… 그렇다면 곧 데모가 일어날 것 아닌가? 하긴 작년에 그 꼴을 당하고도 꼼짝없이 죽어 지냈으니 한번 일어날 때도 되었을 것이다. 그러나 작년처럼 엄청난 탄압이 있으리라는 것도 예상해야 하지 않을까? 나는 불안한 눈으로 김영희를 보았다. 그러나 이은실은 의외로 침착하게 말했다.

"여학생들이 양동이하고 물수건을 준비해야겠구나."

김영희가 고개를 잘래잘래 흔들며 야무지게 말했다.

"나는 남학생들 눈이나 닦아주고 있을 수만은 없어. 나도 싸울 거야."

"여학생이 나서면 남학생들이 귀찮아할걸?"

이은실이 빙그레 웃었다. 그러나 김영희는 심각하게 다짐했다.

"정 안 되면 돌이라도 나를 거야."

그날 우리는 긴장한 가운데 하루를 보냈다. 그러나 대학은 겉으로 보면 아무 일 없이 조용하기만 했다. 나는 오후 다섯시쯤 학교를 나왔다. 그리고 고등학교 이학년 여학생 다섯 명에게 국어 과외를 가르친 후 집으로 향했다. 버스 정류장에 서 있을 때였다. 상가의 라디오에서 뉴스가 흘러 나왔다. 무심코 듣고 있던 나는 화들짝 놀랐다. 박정희 대통령의 경상도 사투리가 섞인 강퍅한 음성이 계엄령을 선포하고 있었던 것이다.

전쟁이라도 난 것일까? 계엄령이라니!

나는 등골이 서늘해지는 것을 느끼며 공중전화 부스로 달려갔다. 우선 소식이 빠른 김영희의 자취집으로 전화를 걸었다. 영희는 집에 없었다. 초조한 마음으로 이은실에게 전화를 했다. 이은실은 다행히 집에 있었다.

"언니야? 나, 여민이야. 학교에 별일 없어?"

"별일이 다 뭐니, 큰일났다, 애. 작년처럼 군인들이 탱크를 몰고 쳐들어왔어. 이번엔 수경사 군인들이 아니고 진짜 군인들이래. 방과 후라 학생들이 많지 않았기에 망정이지……"

나는 작년의 아수라장을 연상하며 가슴이 덜컥 내려앉았다.

"김영희는 괜찮아?"

"괜찮을 거야. 잡혀간 학생은 없는 것 같았어. 학생회관이나 도서관에 남아 있던 학생들도 다 도망쳤어. 기습하는 속도만큼이나 도망치는 속도도 빨랐어. 작년에 경험한 덕을 보는 거지."

불행 중 다행이라는 말을 이때 하는 거구나 생각하며 뻔한 사실을 되물었다.

"그럼 내일부터 학교에 못 가겠네?"

"응. 학교에는 못 들어가. 당분간 집에서 쉬면서 시간 활용 잘 해봐. 자주 연락하고……"

공중전화는 끊겼다. 나는 암담한 마음으로 버스에 올라탔다. 계엄령이 내려진 거리는 인적이 드물었고, 신문사 앞에는 무장 군인들이 삼엄하게 서 있었다. 시국은 최악의 상태를 향해 곤두박질치고 있었다. 박정희는 계엄령을 선포한 후, 유신헌법을 공표했고 확정지었다. 장기 독재 체제로 들어선 것이다. 그리고 그 독재 체제는 거듭되는 긴급조치 발포로 유지되었다. 얼마나 자주 긴급조치가 내려졌던지 몇 호까지 발포되었는지 기억도 잘 나지 않았다. 어쨌든 유신체제에 반대하는 사람은 누구나 긴급조치 위반으로 잡혀갔다. 계엄령으로 학교를 빼앗겼던 그 시기를 학생들은 유신방학이라 불렀다.

내가 문일규를 다시 만날 수 있었던 때는 기나긴 유신방학이 지난 후였다. 그가 군대생활을 일 년이 넘게 하고서야 간신히 휴가를 얻을 수 있었기 때문이다. 나는 문일규로부터 만나자고 연락이 온 학교 앞 다방으로 나갔다. 문을 밀자 다방 한가운데 앉아 있는 군복이 이내 눈에 들어왔다. 멀리서 볼 때는 군복에 가리워져 건장한 것 같았으나, 가까이 가보니 그는 훨씬 수척해져 있었다. 빡빡 깎은 머리도 안쓰러웠다. 나는 말없이 그의 옆자리에 앉았다. 그리고 그의 얼굴을 찬찬히 보는 순간 흠칫 놀라고 말았다. 안경 너머 외꺼풀의 큼직한 눈 속에 눈물이 핑그르르 돌고 있었던 것이다. 그는 솟구치는 눈물을 억지로 참느라 입가를 약간 씰룩거렸다. 가슴을 둔탁한 망치로 얻어맞는 듯한 충격이 왔다.

"일규형!"

나는 그의 이름을 부르며 팔을 벌렸다. 그가 내 팔 속으로 들어오며 얼굴을 묻었다. 그의 몸이 가늘게 떨리고 있었다. 어쩌면, 이 당당한 남자가! 얼마나 고생을 했으면! 얼마나 보고 싶었으면! 나는 사람들이 구경하는 것도 아랑곳하지 않고 그를 꼭 안아주었다. 한참 동안 그는 소리 없이 떨고 있었다. 이윽고 떨림이 가라앉자 그가 고개를 들고 멋쩍은 듯 씨익 웃었다.

"내가 많이 약해졌지?"

쓰게 웃는 그의 눈가에 못 보던 주름이 잡혔다. 나는 슬그머니 분노가 치밀어서 힘주어 말했다.

"괜찮아요, 형. 형이 약한 게 아녜요. 놈들이 너무 잔인한 거죠."

"아니야. 난 너무 약해. 비겁하기 짝이 없고…… 그 동안의 생활에서 느낀 건 그것뿐이야."

문일규는 자책감에 빠져 힘없이 중얼거렸다.

"아니라니까. 형은 맨손이고 저들은 탱크가 있잖아요? 진짜 비겁한 건 총칼로 맨손을 억누르는 그놈들이죠."

"그럴까?"

문일규는 비로소 힘이 좀 나는 듯 그 동안의 생활을 얘기하기 시작했다. 데모하다 잡혀간 학생들이 군대에서 얼마나 모진 박해와 수모를 겪고, 인간 이하의 취급을 당하는지 말하자니 끝이 없었다. 그날 나는 그의 이야기를 들어주느라 아르바이트도 가지 못했다. 나로서는 생계가 위협받는 것도 무릅쓴 일탈 행동이었다. 그러나 일탈 행동은 그것으로 끝나지 않았다.

그가 두번째 휴가를 나왔을 때였다. 나는 아르바이트를 끝내고 밤 아홉시가 넘어서야 그를 만날 수 있었다. 그는 그날 낮에 법대 친구들과 만나 학교 소식을 듣고는 의기소침해져 있었다.

"몰래 지하신문을 발간하던 친구들 몇이 잡혀갔대. 대단한 용기지? 이 악랄한 탄압 국면 속에서도 저항 행동을 하다니……”

“모두들 입다물고 죽어 지낼 수만은 없었나 보죠.”

나는 문일규를 자극하고 싶지 않아 찬사도 아니고 비난도 아닌 시큰둥한 답을 했다.

“친구들은 결사적으로 싸우는데 나는 뭐하고 있는 건지 한심해. 군대에서 하루종일 여자 생각이나 하면서 시간을 죽여야 하다니……”

“군대에서 여자 생각 많이 해요?”

여자 생각이라는 말이 의미하는 뜻도 잘 모르면서 내가 물었다.

“그럼. 군대에서는 틈만 있으면 여자 얘기지. 고참들이 욕을 할 때도 음담패설을 잊지 않는걸? 휴가라도 한번 나갔다 오면 여자와 만난 무용담을 듣느라고 난리가 나지. 나도 저번에 혼이 났어.”

“왜요?”

내가 계속 멍청하게 물었다. 문일규는 대답하기 난처한 듯 약간 머뭇거리더니, 에라 모르겠다 하는 표정으로 솔직하게 말했다.

“애인과 만나고도 아무 일을 벌이지 못했으니 병신이라는 거야. 그래서 안아주긴 했다고 주장했지. 사실은 안겼다는 걸 알면 기합을 받았을 거야.”

문일규가 피식 웃었다. 나도 어이가 없어 웃고 말았다. 그러자 문일규가 계속 털어놨다.

“이번에 휴가 나오면서 단단히 다짐을 받고 나왔지. 남자들 말로 꼭 따먹고 오라는 거야. 고지에 깃발을 꽂지 않으면 고무신 거꾸로 신는다고……”

나는 더이상 웃음이 나오지 않았다. 기가 막힐 뿐만 아니라 불쾌하기까지 해서 입을 다물고 가만히 있었다. 문일규가 조심스레 내 눈치를 살피며 물었다.

“정말, 여민이는 내가 제대할 때까지 기다려줄 수 있어? 고참들 말대로 고무신 거꾸로 신는 건 아니겠지?”

나는 문일규의 유치한 질문에 있는 대로 화가 났다. 군바리가 되면 모두 이렇게 저질이 되는 것일까? 나는 조목조목 따지듯 조리있게 대답했다.

"나는 변함 없이 내 생활을 계속해 갈 뿐이에요. 형에게 편지도 열심히 쓸 거구요. 하지만 특별히 기다리겠다거나 장래를 약속하겠다거나 하는 생각은 아직 못 해봤어요. 나 자신이 주체적으로 홀로 서기를 할 수 있는 날을 준비하고 기다릴 뿐이에요. 내가 독립적으로 생활할 수 있게 된 후에야 다른 사람을 배려할 수 있겠지요. 오히려 그때까지 형이 나를 기다려줘야 할 것 같은데요?"

문일규가 한숨을 쉬었다.

"나한테 좀 기대서 살 생각은 안 해봤어? 여민이는 자아가 너무 강한 게 탈이야. 그게 장점이기도 하지만……"

나는 불쾌한 기분으로 그를 보내고 싶지 않았기 때문에 논쟁을 일으킬 대답을 피하며 가볍게 웃고 말았다. 그러자 그가 얼굴을 가까이 대고 내 눈을 빤히 들여다보며 낮은 소리로 힘주어 말했다.

"고참들 핑계를 대서 미안해. 사실은 너랑 같이 자고 싶어. 물론 끝까지 책임질 수 있어."

나는 그의 이글이글 타는 듯한 시선을 피하며 까르르 웃었다.

"왜 웃어? 난 심각한데……"

"형이 다짐하는 게 우습잖아요. 여자랑 자면 끝까지 책임져야 돼요?"

내 물음에 그는 어리둥절한 표정을 지으며 지극히 상식적인 대답을 근엄하게 했다.

"그럼, 그건 남자의 의무야. 더군다나 여민이는 친구 동생이니까 의리를 지켜야지."

비로소 웃음을 그친 내가 찬찬히 말했다.

"난 아직 남자와 같이 자고 싶지 않아요. 그리고 남자와 같이 잔다고 해서 책임지라고 강요할 생각도 없구요. 거듭 말하지만 형이 나를 책임지지 못할까봐 두려워서 같이 자지 않는 건 아녜요. 다만……"

"다만 뭐야? 날 원하지 않는 거야?"

문일규가 화를 벌컥 냈다. 어린애와 같은 반응에 나는 또 다시 웃음이 나왔다.

"형, 솔직히 말해서 난 남자와 같이 자는 건 엄두도 못 내봤어요."

문일규는 눈빛을 누그러뜨리고 고개를 깊이 끄덕였다.

"그렇겠지. 처녀로선 순결을 잃는 게 두렵겠지."

그의 말에 웬지 나는 자존심이 상해서 발끈 대들었다.

"순결을 잃는 게 두려운 건 아녜요. 도대체 순결 따위가 뭐 중요하다구……"

"여자가 순결이 중요하지 않단 말이야?"

문일규가 계속 내 비위를 건드렸다.

"자꾸 여자가, 여자가 하지 마세요. 난 순결의식 따위에 연연해하진 않아요. 순결이란 게 뭔데? 흠집이 나지 않은 상품으로 결혼 시장에 나가 최고가로 팔리자는 속셈 아녜요? 또, 남자들이 여자들을 자기의 완벽한 소유물로 인정하고 보존하기 위해 여자에게만 일방적으로 강요하는 정조 관념 아녜요? 난 그런 구태의연한 의식은 없어요. 나를 결혼시장에 팔러 가지도 않을 뿐더러 남자의 소유물로 묶어두지도 않을 거니까……"

문일규가 놀란 표정으로 입을 헤 벌리더니 바보 같은 질문을 했다.

"너, 처녀 아니니? 순결의식을 왜 그렇게 못마땅해 하니?"

나는 더욱 흥분하여 쏘아붙였다.

"처녀죠. 그것도 숫처녀. 하지만 순결을 깨뜨릴 필연성이 없었다

뿐이지, 순결을 지키려고 애써서 그렇게 된 건 아녜요.”

“그런데 왜 나랑 자지 않으려고 하지?”

문일규가 혼란스럽다는 듯 물었다. 나는 갑자기 말문이 막혔다. 생각해 보니 내 말은 모순투성이인 것 같았다. 순결을 지키는 게 중요한 건 아니다, 그런데 남자와 잠은 못 자겠다 했으니 문일규가 자기를 좋아하지 않는다고 판단할까봐 은근히 걱정도 되었다. 내 의식과 행동 사이의 모순을 설명할 말을 찾지 못하던 나는 급기야 신경질을 내고 말았다.

“성욕은 형 혼자서도 해결할 수 있잖아? 남의 몸을 빌릴 땐 신중해야죠.”

문일규의 눈빛에 파란 불꽃이 이는가 싶더니, 내 상반신을 거칠게 휘어잡았다.

“너, 그걸 말이라고 하니? 그래, 짐승같이 취급받는 악랄한 상황 아래선 정말 짐승처럼 본능만 살아남는다. 끝없이 먹고 싶고, 여자와 자고 싶고…… 하지만 난 아직 인간적이고 싶다. 자위나 매춘은 정말 싫어. 적어도 사랑하는 여자와 자고 싶어. 내가 군대에서 힘들 때마다 뭘 생각하는 줄 아니? 너야. 바로 윤여민, 너라구! 역경을 헤치며 열심히 살아가는 당찬 여자, 내가 사랑하는 윤여민! 너는 나의 꿈이고 힘이야. 지금으로선 나의 전부야. 알아?”

나는 그의 파란 눈빛을 멀거니 보고만 있었다. 그가 갑자기 안경을 머리 위로 올리더니 나를 당겨 안으며 입을 맞췄다. 처음으로 키스를 해본 것이다. 뜨겁고 축축했다. 키스를 할 때 입술뿐만 아니라 혀까지 사용한다는 것을 비로소 알았다. 그것은 차가운 기름에 불붙은 성냥을 던진 꼴이었다. 깊이 은닉되어 잠자던 성충동이 일깨워지면서 그와 같이 자보고 싶다는 호기심이 생겼다. 나는 그에게 피임 준비를 하라고 말했다. 그는 신이 나서 약국으로 달려갔다. 그 사이 집으로 전화를 걸었다. 아르바이트 끝내고 친구 집에서 자고 가

니 걱정 말라는 전화였다. 어머니는 내가 평소에 안 하던 외박을 하
는 것이 이상한 모양이었으나 워낙 믿는 딸이라 더이상 캐묻지 않았
다. 연달아 김영희에게 전화를 했다. 자세한 사정은 내일 얘기할 테
니 오늘 밤 너희집에서 자는 걸로 하자는 내용이었다. 김영희는 별
로 묻지도 않고 알았다고 했다.

　만반의 준비를 한 나는 여관으로 가면서도 전혀 떨지 않았다. 적
어도 내가 저지르려는 일에 대해 감당할 자신이 있었다. 그러나 불
을 끄고 자리에 누웠을 때 갑자기 불안감이 엄습했다. 옆에 누워 나
를 더듬는 문일규가 처음 만난 사람처럼 낯설게 느껴졌다. 문득 어
릴 때 아버지와 싸우던 장면이 떠올랐다. 아무도 도와줄 사람이 없
는 상황에서 힘 없고 어린 내가 술 취한 거구의 사나이를 상대로 싸
워내야 했던 기억. 깨진 거울조각을 들고 필사적으로 덤볐지만 사실
은 마음 속을 꽉 채우고 있던 무시무시한 불안감. 무어라 이름 지을
수 없고 묘사할 수 없는 두려움의 응어리. 나는 문일규의 손을 밀쳐
버렸다.

　"왜 그래?"

　문일규가 코맹맹한 목소리로 물었다.

　"안 되겠어, 형. 나, 그만 갈래."

　"바보 같군. 괜찮아. 겁내지 마."

　문일규는 나를 부드럽게 쓰다듬으며 입술을 더듬었다. 그러나 나
는 바싹바싹 진땀이 나면서 점점 겁이 났다. 그를 뿌리치며 자리에
서 벌떡 일어났다. 그러자 문일규가 내 어깨를 꽉 누르며 덮쳐왔다.
두 손으로 그의 가슴을 힘껏 밀었지만 꼼짝도 하지 않았다. 어둠 속
에서 잠시 격렬한 몸싸움이 벌어졌다. 정복하려는 남자와 정복당하
지 않으려는 여자의 오래 된 싸움이었다. 결국 나는 다리 사이에 심
한 통증을 느끼며 소리를 질렀다. 문일규가 당황하여 내 입을 손으
로 틀어 막았다. 순간 아버지가 어머니를 학대하던 기억이 뇌리를

스쳐 지나갔다. 알 수 없는 눈물이 솟구쳤다. 그러면서 파괴당했다는
절망감이 들었다. 같이 자는 일에 동의했음에도 불구하고 결국 강간
당한 것 같은 억울함이 느껴진 것이다.

문일규가 거친 숨결을 고르며 내 눈물과 피, 그리고 자신의 땀과
정액을 찬찬히 닦아냈다. 그리고 내 이마에 입을 맞추며 속삭였다.

"이젠 괜찮지? 내 귀여운 야생마!"

그는 정말 말을 길들이는 능숙한 조련사처럼 내 어깨를 토닥였다.
나는 힘없이 누워 눈을 감고 생각했다. 파괴당했다고 느끼는 건 처
녀막에 연연해 하는 통속적인 여자들의 감상이다. 이깟 일에 기 죽
지 말자. 의연한 반응을 보이자. 간신히 절망감을 추스린 나는 조그
맣게 내뱉았다.

"사랑이란 상상처럼 달콤한 것이 아니네요."

문일규가 크게 웃음을 터뜨렸다. 거칠 것 없는 승자의 호쾌한 웃
음이었다.

"너무 버둥거리니까 그렇지. 가만히 있으면서 사랑을 느껴봐."

웃음을 그친 그는 나를 어루만지며 달랬다. 그리고 거듭 내 몸을
탐닉했다. 한참만에 내게서 떨어져나간 그는 잠시 숨을 몰아 쉬더니
이내 깊은 잠 속으로 곯아떨어졌다. 그러나 나는 오랫동안 잠들지
못했다. 어쩌면 내가 저지른 일은 상상했던 것보다 훨씬 큰일인지도
몰랐다. 그리고 여전히 여자는 남자보다 열세에 놓여 있었다. 새벽녘
에 꾼 꿈이 그걸 말해주고 있었다.

끝없이 펼쳐진 겨울 논이었다. 사방을 둘러보아도 인가가 보이지
않는 허허벌판이었다. 황야였다. 나는 찢어진 옷을 입고 논 위를 허
우적허우적 걷고 있었다. 밑둥치만 남은 갈색 벼들이 삐죽삐죽 솟은
채 얼어붙어 있어 걷기가 힘들었다. 나는 미친년처럼 산발을 하고
절룩절룩 하염없이 걸었다. 추웠다. 몸을 오그라뜨리며 계속 걸었다.

문득 발뿌리에 무언가 걸렸다. 넘어졌다. 발치를 살펴보니 깨진 거울
조각이 있었다. 거울조각을 집어들었다. 눈동자가 비쳤다. 내 눈동자
는 아니었다. 누굴까? 거울을 자세히 들여다보았다. 어머니였다. 어
머니의 눈에는 눈물이 그득 고여 있었다. 그리고 그 눈물은 금세 철
철 흘러넘쳐 논바닥을 적셨다. 나는 당황하여 거울조각을 집어던졌
다.

쨍그랑! 거울 깨지는 듯한 소리에 잠에서 깨어났다. 낯선 여관방
이었다. 아침햇살이 커튼 사이를 뚫고 들어와 방안을 밝히고 있었다.
깨진 것은 없었고 문일규가 욕실에서 샤워하는 소리가 들렸다. 나는
잠시 그대로 앉아 꿈에 대해 생각했다. 그리고 내 안에서 싸움이 시
작된 것을 깨달았다. 그것은 인습으로부터 해방되려는 의식과 어머
니의 눈물로 상징되는 전통적인 문화적 압력에 물들은 무의식과의
싸움이었다. 그리고 그 싸움은 내 의지대로 명료한 의식의 승리로
끝나주지만은 않을 것 같았다.
그 징조로 그날 아침 문일규를 똑바로 쳐다보지 못했다. 웬지 자
꾸 마음이 안으로 움츠러드는 것이었다. 나는 수줍은 새색시처럼 당
당한 문일규에게 복종했다. 성관계를 갖는다고 세상이 달라지랴 자
신했지만 막상 성관계 후에는 세상이 달라진 것을 인정하지 않을 수
없었다. 처녀막과 함께 자신감도 상실된 것이다. 나는 속으로 부르짖
었다. 처녀막 따위가 없어졌다고 자신감까지 잃으면 어떡해? 나답지
않잖아? 그러나 그날 나는 여관을 나올 때 걷기가 힘든 것을 과장해
서 표현했다. 처녀막의 파열로 아랫배에 통증이 느껴져서 걷기가 거
북했는데 주저앉을 정도로 심한 것은 아니었다. 주저앉는다 해도 잠
시면 회복될 정도였다. 그러나 나는 오랫동안 주저앉아 문일규를 쩔
쩔매게 했다.
나 자신에게 더 실망스런 일도 있었다. 문일규가 귀대할 때였다.

나는 그와 헤어지는 것이 몹시 불안하고 섭섭했다. 문일규도 내 마음을 알았는지 꼭 끌어안으며 다짐했다.

"잘 있어, 내 마누라! 편지 자주 하고……"

마누라라는 말이 그렇게 의미 있을 줄은 몰랐다. 그 말을 듣고 불안감이 다소 가셨고 자꾸 듣고 싶었다. 평소에는 무척이나 싫어하던 단어였는데도 불구하고…… 애틋한 마음으로 문일규를 보내며 스스로에게 반문했다. 내가 왜 이럴까? 뭐,이럴 수도 있는 거지. 그래도 너무하잖아? 합법적인 결혼이 아니어서 자신감이 없는 걸까? 에이, 실망스러워. 어릴 땐 결혼하지 않고 살 생각을 했었는데…… 할 수 없지. 합법적인 결혼을 한번 해볼 수밖에…… 나는 어느새 결혼에 기대를 걸고 있었다.

끝없는 회상에 잠겨 있는 동안 버스가 집 앞 정류장으로 다가서고 있었다. 나는 어머니가 싸준 음식 보따리를 들고 뒤뚱거리며 버스에서 내렸다. 신호등이 제대로 설치되지 않은 지방 도로는 건너기가 무서웠다. 오가는 차가 끊기기를 기다려 한참만에야 길을 건넜다. 상가의 불빛에 의지해 아파트로 들어서자 기다렸다는 듯이 가로등과 포장도로가 펼쳐져 걷기가 한결 수월했다.

추억의 무게만큼이나 묵직한 짐을 들고 집에 도착해서 현관문을 열었다. 깜깜한 실내에서는 하루종일 밀폐되었던 공기가 후덥지근하게 다가들었다. 우선 불을 켜고 창문을 활짝 열었다. 신선한 밤공기가 밀려와 숨통이 트였다. 불편한 점이 많은 시외였지만 이 청량한 대기의 매력이 모든 불편함을 보상해 주었다.

우선 짐을 풀고 음식물을 꺼내 냉장고에 넣었다. 그리고 재빨리 외출복을 벗어던졌다. 이어 속옷까지 활활 벗어버리고 알몸이 되었다. 여기는 아무도 잔소리를 하지 않는 나만의 공간인 것이다. 목욕탕 문을 활짝 열고 시원하게 샤워를 했다. 일도 많고 생각도 많았던 하루의 피곤함이 깨끗이 씻기는 듯했다. 샤워를 마치고 헐렁한 잠옷을 걸쳤다. 차가운 보리차를 한잔 따라 마시고 서재로 갔다. 컴퓨터를 켜고 일기를 썼다. 암호를 넣어 나만이 보고 쓸 수 있게 만든 일기였다.

오늘 뜻밖에 문일규와 통화를 했다. 그 덕에 이십대의 나를 돌이켜보았다. 나는 다른 학생들처럼 사회문제를 바라보는 의식의 모험이나 성적 모험은 하지 않겠다고 자신했었지만, 결국은 그 두 가지 모험을 다한 것 같다. 아마 사람은 자기 나이에 겪을 일을 뛰어넘기 힘든가 보다……

다 쓰고 나니 열두시가 훨씬 넘었다. 컴퓨터를 껐다. 작은방으로 돌아와 음악방송을 틀고 자리에 누웠다. 온몸이 바닥으로 끌려드는 듯 노곤했다. 이내 탈진한 사람처럼 잠 속으로 깊이 빠져들었다.

깊은 잠 속으로

깊은 잠 속으로 화려한 음악 소리가 파고들었다. 혼수 상태에서 깨어나듯 서서히 정신을 차렸다. 간밤에 음악방송을 끄지 않고 잠들었던 게 생각났다. 부시시 눈을 떠보니 방안이 환하게 밝아 있었다. 깜짝 놀라 시계를 보았다. 평소의 기상시간보다 이십 분이나 늦은 시각이었다. 지각이다! 나는 소리 없는 비명을 지르며 이불을 박차고 일어났다. 끓는 기름에 콩 튀기듯 후닥후닥 세수하고 옷 꿰어입고 빵 한쪽 먹지 못한 채 버스 정류장으로 달려갔다.

간신히 회사 앞에 도착해서 급히 뛰어가는데 뒤에서 누가 불렀다.

"부장님! 천천히 갑시다. 지각 아녜요."

돌아보니 한차장이 빙글빙글 웃으며 따라오고 있었다. 한차장과 같은 시간에 출근을 하다니 단단히 늦었구나 싶었다. 반사적으로 손목시계를 보았다. 정각 아홉시였다. 나는 걸음을 늦추지 않고 소리

질렸다.

"벌써 아홉시예요. 늦었어요."

"이제 아홉신데 뭐가 늦었습니까? 정시에 출근하는데……"

한차장이 성큼성큼 따라오며 느긋하게 말했다. 같은 출근시간을 놓고 느긋해 하는 그와 초조해 하는 내가 선명하게 대조되었다. 그는 아홉시쯤 회사 부근에 도착하면 정시에 출근했다고 여유를 갖지만, 나는 아홉시 오 분 전에 편집실까지 도착해야 안심했다. 이런 차이는 어디서 비롯되는 것일까? 나는 한차장의 여유를 못마땅해 하며 서둘러 회사로 들어갔다. 한차장도 처지지 않고 바싹 따라왔다.

출근부에 도장을 찍을 겸 영업부 문을 열었다. 대번에 분위기가 심상치 않다는 느낌이 왔다. 영업부장이 잔뜩 찌푸린 얼굴로 담배를 풉풉 피고 있었고, 과장은 전화통을 붙들고 통사정을 했다.

"글쎄, 어음 큰 걸 막아야 한다니까요. 오늘 돈을 주시지 않으면 저희는 부도가 납니다요."

과장의 목소리는 작았으나 위기 상황임을 알아채기에는 충분히 또렷했다. 오늘 하루는 어음 부도를 막기 위해 사장과 영업부 전직원이 이리저리 뛸 것이다. 이럴 때 편집부는 조용히 자중하는 편이 낫다. 나는 가벼운 한숨을 쉬며 영업부를 나왔다. 그러나 한차장은 빨리 나오지 않고 어정거리고 있었다. 회사의 위기 상황에 관심을 보이려는 것이다. 실무에는 소홀한 사람이 이럴 때는 꼭 충성심을 내세웠다. 대부분의 남자들이 갖고 있는 정치성의 일종이었다.

혼자 편집실로 올라갔다. 편집부 전원이 출근해 있었다. 지각한 것이 민망해서 조용히 들어서는데 디자이너 조민철이 기회를 놓치지 않고 신이 나서 외쳤다.

"이제 나오십니까? 웬일로 지각을 다 하십니까? 어젯밤에 좋은 일이라도 있었습니까?"

이죽거리는 조민철이 얄미웠지만 대꾸할 말이 없었다. 쑥스럽게

웃어 보이며 내 자리로 갔다. 고참 직원 정영숙이 걱정스레 말을 건
넸다.

"고단해 보이시네요. 의자 돌려놓고 좀 쉬시죠."

"괜찮아요. 정치물 삼교지는 다 나왔죠?"

정영숙의 배려를 간단하게 사양한 나는 대뜸 일 애기부터 꺼냈다.
정영숙은 그러한 내 성격을 잘 알고 있는지라 전혀 섭섭해 하지 않
고 냉큼 대답했다.

"네, 다 나왔어요."

"그러면 편집부 전원이 나누어 맡아 오늘 중으로 삼교를 끝내도
록 합시다. 나갈 일은 내일로 미루고……"

"그러지요."

정영숙도 영업부의 분위기를 아는지 군소리 없이 동의했다. 이때
한차장이 들어왔다. 그는 편집부의 일에는 상관도 않고 심각한 얼굴
로 조민철에게 다가가 뭐라고 속삭였다. 남자끼리만의 애기라는 태
도였다. 한차장의 말을 들으며 고개를 주억거리던 조민철 역시 심각
한 표정을 짓더니 후딱 밖으로 나갔다. 영업부에 가보는 눈치였다.
그는 잠시 후 돌아왔다. 그리고 한차장과 함께 한동안 쑥덕거리더니
이번에는 둘이서 밖으로 나가려고 했다. 나는 더이상 참을 수 없어
두 사람을 불러 앉혔다. 우선 한차장에게 삼교지 한 묶음을 주면서
타일렀다.

"한차장, 오늘같이 어수선한 날일수록 자중합시다. 편집부는 편집
부가 맡은 일을 열심히 하는 것이 회사를 돕는 길이에요."

"네, 알겠습니다."

한차장은 비로소 정신을 가다듬은 듯 우직하게 대답하고 자리에
앉았다. 갑작스럽긴 하지만 그가 고분고분해진 것이 다행스러웠다.
이어 조민철을 불렀다.

"오늘 정치물 삼교가 끝나는데 표지는 어느 정도 됐나요?"

"다 됐습니다."

조민철이 씩씩하게 대답하며 표지 대지를 보여주었다. 대지를 찬찬히 살핀 나는 실망하여 한숨이 나왔다. 그 표지는 육교 밑에 놓고 파는 싸구려 책과 별 다를 바 없었다. 인물 사진을 크게 박고 시커먼 바탕에 시뻘건 글씨로 선정적인 문구를 써넣은 날림 표지들. 이렇게밖에 못 만드나? 나는 조민철의 능력에 회의를 품었으나 될 수 있는 대로 부드럽게 말했다.

"이 디자인은 우리가 많이 접해온 건데…… 이렇게 흔히 볼 수 있는 것 말고 좀 참신한 아이디어가 없을까요?"

나로서는 한껏 부드럽게 말했는데도 불구하고 조민철은 발끈 성을 냈다.

"한 번이라도 부장님이 제가 만든 표지를 그냥 좋다고 하신 적이 있나요? 매번 불만이시지. 정 그렇게 마음에 안 드시면 직접 만들어 보시라구요."

조민철은 표지 대지를 확 나꾸어채더니 제 자리로 가 책상 위에 집어던졌다. 그리고 털퍼덕 의자에 주저앉아 담배를 풀풀 피워댔다. 나는 마음이 불편했으나 내버려두기로 했다. 조민철은 어린애처럼 삐치기도 잘하지만 뒤끝이 없어서 화를 풀기도 잘하니까 크게 신경 쓰지 않아도 되었다. 말없이 내 몫으로 주어진 삼교지를 끌어당겼다. 오랜만에 교정을 보자니 기분 전환이 되면서 마음이 차분히 가라앉았다. 초교와 재교 때 실수한 흔적들이 거슬리기는 했으나 군소리 없이 고쳐 나갔다.

예상했던 대로 사장은 아침회의를 소집하지 않았다. 돈 때문에 정신이 없는 것이다. 편집실은 한동안 조용히 실무에 열중할 수가 있었다. 나는 회사가 경황 없는 외중에도 열심히 일하는 직원들이 기특해서 간단한 점심을 사겠다고 제안했다. 직원들은 대환영이었다. 다만 조민철이 아직 화가 안 풀렸는지 점심을 안 먹겠다고 했다. 그러나 한차장이 다가가 좋은 말로 달래니 꺼떡꺼떡 따라 나섰다. 모처럼 갈등을 풀며 화기 애애한 시간을 가질 수 있을 것 같았다. 그런데 우리가 점심을 먹으러 나서려는 순간 누군가 편집실 문을 두드렸다.

한차장이 일어나 있는 김에 문을 열어주었다. 중키에 사십대로 보이는 남자가 흰 모자에 흰 양복, 흰 구두를 쫙 빼입고 들어왔다. 마치 연예인 같았다. 그는 부리부리한 눈으로 우루루 서 있는 직원들을 둘러보더니 한차장에게 인사를 했다.

"편집장 되십니까? 처음 뵙겠습니다."

한차장이 당황하여 나를 가리키며 말했다.

"아닙니다. 전 차장이고 부장님은 저기 계십니다."

"아, 여자분이 부장님이시군요. 저는 추리작가 김건웅이라고 합니다."

자기 신분을 밝힌 김건웅은 나를 호기심 어린 눈초리로 바라보았다. 나는 사장에게 이미 김건웅에 관한 얘기를 들은 바 있었으므로 반색을 하며 인사했다.

"아, 김건웅 선생님이시군요. 말씀은 많이 들었습니다. 반갑습니다. 이렇게 갑자기 들르실 줄은 몰랐습니다."

"네, 마침 이 앞을 지나갈 일이 있어서 한번 들러봤습니다. 사장님이나 뵐까 했더니 안 계시는군요."

김건웅은 내게서 눈을 떼지 않고 집요하게 살피며 대꾸했다. 그의 시선이 껄끄러웠으나 개의치 않고 선선히 말했다.

"잘 오셨습니다. 그러잖아도 한번 찾아 뵈려던 참이었습니다. 아직 점심을 안 하셨으면 저희와 함께 나가시지요. 간단한 회식을 하려고 합니다."

"좋습니다. 편집부원들과 얼굴이나 익히지요."

우리는 김건웅과 함께 부근의 단골 음식점으로 갔다. 필자가 있는 자리에서 회사 얘기를 할 수도 없는 노릇이었다. 따라서 화제는 자연스럽게 김건웅을 중심으로 모아졌다. 모두들 대중물 기획을 염두에 두고 있어서인지 김건웅에게 극진히 대했다. 돌아가면서 자기 소개를 한 후, 생태찌개를 주문하고 기다리는 사이 서현희가 성급하게 물었다.

"김선생님, 요즘 스포츠 신문에 연재하고 있는 추리소설은 언제 끝날 예정이에요?"

김건웅은 목에 힘을 잔뜩 주고 은근히 자랑을 늘어놓았다.

"그게 독자들 반응이 아주 좋아요. 신문사 측에서는 가능하면 연재 기간을 늘였으면 하는데 제가 아주 지쳤어요. 어서 끝내고 좀 쉬고 싶어요."

"그렇겠죠. 연재물을 쓴다는 게 사람 피를 말리는 중노동이죠."

한차장이 충분히 이해가 간다는 듯 거들었다.

"말도 말아요. 잠시도 머리를 쉬지 못하고 심지어 자면서까지 생각한다니까요."

김건웅은 아주 지긋지긋하다는 표정을 지었다. 서현희가 계속 맞장구를 쳤다.

"추리물을 쓰는 건 특히 힘들 거예요. 두뇌를 빈틈없이 돌려야 하니까요. 독자들이 궁금해 하고 긴장을 풀지 못하게 하기가 얼마나 어렵겠어요?"

"그렇지, 그렇지. 여기 오니까 내 고충을 알아주는 사람이 많네. 기분인데 부장님, 술 한잔 없습니까?"

"근무중이라서요."

나는 김건웅의 흥을 깨지 않도록 조심해서 대답했다.

"한잔 정도는 일하는 데 아무 지장이 없습니다. 딱 한잔만 합시다."

할 수 없이 소주 한 병을 시켰다. 음식점 아주머니는 남자들 잔

세 개만 가져왔다. 그러자 김건웅이 투정을 했다.

"이거, 잔이 이렇게 모자라서야, 어디……"

"괜찮아요. 돌려가면서 먹죠, 뭐."

나는 술과 잔을 더 시켜서 본격적인 판을 벌이려는 김건웅의 행동을 저지했다.

"그러면 부장님, 제가 마시던 잔으로 드실 수 있습니까?"

김건웅은 소주를 단숨에 죽 들이키더니 입으로 잔의 윗부분을 빙 돌려가며 핥았다. 그리고는 그 잔을 내게 불쑥 내밀었다. 정영숙과 황명애가 놀라며 상을 찡그렸다. 나는 김건웅이 빙 둘러 핥은 잔을 잠시 내려다보며 재빨리 생각했다. 김건웅은 적어도 만 부가 확보되는 작가다. 대중물에 손을 대려는 지금의 우리에게는 절대적으로 필요한 사람이다. 이 더러운 잔으로 마셔주는 것쯤이야 아무것도 아닐 수 있다. 그러나 내가 지금 이 잔으로 마신다면 다음에는 무슨 요구를 할지 모른다. 일을 처리하는 데 있어 성적 희롱을 허용하다 보면 걷잡을 수 없는 사태에 이르기 쉽다. 절도를 지키자. 그리고 합리적으로 원고를 따내자. 생각이 정리된 나는 잔을 조심스럽게 사양했다.

"저는 낮술을 못합니다. 다음에 마시죠."

그때였다. 서현희가 내 대신 냉큼 잔을 들며 말했다.

"제가 마실게요."

서현희는 태연스레 잔을 입에 대고 소주를 한 모금 마셨다. 정영숙과 황명애가 다시 얼굴을 찌푸렸다. 김건웅과 한차장, 조민철은 입을 헤 벌리고 감탄의 표정을 지었다. 서현희는 잔을 내려놓고 큰일을 해낸 듯 스스로를 대견해 하며 다짜고짜 김건웅에게 돌진했다.

"김선생님, 연재가 끝나는 대로 원고를 저희한테 넘기실 거죠?"

기획을 해내려는 야심이 서현희를 물불 안 가리게 하고 있었다. 목적을 이루기 위해 수단 방법을 안 가리게 되면 상처를 입기 쉽다는 것을 모르거나 무시하는 셈이었다. 김건웅도 이 당돌한 철부지의 저돌적인 접근에 당황한 듯 우물쭈물 말끝을 흐렸다.

"글쎄, 원고를 달라는 출판사는 많은데……"

"우선적으로 우릴 주셔야죠."

서현희는 더러운 잔으로 마신 것이 무슨 권리 획득이라도 되는 양 단호하게 요청했다.

"글쎄, 윤부장 청이라면 거절할 수가 없을 것 같은데…… 어디 두고 봅시다."

김건웅은 서현희로부터 날아오는 화살을 교묘하게 잡아서 엉뚱한 나를 겨누며 자신은 슬그머니 꼬리를 빼고 말았다. 원고를 받아낼 때까지 앞으로 얼마나 우여곡절을 겪어야 할까? 나는 막막함을 미소로 위장하면서 부드럽게 대화를 나눴다. 점심시간이 끝나가고 있었다. 다행히 김건웅은 더이상 우물거리지 않고 약속이 있다며 자리를 떴다. 직원들은 다같이 편집실로 돌아왔다. 그런데 말단인 황명애가 훌쩍훌쩍 우는 것이 아닌가?

"왜 그래요?"

"전, 기획을 해낼 자신이 없어요…… 필자들이 무서워요…… 전, 부장님처럼 침착하거나 능숙하지도 않고 서현희 언니처럼 용기도 없어요…… 섭외할 자신이 없어요."

황명애는 소주잔 사건에 충격을 받은 모양이었다. 훌쩍이는 황명애를 서현희가 깔보는 눈빛으로 보았다. 또한 그러한 서현희를 정영숙이 질린 표정으로 외면했다. 나는 너그럽게 웃으며 황명애의 어깨를 두드려줄 수밖에 없었다.

"모든 필자들이 다 김건웅씨처럼 짓궂은 건 아녜요. 이선생이나 장선생처럼 좋은 분들도 많잖아요? 기운을 내세요."

황명애는 눈물을 닦고 자리에서 일어났다. 그러더니 잠시 후 편집부 전원에게 커피를 한 잔씩 돌렸다. 자신의 커피는 스스로 타먹게 되어 있는 편집실에서는 이례적인 일이었다. 아마도 여러 모로 힘든 직장생활에 대한 공감대의 표현인 것 같았다. 서현희와 정영숙도 꼬인 눈빛을 풀고 고맙게 커피를 받았다. 우리는 유쾌하게 커피로 건배한 후 다시 실무에 달라붙었다.

오후 다섯시쯤 되자 사장이 회사로 돌아왔다. 일단 위기를 넘긴 모양이었다. 그러나 상당히 지쳤는지 편집부는 찾지도 않았다. 덕분에 나는 교정에만 몰두할 수 있었다. 퇴근시간이 가까워졌다. 다행히 직원들은 일을 마무리지어 갔다. 모두들 정시에 퇴근할 수 있을 것 같았고, 최종 검토를 해야 하는 나는 약 한 시간 정도 연장 근무를 하면 될 듯싶었다. 그때 전화 소리가 났다.

"부장님, 전화예요."

정영숙의 말에 수화기를 들었다. 오래된 친구이며 문일규의 부인인 김영희의 목소리가 들려왔다.

"바쁘니?"

"약간."

"오늘 저녁에 만날 수 있을까?"

"좋지. 그런데 평소보다 한 시간 가량 늦겠다."

"괜찮아. 기다릴게."

"그럼 여덟시에 하가에서 보자."

우리는 매달 한 번씩 인사동에 있는 하가 카페에서 만나왔기 때문에 수월하게 약속 장소를 정할 수 있었다. 전화를 끊고 교정을 완료했을 즈음 여섯시가 되었다. 일을 끝낸 직원들이 개운한 마음으로 퇴근 준비를 했다. 그러나 디자이너 조민철만은 책상에 코를 박고 작업에 몰두하여 일어날 생각을 안 했다. 나는 짐짓 못 본 체하며 직원들에게 말했다.

"먼저들 나가세요. 모두 수고하셨어요."

"부장님은 퇴근 안 하세요?"

정영숙이 물었다.

"약속이 있어서 조금 더 있다 갈 거예요. 최종 검토도 하고……"

"내일 하시면 안 돼요?"

서현희가 못마땅하다는 듯 톡 쏘았다.

"오늘 일은 오늘로 끝내야죠."

나는 명언을 인용하며 웃었다.

"하여튼 우리 부장님 일하는 건 아무도 못 말려. 자, 우리 먼저 갑시다."

한차장이 문을 밀며 앞장서 나갔다.

"그럼 먼저 갈게요. 너무 무리하지 마세요."

직원들은 저마다 인사를 하고 퇴근했다. 갑자기 텅 빈 편집실 안에는 나와 조민철만이 오두마니 남아 있었다. 더이상 모르는 체할 수가 없어 조민철에게 말을 시켰다.

"조민철씨는 퇴근 안 해요?"

"잠시만 기다리세요. 곧 끝납니다."

조민철은 자세히 답변할 시간도 없다는 듯 짧게 말한 후 일을 계속했다. 아마 정치물 표지를 다시 하고 있는 모양이었다. 벌컥 성을 낼 때에 비해서 열심히 다시 하는 모습이 기특했다. 더이상 말을 걸지 않고 내 일에 빠져들었다. 한 시간 가량 집중적으로 일을 하니 깔끔하게 마무리가 되었다. 이제 내일 아침에 전산집으로 보내 수정을 하고 필름을 뜨면 되었다. 일이 진척됨에 따라 뿌듯한 성취감이 차올랐다. 나는 흥얼거리며 책상을 정리했다. 조민철도 작업이 끝났는지 표지 대지를 들고 다가왔다. 될 수 있는 대로 호의적으로 그 표지를 살폈다.

"아까보다 많이 나아지긴 했는데……"

구태의연하긴 마찬가지군 소리가 목구멍으로 올라오는 걸 간신히 참았다. 조민철은 뒷말을 기다리며 초조하게 서 있었다. 청바지에 헐렁한 티셔츠를 입은 상상 속의 나는 그 모습을 안쓰럽게 보며 속삭였다.

……웬만하면 좋다고 해. 여기가 이상사회였다면 결과보다 과정을 중시했을 거야. 공들여 다시 만든 정성을 무시하면 쓰나? 봐줘. 능력이 모자라는 사람과도 공존할 수 있는 인간적인 체제가 중요한 거야.

그러나 정장을 하고 편집장의 책임을 맡고 있는 나는 눈꼬리를 세우며 반대 의견을 내놓았다.

……무슨 소리야? 여긴 이상사회가 아니라 냉혹한 자본주의 사회야. 이 표지는 경쟁이 치열한 시장에 내놓는 상품의 얼굴이야. 이따위 얼굴로는 독자들의 눈길을 끌 수가 없어. 중요한 건 과정이 아니라 결과야. 팔리게끔 하는 업적이 최고야.

나는 서로 다른 내면의 소리에 갈등을 느끼며 아무 말도 안 하고 있었다. 조민철이 기다리다 못해 조심스럽게 물었다.

"마음에 안 드세요?"

"글쎄, 잘 모르겠는데요? 사장님한테 한번 보입시다."

사장의 권위로 나 대신 퇴짜를 놓아주길 바라며 결재권을 슬그머니 넘기고 말았다. 피곤했다. 그러나 조민철은 일단 부장선을 통과했다고 생각했는지 신이 나서 말했다.

"사장님 계신가 보고 올게요."

후다닥 밖으로 나간 조민철이 이내 뛰어들어 왔다.

"사장님이 마침 영업부에서 쉬고 계셔요. 같이 가요."

나는 아예 퇴근할 채비를 갖추고 영업부로 내려갔다. 뒤에서 조민철이 표지를 들고 따라왔다. 영업부 문을 열자 의외로 한차장이 김대리와 바둑을 두고 있는 광경이 보였다. 사장은 훈수 두는 사람처럼 그 옆에 앉아 이것저것 말을 시키고 있었다. 갑자기 묘한 소외감이 왔다. 그 장면은 접근하기 힘든 남자들만의 세계였다. 나는 난데없이 끼여드는 느낌이 들어 어색한 목소리로 말을 건넸다.

"한차장, 아직 퇴근 안 했네요."

"에이, 부장님이 일하시는데 먼저 갈 수 있습니까? 직원들 보내고 기다렸죠."

결코 나를 기다리지 않았음이 뻔한데도 한차장은 사장을 의식해서 충직한 발언을 했다. 이럴 때 겉으로만 충성심을 보이지 말고 평소에 일이나 열심히 했으면 좋겠다는 곱지 않은 생각이 들었다. 사장은 그 속을 다 아는지 빙그레 웃으며 내게 물었다.

"윤부장은 여태 안 가고 뭐했어요?"

"네, 정치물 삼교를 마무리했습니다."

내가 사실대로 대답했다. 정치물에 질린 사장이 시큰둥하게 말했다.

"그거 좀 나갈까? 재밌어요?"

나는 고개를 저을 수밖에 없었다.

"별로 재미가 없네요. 저자가 제작비를 댄다니까 손해는 안 보겠지만, 이익을 남기기는 어려울 것 같아요."

저자로부터 직접 출판 의뢰를 받았던 사장이 피할 수 없는 일이었다는 듯이 침묵을 지켰다. 나는 조민철에게 표지를 받아 내보였다.

"어쨌든 저희가 맡은 일이니까 최선을 다해야죠. 여기 표지 시안이 있습니다. 한번 보십시오."

사장이 피곤한 표정으로 표지를 대충 살피더니 나에게 일임을 했다.

"이건 윤부장이 알아서 하세요. 너무 잘하려고 애쓸 필요 없어요. 이런 것보다는 팔릴 책을 만드는 게 급선무예요."

사장에게 미루려던 일이 결국 내게 되돌아왔다. 사장은 나보다도 훨씬 피곤한 것이다. 할 수 없이 조민철에게 고개를 끄덕여 보였다. 평범한 표지의 책이 또 하나 만들어지는 순간이었다. 기분이 씁쓸했다. 그러나 남자들은 아랑곳하지 않고 다시 바둑에 관심을 쏟았다.

나는 하릴없이 영업부를 나올 수밖에 없었다.

직장생활을 하면서 때때로 맞닥뜨리게 되는 남자들만의 세계가 있었다. 그들은 퇴근 후 자기들끼리만 모여서 술을 마시거나 바둑을 두거나 당구를 치고 고스톱으로 밤을 새우기도 했다. 그럴 때는 아무리 잘나고 친한 여자라도 좀체로 끼워주지 않았다. 그러면서 남자들끼리 대화를 하고 서로간의 충성심을 확인했다. 또한 패싸움도 하고 협상도 하는 등 한마디로 정치를 했다. 그리고 그 정치의 결과는 이튿날 사회생활에 반영되었다. 소외된 채 성실하게 일만 했던 여자들은 정치력이 강한 남자들에게 멋모르고 당할 수밖에 없었다. 그래서 나는 이 사회가 남자들이라는 철근 콘크리트가 주축이 되고 여자들은 어쩌다 부속품으로 끼워져 있는 거대한 장벽처럼 느껴질 때가 있었다.

게다가 남자들은 이러한 사회 구조를 유지하기 위해 가부장제 이데올로기를 만들고 전수하며, 도덕과 관습이라는 명분으로 여자들이 거기에 복종하도록 길들였다. 그 과정은 하도 교묘하고 완벽해서 여자들은 남성 중심 사회가 자연적으로 주어진 우주 질서같이 인식할 정도다. 그것이 하나의 허구임을 깨닫는 여자는 그리 많지 않고, 어쩌다 깨달은 여자는 현체제의 반역자가 되어 힘든 삶을 살아갈 수밖에 없었다. 나 역시 쉽지 않은 삶을 살아가고 있는지도 몰랐다. 하지만 내게는 생각이 비슷한 여자친구들이 있다. 대안문화 동인들이나 대학 동창들 몇몇이다. 그들은 동료로서 내게 큰 힘을 주곤 했다.

회사를 나와 버스 정류장으로 뛰어갔다. 시간도 촉박했지만 어서 여자친구를 만나고 싶었기 때문이다. 종로 가는 버스를 탔다. 버스는 만원이 아니었으나 앉을 자리가 있지도 않았다. 나는 뒷자리로 쑥 들어가 손잡이를 단단히 잡고 섰다. 버스가 거칠게 달리기 시작했다. 나의 상념도 김영희와 어울렸던 시절로 달려갔다.

김영희는 나와 문일규의 관계를 대충 알고 있었다. 문일규가 휴가를 나와서 내가 외박을 하게 될 때마다 김영희의 자취방에서 자고 간다고 어머니에게 변명을 했기 때문이었다. 따라서 김영희는 내 이성관계의 유일한 상담역이었다. 이은실도 좋은 조언자였지만 오빠의 귀에까지 들어갈까 두려워 터놓고 의논하지는 못했었다. 나는 지금도 김영희에게 문일규를 처음 소개했던 날을 기억하고 있다.

내가 가르치던 중고등학생들이 시험 기간이어서 아르바이트를 일찌거니 끝낸 날이었다. 마침 휴가를 나와 있던 문일규를 만나러 가면서 마음이 무거웠다. 문일규는 그 즈음 나를 만나기만 하면 같이 잘 궁리부터 했다. 나는 만사 제껴놓고 육체 관계에만 탐닉하는 그가 버거웠다. 우리의 관계가 성적으로만 축소되는 것이 싫었다. 훤한 대낮부터 어두컴컴한 여관으로 들어갈 일이 끔찍했다. 문일규의 관심을 다른 데로 돌릴 수는 없을까? 궁리 끝에 좋은 생각이 떠올랐다. 김영희가 나가고 있던 교회 야학에 가보자는 생각이었다. 오래 전부터 김영희가 한번 들러보라고 말했던 터였다. 어쩌면 답답한 군대 생활 속에서 방향감각을 잃고 있는 문일규에게 신선한 자극이 될 수도 있었다. 한결 가벼워진 마음으로 문일규를 만났다. 그리고 이른 저녁을 먹으면서 이리저리 시간을 끌었다. 땅거미가 가라앉기 시작했다. 여관으로 가려고 서두르는 문일규를 설득하여 교회 야학으로 발걸음을 옮겼다.

산동네로 오르는 길은 미로와 같이 꼬불꼬불하고 가파랐다. 처음에 문일규는 지루하고 짜증난 표정으로 따라왔다. 그러나 지붕이 납작납작한 허름한 블록집들을 지나 움막과 같은 천막집들이 나타나자 그의 얼굴이 진지하고 심각해졌다. 넉넉하게만 자라온 그에게 가난의 참상과 대면하는 경험은 많은 생각을 불러일으켰으리라. 땅을 파고 검은 천막을 친 움집들 앞에는 장독 같은 세간살이들이 궁색하게 놓여져 있었는데, 제대로 걷지도 못하는 어린아이들이 돌보는 사람도 없이 흙을 파먹으며 놀고 있었다. 문일규는 그 광경에 경악한 듯 한동안 발걸음을 옮기지 못했다. 천막집이 즐비한 빈민촌을 굽어보는 산 위에는 풍치 좋은 푸른 숲을 배경으로 어마어마하게 큰 호텔이 휘황찬란한 불야성을 이루고 있었다. 나는 싫증나도록 보아온 이 빈부의 격차가 문일규에게는 새삼스런 깨달음을 주는 것 같았다. 그는 호텔을 바라보고 빈민촌을 굽어보며 긴 한숨을 쉬었다. 나는 말없이 앞장서서 야학으로 향했다.

빈민촌의 변두리 공터에 커다란 천막집이 있었다. 교회에서 운영하는 야학이었다. 조심스레 천막 입구로 들어갔다. 삼십촉짜리 전구들이 얼기설기 늘어져 있는 스산한 천막 안에는 이십여 명의 학생들이 곧 찌그러질 것 같은 의자에 앉아 있었다. 칠판 앞에서 눈이 동그랗고 키가 자그마한 다부진 여대생이 카랑카랑한 목소리로 강의를 했다. 그런데 우리가 들어서자 흠칫 놀란 듯 말을 뚝 끊었다. 칠판에 커다랗게 '전태일'이라고 써 있는 것으로 보아 교과 과정 외의 얘기를 해주고 있었던 모양이었다. 여대생은 재빨리 전태일의 이름을 지웠다. 아마 문일규의 군복을 보고 경계심을 느낀 것 같았다. 우리는 강의를 방해한 것이 미안해서 몸둘 바를 몰랐다. 나는 김영희를 찾아 주위를 두리번거렸다. 천막 한옆에 캐비닛으로 칸막이를 한 곳이 있었다. 교무실이라고 직감한 나는 문일규를 끌고 칸막이 뒤로 갔다. 역시 짐작이 맞아서 김영희가 그곳에 있었다. 어두컴컴한 불빛 아래에서 무언가 열심히 쓰고 있던 김영희는 나를 보자 반가워하며 환한 웃음을 지었다.

"웬일이야? 예고도 없이 방문을 다하고……"

"오래 전부터 한번 오려고 별렀는데, 뭐."

나는 다소 쑥스러워하며 문일규를 소개했다.

"인사해. 문일규씨야."

"여민이한테 얘기 많이 들었어요. 막상 뵈니까 아주 멋진 분이군요. 여민이가 자랑할 만해요."

김영희가 문일규를 한껏 추켜주었다. 그러나 빈 말만은 아니어서 김영희의 눈빛에 진한 호감이 깃들고 있었다.

"저도 여민이한테 친구 자랑 많이 들었습니다. 참 장하고 어려운 일을 하고 계십니다."

문일규가 정중하게 대답했다. 그 역시 김영희에 대한 인상이 좋은 모양이었다. 악수를 나누며 손을 흔들기까지 했다. 김영희는 조금 어색한 듯 악수를 풀며 서둘러 종을 쳤다.

"수업이 끝날 시간이야. 다음은 내가 가르칠 차렌데, 어떡하지? 손님 대접을 못해서……"

"걱정 마. 우리가 대접 받으려고 왔니, 뭐?"

나는 김영희에게 짐짓 눈을 흘겨 보였다. 이때 수업을 마친 키 작은 여대생이 교무실로 들어왔다. 그 여대생은 아직도 문일규의 군복에 경계심을 느끼는지 긴장된 표정이었다. 김영희가 그 긴장을 풀어주며 말했다.

"소개할게. 내 친구들이야."

친구라는 소리에 여대생의 굳은 얼굴이 펴지며 입이 열렸다.

"ㄱ대 일학년 성경숙입니다. 선배들을 뵙게 돼서 반갑습니다."

"좋은 강의를 하고 있을 때 방해를 해서 미안해요."

내가 사과했다. 성경숙이 활짝 웃으며 대답했다.

"야학 학생들에게 전태일을 가르친다고 잡혀가는 건 아닌가 걱정했어요. 잡혀가기에는 아직 할일이 많거든요."

"학생들에게 전태일 얘기를 해주면 반응이 어떻습니까?"

문일규가 궁금해 했다. 성경숙은 동그란 눈을 빛내면서 또랑또랑 대답했다.

"우리 야학이 검정고시를 준비하는 곳이긴 하지만, 검정고시 공부만 하기에는 적당치 않아요. 학생들이 대부분 낮에는 노동자로 일하고 있거든요. 밤에 공부한다고 하지만 사실 진학할 확률은 희박하지요. 자기들 형편에도 안 맞는 국정교과서를 놓고 되지도 않을 검정고시 준비를 하느니 차라리 의식있는 노동자로 크는 게 낫지 않을까 싶어요. 평생 제 노동력으로 먹고 살아야 할 사람들이거든요. 노동자로서의 권리의식을 가르치는 게 중요하죠. 전태일의 얘기를 들으면 학생들의 눈빛이 반짝여요. 자기 자신과 다를 바 없는 한 노동자의 외침에 공감을 느끼는 거죠. 어떤 학생들은 울기도 해요.”

김영희가 수업 시작 종을 치며 말을 받았다.

“검정고시 준비만 안 하고 노동문제까지 얘기하는 걸 알면 당국에서 당장 야학을 폐쇄시킬걸? 조심해야지. 난 이만 수업에 들어가볼게.”

문일규와 나는 성경숙과 좀더 얘기를 나눈 후, 김영희가 가르치는 모습을 구경했다. 김영희 역시 역사를 강의하면서 교과서 이외의 일화를 살짝살짝 말해 주고 있었다. 우리는 교사들의 열정과 용기에 감탄하며 야학을 떠났다. 산동네를 내려오면서 내가 문일규에게 물었다.

“어때요? 내 친구?”

“외모는 평범한데 상당히 영민하군. 오늘 많은 걸 배웠어.”

나는 속으로 오늘은 문일규가 생각이 많아져서 같이 자자고 안 조르겠지 기대했다. 그러나 문일규는 산동네를 벗어나기가 무섭게 내 허리를 끌어안았다.

남자와 여관으로 가는 일은 아무리 반복해도 익숙해지지 않았다. 그러나 문일규는 능숙하게 방 있냐고 물어본 후 방값을 치렀다. 그가 나를 만날 때마다 음식값, 차값, 여관비 등 꽤 많은 돈을 가볍게 쓰는 것을 보면서 늘 마음이 불편했다. 데이트 자금은 남녀가 반반씩 나누어 부담해야 했다. 그러나 나는 돈이 없었고 그는 풍족했다.

그가 돈을 치를 때마다 터무니없이 의존하는 것 같아 마음이 움츠러들었다. 심하게 생각하자면 그가 나를 돈 주고 사는 것 같은 느낌이 들었다. 나도 당당하게 돈을 내고 싶었다. 괴로웠다.

막상 여관방으로 들어서면 더 낯설고 괴로웠다. 매번 옷을 벗는 과정이 불편하고 쑥스러우며 까마득하게 느껴졌다. 그러나 옷을 벗기보다 더 싫은 건 피임약을 먹는 일이었다. 문일규는 콘돔 쓰기를 죽기보다 싫어해서 할 수 없이 내가 약을 먹어야 했다. 억울했다. 도대체 이런 모든 불편함을 참으며 그와 같이 자는 이유가 무언지 알 수 없었다.

답답한 속마음을 씻어보려고 여관방에 딸린 욕실로 들어갔다. 그리고 마음껏 물을 끼얹은 후 내복만 걸치고 나왔다. 문일규는 방바닥에 비스듬히 누워 게슴츠레한 눈으로 나를 바라보았다. 나는 거울 앞에 앉아 젖은 머리를 털었다. 그러자 문일규가 다가오더니 등뒤에 바싹 붙어 앉았다. 그리고 내 머리를 부드럽게 빗기기 시작했다. 불편했던 마음이 차분히 가라앉으면서 기분이 좋아졌다. 그래, 바로 이거야, 이 다정함이 내가 그를 사랑하고 함께 자는 이유야. 속으로 중얼거리며 스르르 눈을 감았다. 그가 내 목덜미에 뜨거운 입술을 댔다. 나는 자궁 깊숙한 곳으로부터 열기가 솟아오름을 느꼈다. 그는 꿈틀거리는 하체를 더욱 바싹 내 엉덩이에 대며 더운 입김을 뿜었다. 더이상 참을 수가 없었다. 몸을 돌리고 그를 쓰러뜨린 뒤, 열정적으로 하체를 만져주었다. 그는 갑자기 적극적으로 나오는 나의 행동에 놀란 듯 더듬거렸다.

"어, 어, 여자가 왜 이래?"

"너무 좋아서 그래."

나는 숨가쁘게 속삭이며 그를 올라타려 하였다. 그러자 문일규가 벌컥 화를 내며 벌떡 일어났다.

"이러지 마. 여자가 이러는 게 아냐."

그가 어떻게 몹시 뿌리쳤는지 나는 벌렁 나동그라졌다. 잠시 그의 거절을 믿을 수가 없었다. 한순간 전까지만 해도 더운 입김을 뿜던 그가 아니었는가? 무엇이 잘못된 걸까? 마치 그의 하체가 신성불가 침의 영역인 양 화를 내고 있다. 웃기는 일이다. 자신은 마냥 공격적 이어도 좋고 여자는 결코 적극적이어서는 안 된다는 얘긴가? 억울하 다. 여자도 자연스런 성욕이 있다. 그런데 그는 나를 성욕을 소유한 주체적인 인격으로 인정하지 않는다. 단지 그의 성욕을 수동적으로 받아들이는 대상으로만 사물화한다. 그렇다면 성은 서로간의 즐거움 이 아니라 남성이 여성을 통제하는 권력관계에 불과하지 않은가? 나 는 그로부터 돌아누워 억울함을 곱씹었다. 한참 후 그가 다시 부드 럽게 나를 감싸안으며 중얼거렸다.

"너는 귀여운 말썽쟁이야. 자, 자, 가만히 있으면 이렇게 사랑해 주잖아? 여자답게 얌전하고 정숙해야지. 자, 내 말 잘 듣지?"

문일규는 나를 탐닉하며 올라탔다. 그가 생각하는 남녀간의 정상 체위로 되돌아온 것이다. 그러나 나는 냉담하게 굳어 있었다. 그러거 나 말거나 그는 제 욕망을 채우고 물러났다. 나는 비참한 기분이 들 었다. 이렇게 나를 수동적인 성적 대상으로만 취급한다면 매춘부와 다를 것이 뭐란 말인가? 나는 그의 배설구에 불과하지 않은가? 군대 생활을 위로하는 종군위안부. 그것도 자발적인 종군위안부인 것이 다. 문일규가 편안히 잠든 옆에서 나는 시퍼렇게 눈을 뜨고 괴로워 했다. 그러나 막상 문일규와의 관계를 정리할 용기가 없었다. 수시로 갈등을 느끼면서도 그에게 질질 끌려 다녔다.

그럭저럭 사학년 졸업반이 되었다. 문일규도 제대를 하고 삼학년 으로 복학하여 나와 함께 학교를 다니게 되었다. 누구나 우리가 장 차 부부가 될 것이라고 믿었다. 그러나 나의 내심은 점차 격렬한 소 용돌이를 일으키고 있었다. 날이 갈수록 결혼만이 나에게 남겨진 유일한 길이라는 걸 인정하고 싶지 않았다. 내가 원하는 장래의 모습이 무엇이라고 꼭 꼬집어 말할 수는 없었지만 어머니처럼 현모양처가 되는 것이 아님은 분명했다. 같은 과 여자 친구들은 선을 보기도 하고 결혼할 상대를 잡기 위해서 안간힘을 썼다. 그들은 새옷을 맞춰입고 화장을 하면서 인간이 아니라 '여성스러운 괴물'로 변해갔다. 그들은 확고한 짝이 있는 나를 부러워했다. 그러나 나는 그들처럼 결혼만이 소원이 아니라 직업을 갖고 싶었다. 경제적인 자립을 보장해 줄 직업을.

국문과를 나온 학생들은 대부분 교사가 되거나 언론계로 진출하였는데, 나는 교사도 기자도 되고 싶지 않았다. 숱한 아르바이트 끝에 가르치는 일에는 충분히 지쳐 있었다. 그렇다고 여자를 거의 뽑지 않는 언론사의 치열한 경쟁을 뚫을 자신도 없었다. 또한 유신 치하의 교사 노릇이나 기자 노릇이 다같이 굴욕적이리라는 것은 뻔한 일이었다. 나보다 먼저 졸업한 이은실은 순위고사에 붙어 교사생활을 하고 있었는데 하루하루가 고통의 연속이라고 했다. 언론사에 다니는 선배들의 처지는 더욱 심각했다. 학생들이 진출해야 할 사회는 일종의 커다란 감옥 같았다. 희망을 가지기가 어려운 시절이었다.

어쨌든 오빠가 제대한 덕분에 아르바이트를 하나만 해도 살게 된 나는 졸업논문 쓰는 일과 글쓰기에 몰두했다. 삼학년 소설 기술론 시간에 숙제로 소설을 써냈더니, 교수가 후하게 점수를 주면서 글을 써보라고 권유했었다. 그때는 고맙게만 생각하고 지나쳤는데 사학년에 올라오자 그 교수가 특별히 불렀다. 신춘문예 준비를 하라는 말과 함께 한 달에 한 편씩 단편소설을 써오라는 명령을 내렸다. 마치 법대생들에게 고시 공부를 시키듯 신춘문예 공부를 시키는 것이었다. 별로 내키지는 않았지만 진로가 명확하게 잡힌 것도 아니고 자유로운 작가생활도 나쁘지 않을 것 같아 쓰라는 대로 소설을 썼다.

때마침 총학생회에서 주최하는 교내 문학상 공모가 있었다. 습작

품 중의 하나를 출품했다. 뾰족한 탈출구가 보이지 않는 답답한 생
활을 엘리베이터에 갇힌 사람을 통해서 상징화한 작품이었다. 작품
은 장원에 당선되었다. 나는 상을 받았고 기분이 좋았다. 그러나 이
내 그 소설은 검열에 걸려 발표가 금지되었다. 긴급조치하의 감옥과
같은 사회상황을 묘사한 불온한 작품이라는 명목이었다. 나는 문제
학생으로 지목되기까지 했다. 어처구니가 없었다. 교수는 실망하지
말고 사회의식을 배제한 순수 문학작품을 써보라고 권했다. 소위 신
춘문예용 소설을 쓰라는 것이었다. 그러나 나는 창작의 자유가 규제
받는 상황 아래서는 어떤 소설도 쓰고 싶지 않았다. 사학년 이학기
가 되어 남들은 슬슬 취업을 하는데 나는 뒤늦게 취직 공부를 시작
했다.

그 즈음 문일규는 새로 시작한 학교생활에 재미를 붙이고 있었다.
그러나 예전처럼 고시 공부를 하거나 우리 오빠처럼 취직 준비를 하
지는 않았다. 그는 개인적인 진로 문제보다 더 큰 사회문제와 씨름
하고 있었다. 그 당시는 민청학련 사건으로 의식 있는 대학생들이
대거 검거된 후였다. 따라서 학내 이념 서클들이 와해될 위기에 처
해 있었다. 생각 있는 복학생들은 서클 재건의 의무감을 심각하게
느꼈다. 문일규도 학생운동의 부활을 위해 동분서주했다. 총학생회
간부들과 어울려 다니는가 하면, 지하 서클도 만들었다. 나는 장래의
생활을 생각 않는 그가 미덥지 못했지만, 크게 걱정하지는 않았다.
오히려 그가 사회문제에 관심을 쏟음으로써 성적인 집착에서 다소
벗어난 것이 반가웠다.

여름방학도 끝나고 무더위가 가시기 시작한 어느 날이었다. 문일
규가 느닷없이 옷을 한벌 사주겠다고 나섰다. 그러잖아도 그가 데이
트 자금을 전적으로 부담하는 것에 중압감을 느끼고 있던 나는 펄쩍
뛰며 옷이 필요 없다고 했다. 문일규는 옷을 사고 싶어하지 않는 여
자는 처음 봤다고 빙그레 웃으며 차근차근 말했다.

"이제 여민이도 그 무거운 청바지를 벗고, 얌전한 치마를 입을 때가 됐어. 결혼을 하려면 어른들께 인사를 해야 하고, 취직을 하려 해도 면접 시험을 봐야 하니까 정장이 한벌 있어야지."

문일규의 말은 그럴 듯했다. 나는 고개를 끄덕였다.

"그렇네요. 하지만 제가 벌어서 사 입겠어요. 이 달 아르바이트 월급을 타면 한벌 장만할 수 있을 거예요."

문일규가 얼굴을 약간 찌푸렸다.

"또 고집을 부리네. 매번 하는 말이지만 나한테 좀 기대면 안 돼? 여자가 남자한테 의지하는 건 당연한 거야."

"형이 번 돈도 아니잖아요? 부모님한테 타쓰는 주제에……"

문일규는 말이 막히는지 다짜고짜 내 팔을 잡아끌었다.

"잔말 말고 따라와. 당장 내일부터 입어야 하니까."

"꼭 내일부터 입어야 할 필요가 있어요?"

나는 끌려가지 않으려고 애쓰며 물었다.

"이 여자 좀 보게. 애인 생일이 언젠지도 몰라?"

그러고 보니 문일규의 생일이 내일이었다. 하지만 그의 생일이라고 해서 굳이 치마를 입어야 한단 말인가? 이해가 가지 않아 멍청히 처다보았다. 그가 답답해 하며 설명했다.

"내일 저녁에 친구들과 생일 잔치를 하기로 했어. 그 자리에 여민이도 참석해야 해. 아는 친구는 다 알지만 그래도 여민이가 내 애인이라는 걸 공식적으로 밝히고 싶어. 그리고 이왕이면 예쁘게 보이고 싶고……"

나는 그제야 문일규의 속셈을 알아챘다. 그는 자기 소유의 여자를 아름답게 꾸며서 친구들에게 자랑하고 싶은 것이었다. 마치 고급 장식품처럼…… 그의 유치하고 속물스런 취향에 넌더리가 났으나 아무 말도 하지 않았다. 남자들은 대부분 유치하니까…… 그러나 나의 침묵을 찬성의 뜻으로 잘못 읽은 그는 한술 더 떠서 여자로서 주의

해야 할 사항을 늘어놓았다.

"내일은 술을 많이 마시면 안 돼. 친구들이 권하면 마지못해 받고 입술만 살짝 댄 후 마시지는 말아. 남자들은 술을 잘 마시는 여자를 옳게 안 봐. 그리고 노래를 시키면 유행가를 부르지 말고 순수한 동요 같은 걸 불러. 딱 한 곡만. 또 정치적인 대화에는 절대 끼여들지 말고…… 정치 얘기 하는 여자는 밥맛이 없어."

나는 어처구니가 없어 되물었다.

"잔치에 가서 술도 마시지 않고, 노래도 안 부르고, 얘기도 안 하면 난 뭘 하고 있으라는 거예요?"

"그냥 내 옆에 가만히 앉아 있으면 돼. 고운 그림처럼……"

그림처럼이라니? 이 남자는 내가 인간이 아니라 그림처럼 보이길 원한단 말인가? 나는 목이 졸리는 것처럼 숨통이 막혀왔다. 처음엔 나의 당찬 점을 좋아하던 그가 왜 날이 갈수록 이렇게 변해 가는지 알 수가 없었다. 둘만이 있을 때는 자유로운 의사소통이 가능한 듯하다가도 남들의 시선을 의식하면 느닷없이 보수적이고 전통적인 여성상에 나를 끼워맞추려고 했다. 앞으로 우리 사이가 공식화되어 결혼을 하고 시집살이라도 하게 되면 점점 더 심해질 것이 아닌가? 더 이상 결혼에 희망을 품을 수 없을지도 모른다는 생각이 들자 나는 앞일이 까마득하게 느껴지며 어지러워졌다.

그러나 문일규는 나의 비틀거림도 아랑곳하지 않고 이대 입구로 갔다. 그리고 내가 제일 싫어하는 연분홍 빛깔의 투피스를 억지로 사입게 했다. 나는 구역질이 날 것 같아 싸우지도 못했다. 문일규는 옷가방을 나에게 넘겨준 뒤 내일 꼭 입고 나오라고 신신당부했다. 마지못해 고개를 끄덕인 나는 도망치듯 그와 헤어져 집으로 돌아왔다.

이튿날 아침이었다. 문일규의 부탁대로 연분홍 투피스를 입으려고 하니 마땅한 속옷이 없었다. 청바지만 입고 지내온 내게 레이스 달린 속치마 따위가 있을 리 없었다. 옷장을 발칵 뒤집은 끝에 동생의 무명 속치마를 간신히 찾아냈다. 그 다음은 스타킹이 문제였다. 할 수 없이 나가는 길에 스타킹을 하나 사 신기로 하고 맨다리로 방문을 나섰다. 그런데 더 큰 문제는 치마에 신을 구두가 없다는 거였다. 찌그러진 학생화나 운동화에 화려한 투피스란 정말 꼴불견이었다. 맥이 탁 빠졌다. 다음 순간 슬그머니 짜증이 치밀어올랐다. 정말 이렇게까지 무리를 하면서 치장을 하고 나가야 하나? 평범한 복장, 있는 그대로의 자연스런 모습이 낫지 않은가? 좋다. 내 생각대로 하자. 나는 입술을 꼭 깨물었다. 사소한 일에서 하나하나 양보하다 보면 더 큰일이 닥쳤을 때는 꼼짝없이 내 원칙을 허물어뜨리게 될 것이다. 문일규가 섭섭해 하거나 화를 낸다면 이해를 시키고 그도 안 되면 싸우자. 그래, 싸우자. 그 싸움이 최악의 결렬을 가져온다 해도 내 인생을 송두리째 빼앗기는 것보다 낫다.

생각을 정리한 나는 투피스를 벗어던지고 청바지로 갈아입었다. 그리고 여느 때처럼 운동화를 신고 학교에 갔다. 그날 낮에는 학교에서 문일규가 보이지 않았다. 저녁 때 잔치 장소인 중국집으로 갔다. 중국집 이층의 예약한 방에는 벌써 문일규와 그의 친구들이 십여 명 들어차 있었다. 문일규는 나의 복장을 바라본 순간 얼굴에 핏기가 싹 가시며 눈매가 팽팽하게 곤두섰다. 금방 고함이라도 터뜨릴 표정이었다. 그러나 그는 여러 친구를 의식해서 간신히 참으며 고개를 숙여 외면해 버렸다. 나는 태연한 얼굴로 친구들이 자리를 내주는 대로 그의 옆에 가 앉았다. 그는 탁자 밑에서 주먹을 불끈 쥐고 있었다. 낯익은 친구 한 명이 맥주를 한잔 가득 따라주며 농담을 건넸다.

"어, 제수씨, 오랜만입니다."

그제야 문일규는 짐짓 웃어 보이며 맞장구를 쳤다.

"야, 어째서 제수냐, 형수지. 이제부턴 형수님이라고 불러."

같은 또래의 남자들은 서로 형이니 아우니 서열을 가리면서 왁자지껄 떠들었다. 나는 그들의 노는 모습을 물끄러미 바라보기만 했다. 그러다 목이 말라서 무심코 맥주를 쭉 들이켰다. 순간 문일규의 입술이 눈에 띄게 일그러졌다. 아차, 술을 마시지 말랬지. 비로소 주의 사항을 기억해냈으나 동시에 내 뜻대로 하기로 결심한 것도 상기했다. 나는 편안한 자세로 맥주를 드문드문 마시며 친구들과 자연스레 얘기를 나눴다. 문일규가 하지 말라던 정치 얘기도 했다. 주흥이 무르익어갈 무렵에는 노래도 불렀다. 순수한 동요 대신 내가 좋아하는 「아침이슬」을 입을 쫙쫙 벌리며 크게 불렀다. 친구들은 신이 나서 나를 따라 합창을 했다. 앙코르를 받았을 때 빼지 않고 「선구자」를 또 불렀다. 문일규는 연신 허허 웃었으나 눈가가 굳어 있었다.

잔치가 끝나고 단둘이 어둔 밤거리에 남겨졌을 때, 드디어 그의 화가 폭발했다.

"도대체 너는 생각이 있는 여자야? 없는 여자야? 어제 그렇게 당부했는데, 오늘 이게 무슨 꼴이야?"

"왜요? 친구들이 재밌어 했는데……"

"재밌어 했다구? 속으로 개들이 너를 어떻게 평가했는 줄 알아? 한마디로 막돼먹은 여자라고 했을 거야. 막돼먹은 여자!"

문일규는 상상만 해도 소름이 끼친다는 듯 전신을 부르르 떨며 함부로 말을 뱉았다. 나는 차갑게 쏘아붙였다.

"옷만 잘 입고 얌전만 빼면 돼먹은 여자가 되나요?"

문일규의 활활 타는 눈과 나의 얼음같이 차가운 눈이 맞부딪쳤다. 한동안 그렇게 마주 쏘아보다가 그가 갑자기 맥이 빠지는지 어깨를 늘어뜨렸다.

"너는 상식도 없니? 여자가 정숙해야 한다는 건 상식이야. 치마를 입는 건 관습이고…… 제발 보통으로 굴어라."

나 역시 기운이 빠져서 애원하듯 말했다.

"난 형이 주장하는 상식이나 관습이라는 걸 정말로 이해할 수가 없어요. 그런 건 터무니없이 그릇된 인습이나 낡은 미신들일 뿐이에요. 우리가 생각 있는 젊은이라면 깨뜨려버려야 할 것들이라구요."

문일규가 크게 한숨을 쉬었다.

"앞으로 너를 데리고 살 일이 까마득하다. 그런 자세로 어떻게 시집 어른들을 섬기겠니? 나와 결혼하려면 제발 철 좀 들어라!"

나는 아무런 대답도 하지 않았다. 문일규는 여관 갈 생각조차 없는지 자기 집으로 가는 택시를 잡았다. 나는 버스가 아직 있을 거라고 말한 후 그와 헤어져 정류장으로 향했다. 그는 말릴 힘도 없는 양 택시 속에 몸을 던지고 휭 떠나버렸다.

자정이 다가오는 밤거리에 홀로 남겨진 나는 잠시 우두커니 서 있었다. 집으로 가는 버스는 이미 끊겼다. 이제 곧 통행금지가 될 것이다. 그렇다고 혼자 여관에 들어가기는 싫었다. 가까이 있는 김영희의 자취방이 떠올랐다. 집에 있을까? 김영희가 외박하지 않았기만을 바라며 ㄱ대 후문 쪽으로 걸어갔다. 골목길로 나 있는 자취방의 작은 창문에는 불이 환하게 켜 있었다. 울컥 반가움이 솟았다. 막 뛰어들어 가려던 나는 생각을 바꾸어 구멍가게로 갔다. 맥주 몇 병과 과자를 샀다. 그리고 불 켜진 작은 창문을 조심스레 두드렸다.

"누구세요?"

약간 놀란 듯한 영희의 목소리가 들렸다.

"나야, 윤여민."

"어머, 들어와. 웬일이니? 연락도 없이……"

김영희가 반색을 하며 문을 열어주었다.

"버스도 끊기고 기분도 울적해서 잠도 자고 술도 마시려고 왔어."

"너, 무슨 일이 있었구나?"

김영희가 펼쳐놓았던 이부자리를 한옆으로 밀치며 물었다.

"일규형이랑 싸웠어."

맥주를 내놓으며 사실대로 말했다. 영희가 눈이 동그래졌다.

"너희가 싸울 때도 다 있니? 너희처럼 사이 좋은 연인도 드물다 싶었는데……"

"그 동안 내가 남자하고 일일이 싸우기 싫어서 그냥 넘겨버려서 그렇지, 싸울 일이 얼마나 많았는 줄 아니?"

나는 어제와 오늘 사이에 있었던 일을 상세히 얘기했다. 김영희는 맥주를 조금씩 마시며 주의깊게 얘기를 들었다. 그러더니 나름대로 결론을 내렸다.

"일규형이 옷 사줄 생각만 했지, 구두 사줄 생각은 못했구나. 아직 가난에 대한 이해가 부족한 게 문제다."

나는 강하게 고개를 흔들었다.

"이건 단순히 가난의 문제가 아니야. 나는 가난한 데 주눅들지는 않아. 내 잘못이 아니니까. 노력하면 가난은 어느 정도 극복할 수도 있어. 문제는 여자를 장식품으로 취급하려는 성차별적인 고정관념이야."

김영희가 머리를 갸우뚱하며 내 빈 잔을 채워주었다.

"니가 너무 비타협적인 거 아니니? 남자로선 애인이 예쁘게 보이길 바랄 수도 있는 거잖아? 어차피 우리 사회는 여자와 남자가 구별되어 있고 주어지는 기대치도 각각 달라. 이런 현실을 떠나서 홀로 살지 않고 남녀가 어울려 살려면 어느 정도는 그 기대치에 맞춰줘야 할 거야."

김영희의 충고가 마음에 들지 않은 나는 불쑥 한마디 내뱉았다.

"너는 사회의식은 급진적이면서 성문제에는 참 온건하구나."

"가난이라는 거대한 구조악과의 싸움에 비하면 남녀간의 차별이란 사소한 개인적인 문제잖니?"

점점 더 영희와 의견이 벌어지는 것을 느끼며 가슴이 답답해 왔다.

"남녀간의 문제가 사소하다고? 절대로 그렇지 않아. 네가 아직 남자와 부대껴보지 않아서 그렇지, 구체적인 일상생활을 함께 하면 성차별 문제가 얼마나 심각한지 알게 될 거야. 너는 가난만을 구조악으로 보는데 성차별도 또 하나의 구조악이야. 우리 사회가 성의 구분을 중심으로 얼마나 꽉 짜여져 있으며, 그 성차별 구조가 여자들을 얼마나 숨막히게 하는지 너는 모를 거야."

김영희는 아무 대답도 하지 않았다. 나는 계속 괴로움을 털어놓았다.

"사실 나는 점점 더 결혼할 생각이 없어져. 솔직히 결혼이 두려워. 일규형과 단 둘만의 관계에서도 이렇게 갈등을 겪는데, 장차 시집살이까지 하게 되면 어떻게 되겠니? 내 꿈, 내 인생을 과연 뜻대로 엮어나갈 수 있을까? 힘든 얘기지. 상황에 밀려서 나는 천천히 소멸해 갈 거야. 장한 남자의 뒷바라지나 하고 아이나 키우면서 내가 사라지겠지. 무서워. 나는 우리 어머니들처럼은 살고 싶지 않아."

김영희가 딱하다는 듯 물었다.

"이제 와서 결혼하지 않으면 어쩌겠니?"

취기가 오른 나는 손을 마구 내저었다.

"아니야. 이제라도 정신을 차려야 돼. 애초에 내가 선택한 사랑이 아니야. 휘말려든 사랑이지. 아직 늦지 않았어. 내 삶은 내가 선택해야 해. 사랑도 내가 선택해야 해. 나를 죽여가지 않아도 되는 사랑, 소멸해 가는 것이 아니라 성장해 가는 인생을 다시 선택해야 해."

"너무 부정적으로 생각하는 것 아니니? 일방적으로 한편만 소멸해 가는 것이 아니라 함께 커가는 생활도 가능하잖아? 내가 보기에 일규형만한 사람도 없던데…… 대범하고 남자답고 다정하고……"

김영희가 중얼거렸다. 나는 피식 냉소했다.

"일규형이 좋아 보이디?"

"그래, 너희 둘이 같이 다닐 때 참 보기 좋더라. 나는 언제 저런 연애를 해보나 부럽고……”

취한 김에 키들키들 웃으며 내가 말했다.

“그렇게 부러우면 일규형을 네가 좋아해라.”

김영희가 눈을 흘겼다.

“별소릴 다한다.”

나는 두 팔을 벌리고 큰 대자로 나가떨어지며 한숨 섞어 내뱉았
다.

“아니야, 나는 이제 질렸다. 너나 좋아해라.”

김영희가 뭐라고 말하는 것 같았으나 잠 속으로 빨려든 나는 듣지
못했다.

길을 찾아서

추억에 잠겨 있는 사이 버스가 종로 2가에 도착했다. 차도에는 차량들이 밀려 혼잡하기 이를 데 없었고, 인도는 행인들로 가득 차 있었다. 사람에 치어 걷기가 불편할 정도였다. 인파에 밀려 간신히 한 걸음 한걸음 떼어놓았다. 평소에도 복잡한 거리였지만 러시아워여서 더 심한 모양이었다. 양복을 입고 넥타이를 맨 젊은 샐러리맨들이 유난히 많이 눈에 띄었다. 그들은 여럿이 몰려 다니며 희희낙락 퇴근 후의 여유를 즐기고 있었다. 문득 사회 초년생이었던 시절이 떠올랐다.

사학년 이학기였다. 소설을 쓰라고 권유하던 교수가 어느 날 나를 불렀다. 조심스레 연구실로 들어가니 책을 읽고 있던 그 양반이 무뚝뚝하게 물었다.

"더이상 글은 안 쓰는가?"

나는 송구스러워 기어들어 가는 소리로 간신히 대답했다.

"네."

교수가 안경 너머로 지그시 노려보더니 못마땅한 듯 물었다.

"글을 안 쓸 거면, 졸업 후에 뭐할 건가?"

"취직해야죠, 뭐."

여전히 주눅이 든 채 내가 대답했다.

"어디에 취직을 할 건가?"

"책만 보고 살 수 있는 직업이 있었으면 좋겠는데, 공부를 계속할 여건은 안 되고…… 아쉬운 대로 방송국에 들어갈까 합니다."

"내 생각에 잘 될 것 같지 않군. 학점 좋은 학생들은 취직 공부를 따로 안 한 거거든."

교수의 말이 맞았다. 나는 할 말이 없어 가만히 앉아 있었다. 열심히 산다고 애썼는데 결국 요꼴이구나 싶으니 스스로가 한심했다. 교수는 책을 덮더니 나를 정면으로 바라보며 물었다.

"내가 추천해 주는 직장에 취직할 텐가?"

"네?"

뜻밖의 소리에 귀가 번쩍 뜨여서 되물었다.

"내 친구가 경영하는 출판사인데, 문학물을 주로 내는 곳이라 자네에게 큰 도움이 될 걸세. 가서 열심히 일하면서 다시 글을 써보게. 여기 추천서가 있네. 이력서를 지참하고 내일 오전 열시까지 그 출판사로 가게. 미리 얘기가 되었으니 면접만 보면 되네."

교수는 다시 나를 등지고 앉아 책 보기에 열중했다. 나는 얼떨결에 추천서를 받아들고 건성으로 고맙습니다 인사한 후 교수실을 나왔다. 갑자기 일자리가 생긴 것이 믿기지 않았다. 출판사, 출판사라…… 괜찮지. 매일 책만 볼 수 있을 테니까…… 어릴 때부터 책을 좋아했던 나는 책 만드는 일에 강한 매력을 느꼈다. 비로소 교수가 진심으로 고맙다는 생각이 들었다.

　이튿날 면접시험을 본 나는 즉석에서 채용되었다. 하늘 출판사 편집부 신입사원으로 근무하게 된 것이다. 그러나 처음에는 기대했던 것처럼 신나는 일이 주어지지 않았다. 하늘 출판사 편집실에는 사십대의 소설가인 남자 주간, 삼십대의 시인인 남자 편집장, 이십대 후반인 남자 차장이 각각 한 명씩, 그리고 아무 직위가 없는 이십대의 여자 선임자 네 명 있었다. 간부급인 남자들과 평사원인 여자들 사이에는 뚜렷한 위계 질서가 있어서 남자들은 중요한 일을 도맡아 했고, 여자들은 보조적인 업무를 보았다. 즉 남자들은 기획 및 원고 청탁, 필자 관리, 편집 및 제작 등 그야말로 출판 문화 사업에 종사했다. 그러나 여자들은 교정 보기, 원고 정서, 우편물 발송, 신간 안내 돌리기 등 단순히 책을 생산하는 공장에서 일하는 셈이었다.

　그나마 말단인 나는 제일 시시하고 궂은 일을 도맡아 할 수밖에 없었다. 아침에 다른 사람보다 이십 분 가량 먼저 출근해서 청소를 하고 책상을 닦고 커피물을 끓였다. 내게는 교정 보는 일조차 주어지지 않아서 우편물 발송이나 인쇄소에 교정지 나르는 일, 신문사에 신간 돌리기 같은 잡무로 하루를 보냈다.

　주간은 필자들을 만나느라 거의 자리에 붙어 있지 않았고, 편집장이 총감독을 했는데 걸핏하면 야근을 해야 했다. 굳이 야근을 할 만큼 일이 많다면 내게도 교정을 보게 할 텐데 그렇지가 않았다. 야근은 사장이 편집실을 조이기 위한 방편으로 즉석 주문 식으로 이루어지기 일쑤였다. 나는 다른 사람이 야근할 동안 커피를 타주거나 잔심부름을 할 뿐이었다. 잔심부름꾼으로 머무는 동안 나의 불만은 극에 달했고, 이은실이나 김영희를 만나면 괴로움을 하소연하기 바빴다.

　이은실은 여전히 중학교 교사생활을 하고 있었다. 김영희는 나와 비슷하게 교수 추천을 받아 농민신문사 기자로 일했다. 우리 셋은

자주 만나 사회 초년생의 고통을 나누었다. 광화문에 있는 클래식
다방이 우리들의 근거지였다. 날씨가 쌀쌀한 초겨울 저녁이었다. 다
방의 따뜻한 난로가에 자리잡은 우리는 직장생활의 어려움을 번갈아
얘기했다. 제일 먼저 내가 급사 노릇의 답답함을 하소연하자 이은실
이 말을 받았다.

"그래도 너는 책임감은 면제받고 있잖니? 나는 어린 학생들을 책
임져야 하는 입장인데, 거짓을 가르치라고 강요당하니 못 견디겠다.
오늘 아침 교무회의 시간에는 기가 막히더라. 글쎄, 수업시간에 유신
정치의 위대함과 충효사상을 몇 번 강조했는지 학습지도안에 써넣으
라는 거야. 검사를 하겠대나? 이건 북한보다 더하지 않니?"

"쉿, 조심해. 누가 듣고 고발할라."

김영희가 주위를 살피며 목소리를 낮췄다. 그때는 독재정치에 대
해 비난하면 긴급조치 위반으로 잡혀가던 시절이라 극도로 조심할
수밖에 없었다. 김영희는 윗몸을 숙이고 조그맣게 속삭였다. 이은실
과 나도 얼굴을 바싹 맞댔다.

"사실 북한이 우리보다 나을지도 몰라. 적어도 노동자와 농민의
생활은 보장되잖아? 우리는 농산물 정책이 뒤죽박죽이야. 고구마를
심으라고 장려해 놓고, 수매를 안 해줘서 고구마가 썩어 나뒹굴고
엉망이야. 얼마 전에는 고구마 수매를 요구하는 농민들의 격렬한 시
위가 있었어. 그런데도 농민신문에 한 자도 보도하지 못했어. 이래가
지고 기자라고 할 수 있겠어? 농민들에게 빌붙어 살면서 농민들을
기만하는 기생충이지. 정말 죄스러워."

정의감이 강한 김영희의 얼굴이 양심의 가책으로 일그러졌다. 나
는 가슴이 아파 한숨을 쉬며 말했다.

"정말 답답한 세상이야. 어떻게 좀 변화시킬 수 없을까?"

이은실이 눈을 반짝였다.

"그래. 아이들에게 거짓을 가르치지 않아도 되는 세상으로 변했으

면 좋겠어. 아이들이 마음껏 자랄 수 있는 자유로운 세상……"

김영희의 눈도 빛났다.

"가난한 농민들과 노동자들이 해방되는 세상으로 변한다면 얼마나 좋을까?"

나는 두 팔을 올려 기지개를 켜며 한마디 덧붙였다.

"난 직장에서나 가정에서의 남녀 차별이 없어졌으면 좋겠어."

김영희가 피식 웃었다.

"넌 언제나 남녀 문제에 부딪치는구나. 가정에서도, 연애에서도, 직장에서도……"

"정말 그렇구나. 너는 늘 가난과 마주쳐왔는데…… 집도 야학도 농민신문도 가난을 생각 않을 수 없게 하고 있어."

잠시 말이 끊기며, 우리는 저마다 깊은 생각에 잠겼다. 한참 후에 김영희가 조심스럽게 입을 열었다.

"세상이 변해 주기만 바랄 게 아니라 우리가 직접 변화를 일으킬 수 있는 일을 해야 하지 않을까?"

"그래. 이대로는 안 되겠어. 매일 만나서 한탄만 할 게 아니라 무언가 시작해야겠어."

내가 동의했다. 이은실이 고개를 흔들었다.

"집회 및 시위에 관한 법률이 시퍼렇게 살아 있어 모이기만 해도 잡아가는데 우리가 뭘 할 수 있겠어?"

"몰래 모이지, 뭐. 남학생들도 다 그러는데……"

김영희가 당돌하게 대답했다. 나는 순간적으로 지하 서클에 열심인 문일규를 생각했다. 그는 삐걱거리기 시작한 우리의 관계를 제껴 두고 보란 듯이 그런 일에 더 열심으로 매달렸다. 따라서 요즘은 그를 일주일에 한 번 만나기도 어려웠다. 나는 기분이 우울해지는 것을 감추며 힘있게 말했다.

"그래, 남자들도 지하 서클을 하는데, 여자들이라고 못 할 거 있니? 우리도 하자."

"좋다, 하자!"

우리는 의기투합해서 구체적인 계획을 짜기 시작했다. 그리고 한 달에 걸쳐 ㄱ대 여학생 후배들을 아름아름으로 모았다. 우리 셋까지 합쳐 모두 열 명이 되었을 때 김영희의 자취방에서 첫 모임을 가졌다. 김영희의 야학 후배인 성경숙을 비롯한 일곱 명의 여학생들은 모두 눈빛이 똘망똘망했다. 그들은 남자들만 믿고 있다가는 사회 문제를 해결하기가 요원하다, 우리 여자들이 나서자고 의견을 모았다. 그리고, 민족, 계급, 성 문제 등 뒤얽힌 사회 모순을 바로 파악하기 위한 공부를 시작했다. 해방 전후사, 경제사, 시사 문제, 여성 해방의 이론 들에 관한 책을 읽고 열띤 토론을 벌였다. 그 당시에는 아주 온건한 책들도 모두 불온 서적으로 취급되어 읽는 것이 금지되어 있었기 때문에 우리는 긴장감을 풀지 못하고 토론을 했다.

그 과정에서 나는 많은 생각을 정리했다. 해방 전후사를 공부할 때는 비로소 아버지가 젊은 시절 소작인들에게 토지를 무상분배했던 심정을 이해할 수 있었다. 일제 치하에서 일본 유학을 갔던 아버지는 그 시절의 지식인들이 흔히 그랬듯이 사회주의에서 민족 해방의 전망을 찾았던 것 같았다. 대다수가 프롤레타리아였던 조선의 민족을 독립시키기 위해서는 평등을 이상으로 하는 계급혁명을 해내야 한다고 믿었으리라. 그러한 이념을 실천하기 위해 지주였던 아버지는 빈한한 소작인들에게 땅을 나누어주었을 것이다. 자신이 손해를 입어도 개의치 않고 사회 정의를 실현하려던 아버지의 젊은 시절. 나는 좌절된 아버지의 생애에 애통함을 느꼈다.

또한 여성 문제를 토론할 때는 봉건적인 가치관을 내면화해서 수동적이고 의존적으로 살아온 어머니의 한계를 극복해야겠다고 거듭 다짐했다. 그러면서 문일규와의 관계를 정리할 방안도 궁리했다. 그 즈음 문일규와의 사이는 점점 벌어져가고 있었다. 문일규는 우리가 여학생 서클을 시작한 것을 우습게 보고 있었다. 여자들이 시집갈 준비는 안 하고 쓸데없이 설친다는 것이었다. 나는 그와 가끔 만나서 다투곤 했다. 왜 남자들은 사회변혁을 위해 몸을 던지면서 여자들에게는 부엌에만 처박히라고 하느냐, 민주화된 세상은 남자들만의 세계가 아니고 여자들도 함께 해야 하는 것 아니냐가 논쟁의 핵심이었다. 대답이 궁해지면 문일규는 여자의 일과 남자의 일이 따로 있다는 역할 분리론을 주장하곤 했다. 정치의식은 민주적인 그가 남녀 문제에서는 왜 그리 보수적이고 권위적인지 이해할 수가 없었다. 아무래도 다시 사이가 좋아지기는 어려울 것 같았다. 그러나 그는 내가 '어리석은 고집'만 꺾으면 관계가 회복될 것이고, 결국은 자기와 결혼하게 되리라 믿었다.

여학생 서클을 시작한 지 약 일 년쯤 지났을 때였다. 김영희의 자취방에 오글오글 모여 얘기를 나누던 중 성미가 급한 성경숙이 대뜸 문제 제기를 했다.

"우리가 일 년이 넘도록 같이 공부하면서 의견을 모아왔는데, 막상 사회개혁을 위해 실천한 일은 아무것도 없으니 문제가 있지 않아요?"

성경숙은 카랑카랑한 목소리로 주변을 압도했다. 모두들 갑자기 숙연해지면서 심각한 표정을 지었다. 성경숙이 목소리를 한 옥타브 낮추며 진지하게 말했다.

"이제는 우리의 민주 의지를 행동으로 표현할 때가 왔다고 생각해요."

이은실이 눈썹을 치켜뜨며 날카롭게 물었다.

"데모를 하자는 얘기야?"

"그럴 수도 있죠."

성경숙이 고개를 끄덕이자 이은실이 탄식을 했다.

"무모한 모험주의야. 요즘이 어떤 세상이라고…… 사복 경찰이

학생들과 같이 등교하고, 두 사람이 모여 시국 얘기만 해도 잡아가는데, 어떻게 데모를 하겠다는 거야? 데모를 하면 직장이나 학교에서 쫓겨나는 것은 물론 고문을 당하고 감옥살이를 하게 되잖아? 그게 여자들이 당할 일이야?”

성경숙과 단짝인 장청자가 나섰다.

“그거예요. 아무도 여자가 데모를 할 거라고 예상하지 않는 그 점이 중요해요. 그 동안 남학생들이 데모를 하려고 시도해 왔지만 사전에 발각되어 번번이 실패했죠. 그만큼 저놈들의 정보망이 철저한 거죠. 하지만 그놈들도 여학생은 미처 감시하지 못하고 있을 거예요. 우리가 일 년 동안이나 아무 탈 없이 모임을 가져올 수 있었던 게 그 증거예요. 어때요? 한번 해볼 만하지 않아요?”

아무도 선뜻 대답하지 않았다. 나는 묵묵히 생각했다. 이건 개인의 삶이 완전히 희생될지도 모르는 모험이다. 시대에 저항한다는 명분 아래 실속 없이 무위도식하다 허무하게 생애를 끝마친 아버지를 보지 않았던가? 그와 같은 희생을 되풀이할 필요는 없다. 생각을 정리한 나는 무겁게 입을 열었다.

“우리가 많은 희생을 감수하면서 구태여 데모를 해야 하는 이유가 뭐야? 데모가 사회변혁을 일으킬 수 있는 최선의 효과적인 방법이라고 믿어?”

장청자와 친한 이미순이 말을 받았다.

“언니가 역사를 바라보는 시각에는 문제가 있는 것 같아요. 역사는 끊임없는 투쟁에 의해 한걸음 한걸음 진보하고, 투쟁하는 자들의 희생에 힘입어 혁명적으로 발전하는 거예요. 희생을 두려워해서 싸우지 않는다면 아무 진전이 없어요.”

나는 고개를 저을 수밖에 없었다.

“역사가 투쟁에 의해 진보해 왔다는 견해는 다시 생각해 봐야 하지 않을까? 그건 표면적인 해석이고, 오히려 역사는 낳고 기르고 거

두는 협동과 생산의 과정 속에서 점진적으로 발전해 왔다고 봐."

사학과를 다니고 있던 후배 둘이 내 의견에 동조했다.

"맞아요. 역사에서 끊임없이 전쟁을 일으킨 건 남자들이에요."

"그래요. 우리는 평화를 사랑해온 여자들의 전통을 이어가야 해요."

김영희가 펄쩍 뛰며 다시 투쟁론을 펴들고 나왔다.

"남자들의 역사와 여자들의 세계가 그렇게 분리되는 건 아니야. 남녀는 함께 고난을 겪고 같이 싸워왔어."

좌중은 격렬한 논쟁에 말려들었다. 한동안 갑론을박하던 끝에 성경숙이 목멘 소리로 하소연했다.

"지금 모두들 원론적인 논쟁에서 맴돌고 있는데, 내가 왜 데모를 해야겠다고 결심했는지 구체적인 동기를 말할게요. 사실 나는 우리들 중에 가장 불우한 성장과정을 겪었는지도 몰라요. 막노동자인 부모 밑에서 가난하게 자라면서 다행히 공부를 잘해 집안의 기대를 한 몸에 받아왔어요. 부모님과 형제들이 나 때문에 고생하며 나 하나만 바라보고 있는 걸 생각하면 가슴이 미어져요. 그들의 기대를 외면하고 굳이 고달픈 진리의 길을 걸어가야 하나 회의도 들고…… 하지만 나 혼자만 잘살겠다고 아득바득 한평생을 보낸다는 게 무슨 의미가 있어요? 나처럼 못사는 사람들이 수두룩한 이 세상에…… 나는 혼자만 잘살 것이 아니라 모두가 잘살게 되는 길을 찾아 군부 독재 정권과 싸우기로 결심한 거예요."

성경숙의 말이 구구절절 절실했음에도 불구하고 나는 한마디 하지 않을 수 없었다.

"네 말은 사회 구조가 바뀌면 일시에 모두가 잘살 수 있게 되리라는 얘기 같은데, 그건 이상일 뿐이지 현실적으로 가능하지 않아. 사회는 단번에 뜯어고칠 만큼 단순하지 않고 아주 복잡해. 우리는 추상적인 이념에 함몰될 게 아니라 실제적이고 구체적으로 생각해야

해. 개인적인 생활의 요구를 무시하면서 역사의 부름이나 대세의 흐름을 좇을 것이 아니라 나를 둘러싼 현실, 나의 경험, 나의 문제에서부터 출발해야 진정한 힘이 되는 거야. 너는 가난한 민중을 위해서 너를 희생하려고 하지만 과연 그게 민중에게 무슨 실질적인 도움이 될까? 우선 생활비가 필요한 가족들을 도우면서 본인이 주체적으로 선 후에 이웃을 위해서 일할 수 있지 않을까?”

김영희가 질겁을 하며 반론을 제기했다.

“너는 발상 자체가 우리와 다른 것 같다. 사회변혁에 대해 낭만적인 꿈을 갖는 일은 매우 중요해. 이상은 행동의 지표가 되어 현실을 바꾸게 하는 힘이 되거든. 그리고, 개인이 성공한 다음에 이웃에게 자선을 베풀면 된다는 식의 사고방식은 정말 문제가 많아. 그것은 민중을 역사의 주인으로 키우지 않고, 어디까지나 도와주어야 할 불쌍한 사람들로 남겨두겠다는, 지극히 자본주의적이고 입지전적인 고루한 발상이야. 개인적인 입장에 연연해 하지 말고 보다 진보적인 생각을 해봐. 다 함께 동시에 잘살게 되는 길이 분명히 있어. 그리고 그 길은 그리 멀지 않아. 우리는 모든 것을 내던지고 그 길로 가야 해.”

김영희의 눈은 빛나고 있었다. 이은실이 목소리를 한껏 낮추었다.

“너는 혁명을 꿈꾸는 거니?”

“꿈꾸지 못할 것도 없지.”

김영희가 단호하게 대답했다. 나는 선뜩한 한기를 느끼며 진저리를 쳤다. 사학과에 다니는 후배들이 방문을 조금 열었다. 누가 엿듣지 않도록 하려면 문을 닫기보다 약간 열어두고 밖을 살피는 것이 더 안전했기 때문이었다. 사학과 후배가 김영희에게 물었다.

“언니, 언니는 우리가 역사의 대세를 바꿀 수 있을 만큼 큰 힘이 있다고 생각해요? 언니는 탱크와 총칼 앞에서 아무 무기도 갖지 못한 맨손의 여학생들이 과연 이길 수 있다고 믿어요? 바위를 계란으로 치자는 얘기 아녜요?”

“물방울이 한 방울씩 지속적으로 떨어지면 바위에도 구멍이 생겨. 우리가 끊임없이 투쟁한다면 분명히 이길 수 있어. 총알이 역사의 흐름을 막지 못한다는 건 사일구혁명이 이미 보여줬잖아? 물론 사일구는 미완의 혁명이고 미숙한 점투성이였지만…… 우리는 좀더 피를 흘려야 해.”

좀더 피를 흘려야 한다는 말에 오스스 소름이 돋았다. 이은실이 떨리는 목소리를 애써 가라앉히며 속삭였다.

“좀더 피를 흘려야 한다니, 무슨 말을 그렇게 해? 독립운동과 동족상잔의 전쟁만으로도 피 흘리는 일에는 지쳐 있는 민족이야. 더이상 피를 볼 수는 없어.”

“아니에요. 진보를 이룩한 나라에 비하면 우리는 아직도 한참 부족해요. 역사는 피를 먹고 자라는 거예요. 우리는 한 목숨 역사에 바쳐 피 흘릴 각오를 해야 해요.”

성경숙이 비장하게 말했다. 나는 입안이 말라오는 것을 느끼며 침을 꿀꺽 삼킨 뒤 애원조로 설득했다.

“글쎄, 나도 민주화가 이룩되어야 한다는 데는 동감이야. 현재 군사독재 정권의 상식 이하의 억압과 만행에는 나도 충분히 분개하고 있어. 하지만 민주화의 방법에 있어 우리의 견해가 조금 다른 것 같구나. 난 모든 모순을 일시에 혁명적으로 뜯어 고칠 수 있다고 생각하지 않아. 변화는 우리의 일상 속에서 조금씩조금씩 일어나는 거야. 구체적인 생활의 현장 한가운데서, 지극히 개인적으로 보일 수도 있는 ‘나’의 삶이 변화할 때, 그 힘이 모여 사회 전체의 변혁이 오는 거야. 우리에겐 시간과 인내심이 필요해.”

그러나 성경숙들은 나의 설득에 넘어가지 않았다. 이미순이 대뜸 반론을 제기했다.

“그건 소시민적이고 개인주의적인 사람들의 자기 합리화예요. 결국 아무 행동도 하지 않고 민주화가 저절로 이룩되기만 바라겠다는 얘기 아닌가요? 지금처럼 생활의 각 영역에 독재체제의 모순이 배어 있어 민주화를 가로막고 있을 때 그런 한가한 몽상이나 하고 있을 수는 없어요. 우선 생활의 자연스런 진보를 가로막고 있는 체제의 벽부터 부숴버려야 개인적인 변화도 가능해질 거예요.”

나는 가슴이 답답해져 왔다. 저절로 목소리가 높아졌다.

“그렇게 남학생들처럼 대세, 큰 것, 전체적인 것, 추상적인 것만 생각하지 말자구…… 여자들의 운동이라면 무언가 좀 달라야 하지 않아? 모든 것을 억압 구조에 환원시켜 자기 성찰의 몫을 축소시키지 말고, 보다 현실적이고 구체적으로 생각해 보자구. 가령 아주 권위적이고 남녀차별적이며 비민주적인 우리 회사를 봐. 어떻게 해야 변화가 일어날 수 있겠어?”

여지껏 아무 말도 없이 조용히 듣기만 하고 있던 조순미와 박영자가 비로소 입을 열었다.

“그건 지금 토론하고 있는 학생운동 문제와 차원이 좀 다르죠. 그리고 그럴 경우는 평사원들이 단합해서 노조를 만들어야죠.”

“비합리적인 간부들을 몰아내고 경영에 참여해서 민주적인 회사로 만드는 거죠.”

내 의견에 동조하는 줄 알았던 조순미와 박영자가 알고 보니 더 급진적인 생각을 하고 있었다. 나는 힘이 빠져 한숨을 쉬었다.

“그게 현실적으로 가능한 개혁 방법이야? 지금 시국에 노조를 만들다간 몇 명 안 되는 평사원들은 모두 쫓겨나고 말 거야. 가능한 방법을 생각해야지.”

“가능한 방법이 뭔데?”

김영희가 볼멘 목소리로 물었다. 나는 마음을 가라앉히고 차근차근 얘기했다.

“우선 민주적이고 합리적인 사고를 가진 사람이 서서히 눈에 띄지 않게 편집실의 분위기를 바꾸는 거야. 커피는 각자가 타마시는 일부터 시작해서…… 그리고 그런 사람이 열심히 일하고 신임을 얻어 간부급으로 승진하는 거야. 그러면서 점차 민주적인 운영을 해나가는 거지. 내 말은 일상적인 변화 끝에 민주화가 오리라는 거야.”

김영희가 고개를 저었다.

“네 말은 기존 체제를 인정하는 전제 하에서 체제 내적 개혁을 해보겠다는 소리 같은데, 그건 말초신경만 치료하는 것과 같아. 보다 근본적인 병의 뿌리를 고쳐야 해. 우리 사회는 지금 근원적이고 제도적인 혁신이 필요해. 생각해 봐. 우리가 아무리 야학이니 의식화 소모임이니 해봐도, 정부에서 대중매체나 교육제도, 관청들을 통해 대대적으로 충효사상을 세뇌시키고 유신헌법을 고착화하는 파급 효과를 따라갈 수 있는가…… 우선 체제부터 혁명적으로 뜯어 고쳐야 돼.”

설전은 제자리를 맴돌고 있었다. 나는 기운이 빠져서 입을 다물었다. 그러자 박영자가 마음껏 말했다.

“모두들 자신이 속한 지식인 계급을 중심으로 생각하는 한계가 있는 것 같아요. 아까 노조 얘기도 나왔지만, 노조가 출판사에서는 별 효력이 없을 거예요. 하지만 국민의 다수를 차지하고 있는 노동자 계급에서는 막강한 힘을 발휘할 수 있죠. 사실 그 동안 공부를 해오면서 저는 우리 사회문제는 남북통일이 돼야 해결될 수 있다고 생각했어요. 그리고 남북통일을 할 수 있는 민중 주체세력이 형성되기 위해서는 노동자들이 의식화되고 조직화돼야 한다는 결론을 내렸구요. 학생운동이나 지식인 운동은 사회운동의 기폭제로서 나름대로 중요하다고 봐요. 하지만 이슈 중심으로 투쟁만 하다보면 저놈들에게 노출되어 지속적인 조직운동을 할 수가 없어요. 지금 우리에게 시급히 필요한 것은 광범위한 대중 조직이에요. 대중 조직의 밑받침이 있을 때 민주화나 정권교체가 가능하다고 봐요. 그래서 저는 앞으로 노동현장으로 들어가려고 해요. 대학생이라는 특권의식을 버리고 노동자가 돼서 노동자와 함께 노동운동을 통해 사회를 변혁해 보겠어요. 그런 계획을 갖고 있기 때문에 당장 데모에는 참여할 수 없음을 양해해 주기 바래요.”

농과대학을 다니고 있던 조순미도 한마디 덧붙였다.

“나는 전공이 농업이어서 졸업 후에 농촌에 자리잡으려고 해요. 농촌 활동을 지속하려면 데모에 나서지 않는 게 오히려 나을 거라는 판단은 박영자와 마찬가지예요. 블랙 리스트에 오르면 아무 활동도 할 수 없거든요. 하지만, 데모는 나름대로 필요하고 훗날 우리 다시 만날 거라는 생각은 같아요.”

데모의 필요성은 인정하지만 데모보다 중요한 계획이 있다는 두 사람의 말에 김영희는 납득한다는 듯 머리를 끄덕였다. 그러면서 데모에 가담하지 않으려는 사람들에게 질문의 화살을 던졌다.

“그러면 나머지 사람들은 어떤 계획을 갖고 있는지 얘기해 보자.”

이은실이 먼저 자신의 입장을 밝혔다.

“나는 교사생활을 계속해야겠어. 유신체제 하에서 교육에 종사한다는 게 무슨 의미가 있냐고 하겠지만, 어린 학생들에게 작은 소리로나마 진실을 전달하려는 노력을 포기할 수는 없어. 나는 사회인으로서의 내 역할이 있다고 생각해.”

나도 의견을 정리해야 했다.

“나는 학생운동이 최선의 방법이라고는 생각지 않아. 그리고 나도 이미 사회인이야. 직장생활에 충실함으로써 경제적, 심리적으로 자립하면서 동시에 사회를 위한 일도 해볼 작정이야. 이를테면 내면으로부터 심각하게 문제를 느끼고 있는 여성운동 같은 거를…… 근본적으로 나는 사회운동이란 자신의 이해 관계가 있는 자리에서 구체적으로 진행되는 것이지, 막연한 정의나 명분을 추구하는 것은 아니라고 생각해.”

성경숙이 발끈하며 무언가 말하려고 했다. 그러자 김영희가 가로 막았다.

"나머지 사람들의 얘기도 들어본 다음 토론하자."

사학과 후배들은 한동안 머뭇거리더니 죄 지은 사람처럼 조그맣 게 말했다.

"우리는 공부를 계속하려고 해요. 가능하면 미국으로 유학도 가 고……"

"유학? 미제국주의에 빌붙어 한국의 열악한 상황을 샅샅이 보고 하고, 그 대가로 식민지를 지배하는 이론을 배워 올 거란 말이지?"

장청자가 더이상 못 참고 매섭게 공격했다.

사학과 후배들은 아무 변명도 덧붙이지 못하고 고개를 푹 숙이며, 이 무거운 역사의 현장으로부터 도망치는 비겁함을 자책하고 있었 다. 그러나 성경숙도 사정을 봐주지 않고 무섭게 쏘아붙였다.

"그렇게 안일하게 체제에 안주하려는 생각은 우리 현대사에서 좋 지 않은 의미로 뿌리박은 현실주의예요. 그런 현실적인 기회주의가 결국 외세나 권력에 밀착하여 다수 대중의 희생을 바탕으로 이득을 챙기는 소수의 집권 세력을 눈감아주고, 민주화에 걸림돌이 되는 거 예요. 역사의 진전을 가로막는 이기주의죠. 비겁한 기회주의예요."

성경숙의 비난이 어찌나 치열했던지 아무 대답도 할 수 없었다. 김영희가 갈라진 의견들을 간추렸다.

"그럼 이쯤에서 결론을 짓자. 우리 모임은 오늘로 일단 해체를 하 고, 뜻을 같이하는 사람들은 따로 모이자."

"좋다. 해체하자."

이은실이 동의했다. 모두들 고개를 끄덕였다. 잠시 침묵이 흘렀다. 어쨌거나 일 년 이상을 꾸준히 만나온 사람들과 헤어지자니 착잡했 다. 그러나 다음 단계의 발전을 위해서는 흩어질 수밖에 없었다.

"데모에 찬성하는 사람은 남아서 좀더 얘기를 나누어야 할 것 같으니, 아닌 사람은 그만 나가자."

나는 자리에서 일어났다. 이은실과 사학과 후배들이 따라나섰다. 조순미와 박영자도 남아 있는 사람들과 악수를 굳게 나눈 후 일어섰다. 김영희를 비롯한 성경숙, 이미순, 장청자 네 명은 비장한 얼굴로 우리를 배웅했다. 바깥으로 나오니 깜깜한 밤중이었다. 어둠 속에서 돌아본 김영희의 자취방에는 불빛이 오롯했다. 마치 밤바다와 같은 이 시대의 암흑을 밝히려는 외로운 등대불처럼…… 우리는 종종걸음을 쳐서 그 불빛으로부터 멀어져갔다. 아무도 말이 없었다. 어떤 이유였던지간에 투쟁전선에서 주변으로 한발짝 물러난 우리들은 검은 하늘이 어깨 위에 얹힌 듯 마음이 무거웠고, 주눅이 들었다. 역사 앞에, 또 투쟁을 결심한 친구들에게 빚진 기분이라고나 할까? 현실적인 이기주의자, 비겁한 기회주의자라고 욕하던 성경숙의 말이 귓전에서 사라지지 않았다. 결국 우리는 그냥 헤어졌다. 모두들 침울해서 차 한잔 나눌 기분이 아니었던 것이다.

사회 초년생 시절을 회상하며 걷다 보니 어느새 인사동 사거리에 와 있었다. 행인의 수가 훨씬 줄어든 한적한 골동품 상가 옆에 카페 '하가'가 보였다. 방울 소리가 나는 문을 밀고 안으로 들어갔다. 구석 자리에 혼자 앉아 있던 김영희가 손을 번쩍 들어 보였다. 나는 반가워하며 다가갔다.

"좀 늦었어. 많이 기다렸어?"

"아니, 나도 조금 아까 왔어."

영희가 약간 웃어 보이며 대답했다. 웃는 그녀의 눈가에 굵은 잔주름이 잡혔다. 어느새 우리가 이렇게 늙을 만큼 세월이 흘렀구나 싶었다.

"얼굴이 수척해 보이는구나. 무슨 일 있었니?"

영희의 창백한 낯빛을 유심히 살피며 내가 물었다.

“맨날 그렇지, 뭐……”

대답을 얼버무리려던 영희가 마음을 바꾸었는지 솔직히 털어놨다.

“어제도 일규형이랑 싸웠어.”

어제라면 내가 문일규와 우연히 전화 통화를 했던 날이다. 설마 그 전화 때문에 다투지는 않았겠지 짐작하면서도 마음을 놓지 못하고 걱정스레 물었다.

“무슨 일로 싸웠는데?”

“지겨운 일이야. 결혼 후 십여 년이 넘도록 생활비를 시댁에서 얻어 쓰고 있잖니? 며느리가 돼서 매달 돈을 타러 간다는 게 얼마나 고역인 줄 아니? 그래, 이번 달에는 당신이 가라고 했지. 그랬더니, 살림은 여자가 알아서 하지 남편에게 신경쓰게 한다고 화를 벌컥 내지 뭐야? 나도 성질이 나서 대들었지. 여자가 살림 잘하게끔 제발 가장 노릇 좀 제대로 하라고……”

지난 십여 년 동안 문일규는 운동만 열심히 했지, 돈 한푼 벌어본 적이 없었다. 때문에 그는 운동권에서 저명인사가 되었지만, 경제적으로는 자립할 기회를 놓쳤다. 김영희라도 직장생활을 했으면 나았을 텐데, 영희 역시 운동에 대한 열정과 육아의 부담 때문에 자기 인생을 챙기지 못한 사람으로 남았다. 내 아버지 세대의 모순이 형태를 약간 바꿔 그대로 이어지고 있는 셈이었다. 아버지나 문일규는 부잣집 아들로 당당한 것 같았지만 막상 자기 삶을 개척할 줄 몰랐다. 그리고 모든 정열을 바깥일에 쏟았고, 모든 원망도 사회 구조 탓으로 돌렸다. 시대가 약간 변해서 문일규가 여자에 대해 보다 민주적이라는 게 다르다고나 할까? 또한 김영희가 내 어머니처럼 수동적이지만은 않다는 점도……

“차라리 네가 일규형이랑 결혼했었으면 좋았을 텐데……”

영희가 한숨과 함께 불쑥 내뱉었다.

“무슨 말을 그렇게 하니? 나는 애시당초 결혼할 생각을 포기한 사람이야. 차 한잔 시킬까?”

나는 어색하여 딴청을 부렸다. 그러나 영희는 내 말을 무시했다.

“아니야, 일규형은 워낙 네게 어울리는 사람이었어. 너와 결혼했었으면 너는 돈벌이를 하고 일규형은 운동을 해서, 생활과 운동을 양립시킬 수 있었을 거야. 우린 둘 다 운동을 한답시고 그럴 듯한 수입이 없으니, 정말 한심하지.”

“커피 마실래?”

내가 화제를 바꾸었다.

“아니, 생강차 마실래.”

영희가 간단하게 대답했다. 나는 주문을 한 후 잠시 무슨 말을 해야 할지 몰라 묵묵히 있었다. 그러자 영희가 계속 옛기억을 더듬었다.

“그해 가을에 등산 갔던 일 생각나니? 그때부터 관계가 이상하게 꼬이고 말았어.”

여학생 지하 서클이 해체된 이후, 나는 더욱 직장생활에 매달렸다. 말단 노릇이나마 열심히 하다 보면 내게도 계기가 오리라 믿었기 때문이다. 과연 기다렸던 계기가 왔다. 유명한 문학상 수상작품집을 만드느라고 야근을 하던 날이었다. 편집장이 내게 교정 볼 것을 명령하였다. 한 사람의 일손도 아쉬운 판국이었던 것이다. 나는 열심히 성의껏 교정을 보았다. 그리고 다른 여직원들처럼 교정지를 편집장 책상 위에 올려놓았다. 편집장이 교정지를 최종적으로 훑어보았다. 그러더니 한마디했다.

“윤여민씨, 교정 솜씨 괜찮은데? 초보자치고는 훌륭해.”

그 한마디가 내 운명을 개척해 주기 시작했다. 이튿날부터 나는 다른 여직원들처럼 교정 보는 일을 맡을 수 있었다. 선임 여직원이 결혼과 함께 퇴직하여 새로운 말단 직원이 들어올 때까지 급사 노릇을 겸하긴 했지만……

　오빠와 이은실은 내가 일다운 일을 하게 되자 앞으로 더욱 열심히 해서 진급도 하라고 격려해 주었다. 그 즈음 오빠는 내가 취직이 되자 아르바이트를 그만두고 고시 공부를 하고 있었다. 어머니의 희망에 따른 억지 공부였다. 당연히 오빠는 사법고시에 떨어졌다. 어머니는 재수를 하라고 성화셨다. 한번에 붙는 사람이 어디 있냐는 것이었다. 오빠는 어머니의 희망과 자신의 바람 사이에서 갈등을 겪었다. 아버지와는 달리 다정다감하고 가정적인 오빠에게는 큰인물 콤플렉스가 없었다. 오빠는 대장부가 되기보다 평범한 가장으로 머물고 싶어했다. 어려운 고시 공부를 하느니 은행에 취직해서 성실한 시민이 되고 싶어했다.

　나는 그런 작은 소망을 품은 오빠가 자랑스러웠다. 남자라면 너나 할것없이 입신양명을 향해 줄달음치며, 뜬구름 잡느라고 여자들을 희생시키는 풍조에 일찍이 질려버렸기 때문이었다. 이은실 역시 오빠의 그런 소박함을 좋아했다. 나는 오빠에게 권했다. 어머니의 기대치 때문에 괴로워하지 말고 취직 시험을 보라고. 그리고 오랫동안 기다려온 이은실과 결혼하여 행복한 가정을 꾸미라고. 그러면 어머니도 어쩔 수 없을 것이다, 막내동생은 내가 맡아서 공부시킬 터이니, 오빠는 어머나나 잘 모시라고 일종의 협상 아닌 협상을 했다.

　그후 오빠는 소신대로 은행에 취직했고, 이은실과 결혼했다. 나는 올케에게 시누이들까지 책임지게 하고 싶지 않다는 명목으로, 막내동생과 함께 어머니로부터 독립하여 자취생활을 시작했다. 어머니는 다 큰 딸자식들을 내보내고 싶지 않아 극구 반대하셨지만 내 의지를 꺾을 수는 없었다. 어머니가 올케, 이은실에게 모진 시집살이를 시키는 걸 보고 함께 살며 방패가 돼주지 못해 미안하게 여기기도 했지만 독립을 후회하지는 않았다. 또한 어머니는 아직도 오빠가 고시 공부를 포기한 것을 아쉬워하시지만, 당사자들은 전혀 후회하지 않는다.

내가 자취생활을 시작하자 문일규는 별로 달가워하지 않았다. 여자가 결혼할 준비는 안 하고 독립할 궁리만 한다는 것이었다. 그러나 문일규 자신도 결혼할 준비를 서둘지는 않았다. 그 역시 집에서 권하는 고시에 떨어졌는데, 취직을 하여 경제적인 자립을 하는 대신 재도전을 하겠다고 대학원에 진학했다. 그러나 대학원에 진학한 그의 본심은 고시 공부가 목적이 아니었다. 학내에 남아 그가 깊이 빠져 있던 지하 서클을 계속하고, 학생운동을 할 후배들을 키우자는 속셈이었다.

가을이 다가오고 있었다. 소식을 뚝 끊고 있던 김영희가 갑자기 전화를 했다.

"어떻게 지내니?"

"나야 일에 파묻혀 지내지. 너야말로 별일 없니?"

데모를 하겠다던 게 걱정되어 물었다.

"응, 아무 일 없이 무사태평하다. 근데 넌 요즘 일규형이랑 잘 지내니?"

"그저 그래. 좋았다 나빴다……"

나는 지친 목소리로 대답했다.

"그래서야 되겠니? 결정적인 전기를 마련해야지…… 잘됐다. 우리 일규형이랑 등산 한번 가자. 매일 어두컴컴한 다방에서 만나 싸우느니 툭 트인 야외로 나가면 기분이 확 달라질 거야. 터놓고 대화하면 두 사람 사이도 훨씬 가까워질 거고…… 어때?"

느닷없는 제안이 이상하긴 했으나 아무려나 상관없다는 생각이 들었다.

"그래, 가자."

"그럼 이번 일요일에 북한산 입구에서 만나자."

우리는 자세한 약속을 하고 전화를 끊었다.

단풍든 나뭇가지 사이로 스며든 초가을 하늘이 맑고 차분했다. 김영희와 나, 문일규 셋은 모두 산을 많이 타보지 않은 사람들이라 짧고 가벼운 길을 골랐다. 그리고 천천히 올라가면서 한가한 얘기를 나누었다. 그러다가 문득 김영희가 진지하게 물었다.

"윤여민, 너는 꿈이 뭐니?"

나는 잠시 말문이 막혔다. 그러나 곰곰 생각한 다음 문일규가 듣기를 바라며 분명하게 대답했다.

"나는 어릴 때부터 주체적인 여성으로 독립적인 삶을 사는 게 꿈이었어."

문일규는 이상할 정도로 아무 내색도 않고 묵묵히 듣고만 있었다. 김영희가 이번에는 문일규에게 물었다.

"형은 무엇을 위해 살고 싶어요?"

문일규가 씨익 웃으면서 말했다.

"우리 교훈 있잖아? 진리, 자유, 정의…… 그것을 위해 목숨 바칠 수 있다면 더이상 바랄 게 없지. 이런 쑥스런 질문을 하는 영희 자신은 무엇 때문에 사나?"

반격을 당한 김영희는 빙그레 웃더니 심각하게 대답했다.

"저는 어릴 때부터 가난을 벗어나는 게 꿈이었어요. 그래서 성공하려고 공부를 열심히 했죠. 그러나 대학에 들어와서 가난이란 개인적인 문제가 아니고 사회적인 질곡, 즉 구조악이라는 걸 깨달았어요."

"그래서 사회 구조와 싸우기 위해 데모를 하려고 하나?"

문일규가 빈틈을 주지 않고 몰아붙였다. 김영희가 나를 힐끗 보았다. 별말을 다했구나 하는 표정이었다. 여학생 서클이 해체된 경위를 문일규에게 설명했던 적이 있는 나로서는 그 비난의 눈초리를 고스란히 감당할 수밖에 없었다. 그러나 다음 순간 김영희는 차라리 잘됐다는 듯이 터놓고 얘기했다.

"예. 데모를 하려고 하는데 형의 도움이 필요해요."

비로소 등산을 주선한 김영희의 진짜 목적이 무엇이었던가 알아챌 수 있었다. 김영희에게는 나와 문일규를 화해시키는 일보다 문일규를 데모에 끌어들이는 게 더 중요했다. 그러나 문일규는 아무 대답도 않고 발끝을 내려다보며 걷기만 했다. 김영희가 애가 타서 물었다.

"형네 서클도 오랫동안 데모할 준비를 해온 걸로 알고 있어요. 연대가 가능하지 않아요?"

말없이 걷던 문일규가 갑자기 몸을 굽히더니 발밑에서 무언가 주워들었다. 엽서보다 작은 인쇄물, 김일성을 찬양하고 박정희를 비난한 삐라였다. 나는 섬찟한 느낌이 들어 삐라를 보지도 않고 물러났다. 그러나 김영희는 호기심을 가지고 찬찬히 읽더니 접어서 품속에 간직하려 하였다. 문일규가 김영희를 말렸다.

"왜 삐라를 가지려고 하지?"

"친구들에게 보여주려고요."

김영희가 천연덕스럽게 대답했다. 문일규가 피식 웃더니 차근차근 타일렀다.

"우리 여민이처럼 레드 콤플렉스가 있어서 삐라를 보면 질겁을 하는 것도 문제지만 영희도 큰일이군. 박정희보다야 김일성이 차라리 나을지도 모르겠지만, 데모를 하겠다는 사람이 그렇게 조심성 없이 불온 선전물을 몸에 지니면 어떡허나? 그러잖아도 데모하면 영락없이 간첩으로 몰리는 시국인데……"

문일규의 충고가 그럴 듯한지 김영희는 삐라를 버렸다. 문일규는 다시 천천히 걸으면서 조심할 사항을 일러주었다.

"데모를 결심했으면 우선 일기부터 없애야 해. 놈들이 일기를 보고 추궁하면 발뺌할 도리가 없거든. 수첩도 수색당하지 않도록 조심하고. 수첩에 써놓은 친구들이 괜히 애매한 피해를 입을 수도 있으니까. 금서는 물론 갖고 있지 말아야 하고, 보통 책들도 밑줄을 긋지 말고 읽도록 해. 밑줄 그은 부분만 골라내어 트집을 잡을 수도 있으니까. 또 모의를 할 때는 사방이 막힌 방을 피하고 길거리를 걸으면서 얘기하도록 해. 그러면 차라리 엿듣지 못하니까. 남학생들끼리라면 목욕탕에서 만나 일을 꾸밀 수도 있을 텐데……"

문일규의 잔소리는 끝이 없었다. 김영희는 눈을 반짝이며 주의깊게 들었다. 그러나 나는 듣기만 해도 숨이 막혀왔다. 그렇게 생활의 제약을 받으면서 어떻게 활동을 하나 싶었다. 데모를 꾸미는 사람들이 새삼 존경스럽기까지 했다. 나는 아무래도 그런 일은 할 수 없을 것 같았다. 게다가 애초부터 뜻이 없는 일이었으므로 두 사람의 대화에서 슬그머니 빠져 뒤처져 걸어갔다.

산을 웬만큼 올랐을 때 우리는 밥을 지어먹었다. 아니나 다를까, 남자인 문일규는 손 하나 까딱하지 않고 영희와 내가 음식을 만들었다. 놀랍게도 내가 불만을 품는 것과는 달리 영희는 즐거이 요리를 만들고 일규형에게 먹으라고 권했다. 영희는 전통적인 여자의 역할을 즐기는 것 같았다. 일규형도 그러한 영희가 편한 듯 선선히 이 얘기 저 얘기를 주고받았다. 나를 대할 때처럼 빡빡하게 남자임을 내세우지도 않았고, 여자를 무시하는 발언도 하지 않았다. 아마 영희가 이미 남자로서의 자존심을 충분히 존중해 주었기 때문인지도 몰랐다. 나는 두 사람의 툭 트인 대화를 멀거니 듣고 있을 수밖에 없었다.

산을 내려오는 길에는 황홀한 노을이 지고 있었다. 김영희와 문일규는 황혼이 얼마나 아름다운지도 의식하지 못하고 얘기에 정신이 팔려 있었다. 앞서서 산길을 내려가는 두 사람의 뒷모습이 핏빛 수렁 속으로 빨려드는 것 같았다. 비장하고 처연한 아름다움이었다. 어쩌면 두 사람이 저렇게 잘 어울릴까 감탄스러웠다. 이상하게 질투는 나지 않았다. 앞서 가는 두 사람과 나 사이의 거리만큼이나 객관적이고 담담한 마음이었다. 그 담담한 마음으로 나는 결정했다.

그래, 이제 그만 헤어지자. 나는 애초부터 문일규에게 맞춰 살아 갈 여자가 아니다. 대의를 따라 사는 남자를 뒷바라지나 하는 여자가 되기를 원하지는 않았었다. 내 길을 가다가 문일규를 우연히 만났었고 사랑하면서 잠시 머뭇거렸다. 그러나 이제 다시 내 길을 가야 한다. 문일규 때문에 내 삶을 바꿀 수는 없다. 물론 많이 괴로울 것이다. 마음도 아플 것이고, 문화적인 압력과 맞서는 일도 만만치 않을 것이다. 그러나 괴로움과 관습이 두려워 헤어지지 못한다면, 술 주정뱅이 아버지와 이혼하지 못한 어머니와 별다를 바가 없다. 그래, 상처를 받자. 그리고 내가 몸담아온 가족과 문화로부터 쏟아질 비난을 극복하자. 결국 생각하는 방식도 연습하기 나름이니까……

산을 다 내려왔을 때는 결심이 굳어 있었다. 문제는 어떻게 헤어지자는 말을 꺼내느냐였다. 문일규는 김영희를 버스 정류장에서 배웅한 후 비로소 내게 돌아섰다. 할 말이 있는 눈치였다.

"우린 저녁 먹고 가자."

근처의 경양식집으로 향하며 문일규가 말했다.

"행여 여민이는 데모에 끼여들 생각도 하지 마."

의외의 다짐에 놀란 나는 끼여들 생각이 전혀 없으면서도 짐짓 되물었다.

"왜요? 형이랑 영희는 같이 할 생각 같던데요?"

"나는 남자니까 마땅히 할일을 해야지."

"영희는 여자잖아요?"

문일규가 잠시 망설이더니 나직하게 중얼거렸다.

"보호해 줄 남자가 없으니까 여자가 그런 거친 일에 뛰어드는 거야."

나는 말문이 탁 막혔다. 결국 그가 영희와 선선히 대화할 수 있었던 것은 자기 소유의 여자가 아니었기 때문이었다. 뒤집어 말하면,

그가 내게 권위적이고 까다로운 까닭은 자기 소유의 여자라서 헤게모니를 쥐고 지배하고 관리하기 위해서였다. 나는 보호자인 척하는 그의 소유욕과 지배근성에 새삼 치가 떨렸다. 웬지 그가 영희를 기만한 것 같아 분노스러웠다. 그러나 그는 자신의 따뜻한 배려를 강조하려는 듯 내 등에 팔을 얹으며 속삭였다.

"앞으로 나 때문에 형사가 찾아가더라도 놀라거나 당황하지 마. 일을 저지르면 놈들이 인간 관계부터 캐들어가니까. 애인이 아니냐고 하면 오래 전에 헤어졌다고 해. 혹시 최근에 만난 걸 알고 있으면 우연히 만났다고 둘러대. 무슨 얘기를 했냐고 물으면 시시한 일상적인 생활을 말했다고 하고, 절대 시국에 대해 언급했다는 말은 말아. 동조자로 몰릴 수도 있으니까……"

경양식집 안으로 들어서면서 문일규는 입을 다물었다. 자리를 잡고 주문을 한 뒤 내가 차분히 말을 꺼냈다.

"오랫동안 생각해 왔는데, 형, 우리 그만 헤어지는 게 어떨까요?"

"야, 그러잖아도 머리가 복잡해 미치겠다. 쓸데없는 얘기 꺼내지 마라."

문일규는 한마디로 내 제안을 무시해 버렸다. 그렇다고 잠자코 물러설 수 없었다. 나는 차근차근 얘기했다.

"형은 참 멋진 남자였어요. 나는 형이 무척 좋았어요. 그런데 우리가 성적으로 친해진 다음부터 뭔가 꼬여가기 시작했어요. 즉 종래의 평등한 관계가 아니라 지배, 종속의 관계로 바뀌었다고나 할까요? 형은 이제 나를 소유했다고 생각하고, 형 뜻대로 관리하려고 했어요. 반면에 나는 남자를 의식해서 다소곳해져야 하는 게 무척 거북했어요. 웬지 부자유스럽고 나를 잃는 것 같았어요. 다시 자유롭고 싶어요. 여자라는 사실에 얽매이지 않는 온전한 인간이 되고 싶어요."

피곤한 표정으로 문일규가 무뚝뚝하게 내뱉았다.

"별 감상적인 얘기도 다 듣겠군. 여자는 결혼을 해야 온전한 인간이 되는 거야."

"아니에요. 지금의 가부장적인 결혼제도 아래서는 여자가 인간이 되는 게 아니라 자아를 잃을 뿐이에요. 연애 시절부터 벌써 문제가 생기는데 결혼을 하면 오죽하겠어요? 나는 결혼하고 싶지 않아요. 너무 늦게 결심했지만 남성중심적인 제도의 틀에 얽매이지 않겠어요. 좀 외롭더라도 자유롭게 살고 싶어요."

문일규의 얼굴이 딱딱하게 굳어졌다.

"다른 남자가 생겼나?"

"바보 같은 소리 하지 말아요. 형은 좋은 남자였어요. 좋은 남자를 만났을 때도 해결 못한 갈등이 다른 남자를 만난다고 해결되나요? 다른 남자를 만나면 모든 것이 달라지리라는 어리석은 기대는 하지 않아요."

"그럼 뭐야? 큰일을 앞둔 나한테 투정을 부리자는 거야? 이럴 수가 있어?"

문일규가 벌컥 화를 냈다. 나는 침착하게 대답했다.

"큰일을 앞두고 있으니까 더 빨리 정리를 해야죠. 괜히 큰일에 휘말려 관계를 정리 못하면 나중에 어떤 후유증을 치를지 모르잖아요."

"내가 데모를 할 것이 두려운가?"

문일규는 점점 더 내 뜻을 이해하지 못하고 있었다. 답답하여 한숨을 몰아쉰 나는 천천히 고개를 저었다.

"데모가 두렵진 않아요. 필요하다면 할 수도 있는 일이에요. 물론 최선의 방법이라고는 생각지 않지만."

"이것도 아니고 저것도 아니면 그럼 뭐야?"

"자유롭고 싶다니까요. 그 말뜻을 몰라요?"

이번에는 내가 짜증을 냈다. 문일규가 피식 냉소했다.

"자유라는 절박한 말을 이런 일에도 쓰는가?"

"저한테는 절박하니까요."

문일규는 잠시 눈을 감았다. 그러더니 지친 소리로 중얼거렸다.

"맘대로 해. 나중에 후회하지 말고……"

간신히 협상을 한 셈이었다. 묵묵히 밥을 먹은 우리는 버스 정류장으로 향했다. 정류장에서 이게 그와의 마지막 만남이다 생각하니 마음이 착잡했다. 가까이 다가가 문일규를 한번 꼭 안아주었다.

"형, 잘 살아야 돼요. 안녕."

마침 집에 가는 버스가 도착했다. 나는 냉큼 올라탔다. 등뒤에서 문일규가 소리쳤다.

"까불지 말고 또 연락해!"

"등산을 갔다온 다음부터 뻔질나게 일규형을 만났지. 그리고 그 다음해 데모를 했어."

김영희가 생강차를 마시며 옛시절 얘기를 계속했다.

"총학생회가 해체되고 학도호국단으로 바뀐 이후, ㄱ대에서 그렇게 대대적인 데모가 일어나긴 처음이었어. 그만큼 주도면밀하게 준비를 했다는 얘기지. 남학생들과 연대하긴 했지만 여학생들이 주도한 게 저놈들의 허를 찔렀고, 데모를 성공시킬 수 있었던 요인이었어."

김영희는 그 시절을 회상만 해도 신이 나는 모양이었다. 얼굴이 환해지고 말이 빨라졌다.

"난 그때 후배들과 함께 유인물 제작을 했어. 그리고 디데이날 아침부터 학교 앞 다방 창가에 앉아 일이 터지기만 기다렸지. 작전은 빈틈없이 짜여져 있었으니까 실행만 하면 됐어. 첫번째 수업 시간이 조금 지나자 문과대 건물에서 성경숙이 학생들을 몰고 나오는 게 보였어. 이어서 장청자가 교양학부 학생들을 데리고 나왔고, 일규형이

법과대 학생들과 합세했어. 돌이켜보면 얼마나 무서운 시대였니? 보통 유인물을 뿌리면 오 분 안에 전투경찰이 출동해서 잡아갔으니까. 그런데 그 무서운 정보정치의 시대에 무려 한 시간 동안이나 시위를 한 거야. 전혀 낌새를 모르고 있던 놈들은 허둥지둥 뒤늦게야 출동했지.”

통쾌하다는 듯 김영희가 깔깔 웃었다. 나도 기분 좋게 맞장구를 쳤다.

“그때 성경숙이 개집을 부쉈다며?”

개집이란 대학 수위실 옆에 사복형사들이 주둔하던 숙소를 일컬었다. 김영희는 더욱 신이 나서 떠벌렸다.

“그래, 성경숙이 학생들을 몰고 개집으로 가서 뾰족한 구둣발로 문을 쾅쾅 찼지. 학원 사찰 중단하라고 외치면서. 형사들은 도망가고 문은 부숴지고…… 그 때문에 후에 성경숙의 죄목에 폭력범이 덧붙여졌지 뭐니?”

김영희는 흥분이 가라앉는지 다시 침울한 얼굴로 돌아왔다.

“전투경찰이 출동해서 마구 잡아가기 시작했어. 일규형은 몰매를 맞고 짐승처럼 질질 끌려갔어. 여자들은 머리채를 휘둘리고 옷이 찢기면서 잡혀갔지. 그때쯤 데모가 일단 성공했다고 판단한 나는 슬그머니 다방을 빠져나왔어. 그리고 계획대로 제이의 데모를 준비하기 위해 몸을 피했지. 생각해 보면 일규형과 성경숙들은 대단한 사람이야. 그 모진 고문을 받으면서도 내 이름을 불지 않고 수사망을 확대시키지 않았으니까. 너도 그때는 아무 조사를 받지 않았지? 사실 사건이 생기면 애인 관계부터 조사하는 게 그놈들의 습관인데도……”

나는 고개를 끄덕이며 대답했다.

“하지만 그땐 이미 일규형과 헤어진 후였어. 일규형의 애인이라고 말할 형편이 아니었지.”

김영희의 눈꼬리가 곤두섰다. 그러면서 목소리가 한 옥타브 높아졌다.

"아니야. 일규형은 그렇게 생각하지 않았어. 경찰서에서 구치소로 옮겨간 후에 네가 면회 오기를 얼마나 애타게 기다린 줄 알아? 그런데 너는 면회는커녕 재판장에도 나타나지 않았어. 그때 일규형은 만나는 사람마다 붙들고 네가 별탈 없는지 소식을 물었어. 보다 못해 내가 너를 찾아갔었지. 그리고 따졌지. 잠자리까지 같이한 사람이 이렇게 곤경에 빠졌는데 면회 한번 안 가냐? 그랬더니, 네가 하는 말이 글쎄…… 너, 지금 기억나니?"

마지못해 내가 입을 열었다.

"오늘은 옛날 얘기만 하는구나. 생각 나, 내가 했던 말…… 성은 인간 관계의 극히 일부분일 뿐이다, 그게 전부인 것처럼 착각하지 마라, 여러 가지를 깊이 생각해서 이미 헤어진 사람이다, 그랬었지."

나는 말을 멈추고 식은 커피를 마저 마셨다. 그만 자리에서 일어나고 싶었다. 그러나 김영희는 짓궂게도 회상을 중단하지 않았다.

"정말 너는 너무 냉정했어. 난 충격을 받았단다. 그리고 널 나쁜 여자로 생각했어. 애인이 곤경에 처하자 배신하는 약삭빠른 속물로. 그래서 절교를 선언했지. 그리고 솔직히 말하면 앙심을 품었단다."

나는 피식 웃었다. 영희도 따라 웃으며 새삼스런 고백을 했다.

"앙심을 품었기 때문에 그 후에 내가 잡혀갔을 때, 문일규 애인이 너라고 서슴없이 불었지. 덕분에 너, 한번 혼나지 않았니?"

나는 크게 웃을 수밖에 없었다.

"그래, 한번 혼났지. 하지만 네가 고생한 거에 비하면 아무것도 아니지, 뭐. 정말 넌 그때부터 여태까지 고생만 했어."

김영희의 잔주름을 주의깊게 보면서 위로의 말을 했다.

"글쎄, 고생은 많이 했는데 성과가 없구나."

영희가 얼굴을 손바닥으로 쓰다듬으며 한숨지었다.

"나가자. 아직 저녁 안 먹었지?"

나는 차값을 치르고 밖으로 나왔다. 우리가 만나면 늘 저녁 먹으러 가는 단골집이 있었다. 카페 '하가'에서 멀지 않은 곳에 산채와 고기를 파는 '산골'이라는 한식집이었다. '산골'을 향해 묵묵히 걸으면서 나는 김영희 때문에 혼났던 기억을 떠올리지 않을 수 없었다.

잠결에 차소리가 가까이 들려왔다. 예사로 생각하고 돌아눕는데, 누군가 대문을 세게 두드렸다. 웬지 불길한 예감이 들어 눈을 떴다. 방안이 어슴푸레했다. 도대체 몇 시쯤 되었나 시계를 보았다. 새벽 네시가 조금 지나 있었다. 대문 두드리는 소리가 계속 들렸다. 이렇게 이른 시간에 누구일까? 숨을 죽이고 가만히 있었다. 한참만에 주인집 할머니가 대문께로 나가는 소리가 들렸다. 잠시 두런거리는 말소리가 나더니 저벅저벅 구둣발 소리가 우리 방문 앞으로 다가왔다. 바싹 긴장한 나는 자리에서 벌떡 일어났다. 그 순간 유리로 된 미닫이문을 누군가 세게 밀어붙였다. 동시에 굵직한 남자 음성이 천둥처럼 울렸다.

"김영희 알지?"

"누구세요? 함부로 문을 열고……"

방문 앞에는 세 명의 건장한 남자가 버티고 있었다. 그 중의 한 명이 신분증을 내밀었다. 정보과 형사였다. 나는 재빨리 정신을 추스리고 침착하게 말했다.

"여자들이 잠옷바람으로 자고 있어요. 옷 갈아입을 시간을 주세요."

"허튼 수작 하면 알지?"

형사들은 위협을 하며 일단 문을 닫았다. 나는 깊이 잠들어 있던 동생부터 깨웠다. 그리고 영문을 몰라 어리벙벙해 하는 동생에게 빨리 옷을 갈아입으라고 재촉했다. 고등학생이었던 어린 여동생은 아무 죄가 없는데도 겁을 내며 벌벌 떨리는 손으로 옷을 갈아입었다. 그 사이, 내가 잡혀가면 오빠에게 연락할 것과 오빠보고 직장에 전화하게 해서 편집장의 양해를 구하라고 일러두었다. 나머지는 걱정할 일이 없었다. 문일규의 거듭되던 충고에 따라 일기나 금서들을 모두 없앴기 때문이었다. 게다가 데모에 관해서라면 나는 아무 일도 저지르지 않았던 것이다. 태연한 마음으로 문을 열고 밖으로 나가려고 하였다. 그러자 형사들이 우루루 방안으로 들어왔다.

"왜 이러세요?"

"잠자코 있어. 수색을 좀 해야 하니까……"

세 명의 커다란 남자들이 방안을 뒤지기 시작했다. 조그만 자취방은 홀라당 까발겨졌다. 그들은 동생과 내 물건을 가리지 않고 샅샅이 뒤졌다. 옷장, 찬장, 책상, 책꽂이들을 남김없이 털어냈다. 나와 동생은 방 한구석에 오그리고 앉아 그들이 하는 양을 우두커니 바라볼 수밖에 없었다. 갑자기 책을 뒤지던 형사가 환호성을 질렀다.

"야아, 이게 뭐야? 연애편지 아니야?"

그는 책갈피 사이에서 군사 우편이 찍힌 봉함엽서 하나를 끄집어냈다. 아차 싶었다. 문일규가 군대에 있을 때 보내온 편지 하나가 책갈피 속에서 잠자고 있던 것을 까맣게 모르고 없애지 못한 것이었다. 편지를 펼쳐서 죽 읽어 내려가던 형사가 큰 소리를 내어 낭독했다.

"저번 휴가 때는 정말 황홀했어. 매일매일 그렇게 같이 자고 싶어. 다음 휴가까지 참을 수 있을지 몰라. 야, 이거 화끈한데? 재미 많이 봤군 그래."

나는 그들의 야유보다 동생이 받을 충격이 걱정돼서 얼굴이 파랗게 질렸다. 그들은 편지를 압수한 후 더이상의 증거물을 발견하지 못하자 야비한 표정으로 나를 잡아끌었다.

"가자, 이 걸레야! 조사할 게 있어."

그들은 정말 더러운 걸레를 취급하듯 함부로 나를 끌어당겼다. 나는 간신히 신발을 꿰어신고 끌려 나갔다. 대문 밖에는 검은 승용차가 기다리고 있었다. 그들은 나를 뒷좌석 가운데로 밀어넣고 양옆에 버티고 앉았다. 기사 옆에 앉은 형사가 짧게 명령했다.

"출발!"

동생이 떠나는 차에 대고 울부짖었다.

"언니이! 어디로 가는 거야?"

어디로 가는지는 나도 알 수 없었다. 그들이 검은 끈으로 눈을 가렸기 때문이었다.

검은 끈을 풀어준 것은 여관방 비슷한 곳에 처박혔을 때였다. 아무 가구도 없는 온돌 방이었다. 덩치가 큰 남자 형사 한 명이 앉은뱅이 책상 앞에 앉아 나를 기다리고 있었다. 방 한쪽 구석에 욕실로 통하는 문이 보였다. 불안하여 엉거주춤 서 있으려니 형사가 말했다.

"앉아! 왜 잡혀왔는지 알지?"

"모르겠는데요."

나는 사실대로 대답하며 쪼그리고 앉았다. 그 순간 갑자기 양쪽 볼에 뜨겁고 매운 충격이 왔다. 형사가 느닷없이 뺨을 갈긴 것이다.

"몰라? 이 기집애가 여기가 어디라구 함부루 거짓말을 해? 씹보지에 가시방망이를 쑤셔박아야 바른 소리를 하겠어? 엉?"

한순간 형사가 무슨 말을 하는지 알아들을 수가 없었다. 뺨을 맞느라고 확 돌아간 몸을 간신히 추스린 후에야 폭력적인 쌍욕을 들었구나 하는 생각이 났다. 동시에 기선을 제압하려는 형사의 거친 행동에 주눅들지 말자고 속으로 다짐했다. 그리고는 침착하게 말했다.

"전 정말로 왜 잡혀왔는지 몰라요. 까닭을 말해 주세요."

형사는 책상을 끌어당기며 취조할 준비를 했다.

"이년이 단수가 보통이 아니네. 수작 부리지 말고 묻는 말에 정직하게 대답해. 조금이라도 허튼 소리를 하면 물벼락을 맞을 테니까."

형사는 먼저 이름과 나이, 주민등록번호, 직업, 고향 등 신상사항
을 자세히 물었다. 그 다음에는 인간 관계에 대한 질문이었다.

"지금 복역중인 문일규와는 어떤 관계지?"

"오래 전에 헤어졌습니다."

갑자기 형사가 능글능글한 웃음을 삐죽거리며 물었다.

"왜 헤어졌어? 잠자리 기술이 형편 없었나?"

이죽거리는 형사의 얼굴을 보는 순간 소름이 쫙 끼쳤다. 동시에
내 일생에 중요한 지침이 되어준 결정적인 깨달음이 가슴을 강타했
다. 그랬다. 형사의 능글능글한 얼굴은 한마디로 가진 자의 표상이었
다. 단순히 권력을 가진 자일 뿐만 아니라 사회적인 윤리나 인습에
서도 기득권을 가진 자였다. 그들은 남자들이었고 기존 관습에서 유
리한 입장에 있었다. 즉 자신들은 무슨 짓을 해도 상관없지만 여자
는 순결하고 정숙하지 않으면 안 된다고 압력을 가하는 무리들이었
다. 그들 눈에 문일규와 같이 잔 나는 이미 빵꾸난 여자로 매춘여성
과 다를 바 없었다. 나는 그들이 나를 함부로 대할지라도 기가 죽으
면 안 된다고 이를 악물었다. 내가 여지껏 판단하고 행동해 온 가치
기준은 저 징그러운 남자들의 이중윤리, 통속적 규범을 그대로 따르
는 것이 아니었다. 이제 와서 그들의 자로 내 자신을 재평가한다면
나는 봉건적 관습에 위배되는 행동을 한 죄인이 될 것이다. 그리고
그 죄책감 때문에 나의 내면적 자아는 여지없이 붕괴되고 말 것이
다. 소위 도덕이라고 말해지는, 남자들에게만 편리하게 짜여져 있는
전통적 규범을 내면화하지 말자. 그런다면 나는 설 자리를 잃고 그
들의 고문을 견디어낼 수 없을 것이다. 당당하자. 불평등한 인습에
정면으로 마주서고 주눅들지 말자. 스스로의 판단과 행동, 가치관에
자신감을 갖자!

짧은 순간이었지만 굳게 마음을 다진 나는 그후의 모욕적인 취조
를 무난히 견디어낼 수 있었다. 알고 보니 그들이 나를 취조하는 이유

는 엉뚱한 상상력 때문이었다. 제2의 데모를 준비하고 있던 김영희와 이미순이 사전에 발각되어 검거되었는데, 김영희를 신문하는 과정에서 문일규와의 관계를 의심하게 된 모양이었다. 그러자 김영희는 자신은 문일규와 아무 관계가 없고 애인이 따로 있다고 대답했다. 그러자 추리력이 뛰어난(?) 형사들은 내가 성을 무기로 문일규를 배후조종하고, 김영희도 사주해서 불법시위를 계속 일으키는 것이 아닌가 혐의를 두었던 것이다. 어처구니가 없는 일이었다. 나는 마타하리같이 대단한 여자가 아니라고 할 수밖에.

곱씹어보면 아주 사소한 혐의만 있어도 사람을 마구 불법 연행하고 취조해대는 공권력의 횡포에 새삼 분개하지 않을 수 없었다. 나는 집이나 직장에 아무 연락도 못한 채 삼일 동안이나 신문을 당했다. 잠도 못 자게 하고, 욕설을 퍼붓고, 성적 희롱을 하고, 때리고, 똑같은 말을 녹음기처럼 반복해 묻고…… 지긋지긋했다. 이것보다 훨씬 더 혹독한 고문을 견뎌냈을 성경숙, 장청자, 문일규, 김영희, 이미순 들에게 진심으로 존경심이 생겼다.

결국 삼일 만에 나는 데모 사건과 아무 관계가 없다고 결론지어졌다. 그들은 나를 풀어주면서 그 동안 취조받은 얘기를 아무에게도 발설하지 말라고 윽박질렀다. 그리고 마지막으로 물었다.

"앞으로 무얼 할 거야? 또 새로운 남자를 호리겠지? 행여나 문일규같이 골치 아픈 친구를 꼬시지는 말라구……"

그 동안 억누르고 있던 분노가 울컥 치밀어올랐다. 내 피문은 자궁을 꺼내 낄낄거리는 남자 형사의 얼굴, 폭력적인 가부장제의 권위를 후려치고 싶었다. 잠시 분노를 짓씹으며 생각을 가다듬은 나는 분명하게 얘기했다.

"저는 앞으로 남녀가 평등한 세상을 위해 일하겠어요. 봉건적 인습을 무기로 여자를 기죽게 하거나 괴롭히거나 상처를 주지 않는 세상이 올 때까지……"

당돌한 여자 다 봤다는 듯 눈을 동그랗게 치뜨는 형사를 뒤로 하고 나는 또박또박 그 정체 모를 건물을 빠져 나왔다.

김영희와 나는 저마다의 상념에 잠겨 말없이 걸었다. '산골'이라는 간판을 내건 오래된 한옥이 보였다. 우리는 대문을 넘어 방으로 들어갔다. 널찍한 앉은뱅이 식탁들이 나란히 붙어 있었으나, 시간이 늦어서인지 다른 손님은 없었다. 영희와 나는 마주보고 방석 위에 퍼질러 앉았다. 주인 아주머니가 물컵을 가져왔다.

"고기 좀 먹자."

나는 궁색한 살림의 영희를 생각해서 주물럭을 시켰다.

"네가 매번 고기를 사준 게 십 년이 넘는구나."

영희가 쓸쓸한 어조로 말했다.

"나는 직장생활을 계속했으니까 고정 수입이 있었고, 너는 운동만 했으니까 수입이 없지 않았니? 좋은 세상이 오면 네가 나한테 고기를 사주게 될 텐데, 뭐……"

내가 위로의 말을 했다.

"좋은 세상? 점점 더 요원한 얘기다. 칠팔십년대만 해도 곧 좋은 세상이 오리라는 기대 때문에 열심히 운동을 했었는데…… 체제가 바뀌면 가난한 사람들에게 최소한 십여 평짜리 조그만 아파트가 하나씩 돌아오고, 우리같이 애쓴 사람들에게는 일자리가 주어지리라 희망했었지. 그런데 사회주의 종주국은 붕괴되고 국내 정세는 점점 더 보수화되어 가니, 이젠 아무런 전망이 없다, 전망이 없어."

영희는 해소할 길 없는 분노와 절망이 담긴 목소리로 탄식했다.

"너같이 열정적인 투사가 그런 힘없는 소리를 하면 어떡하니? 이런 때일수록 기운을 내야지."

나는 상투적인 위로밖에 할 수 없었다.

"투사? 투사도 밥을 먹어야 투사 노릇을 하지. 이제 운동가들은 가장 빈한한 계층이 되어버렸어. 나이는 들고 기술은 없으니 취직을 할 수 있나, 블랙 리스트 때문에 노동자가 되어 밥벌이를 할 수 있나? 그냥 앉아서 고사하는 수밖에 없어. 운동 경력을 알아주는 직장이 있는 것도 아니고……"

앉아서 굶어죽을 수밖에 없다는 영희의 말에 더이상 아무 대답도 할 수 없었다. 어쨌거나 세상이 그나마 민주화된 데는 영희 같은 운동가들의 희생과 고난이 큰 몫을 했다. 그런데 지금 그들에게 돌아가는 것은 영광과 보상이 아니라 실업과 가난뿐이다. 이래도 되는 것일까? 안타까운 마음으로 영희를 바라보았다. 이십대의 그 활기찬 김영희는 어디로 간 것일까? 지금은 쇄락하고 메마른 중년 여인이 신세 한탄을 하고 있을 뿐이다. 어쩌면 영희가 이렇게 되기까지는 나의 책임이 전혀 없는 것도 아니라는 희미한 자책감이 들었다. 물론 영희 스스로 선택한 결혼이긴 했지만……

고기가 날라져 왔다. 나는 고기를 구우며 영희에게 먹기를 권했다. 영희는 같이 먹자고 말하면서 한점을 집어들었다. 맛있게 먹기 시작하는 영희를 보자 문득 옛생각 한토막이 떠올라 웃음이 났다. 갑자기 웃음을 터뜨리는 나를 보고 영희가 무슨 일이냐고 물었다. 나는 미소를 머금은 채 대답했다.

"너, 칠팔십년대의 소시민 중에 속으로 반체제적인 성향을 가진 사람들이 많았던 거 알지? 하늘 출판사 주간이나 편집장이 그런 사람들이었어. 남성으로서의 권위 의식에 꽉 차 있긴 했지만 시국 관련 문제에 있어서만큼은 우리에게 아주 우호적이었어. 경찰 조사를 받느라고 삼일 동안 결근을 한 후 직장에 나갔더니 주간하고 편집장이 얼마나 잘해 주던지. 사장에게 결근했다는 보고도 않고 감싸주며 위로해 주지 않겠어? 그때 고기와 술을 사주던 게 생각나서 웃음이 나왔어. 전화위복이었지. 그후에 주간이나 편집장이 가끔 밥도 사주고 기획 애기도 해주는 등 각별히 보살폈으니까……"

영희도 싱긋 웃었다.

"칠팔십년대에는 운동권에 동조적인 민주시민들이 많았지. 자신들이 정당한 저항을 하거나 민주의식을 발휘하지 못한다는 열등감을 가지고 있어서, 투사들을 보면 무조건 존경심을 표했어. 남몰래 운동가에게 밥도 사주고 술도 사주고 돈도 집어주었지. 정말 고마운 사람들이었어. 운동이 클 수 있었던 것도 그런 사람들 도움이 많았기 때문이야. 근데 요즘은……"

영희는 고개를 절레절레 내저었다.

"팔십년대 말의 민주화 투쟁이 정치적인 승리로 연결되지 못하자, 정치권에 대한 냉소뿐만 아니라 운동가들에 대한 실망이 널리 퍼졌어. 우리는 너희들 믿고 싸웠는데, 너희들은 집안 싸움이나 하고 뭐 하나는 거지."

나는 구워진 고기를 영희 앞으로 밀었다. 그러면서 옛이야기로부터 지금 상황으로 화제를 돌렸다.

"그런 정치적인 허무주의, 패배주의, 냉소, 무관심들 때문에 요즈음 사회과학 출판사들이 고전을 겪고 있어. 우리 회사도 장사가 안 돼서 아주 심각하다."

"아닌게 아니라 출판사는 모두 죽는 소리를 하더구나. 하지만 뭐니뭐니해도 운동가들처럼 타격을 입은 사람들이 없을 거야. 어디 가서도 돈을 구할 수가 없으니까……"

창백한 안색으로 중얼거리는 영희를 보며 나는 할 말을 잃었다. 하긴 장사가 안 된다는 고충은 영희의 생활고에 비하면 한결 호사스런 편이니까.

잠시 대화가 끊겼다. 조용해진 방안에는 적막만이 감돌았다. 나는 슬그머니 핸드백을 끌어당겼다. 그리고 준비해 온 봉투를 꺼냈다. 오만 원이 든 봉투였다. 영희가 불쾌하지 않도록 조심스레 봉투를 건넸다. 절교를 선언했던 영희와 관계가 재개된 이후 한 달에 한 번씩

보조해 온 후원금이었다. 영희는 저항없이 후원금을 받으며 중얼거
렸다.

"언제까지 네 신세를 져야 할지……"

"신세라니? 내가 못하는 운동을 네가 하고 있는데……"

나는 영희를 위로했다. 그러나 영희는 힘없이 고개를 저었다.

"요즈음은 운동을 하고 있는 것도 아니야. 아까도 말했지만 먹고
사는 일이 너무나 힘들어졌어. 이제는 딴 사람 신세를 질 게 아니라
돈벌이를 해야겠어. 그런데, 블랙 리스트 때문에 노동도 할 수 없고,
시댁에서 자본을 대줘서 장사를 할 수 있는 것도 아니고, 특별한 기
술이 있지도 않으니 고민이다. 자식새끼는 자꾸 커서 교육비가 필요
한데 큰일이다. 동학 교주 해월 최시형은 쫓겨다니면서도 끊임없이
일을 했고, 레닌도 항상 노동을 했다는데, 나는 이렇게 쓸모없이 밥
이나 축내고 있으니…… 뭐, 돈벌이가 없을까?"

영희의 절박한 물음에 나는 잠시 생각에 잠겼다. 그러다 반짝 떠
오르는 게 있어 물었다.

"너, 신문사 기자였잖니?"

"그렇지."

"글을 써보는 게 어떨까? 기사 쓰던 실력으로 르포 같은 걸 쓰는
거야."

"무슨 르포를 쓰겠니? 요즘 사람들은 사회문제에 아예 관심이 없
는걸."

영희는 절망에서 헤어나지를 못했다. 하긴 운동권의 르포가 잘 팔
리던 것도 옛날 얘기였다. 나는 무겁게 입을 떼었다.

"특별히 사회문제를 다룬 르포가 아니더라도 사람들의 세상 살아
가는 얘기를 쓸 수 있잖아? 우리들 주위를 차근차근 살펴보면 묵묵
히 성실하게 살아가는 보석 같은 사람들이 있어. 그들을 취재해서
잘 쓰면……"

영희가 쓰게 웃었다.

"내가 그런 얘기를 쓸 수 있을까 자신이 없다, 애."

"잘 생각해 봐."

우리는 그만 자리에서 일어섰다. 어느새 늦은 열시 반이었다. 인사동에서 종로의 버스 정류장까지 같이 걸으면서 영희가 말했다.

"나도 너처럼 결혼하지 말고 혼자 살 걸 그랬어. 독신을 선택한 네가 너무 부럽다."

"그러니?"

나는 빙그레 웃으며 반문했다. 마침 영희가 탈 버스가 왔다. 손을 흔들어 작별한 후 광화문을 향해 걷기 시작했다. 집 앞에 가는 좌석 버스가 광화문에 있기 때문이었다. 걸으면서 생각하자니 영희가 남긴 말이 마음에 걸렸다. 결혼생활이 너무 힘든 탓일까? 나를 부러워하다니…… 하긴 나도 독신을 선택한 걸 후회하진 않는다. 처절한 외로움을 감내해야 할 때도 있었지만.

홀로 서기까지

이튿날 아침은 일어나기가 힘들었다. 연이틀 늦게 귀가했더니 고단한 모양이었다. 하지만 또 지각을 할 수는 없었다. 억지로 몸을 일으켜 출근을 서둘렀다.

회사에 도착한 시간은 정각 아홉시. 편집실에는 말단 직원인 황명애만 나와 있었다. 어제 하루 열심히들 일하는 게 대견스럽더니 그새 긴장이 풀렸는지 오늘은 지각 사태였다. 어쩔 수 없는 사람들이라고 생각하며 자리에 앉아 오늘 할일을 계획했다. 오 분쯤 지나자 정영숙과 서현희가 미안한 표정으로 주춤주춤 들어왔다. 그러나 한 차장은 출근시간을 삼십 분이나 넘긴 후 나타났다. 그런데 그는 전혀 미안한 기색도 없이 오자마자 전화통부터 붙들었다.

"어, 난데, 어제 못 찾아가서 미안하다. 회사 분위기가 긴박했거던. 오늘 오후에는 기획실에 꼭 들를게."

친구가 경영한다는 기획실에 거는 전화인 모양이었다. 그런데 그
는 용건을 말한 후에도 한동안 잡담을 늘어놓았다. 이어서 몇 군데
인가 계속 전화를 걸어댔다. 기획에의 의욕이 충천한 것까지는 좋았
으나 한마디로 안하무인격이었다. 전화통을 독점하고 큰 소리로 용
건은 조금, 잡담은 많이 하는 그가 예뻐 보이지 않았다. 정영숙이 얼
굴을 찡그리고 영업부 전화를 쓰기 위해 밖으로 나갔다. 거래처와
통화를 해야 했기 때문이었다.

열시쯤 되자 사장실에서 들어오라는 연락이 왔다. 나는 편집일지
와 기획노트를 들고 자리에서 일어났다. 그때 한차장이 급히 따라
나섰다.

"부장님, 저도 들어가겠습니다. 사장님께 직접 드릴 말씀이 있어
서요."

"그러세요."

나는 한차장이 사장에게 직접 하려는 얘기가 궁금했으나 선선히
대답했다.

사장은 어제 돈 때문에 한껏 시달리고 난 후유증으로 기운이 하나
도 없어 보였다. 소파에 깊숙이 파묻힌 채 말없이 앉으라는 손짓만
했다. 한차장과 나란히 소파에 앉았다.

"한차장이 들어왔네. 무슨 할 말이 있나 보죠?"

사장이 맥없이 물었다. 한차장은 씩씩하게 대답했다.

"예, 건의할 말씀이 있습니다."

"얘기해 보세요."

사장이 나른하게 말했다. 한차장이 침을 꿀꺽 삼킨 후 입을 열었
다.

"지금 회사 형편이 아주 어렵지 않습니까? 새 책을 기획한다 해도
원고료나 인세를 지불할 수 있는 입장도 아니고……"

"그렇죠."

사장은 고개를 끄덕였다. 한차장이 목소리를 높였다.

"그래서 생각해 낸 건데, 인세나 고료가 나가지 않는 책을 만들어 보자는 겁니다."

"어떻게?"

사장이 소파에 깊숙이 파묻었던 몸을 약간 일으키며 흥미를 보였다.

"지금 시중에서는 라즈니쉬나 헤세류의 에세이가 꾸준히 잘 팔리고 있습니다. 여러 출판사에서 많은 종류가 나와 있는데, 서로 엇비슷하지요. 그 책들을 모아서 재편집을 하는 겁니다. 좋은 구절만 뽑아서 에센스로 또 한 권의 책을 만들자는 거지요."

한차장의 말을 듣는 순간 나는 가슴을 둔탁한 돌로 크게 얻어맞는 것 같았다. 해적판!이라는 용어가 떠오르며 숨이 탁 막혀왔다. 어이가 없었다. 그러나 한차장은 자신있게 건의를 계속하고 있었다.

"에세이류를 열심히 읽는 독자들의 소녀 취향에 맞는 구절들은 이십대 여직원들이 잘 뽑아낼 수 있을 겁니다. 그런 독자들과 수준이 비슷해서 공감대를 형성할 수 있으니까요. 소녀 취향의 독자들이 솔깃해 할 사랑, 고독, 이별 따위의 주제들을 선정해서, 거기에 맞는 구절들을 뽑아 한 권의 책을 엮은 다음, 제목을 아주 근사하게 붙이는 겁니다. 그런 책들은 사실 내용이 비슷하니까 제목을 어떻게 붙이냐에 따라 승부가 납니다. 아주 감동적이고 흥미를 줄 수 있는 제목이라면 틀림없이 팔립니다."

내 얼굴이 형편없이 구겨졌다. 사장은 내 안색을 흘깃 보더니 무거운 침묵을 지켰다. 한차장이 잠시 머뭇거리다가 어색한 웃음을 띠고 말했다.

"관례대로 먼저 윤부장님께 건의할까 하다가 직접 사장님께 말씀 드리는 겁니다. 틀림없이 윤부장님은 반대하시고 사장님께 말씀도 드리지 않을 것 같아서입니다. 아무래도 여자분들은 융통성보다는 원칙 위주이고 일종의 결벽증이 있지 않습니까?"

한차장은 새삼스레 내가 여자인 것까지 들먹이며 미리 반대할 가능성을 봉쇄했다. 나는 분노가 치밀었으나 사장은 빙그레 웃었다. 남자끼리의 은밀한 공범의식을 느끼는 듯한 웃음이었다. 거기에 힘을 얻었는지 한차장이 열을 올렸다.

"사실 저도 이런 기획이 비양심적이라는 걸 압니다. 하지만 지금 빈사상태에 빠진 회사를 살려낼 묘수가 없지 않습니까? 어떻게 만들든, 인세나 고료가 안 나가고, 제작비 적게 들고, 꾸준히 팔려주는 책들이 생겨서 재정을 회복시켜 준다면, 그걸 바탕으로 다시 양서 출판을 할 수 있지 않겠습니까?"

사장이 솔깃한 표정을 짓더니 물었다.

"여기저기서 뽑아 한 권씩을 만들 수 있을까요?"

한차장은 자신있게 대답했다.

"됩니다. 지금 시중에 나와 있는 헤세 책만 해도 스무 종이 넘습니다. 그 스무 종에서 한 권을 재편집하기란 식은죽 먹기입니다. 그렇게 헤세 한 권, 라즈니쉬 한 권 하는 식으로 인기 에세이 열 권만 만들어도 당장 절박한 위기는 넘길 수 있습니다."

"하긴 독약이라도 먹어야 할 판이니까……"

사장은 긍정적으로 고려하는 눈치였다. 나는 황급히 제동을 걸었다.

"아무리 위기라고 하지만 독약을 먹으면 죽습니다. 비록 형편이 어려울지라도 그 동안 우리 출판사가 공들여 쌓아온 이미지를 무너뜨릴 수는 없습니다. 잠시 곤경을 모면하기 위해 그런 책에 손 댄다면 다시는 우리 출판사 이름으로 양서를 낼 수 없게 될 겁니다."

나는 계속 말하려고 하였으나 한차장이 가로막았다.

"그 문제는 염려하실 것 없습니다. 지금 우리 출판사 이미지를 그대로 보존하도록 새로운 출판사 이름을 하나 더 등록하는 겁니다.

그리고 제가 말한 대중적인 에세이는 새 출판사 이름으로 내면 됩니다."

주도면밀하게 준비했구나 싶었다. 그러자 벌컥 화가 났다. 출판활동이 사회적으로 가치를 갖는 것은 의미있는 책을 널리 보급시킴으로써 사람살이에 공헌할 기회를 마련하기 때문이다. 해를 끼치거나 무가치한 책을 함부로 찍어낸다면 더이상 출판을 계속할 필요가 없지 않은가? 단순히 먹고살기 위해서라면 출판 아닌 다른 사업도 얼마든지 있다. 나는 극단적으로 쏘아붙이고 싶은 성질을 죽이기 위해 큰 숨을 들이쉰 후 입을 열었다. 그러나 흥분한 걸 감출 수는 없었다.

"그런 무책임한 책들을 만들 정도로 대안이 없는 것은 아닙니다. 에세이류가 잘 팔린다면 새로운 에세이를 만들면 됩니다. 구태여 베끼지 않더라도……"

사장은 내가 흥분하는 게 재밌는지 미소를 띠며 물었다.

"새로운 에세이류가 어떤 게 있겠어요?"

순간 오래 전부터 우리 회사에서 동인지를 내고 있는 여성문화운동 단체 '대안문화'가 떠올랐다. 그 단체와의 섭외는 내가 맡고 있었는데, 나는 업무적인 면을 떠나서 '대안문화'에 특별한 애정을 가지고 있었다. 따라서 책의 출판에 관계된 일 외에도 그 단체에 자주 나갔다. 한때는 '대안문화' 소모임 중의 하나인 여성학 공부방에 참석했던 적도 있었다. 여성학 공부방에서 여성운동사를 읽을 때 퍼뜩 아이디어가 떠올랐었는데, 별로 좋은 생각 같지는 않았다. 게다가 그때는 사회과학물이 잘 되던 시기여서 구태여 상업성 위주의 기획을 찾을 필요가 없었기 때문에 잊고 지냈던 아이디어였다. 나는 흥분을 가라앉히고 찬찬히 말했다.

"사랑 같은 주제가 관심을 끈다면, 세계적으로나 국내적으로 유명한 사랑 이야기를 모아 책을 만들 수도 있지요. 저명한 사상가, 정치가, 예술가, 과학자 들의 사랑을 새로 쓴다면 상업성도 있을 뿐만 아니라 유익하기도 할 겁니다. 선구적인 사람들의 사랑에서는 배울 게 많으니까요. 레닌의 사랑, 마르크스의 사랑, 쇼팽과 조르주 상드, 여성해방운동가인 월스톤크래프트와 사상가 고드윈, 사르트르와 보부아르 등은 재미있는 사랑 이야기이면서 동시에 그 시대에 변혁을 가져온 혁신적인 생활 방식이기도 했으니까요.”

사장의 눈이 반짝 빛났다. 나는 유명한 사람들의 사생활까지 들춰내야 하나 회의가 들었지만, 어차피 상업성을 노려야 한다면 한차장보다는 나은 기획이라고 생각하며 성의껏 말했다.

“물론 사르트르와 보부아르 얘기는 널리 알려져 있고 이미 책이 나왔습니다. 그러나 아직 알려지지 않았고, 알려졌더라도 제대로 전파되지 않은 사랑 이야기도 많습니다. 특히 선구적인 여성운동가들의 삶에서는 사랑의 경험이 중요한 사상적 전환을 일으킨 예를 볼 수 있습니다. 그런 얘기들을 엮는다면 구태여 베끼지 않더라도 새롭고 유익하며 상업성이 있는 책들을 만들 수가 있습니다.”

“음, 그거 괜찮군.”

사장이 소파의 팔걸이를 가볍게 치며 감탄했다.

“하지만 그런 새로운 책을 쓰려면 필자를 구해야 하고, 인세를 지불해야 하지 않습니까?”

한차장이 반격을 가했다. 나는 단호하게 못박았다.

“최소한의 기본적인 투자는 해야지요.”

“지금 그럴 시간도, 돈도 없지 않습니까?”

한차장이 반문했다. 그때 사장이 우리의 입씨름을 말렸다.

“아아, 두 사람 다 좋은 아이디어를 냈어요. 둘 다 고려해 볼 만한 안건이에요. 좀더 진전시킵시다. 윤부장은 지금 말한 아이디어를 구체적인 기획안으로 짜서 올리세요. 한차장도 현실적인 생각이니까 자료를 수집해서 추진해 봅시다. 그러잖아도 출판등록을 하나 더 내려고 했으니까……”

나는 전신에 기운이 빠졌다. 나로서는 상당히 타협적인 대안까지 제시했는데도 불구하고 기어이 해적판을 내겠단 말인가? 사장은 돈 때문에 제정신을 잃은 것 같았다. 한차장은 신이 나는지 한마디 더 했다.

“제 생각을 현실화시키려면 시간과 인력이 필요합니다. 서점을 돌아다닐 시간은 윤부장님이 주셨으니까, 서현희와 황명애를 제 앞으로 딸려주셨으면 합니다.”

“인력 배치도 윤부장과 상의해서 운용의 묘를 살리도록 하세요.”

저돌적으로 치받쳐오는 한차장의 기세를 짐짓 누그러뜨리며 사장은 내게 재량권을 넘겼다. 그리고 나를 보며 말했다.

“오늘 추리작가 김건웅씨와 저녁 약속을 했어요. 어제 회사에 왔었다며? 윤부장을 아주 잘봤던데요? 추리작가 중에서는 정상급이니까 계속 잘보여서 스포츠 신문에 연재중인 작품을 따내도록 하세요. 퇴근 후에 윤부장과 한차장이 사장실로 와서 같이 저녁을 먹으러 갑시다. 괜찮죠?”

“예.”

나는 오늘 저녁은 고달프겠구나 짐작하며 짧게 대답했다. 한차장은 저녁 약속에 초대된 것이 기쁜지 밝은 표정을 지었다. 우리는 각자 상반된 표정으로 사장실을 나왔다.

편집실에 돌아온 나는 마음이 상당히 불편했다. 출판의 역사는 위대한 책을 출판한 위대한 출판사의 역사이기도 하다. 만약 출판인이 사업을 잘 경영한다면, 출판활동을 통해 한 시대의 정신사나 문예사조를 이끌어갈 수도 있다. 그런데 위대한 책을 내기는커녕 해적판을 추진해 보라니…… 어떻게 이렇게까지 전락할 수가 있단 말인가? 차라리 출판을 관두고 말지…… 내가 이 외중에서 편집장 노릇을 계속해야 하나 회의가 들었다. 저절로 편집일을 시작하던 때의 활력이 회상되었다. 얼마나 책 만들기에 열심이었던가? 일은 손에 잡히지 않고 생각은 과거로 되돌아갔다.

1979년 여름은 텅 빈 계절이었다. 문일규와 김영희가 감옥에 갇혀 있었고, 후배들도 마찬가지였다. 한마디로, 만나서 대화할 친구가 없었다. 오빠나 이은실도 상대가 되어주지 않았다. 오빠는 내가 문일규와 헤어진 것을 납득할 수 없어했다. 오빠도 역시 남자여서 일부종사의 이데올로기를 극복하지 못하는 것 같았다. 이은실이라도 이해해 줄 줄 알았는데, 부부는 의견을 같이하는지 내 편이 되어주지 않았다. 게다가 동생은 갓 대학에 들어가서 한창 들떠 있었으므로 언니의 고충에 신경쓸 여지가 없었다. 기존의 관습에 순종적인 동생은 결혼하기 위한 간판을 따러 대학에 들어간 듯 남자 사냥에 정신이 없었다.

우리는 그 당시에 사글셋방에서 자취하면서 얼마 안 되는 내 말단 월급으로 생활을 꾸려가고, 동생의 학비를 충당했었다. 전셋방이라도 얻고 싶었지만 저축할 여력이 없었다. 김영희나 성경숙의 말처럼 가난은 의지로만 극복할 수 없는 뿌리깊은 구조악이라는 것이 실감나던 시절이었다. 그런데 동생은 아르바이트를 해서 생활에 보태는 것이 아니라 새옷 사입고 미팅하기 바빴다. 좀더 나이가 들어 안목이 생긴 다음에 남자를 사귀라고 충고했지만 아무 소용이 없었다. 워낙 나와 가치관이 달랐던 것이다.

나는 쓸쓸했다. 언제나 주변이 허전했다. 그러나 이를 악물었다. 이겨내자, 이 외로움을 이겨내야 비로소 홀로 설 수 있을 것이다. 고독을 견디지 못해 다시 남자에게 휩쓸리면 안 된다. 홀로 서자! 나는 경제적으로 자립하기 위해, 전셋방을 얻기 위한 계획을 세우고 지출을 억제했다. 그리고 편집일이 평생 직장이 될 수 있도록 배우고 공부하기를 게을리하지 않았다.

그 당시에 자주 꾸었던 꿈이 있다. 깊은 산속에서 길을 잃는 흔한 꿈이었다. 그런데 길이 없는 산속에서도 봉우리만큼은 뚜렷이 보였다. 목적지인 봉우리까지 가는 길이 문제였지, 목표는 뚜렷했던 것이다. 그런 꿈을 꾸는 주말이면 혼자서 등산을 갔다. 그리고 꿈과는 달리 확실한 산길을 타고 봉우리까지 올라갔다 하산했다. 일종의 극기였던 셈이다.

그 여름에 나는 회사에서 실력을 인정받기 시작했다. 교정 보는 솜씨가 꼼꼼하고 정확하며 매사에 성실하다는 평이었다. 교정 일의 진행은 주로 차장이 맡아했고 최종검토는 편집장이 했는데, 어느새 편집장은 내가 교정 본 부분을 검토하지 않고 넘어갈 정도로 신임을 보였다.

나는 일하는 게 즐거웠다. 차분히 자리에 앉아 꼼꼼히 교정을 보면서, 좋은 문학작품들을 누구보다도 먼저 읽을 수 있는 것이 기뻤다. 대학 때 아르바이트를 하며 멍청한 아이들을 가르치느라 속을 끓였던 것보다 편집일이 훨씬 재밌었다. 마치 열중하여 공부한 후의 뿌듯한 성취감처럼 책 한 권을 교정 보고 나면 충만한 느낌이 들었다. 편집실은 도서실 같았고, 나는 화장실 가는 시간조차 아까워하며 하루종일 교정을 보았다. 누구에게도 방해받지 않고 누구에게도 짐이 되지 않는 나의 생활과 나의 일이 그토록 소중했던 것이다.

그러나 하늘 출판사의 다른 여직원들은 나와 입장이 달랐다. 그들은 나처럼 동생을 돌보며 자취생활을 꾸려가지는 않았다. 대부분 자기 집 정도는 갖고 있는 부모 밑에서 보살핌을 받으며 잠시 직장생활을 해보는 정도였다. 따라서 그들의 최대 관심사는 일보다 결혼 문제에 있었다. 그들은 하루종일 책상에 앉아 교정 보는 일을 지루해 했으며, 한시바삐 결혼해서 직장을 관두기를 고대했다. 따라서 점심시간에 모여서 밥을 먹으면 화제는 언제나 애인 얘기, 옷 얘기, 화장품 얘기였다. 그들은 직장생활을 혼수품을 장만하기 위해 계속했

다. 그나마 직장을 가진 여자들이 이럴 바에야 취업조차 않는 부잣
집 딸들은 어떨까 싶었다.

어쨌든 그들은 나와 경쟁 상대가 되지 않았다. 나는 선임 여직원
들을 제치고 가장 일 잘하는 여직원으로 인정받았다. 오히려 나의
경쟁 상대로 떠오른 사람은 이십대 후반의 남자 차장이었다.

박차장. 그는 훤칠한 미남이었다. 대학 다닐 때 연극부 활동에 열
심이었다는 그는 PD가 되려다 실패하고 임시로 출판사에 다니고 있
는 총각이었다. 연극이나 드라마의 연출을 하고 싶은데, 집안이 어려
워서 봉급생활을 하고 있다는 그는 편집일에 근본적인 관심이 없어
서인지 일을 성글게 했다. 남자여서 차장으로 발탁되긴 했는데, 일보
다는 여직원들과 어울려 잡담하기를 더 즐겼고 재담과 유머로 인기
를 끌었다. 특히 내 후배로 들어온 최민숙에게는 우상이 되었다.

그러나 그것은 1979년 여름의 일이고, 내가 입사했던 당시에는
박차장이 퍽 잘 해주었다. 물론 나 대신 커피를 타거나 잔심부름을
하지는 않았지만 매사에 입으로나마 수고한다고 격려를 해주곤 했
다.

언젠가는 퇴근 후에 신촌에 있는 소극장에 데리고 간 적도 있었
다. 직장인들이 저녁시간에 모여서 공연 연습을 하는 모임이었다. 박
차장이 연출을 맡고 있다고 자랑스레 말했다. 나는 우두커니 연극
연습을 구경했다. 박차장이 연극을 하고 싶어하는 정열에 비해 재능
이 못 미치는 게 아닐까 하는 느낌이 들었다. 그가 연극을 하려고 하
는 이상 피나게 노력하지 않는다면 평생 좌절을 겪을 것이라는 비극
적인 생각도 들었다. 차라리 현실에 충실해서 편집일이나 제대로 하
면 좋을 텐데……

사람들과 어울려 웃고 떠들며 농담하기를 좋아하는 그는 영락없
는 호인이었다. 그러나 치밀한 주의력을 필요로 하는 편집일에서는
가끔 실수를 해서 날카로운 편집장에게 번번이 꾸중을 들었다.

그 텅 빈 여름의 어느 날이었다. 편집장은 박차장의 실수에 단단
히 화가 나 있었다. 울그락불그락하던 편집장이 새 단행본의 원고를
박차장에게 넘기는 대신 나에게 던져주었다.

"미스 윤, 교정만 보지 말고 레이아웃 좀 해봐요. 그 동안 레이아
웃된 원고를 많이 봤을 테니까 할 수 있겠죠?"

나는 얼떨결에 네 하고 대답하며 원고를 받아들었다. 박차장이 짧
은 순간 비난의 눈초리를 보냈고, 여직원들 모두가 화들짝 놀랐다.
여직원들에게는 교정 보는 일만 맡겨졌을 뿐 레이아웃을 시키지는
않았던 것이다. 박차장이 도맡아 하던 일이 갑자기 내게 넘겨져온
셈이었다.

나는 가벼운 흥분을 가라앉히며 정성껏 레이아웃을 시작했다. 책
의 판형을 결정하고 활자의 크기를 지정하며 북디자인을 해나갔다.
점심 시간에 최민숙이 같이 밥을 먹자고 했다. 별 생각 없이 함께 식
당으로 갔다.

"언니, 레이아웃 너무 잘하지 마세요."

최민숙은 어린 나이에 걸맞지 않게 짙은 화장을 한 눈에 눈물을
글썽이며 말했다.

"왜?"

나는 의아해서 물었다.

"박차장님이 불쌍하잖아요."

비로소 최민숙이 박차장을 좋아한다는 것을 알 수 있었다. 그러나
내게 다가온 기회를 그냥 보낼 수는 없었다. 아무 대답 없이 밥을 먹
고 온 나는 더욱 열심히 레이아웃을 했다.

늘 똑같은 레이아웃을 습관적으로 해온 박차장의 솜씨에 비해 새
로운 디자인을 시도한 나의 레이아웃은 단번에 편집장의 눈에 들었
다.

"잘했는데? 미스 윤은 역시 편집 감각이 있어요. 자알 했어요."

편집장이 칭찬을 아끼지 않았다. 그리고 그후로는 차장이 할일을 번번이 내게 맡겼다. 자연히 박차장은 나를 경계하기 시작했고 사사건건 트집을 잡았다. 그럴 때마다 편집장은 나를 감싸주며 인정해주었다. 나는 편집장이 고마웠고 믿음직스러웠다. 보답으로라도 더욱 열심히 일할 수밖에 없었다.

이런 와중에서 의기소침해 있는 박차장에게 유일한 위로가 되준 사람은 최민숙이었다. 최민숙은 자나깨나 박차장을 염려하며 나를 미워했다. 나는 그녀의 저항에 부딪쳐 커피 한잔도 얻어마실 수가 없었다. 차라리 잘됐다 싶어 스스로 커피를 타 마시고 잡일도 시키지 않고 내가 했다.

마침 선임 여직원 두 명이 거의 동시에 결혼을 하게 되어 퇴직을 했다. 나는 결혼 때문에 직장을 포기하는 그들을 이해할 수 없었지만, 그들은 홀가분해 하며 훌훌 떠났다. 주간과 편집장까지 포함한 편집실 전직원이 송별회를 해주던 날이었다. 회식을 하던 자리에서 최민숙이 부러운 눈초리로 꿈꾸듯 말했다.

"얼마나 좋을까? 나도 빨리 결혼하고 싶어요. 믿음직한 남편과 예쁜 아이를 갖게 되면 정말 행복할 거예요."

나는 최민숙을 멍하니 바라볼 수밖에 없었다. 정말로 결혼이 부러운 걸까? 재미 없는 빨래와 청소 및 설거지, 스스로 벌지 못하고 남편 봉급에 목매다는 의존적 생활이 불안하지도 않나? 내가 이런 생각을 하고 있을 때 편집장이 불쑥 물었다.

"미스 윤은 언제 결혼할 거예요?"

"저요?"

갑작스런 질문에 놀란 나는 고개를 저었다.

"저는 결혼할 생각이 없어요."

"왜? 애인이 있나 보던데……"

문일규 때문에 경찰 조사를 받은 사건을 염두에 두고 하는 말 같았다. 나는 다시 한번 고개를 저었다.

"저, 애인 없어요."

"하긴 미스 윤은 똑똑하고 일도 잘하지만, 여자다운 매력이 부족하니까 애인이 없을 거야."

약간 취기가 오른 편집장이 낄낄 웃으며 말했다. 여자다운 매력? 나는 어리둥절해져서 막연히 바보같이 따라 웃었다.

"큰일이군. 독신 남성에게 여자다운 매력이 없다는 소리를 듣고도 천연덕스럽게 웃기만 하니……"

주간이 나를 놀렸다. 나는 더욱 멍청해졌다. 그러고 보니 편집장은 일찍이 이혼하고 혼자 사는 독신 남성이었다. 그러나 나는 그 동안 그런 사실에 개의치 않았다. 편집장 역시 나를 여자로 본 것이 아니다. 우리는 같이 일을 해왔을 뿐이었다. 그런데 갑자기 우리가 독신 남녀라는 사실이 새롭게 거론된 것이다.

새삼스런 느낌으로 편집장 이철범을 찬찬히 살펴보았다. 중키에 메마른 몸매의 그는 날렵하고 예리하게 보였다. 문단에서도 만만치 않은 시인으로 각광을 받는 그는 매사에 빈틈이 없었다. 어디서 그렇게 수려한 시심이 나오는지 겉으로 보아서는 알 수가 없었다.

내가 멍청히 쳐다보는 것을 의식했는지 이철범이 술을 한잔 따라주었다. 술을 따르는 그의 손가락이 단아하게 보였다. 그때 주간이 물었다.

"미스 윤, 여자답지 못하다는 말이 불쾌하죠?"

"아아니요. 저는 별로 여자답고 싶지 않은데요."

나는 태연하게 받아넘겼다. 그러자 주간이 심각하고 조심스런 충고를 했다.

"내 생각에 미스 윤이 사회생활을 계속하고 진급이라도 하려면 좀더 숙녀다워져야 할 것 같아요. 학생 때처럼 청바지를 입고 다니는 건 곤란해요. 정장을 하는 직장의 분위기에 어느 정도 타협해야지, 너무 자유롭고 튀는 것도 안 좋아요.”

그날 집으로 돌아온 나는 세수를 한 후 한참 동안 거울을 들여다 보았다. 분명히 못생긴 얼굴은 아니었다. 그렇다고 예쁜 얼굴도 아니었다. 그저 이목구비가 제대로 박힌 평범한 얼굴이었는데, 내가 보기에도 눈빛이 좀 강했다. 키는 중간이었고 말랐으며, 짧게 자른 생머리에 청바지와 티셔츠 차림이었다. 여자다운 매력이 없다고? 직장인다운 품위가 모자란다고? 나는 속으로 중얼거렸다. 필요하다면 변할 수도 있지……

다음 일요일, 큰마음 먹고 이대 입구로 갔다. 그리고 얌전한 정장 투피스를 하나 샀다. 언젠가 문일규가 사준 것 같은 화려한 분홍빛이 아니라 차분하고 실용적인 회색이었다. 머리도 손질을 할까 했으나 돈도 모자랐고, 너무 갑자기 변하는 것도 쑥스러워 그만두었다.

월요일 아침에 치마를 입고 출근하자 여직원들이 환호성을 질렀다. 이제야 자기들 대열에 들어온 것을 환영한다는 뜻 같았다. 나에 대한 감정이 좋지 않은 최민숙까지도 활짝 웃음을 보여주었다. 나는 또박또박 이철범에게 다가가 물었다.

“편집장님, 저 치마 입었어요. 이젠 여자다워요?”

이철범이 놀라서 나를 힐끗 쳐다보더니 눈에 띄게 당황하며 더듬거렸다.

“응, 응. 좋아요. 음, 이제 좀 숙녀 같군.”

편집실에서는 웃음소리가 터져 나왔다. 주간실에서 무슨 일인가 싶어 문을 열었다. 주간이 나를 보더니 빙그레 웃었다.

“미스 윤, 치마 입었군. 이젠 본격적인 직장인 같아요. 잘 어울려요.”

나는 의기양양해서 자리로 돌아왔다. 이철범이 손수건을 꺼내 이마의 진땀을 닦았다. 나는 통쾌한 기분으로 흥겹게 일을 시작했다. 그리고는 이내 치마 입은 것을 잊어버렸다. 그러나 그때부터 직장여성으로서의 정장 차림이 시작되었다.

그 즈음 결혼하여 퇴직한 여직원들 대신에 신입사원들이 들어왔다. 그들에게 일을 가르치는 것은 내 역할이었다. 나는 오래 전부터 별러온 대로 신입사원들과 같이 커피를 타고 청소를 했다. 또한 선배들이 중요한 기술은 가르쳐주지 않는 것과 달리 내가 아는 만큼은 열심히 가르쳤다. 그러자 후배들이 나를 믿고 따랐다. 박차장은 점점 더 고립되어 유명무실해졌다. 나는 본의 아니게 그를 밀어내는 것 같아 마음이 편치 않았다.

여름이 다 가는 어느 날, 여직원 화장실에서 최민숙과 마주쳤다. 그녀는 즐거운 일이 있는 듯 환한 표정이었다.

"좋은 일이 있나 보죠?"

내가 먼저 인사를 건넸다.

"언니한테도 좋은 일이에요."

"뭔데요?"

나는 짐짓 궁금해 하며 물었다. 최민숙이 내 귀에다 대고 속삭였다.

"박차장님이 사표를 내셨어요. 연극 전문잡지의 차장으로 가게 됐거든요? 잘 됐죠? 평소에 하고 싶어하던 연극과 관계된 일이고, 또 출판 경력도 인정받을 수 있으니까…… 이젠 언니가 차장이 될 거예요."

최민숙은 내 귀에서 입을 떼고 크게 말했다.

"두 사람 다 잘 된 일이지 뭐예요."

그녀는 웃으며 화장실을 나갔다. 나는 잠시 생각을 모두었다. 박차장에게는 잘 된 일이다. 하늘 출판사보다는 적성에 맞을 테니까…… 그러나 나한테도 잘 된 일일까? 여지껏 하늘 출판사에서 여자가 간부가 된 적은 없었다. 과연 나를 차장으로 승진시켜 줄까?

박차장은 최민숙의 말대로 사표를 냈다. 모두가 그의 이직을 축하해 주었다. 그는 홀가분하게 떠나면서 내게 차 한잔을 샀다. 회사 부근의 촌스런 다방에서였다. 스피커에서는 혜은이의 애잔한 노래가 흘러나오고 있었다. 박차장은 모처럼 적개심을 떨쳐버린 순한 얼굴로 진지하게 말했다.

"처음에는 미스 윤을 상당히 좋아했었죠. 성실하고 진지해서…… 하지만 점차 견딜 수 없게 됐어요. 여자가 너무 강하고 야심이 많아요. 그러다간 어떤 남자도 견디지 못하고 도망가버릴 거예요."

나는 미소를 띠고 묵묵히 듣기만 했다. 그는 자신의 무능함을 경쟁 상대인 내가 여자라는 구실로 변명하고 있었다. 만약 내가 남자였다면 자신의 무능함에 가해지는 도전을 어떻게 막아냈을까? 이런 의문에 아랑곳없이 박차장은 계속 충고했다.

"편집장이 미스 윤을 상당히 좋아하는 거 같던데, 그 사람한테까지 도전하지는 마세요. 질려버릴 테니까……"

예기치 않았던 말에 나는 큰 소리로 웃음을 터뜨렸다. 그러자 박차장이 손을 내저으며 말했다.

"웃을 일이 아니에요. 미스 윤도 언젠가는 결혼해야 하잖아요? 한번 진지하게 편집장을 결혼 상대로 고려해 보세요. 겉으로는 까탈스럽지만 속은 순수한 사람이에요."

비로소 웃음을 그친 후 내가 대답했다.

"편집장은 나를 유능한 부하직원으로 인정해 주고 있을 뿐이에요. 우리는 함께 일하는 데 마음이 맞는 상하관계에 지나지 않아요. 더 이상 비약해서 생각할 필요는 없어요."

박차장의 얼굴이 순간적으로 굳어졌다. 유능한 부하직원이라는 말이 고까웠던 모양이었다. 나는 아차 싶어 입을 다물었다. 어색한 침묵이 흘렀다. 내가 천천히 그 침묵을 깨뜨렸다.

"박차장님은 적성에 맞는 일을 하시면 상당히 빛을 볼 분이에요. 새 직장이 그런 기회가 되기를 바라요."

박차장이 그제야 얼굴을 펴며 씩씩하게 다짐했다.

"열심히 해볼 생각입니다."

"기대해 볼게요."

그렇게 박차장은 떠났다. 그러나 한 달이 넘도록 차장 자리는 공석이었다. 아무 내색도 안 했으나 편집장과 주간이 나를 차장으로 추천한 눈치였고, 사장은 여자 간부 쓰기를 망설이고 있는 것 같았다. 나는 답답했으나 묵묵히 주어진 일을 하면서 결과를 기다렸다. 그 즈음 사실상의 차장 일은 모두 내가 하고 있었다.

한 달쯤 지났을 때였다. 오후에 편집실 문이 조용히 열리더니 뜻밖에 사장이 들어왔다. 키가 작달막하고 배가 불룩 나온 그는 늘 화난 듯한 표정을 짓고 다녔는데, 그날은 예외적으로 온화한 모습이었다. 직원들은 사장의 방문에 놀라서 자리에서 일어서려 했다.

"아, 괜찮아요. 앉아서 하던 일 계속하세요."

사장은 직원들의 책상을 일일히 돌아본 후 내게 다가왔다.

"요즈음 미스 윤이 레이아웃을 하고 있나?"

"예."

나는 원고에서 손을 떼며 차분히 대답했다.

"미스 윤이 레이아웃을 한 이후로 판권 모양이 자주 바뀌던데, 왜 그렇지?"

추궁하는 듯한 말투에 가슴이 떨려왔으나 침착하게 응답했다.

"판권 모양을 고정시키는 것과 변화를 주는 것에는 각각 장단점이 있다고 생각합니다. 고정된 형태일 경우 출판사의 이미지가 확고해진다는 장점은 있습니다. 하지만 편집 기술이 자꾸 새로워지는 이즈음 구태의연하고 나태하다는 인상을 줄 우려가 있습니다. 사실상 형태가 고정되어 있으면 만들기는 쉽습니다. 그러나 책의 표지가 매번 달라야 하는 것처럼 본문 디자인도 원고의 성격에 따라 새롭고 다양하게 창조돼야 합니다. 따라서 판권도 해당 책의 전체적인 디자인에 맞추어 통일성 있게 변화를 주어야 한다고 생각합니다.”

“그래? 하긴 북디자인이 매번 달라지니까 새롭긴 하던데……”

사장이 혼잣말처럼 중얼거렸다. 그리고 생각에 잠긴 눈빛으로 내 책상 위를 살피더니 휘익 돌아서서 편집실을 나갔다. 직원들은 긴장을 풀며 일제히 큰숨을 내쉬었다.

이튿날 오전, 사장 비서가 편집실로 와서 나를 불러냈다.

“사장님이 들어오시래요.”

직감적으로 기다렸던 기회가 온 것을 알았다. 큰숨을 들이쉬고 사장실로 들어갔다. 사장은 모처럼 개운한 얼굴로 주간 및 편집장과 한담을 하고 있었다. 나를 보더니 앉으라고 손짓을 했다. 나는 조심스레 소파에 앉았다.

“미스 윤, 언제 결혼할 거죠?”

사장이 대뜸 물었다.

“결혼할 계획은 없습니다.”

나는 또박또박 대답했다.

“평생 노처녀로 지낼 건가?”

사장이 고개를 갸우뚱했다. 주간과 편집장이 껄껄 웃음을 터뜨렸다. 나는 놀림감이 되는 것 같아 굴욕을 느꼈다. 결혼 여부가 이렇게 문제가 되고 남자들의 농지거리가 돼야 하다니…… 그러나 불쾌한 기색을 내비치지는 못했다.

사장이 꼬았던 다리를 풀며 정색을 했다.

“미스 윤, 주간과 편집장의 얘기를 들어보니 상당히 일을 잘한다던데…… 직책을 맡겨도 감당할 수 있겠는가?”

“예, 열심히 해보겠습니다.”

“됐어. 그럼 차장 발령을 내릴 테니 그렇게 알고 준비하게. 우리 회사에서 여자를 간부로 쓰는 일은 처음이니까 실망시키지 말고 열심히 하도록 하게.”

"감사합니다."

사장의 망설임은 그렇게 끝났다. 나는 보수적인 하늘 출판사에서 최초로 여자 차장이 되었다. 그때의 기쁨이란! 나는 책 만들기에 보람을 느꼈고, 새로운 의욕으로 가득 찼었다.

경제적 자립의 가능성이 보였던 시절. 나는 일에 대한 애정과 장래에의 희망으로 충만했었다. 열심히 일한다면 계속 승진할 수 있고 장차 편집 주간이 되어 출판문화의 발전에 일조할 수 있을 것 같았다. 머리가 희끗희끗한 여성 주간이 필자들과 어울려 획기적인 책들을 만들어낸다면 얼마나 멋있을까? 그때는 능력 있고 자신감 있는 일하는 여성으로서 늙어갈 자신에 대한 자화상이 있었다. 그런데 이제 와서 해적판이나 만들고 있어야 하다니……

오후 내내 우울해 있는 내게 한차장이 다가왔다.

"부장님, 저 서점에 나가서 에세이류 좀 긁어오겠습니다."

긁어오겠다는 표현이 가뜩이나 울적한 심사를 자극했다. 나는 한차장의 시선을 외면한 채 사무적으로 말했다.

"가서 목록만 작성해 오세요. 책을 구입하는 건 영업부에 부탁하면 훨씬 싸게 살 수 있을 테니까……"

"알겠습니다."

한차장은 신이 나서 바람을 일으키며 훌쩍 돌아서 나갔다. 나는 김 빠진 풍선처럼 쭈그러드는 마음과 함께 전신에 스며드는 무력감에 진저리를 쳤다.

퇴근시간이 가까워오자 한차장이 어김없이 돌아왔다. 그리고 서점에서 갈겨 쓴 에세이류의 목록을 내밀었다. 순간 징그러운 벌레가 옷 속으로 파고드는 것 같아 황급히 손을 내저었다.

"이제부터 이 부분의 일은 한차장 재량하에 독자적으로 추진하세요."

한차장은 그럴 줄 알았다는 듯 말없이 영업부로 나갔다. 편집장의 역할을 일부 방기할 수밖에 없었던 나는 어금니를 짓씹었다.

퇴근시간 후 나와 한차장은 약속대로 사장실로 갔다. 추리작가 김건웅이 연록색 양복으로 쫙 빼입고 앉아 있었다. 마침 그는 사장에게 무언가를 건네고 있는 중이었다. 달력처럼 돌돌 말은 종이였다.

"제가 취미로 사진을 찍는데, 최근에 잘 찍힌 사진이 있어 하나 가져왔습니다."

김건웅의 설명을 들은 사장이 고맙다는 인사를 하며 돌돌 말은 인화지를 펼쳤다. 대자연을 배경으로 여인의 나체를 적나라하게 찍은 사진이 나타났다. 사장이 잠시 웃음을 머금더니 능청스레 말했다.

"아주 잘 찍으셨는데요? 예술성이 높습니다."

"예. 사진은 순간을 포착하는 예술이지요. 모델의 몸에 가해지는 빛과 렌즈의 각도에 의해서 생명력이 좌우됩니다."

김건웅은 입술에 침을 바르며 한동안 사진에 대해 열변을 토했다. 그 얘기를 들으며 물끄러미 사진을 들여다보던 한차장이 한마디 했다.

"그런데 이 여자는 가슴이 너무 작은데요?"

"한국 여자들은 대부분 체형이 다 그래요."

김건웅이 한차장의 말을 받아서 여자의 체형에 대한 국제적인 품평을 시작했다. 사장과 한차장도 여자의 몸에 관해서는 일가견이 있다는 듯 맞장구를 쳤다. 나는 한옆에 말없이 앉아서 여성의 몸이 남자들에 의해 물건처럼 평가되는 것을 들을 수밖에 없었다. 그러자니 끈적끈적한 액체 속을 힘들게 유영하는 기분이 들었다. 남자들끼리의 걸쭉한 대화에서 주변으로 배제되어 무시당하고 있는 느낌이었다. 이럴 때는 편집장이 아니라 놀림감이 되기 쉬운 노처녀인 것이다. 나는 기죽지 않기 위해 태연히 앉아 있었다. 아니나 다를까? 김건웅이 나를 보고 농담을 던졌다.

"윤부장도 훌륭한 모델이 될 것 같아요. 어때요? 사진 한번 찍겠
어요?"

나는 전신에 소름이 끼쳤다. 그러나 내색하지 않고 대차게 되받아
쳤다.

"제가 남자 모델을 촬영하는 일이라면 할 수 있어요."

사장이 너털웃음을 터뜨리더니 자리에서 일어났다.

"그만 저녁 먹으러 갑시다. 제가 잘 아는 고깃집이 있습니다."

모두 현관으로 내려가기 시작했다. 그런데 사장이 슬그머니 빠지
더니 영업부로 들어갔다. 기다리면서 무심코 문틈을 통해 들여다보
니 사장은 경리에게 돈을 달라 하고, 경리는 돈이 없다고 울상을 지
었다. 나는 슬그머니 한숨이 나왔다. 필자를 대접할 저녁값조차 없다
니…… 잠시 후 사장이 태연한 표정을 짓고 밖으로 나왔다.

일행은 겉으로는 번듯한 사장 차를 타고 회사에서 멀지 않은 단골
고깃집으로 갔다. 분위기가 쾌적한 고급 음식점으로 사장에게는 외
상도 가능한 곳이었다. 사장은 주머니가 빈 사람답지 않게 비싼 안
심구이를 시켰다. 사장의 허세를 모르는 김건웅은 극진한 대접에 기
분이 좋은 듯 빙글빙글 웃으며 내게 말을 건넸다.

"윤부장, 스포츠 신문 문화부에서 일하는 서기자 알아요?"

"네, ㄱ대 국문과 동창이에요."

사회생활을 하다 보면 여기저기 걸리는 사람이 동창이라 무심하
게 대답했다.

"서기자가 그러는데 윤부장이 글을 쓰면 아주 잘 쓸 거라던데……
대학 때 문학상도 받고 꽤 이름을 날렸다며요?"

이름을 날리는 일에 별 애착이 없는 나는 피식 웃어버렸다.

"옛날 얘기죠."

"왜? 지금이라도 글을 써보세요. 언제까지나 편집장으로 지낼 거
예요? 등단을 하면 주간으로 승진하기가 쉬워요. 원한다면 내가 도

와줄 수도 있는데……”

내심에 깊이 묻어둔 비밀스런 희망을 건드리는 발언에 솔깃하기도 했다. 그러나 나는 현실 감각을 잃지 않았다.

“이왕이면 등단을 하고 주간으로 승진하면 더 좋겠지요. 하지만 반드시 그렇게 출세하지 않아도 저는 그럭저럭 만족스런 삶을 살고 있어요.”

김건웅이 정색을 했다.

“그렇게 주저앉으면 되나요? 결혼을 안 했으면 출세라도 해야지.”

“아휴, 전 그렇게 생각하지 않아요. 결혼을 안 해도 평범하게 살 수 있는 거죠, 뭐. 그리고 저는 대다수 한국인들의 출세주의에 질려 있어요. 출세를 못하면 사람 취급 못 받는다는 강박관념 때문에 현재의 자기 삶에 만족 못하는 풍조는 문제가 많은 것 같아요.”

나는 하마터면 흥분해서 출세주의의 문제점에 대해 장광설을 늘어놓을 뻔했다. 그러나 다음 순간 오늘 회식의 목적이 상기되었다. 그래서 김건웅을 바라보며 짐짓 부드럽게 얘기했다.

“그리고 솔직히 말하면 글을 잘 쓸 자신이 없어요. 글을 잘 쓰려면 재능도 있어야 하고 주제를 선정하는 식견도 있어야 하는데 저는 그게 모자라요. 선생님처럼 뛰어난 재능을 밑바탕으로 특이한 장르를 휘어잡고, 독특한 작품세계를 구축해 낼 자신이 없어요.”

김건웅의 얼굴에 웃음꽃이 활짝 번졌다.

“이거 내가 오늘 윤부장 덕분에 공짜 비행기를 타는데?”

“공짜 비행기가 아니죠. 추리소설 분야에서는 선생님을 따를 사람이 없잖아요?”

나는 계속 김건웅을 추켜주었다. 김건웅은 입을 다물지 못하면서도 짐짓 엄살을 부렸다.

“하긴 나도 순수문학에서 출발해서 추리소설로 진출하기까지 참으로 많은 역경을 겪었지요. 추리소설이 대중물이라고는 하지만 결코 쉬운 게 아닙니다.”

김건웅은 추리소설을 쓸 때의 피가 마르는 괴로움에 대해 주절주절 털어놓았다. 우리는 날라져온 고기와 함께 맥주를 권하며 그 얘기를 들어주었다.

“그렇게 힘들여서 쓰고 나면 또 말이 많아요. 추리소설은 제대로 된 비평가도 없는데, 괜히 이 사람 저 사람 나서서 통속물이다 왜색이다 비난을 해대면 정말 신경질나지요. 그나마 알아주는 건 독자밖에 없어요. 판매 부수가 작품의 성공을 웅변해 주는 거지요.”

사장이 기회를 놓치지 않고 물었다.

“요즈음 스포츠 신문에 연재되고 있는 작품은 독자들의 반응이 어떻습니까?”

“대단합니다. 신문사로 뻔질나게 전화를 해서 뒤의 얘기가 어떻게 되냐고 묻는답니다. 살인범이 과연 누구이냐를 놓고 독자들끼리 내기도 하나 봐요.”

김건웅은 아낌없이 자기 작품의 선전을 해댔다. 사장이 빈 잔을 채워주며 말했다.

“다음 주쯤 저희 출판사와 계약을 하시죠. 우리도 그 동안 문예물 시장을 잘 개척해 놔서 판매에는 자신이 있습니다. 광고 전략도 빈틈 없고요.”

김건웅이 슬그머니 뒤꽁무니를 뺐다.

“추리물에는 처음 손대시는 거죠? 힘드실 텐데⋯⋯”

“아니에요. 지난 몇 해 동안 꾸준히 좋은 문학작품을 발행해서 독자들에게 아주 이미지가 좋아요. 만약 우리 회사에서 추리물을 낸다면 고급 추리소설 독자들이 몰려들 거예요. 그렇게 되면 선생님 작품이 통속물 시장에서 진가를 발휘하지 못하는 경우가 없게 되고, 본격 추리문학으로 각광받을 겁니다.”

내가 나서서 설득했다. 한차장도 합세했다.

“사실 선생님 작품을 순전히 대중물로 취급하기에는 무리가 있습니다. 추리소설이면서도 강한 감동을 주는 문학성이 있거든요. 그래서 저희가 계약하자고 하는 겁니다.”

이럴 때는 한차장과 내가 한 사람인 듯 호흡이 맞았다. 우리는 작가를 계속 추켜주며 계약을 유도했다. 그러나 김건웅은 끝까지 망설였다. 내심으로 이리저리 계산을 하는 모양이었다. 나는 속으로 만부 따내기 정말 힘들구나 생각했다. 그러나 이왕 대중물에 손댈 바에야 확실한 작가를 확보해야 했다. 나는 김건웅의 빈 잔에 맥주를 따라주었다. 김건웅이 기분 좋게 건배를 했다.

“수요일 오후 다섯시에 저희 회사로 다시 한번 와주십시오. 계약 준비를 해놓겠습니다.”

사장은 아예 확약을 받으려 했다. 나는 속으로 사장이 어떻게 계약금을 마련할지 걱정되었다. 그러나 내막을 모르는 김건웅은 순순히 대답했다.

“다시 한번 방문하는 거야 어렵지 않죠. 윤부장도 보고…… 하지만 계약 문제는 그때 가서 생각합시다.”

농담을 섞어 말하면서도 끝까지 빠져나갈 구멍을 준비하는 김건웅이었다. 사장은 지쳤는지 슬그머니 자리에서 일어났다. 다음에 만날 약속을 했으므로 그만 가자는 신호였다. 우리도 따라 일어났다. 그런데 고깃집을 나왔을 때 김건웅이 나를 붙들었다.

“윤부장, 우리 이차 갑시다. 이차는 내가 한잔 사죠.”

곤란해진 나는 한차장에게 신호를 보냈다. 한차장이 눈치를 채고 따라붙으며 호기있게 말했다.

“좋습니다. 이차 갑시다. 술도 덜 마셨는데……”

사장은 이미 사라진 후였다. 우리는 부근의 맥주집으로 갔다. 생맥주를 시켜놓고 김건웅이 엉뚱한 소리를 했다.

“윤부장은 왜 아직껏 결혼을 안 했어요? 성욕이 없어요? 아니면 다른 방법으로 성욕을 풀어서 구태여 결혼할 필요가 없는 거예요?”

나는 말없이 웃으며 화제를 일로 돌렸다.

“저희 회사에서 책을 내시게 되면……”

그러나 김건웅은 내 말꼬리를 자르며 계속 엉뚱한 얘기만 했다.

“노처녀들은 전부 얌전한 척하고 있지만, 나는 여자들이 근본적으로 성욕이 없다고 생각하지 않아요. 내 소설에 나오는 여주인공들은 성욕에 매몰된 사람들이고, 내 마누라도 젊은 시절에는 굉장했어요.”

김건웅은 그새 취했는지 가정사까지 털어놨다.

“나는 젊은 시절 한때 조루증을 앓았어요. 마누라가 못견뎌 하더라구요. 그래서 어느 날 밤엔 성기 대신 맥주병으로……”

별 지저분한 말까지 다 나오고 있었다. 나는 불쾌함을 애써 참으며 사십대 남자들의 못 말릴 증상에 대해 생각했다. 점잖지만 성적 농담도 간간이 하는 기획위원 이선생이 사십대 후반이고, 외유를 하자던 인쇄소 사장도 사십대 후반이며, 지금 주정하고 있는 김건웅도 사십대 후반이다. 그들은 한결같이 사라져가는 성욕을 아쉬워하며, 마지막으로 한번 연애를 할 수 없을까 외도를 꿈꾼다. 물론 이선생은 예외지만…… 왜들 그렇게 성적 쾌락에 연연해 하는 걸까? 나는 하품이 나오려는 걸 참으며 김건웅의 주정을 들었다.

“글쎄, 그러던 마누라가 지금은 팍싹 늙어서 건드리기만 해도 귀찮다고 하니, 이거야 원 재미가 없어서……”

재미가 없다니? 늙어서 성욕으로부터 해방된다면 얼마나 자유로울까? 보다 많은 일에 관심을 가질 수도 있을 텐데…… 말초적인 쾌락에 매달리는 가엾은 중생 같으니라구…… 속으로 중얼거리며 슬그머니 시계를 보았다. 밤 열시가 넘고 있었다. 실례가 되도 할 수 없다고 생각하며 단호히 자리에서 일어났다.

“전 먼저 가겠어요. 집이 멀어서요.”

“아, 내가 집까지 바래다줄게요.”

김건웅이 비틀거리며 따라나왔다. 한차장이 그를 부축했다. 나는 비척거리는 김건웅에게 예의바르게 인사했다.

"안녕히 가세요. 수요일날 다시 봬요."

"아니야, 아니야. 내가 집까지 데려다준다구……"

김건웅이 나를 잡으려 했다. 나는 뒤도 돌아보지 않고 잽싸게 걷기 시작했다. 한차장한테는 미안했지만 그는 남자이니까 취한 김씨를 감당할 수 있을 것이다. 아, 왜 남자는 여자를 인간이 아니라 성적 대상물로만 대하고, 틈만 있으면 희롱을 하려고 할까? 도대체 여자는 언제까지 남자에게 경계심을 품어야 할까?

자정이 가까와 집에 도착한 나는 기분이 썩 좋지 않았다. 대충 씻은 후 컴퓨터 앞에 앉았다. 마음을 정리해야 잠들 수 있을 것 같았기 때문이다. 일기 디스켓을 꽂고 써내려 갔다.

오늘 나는 두 번이나 편집장으로서의 할 바를 제대로 못 해냈다. 해적판 출판을 준비하는 사장과 한차장을 강력하게 저지하지 못했고, 성적 희롱에 밀려 김건웅과의 계약 체결을 따내지 못했다. 무력감과 씁쓸함이 기분을 우울하게 한다. 그만 모든 일에서 손을 떼고 싶은 나약한 마음이 든다. 내가 왜 이럴까? 편집장으로서 홀로 서기까지 애써왔던 시절의 강인함을 기억해 내자. 그리고 해적판 출판을 강력하게 막을 수 있는 대안적 기획의 구체적 안건을 빨리 작성하자. 내일 바로 시작하자. 수요일은 기필코 김건웅과의 계약을 성사시키자. 힘내자, 윤여민!

간략한 일기를 쓴 후 화면을 다시 읽어본 나는 간신히 마음을 진정시키고 컴퓨터를 껐다. 그리고 자리에 누워서 잠들기까지 의식적으로 지난 날을 생각했다. 차장에서 편집장으로 승진할 때까지의 과정을……

새로운 만남

1979년 10월 26일. 출근하는 버스 속에서 박정희 대통령이 시해됐다는 뉴스를 들었다. 그리고 얼마 지나지 않아 문일규와 김영희 등이 감옥으로부터 해방되었다. 출옥한 다음날 문일규가 내게 전화를 걸었다. 낮았지만 힘있는 목소리였다.

"나야, 문일규. 설마 이름까지 잊은 건 아니겠지?"

나는 아무 말도 할 수 없어서 수화기를 들고만 있었다.

"한번 만나자. 꼭 하고 싶은 말이 있어."

문일규는 만날 장소와 시간을 일방적으로 정하고 전화를 끊었다. 나는 마음이 착잡했다. 차라리 약속 장소로 나가지 말까 하는 생각도 들었다. 그러나 문일규에게도 자신을 설명할 기회를 주어야 할 것 같았다. 퇴근 후에 무거운 발걸음으로 약속 장소에 갔다. 그는 군대에서 휴가 나왔을 때처럼 빡빡 민 머리로 앉아 있었다. 그러나 그때처럼 그리움과 사랑으로 가득 찬 정감어린 눈빛이 아니었다. 원망의 마음을 숨기려는 듯 차갑고 가라앉은 눈으로 그는 감정을 억제하며 무뚝뚝하게 말했다.

"치마를 입었군."

"직장생활을 하다 보니 정장을 할 필요가 있어서요."

나는 담담하게 대답했다.

"직장에는 그렇게 잘 적응하는 사람이 왜 결혼제도와는 아예 타협하려고 하지 않을까?"

문일규가 혼잣말처럼 중얼거렸다.

"결혼을 통해 사랑받기를 생존 전략으로 택한다면 더이상 독립적으로 살 수 없으니까요. 남자에게 기댐으로써 여자는 자기 실현에의 의지나 가능성을 자발적으로 포기하기 쉽거든요. 그렇게 의존적으로 살면서 비굴해지고 자기를 잃어버린 여자들을 많이 봤어요. 직장일로 생존의 독립성을 쟁취하면 적어도 손상되지 않은 자아를 유지할 수는 있잖아요?"

나는 성의껏 해명했다. 그가 담배를 피워물며 한숨처럼 말했다.

"감옥에 갇혔을 때 처음에는 여민이가 면회 올 거라고 믿었지. 뭐니뭐니해도 곤경에 빠진 나를 떠날 수 없을 거라고 자신했어. 참 목마르게 기다렸지. 그래도 끝내 나타나지 않더군. 믿을 수 없는 일이었지만 여민이가 나를 떠났다는 사실을 인정하지 않을 수 없었어."

문일규는 길게 담배 연기를 내뿜었다. 나는 묵묵히 듣기만 했다.

"도대체 내가 뭘 잘못해서 여민이가 돌아섰는지 아무리 생각해도 알 수가 없었어. 그러다가 간신히 한 가지 결론을 내렸지. 나는 남자로서 남자답게 자라온 사람이야. 남자답다는 것은 사회와 가정의 중심 인물로서 강하고 주체성 있게 살아간다는 의미지. 대부분의 여자들은 그런 남자를 따라서 보조적인 역할을 하면서 살도록 훈련받았지. 그런데 여민이는 한마디로 여자답지 않았던 거야. 보조적으로 살기에는 너무나 자의식이 강했어. 내가 내 인생의 주인공인 것처럼 여민이도 자기 인생의 주인공이 되려고 했어."

"그걸 이제야 아셨어요?"

내가 약간 웃으며 반문했다. 그러나 문일규는 웃지도 않고 심각하게 말했다.

"자기 인생의 주인공이 되려는 여민이는 매우 매력적이었지. 하지만 현실적이지는 못했어. 나는 현실적으로 두 가지 길 중에서 한 가지를 택할 수밖에 없다고 결론지었지. 내가 내 주장을 포기하고 여민이의 세계로 뛰어들거나 여민이가 자기 주장을 포기하고 내 세계로 따라오든가……"

나는 아무 반응도 보이지 않고 문일규가 하고 싶은 말을 다 하도록 내버려두었다. 그는 담배를 재떨이에 비벼 끄며 말을 계속 했다.

"물론 두 사람의 세계를 다 살려나가면서 공존하는 길이 있지 않냐고 하겠지? 김영희가 그런 말을 하더군. 하지만 그건 이상일 뿐이야. 한국적인 현실에선 여자가 남자의 길에 맞추어 살게 되어 있어. 그런데 여민이는 그걸 거부했지. 그렇다고 내가 여민이를 좇아갈 수는 없는 거고…… 안타깝지만 우리 관계가 끝났다는 걸 인정하지 않을 수 없었어."

"드디어 그걸 인정하셨군요."

내가 나지막하게 말했다. 문일규가 눈썹을 치켜뜨며 물었다.

"도대체 나와 헤어져서 그 고달프고 외로운 길을 어떻게 가려고 하는 거야?"

"가다가 쓰러지는 한이 있어도 내가 선택한 길이니까 후회하지 않을 거예요. 염려 마세요. 그보다 형은 앞으로 어떻게 하실 거예요? 복학이 가능한가요?"

나는 화제를 돌렸다. 문일규는 물을 벌컥벌컥 마시더니 힘있게 대답했다.

"가능하겠지. 안 되면 되도록 해야지."

"운동을 계속 하시려구요?"

"그럼, 민주적인 정부가 들어설 때까지 싸움을 계속 해야지."

문일규가 눈빛을 번뜩이며 힘주어 말했다. 나는 고개를 숙이며 쓴 웃음을 지었다. 그러자 그가 이상해 하며 물었다.

"왜 그래? 민주화된 세상이 오기를 원하지 않나?"

나는 고개를 들고 차근차근 대답했다.

"형은 어떤 면에서는 아주 현실적이고 어른스럽지만 어떤 점에서는 너무 순진해요. 형은 독재정치가 어느 특정 권력 집단에 의해 저질러졌고, 따라서 그 권력을 제거하면 역사가 쉽게 바로잡아질 수 있는 것처럼 행동하고 있어요. 하지만 정치권력은 커다란 빙산의 일각일 뿐이에요. 국민 대중을 얽어매어온 가치관과 행위 양식의 귀납적인 결과가 권력으로 나타나는 거죠. 따라서 전반적이고 총체적인 사회 변화가 따르지 않는 정권 교체란 진정한 민주화를 가져올 수 없을 거예요."

이번에는 문일규가 피식 웃었다.

"여민이는 너무 비관적이야. 지금 우리 사회는 밑바닥부터 중산층까지 변화하려는 열망으로 꽉 차 있어. 전반적이고 총체적인 민주화가 이룩되지 않을 수 없고 따라서 정치권력도 당연히 바뀔 거야."

"그럴까요? 사회 구석구석에 엄격한 권위주의와 비민주적인 획일성이 뿌리박고 있는데도요?"

내가 고개를 갸우뚱했으나 문일규는 자신 있게 말했다.

"두고 봐, 곧 좋은 세상이 올 거야."

대화가 끊겼다. 이미 헤어진 두 사람 사이에서는 더이상 할 말이 없었다. 문일규가 마지막 인사를 했다.

"여민이 뜻대로 살면서 행복하기를 바래."

"형도 그러길 바래요."

또다시 침묵이 흘렀다. 문일규는 자꾸 무언가 더 말하고 싶은 눈치였다. 그러나 꿀꺽 침을 삼키며 자제하더니 과감하게 자리에서 일어났다. 나도 따라서 밖으로 나왔다. 말없이 두 사람은 버스 정류장으로 걸었다. 집에 가는 버스가 왔다. 나는 문일규에게 가볍게 손을 흔들었다. 그가 입을 꾹 다물며 고개를 한번 끄덕였다. 나는 버스에 올라탔다. 버스가 출발했다. 창 밖을 보니 그가 등을 꾸부정하게 구부리고 바지 주머니에 양손을 찌른 채 터덜터덜 걸어가는 뒷모습이 보였다. 아주 쓸쓸해 보여서 나는 슬그머니 눈물을 훔쳤다.

그리고 1980년 봄이 왔다. 서울에는 연일 시위가 일어나서 최루탄 연기가 자욱했다. 나는 찔끔찔끔 눈물을 흘리며 출근해서 묵묵히 일하다가 찔끔찔끔 눈물을 흘리며 퇴근했을 뿐 데모를 하지는 않았다. 데모는 그 동안 고난받아온 민주투사들의 해방의 축제라고 생각하면서……

그러다가 저 무섭고 끔찍한 광주항쟁이 터졌다. 총칼과 피와 무고한 양민들의 죽음, 검거 사태, 그리고 강요된 침묵. 나는 아차 싶었다. 그리고 누구나 그랬듯이 무거운 죄책감과 무력감에 빠져들었다. 비록 민주화가 쉽게 이룩되리라고 예상하지는 않았지만 그렇게까지 악랄한 사태가 벌어질 줄은 몰랐던 것이다. 데모 하자고 하자고 외칠 때 무관심하게 또는 소극적으로 대처했던 소시민의 안일함이 그렇게 무시무시한 비극을 불러온 것은 아닌지 반성하지 않을 수 없었다. 몰래 돌려보는 유인물이나 처참한 주검의 사진을 보면서 분노와 죄의식으로 몸을 떨던 그 암울했던 시절. 계엄령이 내려진 거리에는 시위 주동자의 사진들이 현상 수배되어 나붙었다. 그 중에는 문일규의 사진도 있었다. 나의 마음은 한없이 무거웠다. 그러던 중 하늘 출판사에서 일이 터졌다.

하늘 출판사에서는 시집과 소설, 문학 이론서들 외에도 문학 계간지를 내고 있었다. 그런데 계엄령이 내려지고 언론 탄압이 가해지자 출판계에도 찬서리가 몰아쳤다. 『창작과 비평』, 『문학과 지성』 등 의식 있는 계간지들이 강제로 폐간되었다. 하늘 출판사의 계간지는 그 온유한 성격으로 말미암아 명맥을 보존하고는 있었으나 언제 무슨 트집을 잡힐지 긴장하지 않을 수 없었다.

어느 날 아침 사장이 편집실로 들어왔다. 그는 주간과 편집장 외에도 편집부원 전원을 모아놓고 일장 훈시를 했다.

"에, 여러분도 아시는 바와 같이 비상 시국을 맞아 출판물에 대한 검열이 심해지고 있습니다. 우리는 이와 같은 위기 상황을 슬기롭게 대처해 나가야 할 것입니다. 가급적 문제를 일으키지 않도록 원고 검토를 세밀히 하고, 만약 문제가 될 것 같은 구절이 있으면 반드시 윗사람에게 보고해 주기 바랍니다. 특히 윤차장이 레이아웃할 때 조심하고, 그외의 분들도 교정을 보면서 내용을 상세히 살펴, 불시의 사태에 대비합시다. 거듭 당부하지만 회사의 존립을 어렵게 할 문제가 일어나지 않도록 전원이 조심해 주십시오."

한마디로 자체검열을 하자는 애기였다. 미리 알아서 기어보자는 소리. 직원들은 모두 불만스런 기색이었으나 감히 내색하지는 못했다. 특히 최민숙은 턱밑까지 다가온 공포스런 상황을 실감하고 겁을 집어먹는 표정이었다.

그러는 가운데 계간지를 만들게 되었다. 주간과 편집장이 사회성이 적은 작가들을 중심으로 기획을 했기 때문에 들어온 원고들은 심심하기 짝이 없었다. 그러나 나는 사장의 특별 지시를 염두에 두고 원고를 꼼꼼히 읽은 후 조판소로 넘겼다. 원고들은 한결같이 별 문제가 없을 것 같았다. 이내 조판을 끝낸 교정지가 나왔다. 나는 여직원들에게 교정지를 나누어주었다.

조용히 시를 교정 보고 있던 최민숙이 문득 자리에서 일어나 내게 다가왔다.

"차장님, 이 시 문제가 되지 않을까요?"

박차장이 다른 직장으로 옮겨 간 후 나에 대한 태도가 확 바뀌어 매사에 친근하게 다가오는 최민숙이었다. 그러나 박차장과 곧 결혼할 것이라는 이유로 마냥 들떠 있어서 업무에는 태만했다. 나는 그녀가 모처럼 진지하게 일거리를 대하는구나 신기해 하며 가지고 온 교정지를 성의 있게 검토했다. 나이 든 시인의 '잃어버린 봄'이라는 시였다. 그 노시인은 별로 잘 쓴다고 할 수 없는 일상적인 소재의 시들을 이 잡지, 저 잡지에 끊임없이 발표해 왔다. 따라서 별로 경계심을 품지 않았던 터라 최민숙의 지적이 새삼스러웠다. 그러나 사장의 경고를 생각해서 주의 깊게 여러 번 읽어보았다.

그 시는 다 큰 자식이 중병으로 앓아 누워 있어 봄이 왔어도 봄을 느낄 수 없다는 한탄이었다. 나는 전혀 위험한 내용이 아니라고 판단했다. 그러나 최민숙이 시국을 한탄하는 시로 오해했다면 검열관들도 그럴 수 있겠다 싶었다. 쓸데없는 짓 하는 셈 치고 편집장에게 들고 갔다. 편집장은 마침 주간과 얘기를 나누고 있는 중이었다.

"무슨 일인데요, 윤차장?"

나는 문제의 시를 내보이며 혹시 오해의 소지가 없겠냐고 물어보았다. 시를 살펴본 주간과 편집장이 껄껄 웃었다.

"그 시인, 요즘 장남이 간염으로 앓고 있어서 그런 시를 쓴 거예요. 정치 상황에는 아무 관심도 없는 순수한 할아버지의 푸념이니까 염려할 거 없어요."

시인들의 동향을 잘 알고 있는 편집장이 가볍게 대답했다.

"윤차장, 요새 신경과민인가 봐. 하긴 나도 이것저것 골치 아파 죽겠으니까……"

주간이 이마를 손가락으로 누르며 교정지를 돌려주었다. 나는 머쓱해져서 자리로 돌아왔다. 그리고 최민숙을 불렀다.

"이 시인은 진짜로 아들이 아프대요. 비정치적인 신변 잡기니까 그대로 실어도 아무 일 없을 거예요."

최민숙이 알았다고 대답했다. 나는 덧붙여 중얼거렸다.

"비정치적인 사생활조차 표현할 수 없다면 그때는 글을 쓰지 말든가 책을 내지 말아야지……"

최민숙이 백치처럼 멍청하게 웃으며 제자리로 돌아갔다.

계간지는 예정대로 발행되었다. 경쟁지들이 폐간되어서 판매 부수가 부쩍 늘 것 같았으나 결과는 그 반대였다. 오히려 판매 부수가 줄어들고 있었다. 나는 내심 알맹이 없는 기획 때문이라고 생각했다. 그러나 폭압적인 상황 하에서 어떻게 더 잘할 수 있단 말인가? 살아남기만도 대단히 어려운 시절이었다.

계간지가 납본된 후 얼마 지나지 않아서였다. 사장이 아침부터 펄펄 뛰며 주간과 편집장을 찾았다. 무슨 일인가 의아했으나 묵묵히 내 할일을 했다. 그런데 잠시 후 사장 비서가 와서 나까지 불러냈다.

"윤차장님, 사장님이 오시래요."

나는 어리둥절한 채 사장실로 들어갔다. 사장은 화가 나서 새빨개진 얼굴로 나를 보자마자 버럭 소리를 질렀다.

"원고 검토를 어떻게 하고 있는 거야?"

나는 놀라서 우두커니 서 있었다. 편집장이 사장의 흥분을 가라앉히려고 애쓰며 말했다.

"윤차장은 그 시를 저에게 들고 왔었습니다. 괜찮다고 한 건 저였습니다. 책임은 저에게 있습니다. 윤차장은 아무 잘못이 없습니다."

"괜찮긴 뭐가 괜찮아요? 당장 기관에서 연락이 오지 않았어요? 내가 읽기에도 봄이 봄 같지 않다는 소리는 시국을 빗댄 게 틀림없는데……"

사장은 계속 소리를 높이며 씨근거렸다. 나는 비로소 상황이 어떻게 돌아가는지 감을 잡을 수 있었다. 사장이 편집장을 무시하며 내게 물었다.

"이 시가 이상하다고 건의했었나?"

"예."

나는 말문이 막혀서 간신히 짧게 대답했다.

"편집장이나 주간이 괜찮다 해도 내용이 이렇게 이상하면 나한테 직접 들고 와야 할 것 아냐? 요즘 같은 위기 상황에……"

사장은 관리 체계를 무시하며 말도 안 되는 어거지를 부렸다. 나는 문앞에 그대로 선 채 사장의 광분하는 모습을 지켜보았다. 내 시선이 따가운지 사장이 쓰게 내뱉었다.

"됐어. 윤차장은 그만 가봐."

나는 사장실을 나왔다. 문을 닫고 놀란 가슴을 진정시키려고 잠시 서 있자니 안에서 주간과 사장이 고함을 지르며 싸우는 소리가 새어 나왔다. 드디어 주간이 사장의 어거지를 더이상 참지 못한 것이다.

며칠 동안 주간은 기관으로 사장실로 뻔질나게 불려 다녔다. 편집장은 모든 게 자기 책임이라며 술만 마셨다. 나는 어디에랄 것 없이 울화가 치밀었다. 편집장에게 퇴근 후에 좀 만나자고 했다. 여럿이 어울려 다닌 적은 많았어도 편집장과 단 둘이 술자리를 갖기는 처음이었다. 낮술이 덜 깬 편집장은 저녁도 잘 안 먹고 곧바로 술을 마셨다. 나는 사정없이 그의 허약함을 나무랐다.

"편집장님, 요즘 너무 나약해지셨어요. 사실 우리가 잘못한 점은 아무것도 없잖아요? 기관이나 사장이 색안경을 끼고 만사를 오해하는 게 문제지. 왜 당당하게 잘못한 일이 없다고 말하지 못해요?"

편집장이 쓴웃음을 지었다.

"그건 윤차장이 내막을 잘 몰라서 하는 얘기예요. 주간과 나는 열심히 항의했어요. 필자도 정치적인 의도가 전혀 없었다고 해명했고…… 그런데도 저쪽에선 의심의 고삐를 늦추지 않아요. 내가 괴로워하는 건 이치가 도통 통하지 않는, 도무지 어떻게 해볼 수 없는 단단한 장벽 때문이에요. 저들이 무슨 구실을 내세워서라도 탄압을 하면 거기에 대응할 방법이 전혀 없어요. 산 사람이 앉은 채로 생매

장담할 수밖에 없는 숨막히는 상황이에요.”

“그래도 최소한의 저항은 할 수 있잖아요?”

나는 막무가내로 편집장을 괴롭혔다.

“어떻게? 어떤 저항을 할 수 있지요?”

편집장이 답답하다는 듯 술잔을 꽉 쥐었다. 나는 대답할 말이 없었다. 사실 나도 어떻게 저항해야 할지 알 수가 없었다. 거리로 뛰쳐나가 소리를 지를 수도 없고, 호소문이나 탄원서를 보낼 데도 없었다. 표현과 집회의 자유가 인정되지 않았고, 모든 언로가 막혀 있었다. 그것에 거역하면 투옥과 고문, 그리고 죽임을 당했다.

“차라리 책을 만들지 않는 게 어때요?”

한참만에 내가 궁색한 소리를 했다.

“그거야말로 저들이 바라고 있는 거죠.”

편집장 이철범은 차근차근 사태를 설명했다.

“사장이 제일 두려워하는 게 강제 폐간이에요. 그래서 자기가 기관 사람들보다 한술 더 떠서 펄펄 뛰는 거예요. 워낙 권력에는 약한 체질이기도 하지만…… 사장은 모든 책임을 주간한테 떠넘겼어요. 계간지를 살리는 대신 주간을 희생시키려는 거죠. 주간도 더이상 하늘 출판사에 미련이 없어요. 해고당하기 전에 사표를 쓰겠죠. 나 역시 이런 상황에서 책을 계속 만들 생각이 없어요. 주간과 함께 사표를 쓸 각오예요. 그게 우리들의 최선의 저항 방식이죠. 너무나 힘없는 방법이긴 하지만……”

편집장이 다시 한번 쓴웃음을 지었다. 나는 덜컥 가슴이 내려앉았다. 사표! 회사를 그만둔다는 것은 밥줄이 끊긴다는 얘기다.

“당장 어떻게 생활하시려구요?”

노모를 부양하는 편집장의 처지를 잘 알고 있었던 나는 절박한 생존의 문제를 물어보았다.

“살 길이 있겠죠. 편집일을 하청받아 할 수도 있고…… 당분간 쉬면서 시나 열심히 써도 좋고······”

편집장이 메마른 얼굴을 쓰다듬으며 고단한 듯 눈을 감았다. 나는 잠시 생각에 잠겼다. 나는 나름대로 내 삶을 열심히 꾸려가려 했고, 내 일에 몰두해 왔다. 그런데 번번이 공권력이 개입해 평화로운 생활을 방해했다. 그토록 시대 문제를 비껴왔는데도 이런 사태를 당하니 참을 수 없는 분노가 솟구쳤다. 터무니없는 저들의 억지가 반항심을 불러일으켰고, 저들보다 더 날뛰는 사장을 생각하면 더이상 하늘 출판사에서 일하고 싶지 않았다. 그러나 당장 수입이 끊어진다면 동생과 나는 어떻게 생존할 것인가? 우리 자매를 도와줄 사람은 아무도 없었다. 오빠도 자기 앞가름하기에 바쁠 뿐이었다. 나는 조심스레 편집장에게 물었다.

“편집 하청 일은 쉽게 구할 수 있나요?”

“얼마 전에 새로 생긴 출판사가 많아서 교정 일거리는 심심찮게 구할 수 있을 거예요. 원한다면 작은 출판사 편집장으로 취직하기는 쉬울 거고······ 먹고사는 일이야 어떻게든 되지 않겠어요?”

편집장이 태평스레 대답했다. 그러는 그가 부러웠다.

“저도 사표를 쓴다면 다른 일자리를 쉽게 구할 수 있을까요?”

잠시 망설이던 내가 물었다.

“윤차장이 왜 사표를 써요? 우리가 그만두면 윤차장이 도맡아서 일을 해야 할 텐데······”

편집장이 눈을 둥그렇게 뜨고 반문했다.

“저도 부하직원들에게 무거운 짐을 지우는 사장 밑에서 더이상 일하고 싶지 않아요. 그리고 어처구니없는 탄압에 대해 최소한의 저항은 해야겠어요. 가능하다면 편집진 전원이 집단 사표를 썼으면 좋겠어요.”

편집장 이철범은 입을 딱 벌렸다.

“엄청난 생각을 하고 있군. 쓸데없는 일이에요. 애매한 여직원들이 희생될 필요는 없어요. 주간과 나 두 사람이면 충분해요."

"하지만 근거 없는 억압에 대해서는 어떻게든 항의의 뜻을 표시해야죠."

체제에 반항적인 아버지를 그토록 싫어했던 내가, 또 정치성이 강한 문일규와 헤어지고 김영희와의 여학생 서클에서도 탈퇴했던 내가 어디에 이런 저항심이 숨어 있었나 스스로도 놀라웠다. 그러나 이번 일은 아버지나 문일규, 김영희처럼 거창한 사회 정의를 위한 싸움이 아니라 구체적으로 내가 일하고 있는 현장에서 부딪친 불의였다. 모른 척하고 눈감으며 넘어간다면 앞으로 일하기가 더욱 힘들어질지도 모른다. 나는 아버지 등의 싸움과 나의 싸움은 그 차원이 다르다고 스스로를 타일렀다. 그들이 낭만적 이상주의자들이라면 나는 구체적 현실주의자이다. 그때 편집장이 무겁게 입을 열었다.

"윤차장은 안 그런 척하면서도 사실은 저항운동을 해야 한다는 강박관념에 눌려 있는 것 같아요. 하긴 광주항쟁 이후에는 누구나 그렇겠지만……"

"강박관념이 아니에요. 미련한 곰도 자기 영역을 침범하면 화를 내는데 사람이 돼서 마냥 당하고만 있을 수는 없잖아요?"

편집장은 절레절레 고개를 흔들었다.

"총칼을 휘두르며 생목숨을 앗아간 광주항쟁 때도 아무 말을 못 했던 무력한 사람들이에요. 말은커녕 무서워서 끽 소리도 못 내는 비겁한 사람들이에요. 그런 거대한 탄압에도 내 몰라라 했던 사람들이 이런 사소한 일에 저항할 것 같아요? 집단 사표를 내고 싶다는 마음만 굴뚝 같지 모두들 아무 일도 없었던 듯 일하게 될 거예요."

편집장의 말이 맞을지도 몰랐다. 나를 제외한 여직원들 중에 누가 사표를 쓰려고 할까? 또 과연 그들에게 사표를 쓰자고 제안할 수 있을까? 한참만에 내가 또박또박 말했다.

"이번 일은 광주항쟁의 후유증일지도 몰라요. 광주항쟁에 연이은

언론 탄압 중에 출판 탄압이에요. 그리고 우리들의 편집권 침해예요. 한마디로 크게는 사회문제이고, 작게는 우리들의 권리에 대한 억압이에요. 우리들이 광주항쟁에 대해 내심으로 분개하고 있었다면 이번 출판 탄압에 대해서도 마땅히 분개해야 해요. 혹시 광주항쟁에 관심이 없었다면, 아니 그랬으면 그랬을수록 사회문제에 관심조차 없던 사람들에게 가해지는 이 권리 침해는 부당한 거예요. 크게 생각해서 광주항쟁에 항거하고 싶다면 이번 기회에 항거해야 하고, 혹시 광주항쟁에 관심조차 없었다면 더욱 억울하니까 또 달리 항의해야 해요. 어쨌든 저는 사표를 쓰겠어요. 그리고 다른 여직원들에게 넌지시 의사를 물어보겠어요. 물론 절대로 강요할 생각은 없어요. 편집장님은 이번 일에 항의해서 사표를 내는 여직원들의 사후 문제를 염려해 주세요. 다른 일자리를 알아봐 준다거나 아르바이트를 구해 준다거나……”

“집단 사표를 낸다면 기관에서 더 수상쩍게 보고 괴롭힐 텐데……”

편집장이 근심어린 얼굴로 중얼거렸다.

“그들이 실수했다는 걸 깨우쳐줘야죠.”

내가 야무지게 못을 박았다.

편집장과 헤어져 밤 늦게 집에 돌아와 보니 동생이 책을 읽다 말고 그대로 쓰러져 잠들어 있었다. 나는 베개를 받쳐주고 이불을 덮어준 뒤 안쓰럽게 내려다보았다. 어린 나이에 집안이 기울어 고생스럽게 자라온 동생이었다. 당장 생계를 위협받는다면 나만 의지하고 있는 동생은 또 어떤 고생을 하게 될까? 씻고 자리에 누웠으나 좀체로 잠이 오지 않았다. 지금과 같이 폭압적인 시국에 집단 사표를 쓰자는 건 너무 무모한 시도가 아닐까 하는 회의가 일었다. 그런가 하면 터무니없이 격분하던 사장의 얼굴이 떠오르면서 가만 있어서는 안 된다는 각오가 새로워지기도 했다. 새벽녘에야 간신히 선잠이 들었는데 악몽을 꾸었다.

나는 국민학교 저학년 어린이였다. 조그만 손에 깨진 거울조각을 움켜쥐고 앞을 노려보고 있었다. 속으로는 겁이 나서 정신을 잃을 것 같았으나 악착같이 싸워야 한다고 이를 악물었다. 내 앞에는 군복을 입은 거인이 나를 후려치려 했다. 자세히 보니 그는 사장이었다. 사장이 멧돼지처럼 씩씩거리며 덤벼들었다. 나는 있는 힘을 다해 거울조각을 휘둘렀다. 그러나 사장은 끄떡하지 않았다. 오히려 깨진 거울조각에 찔린 사람은 나였다. 나는 가슴에서 피를 철철 흘렸다.

가슴이 갈라지는 고통에 눈을 떴을 때는 평소보다 늦은 아침이었다. 깜짝 놀라 출근을 서둘렀으나 지각을 하고 말았다. 푸석푸석한 얼굴로 뒤늦게 편집실에 들어서자 여직원들이 웬일로 지각을 다했냐고 놀렸다. 나는 어색하게 웃어 보이며 말없이 자리에 앉았다. 편집장이 근심스런 눈초리로 쳐다보았으나 그 역시 아무 말도 하지 않았다.

점심시간이 되었을 때 최민숙이 다가왔다.

"윤차장님, 무슨 일이 있으세요? 얼굴빛이 안 좋아요."

"별일 없어요. 잠을 좀 못 자서 그렇지."

"어머, 윤차장님 좋은 일이 생기셨나부다. 잠을 다 설치시고……"

최민숙은 매사를 남녀상열지사와 연결시켜 공상하는 연애지상주의자였다. 나는 어쩔 수 없는 사람이라고 생각하며 피식 웃었다. 그리고 넌지시 떠보았다.

"오늘 여직원들끼리 저녁이나 같이 할까요? 내가 살게요."

"어머, 어머, 웬일이세요? 정말 좋은 일이 생기셨나부다."

최민숙이 호들갑을 떨며 기뻐했다. 다른 여직원들도 기꺼이 회식에 참여하겠다고 했다.

퇴근 후 여직원들은 회사 부근의 경양식집으로 갔다. 저녁을 먹으면서 나는 최근에 주간과 편집장이 처한 고달픈 입장을 얘기해 주었다. 그러자 최민숙이 대뜸 종알거렸다.

"내 그럴 줄 알았지. 교정 볼 때 그 시가 이상하더라니까……"

나는 울컥 화가 치밀었으나 지그시 기분을 가라앉히고 차근차근 설명했다. 그 시에는 정치적인 의도가 전혀 없으며 기관에서 잘못 해석한 것이다, 편집부 간부들은 난데없이 철퇴를 맞은 셈이다라고. 그때 가장 말단 직원인 정영숙이 눈빛을 반짝이며 물었다.

"차장님, 설혹 그 시가 정치적 의도에서 쓰여졌다 해도 검열을 하고 탄압을 하는 건 근본적으로 잘못 아녜요? 국민의 기본권인 표현의 자유를 말살하는 일이잖아요?"

한 살이라도 젊은 사람이 역시 날카로웠다. 나는 희망찬 느낌을 받았다. 기운이 났다. 주간과 편집장이 사표를 쓸 것이며 나 역시 최소한의 저항을 위해 사표까지 쓸 각오를 하고 있다고 털어놓았다. 정영숙과 다른 여직원들은 깊은 생각에 잠겼다. 나는 최민숙이 마음에 걸렸다. 그러나 최민숙은 의외의 발언을 했다.

"나야 곧 결혼할 거니까 지금 당장 사표를 써도 상관 없어요. 결혼하면 붙잡아도 관둘 거긴 하지만, 사실 여직원이 결혼한다고 쫓아내는 관례는 말도 안 돼요."

제일 우려하던 최민숙의 반응이 사표에 동조하는 쪽으로 돌아서자 한시름이 놓였다. 그래서 집단 사표를 쓸 경우 경영진에게 우리의 의사를 분명히 밝힐 수 있고, 그렇게 조직적으로 저항하면 당황한 사장이 주간과 편집장까지 포함한 전원의 사표를 반려할지도 모른다는 희망을 밝혔다. 그때 다른 직원이 비관론을 폈다.

"지금같이 경색된 시국에서는 단체행동을 해도 별 효력이 없을 거예요. 전원 해고될 뿐이지. 어쩌면 경찰에 불려다니는 번거로운 일이 일어날지도 몰라요. 겁나지는 않지만……"

정영숙이 신중하게 말을 받았다.

"저도 그렇게 예측하지만 그렇다고 가만 있을 수는 없어요. 이러면 어떨까요? 처음부터 집단 사표라는 극단적 방법을 취할 게 아니라 단계적으로 협상을 벌이는 거예요. 우선 주간과 편집장의 유임을 요구하고, 안 되면 동조 사표를 쓰는 식으로……”

의견이 분분해졌다. 우리는 일어날 수 있는 온갖 경우를 상상하면서, 또 직장생활을 해야 하는 우리의 처지를 감안하면서 열띤 토론을 벌였다. 평소에 나와 의사소통이 원활했던 직원들이었기 때문에 의견을 나누는 데는 별 어려움이 없었다. 거듭된 토의 끝에 최소한의 저항은 해야 한다는 데로 결론이 모아져갔다. 구체적인 방법으로는 우선 주간과 편집장의 유임을 요구하고, 덧붙여 편집권의 독립과 여직원의 승진 기회 부여, 결혼 퇴직제의 폐지 등을 건의하자고 결정했다. 그리고 사장이 반감을 품지 않도록 회식 자리를 마련해서 자연스레 대화하는 형식을 취하기로 했다. 그러고도 안 되면 그때는 집단 사표도 불사하기로 했다. 이제는 디 데이를 정하는 일만 남아 있었다.

그런데 이튿날 아침이 되자 예기치 않았던 사태가 벌어졌다. 출근하자마자 사장 비서가 나를 찾는 것이었다. 무슨 일인가 궁금해 하며 사장실로 불려 들어갔다. 사장은 잔뜩 찌푸린 얼굴로 나를 힐끗 보더니 대뜸 화를 냈다.

“윤차장, 정말 이러기야? 내가 윤차장을 얼마나 믿었는데…… 여자로서는 처음으로 차장 발령을 내줬고, 계간지 사건에서도 전혀 책임 추궁을 안 했잖아? 그런데 이렇게 배신을 해?”

나는 가슴이 철렁했다. 누군가 어제 회합에 대해 고자질을 했구나! 누굴까? 최민숙? 다른 직원? 아니, 그럴 리가 없다. 어제는 모두 한마음이었잖은가? 나는 어지러운 마음을 재빨리 가다듬고 침착하게 대답했다.

“저는 사장님을 배신한 적이 없습니다.”

사장이 탁자를 주먹으로 쾅 내리치며 고함을 질렀다.

“거짓말 마! 집단 사표를 쓰자고 선동한 걸 훤히 알고 있어.”

여직원들 중에 밀고자가 있었다는 건 이제 분명해졌다. 모든 것이

드러난 이상 하고 싶던 말이나 해야겠다는 생각이 들었다.

"그건 사장님께서 기관의 의례적인 간섭에 대해 지나친 반응을 보이심으로써 직원들이 더이상 믿고 따를 수 없도록 만드셨기 때문입니다. 설사 기관에서 약간의 탄압이 있다 하더라도 직원들을 감싸주시고 함께 문제를 풀어나가야 했습니다. 사장님과 회사를 위해 오랜 세월 일해온 사람들이 아닙니까?"

사장이 펄쩍 뛰었다.

"약간의 탄압이라고? 회사의 존폐 위기를 그렇게 가볍게 생각해?"

"아무리 경우 없는 정권이라 해도 그 정도로 비정치적인 시를 가지고 폐간까지 할 수는 없을 겁니다. 사장님께서 지나치게 예민하셨습니다."

사장은 흥분해서 발까지 굴렀다.

"이거 영 안되겠군. 간이 부었어, 윤차장? 지금이 어떤 시국이라고…… 그런 자세를 갖고 있었으니 이런 문제를 일으켰지. 이제 보니 그 따위 시를 읽지도 않고 실은 건 윤차장 짓이었구만 그래."

"읽었습니다. 실제로 아들이 아파서 봄을 못 느끼겠다는 얘기 아닙니까?"

사장이 탁자를 한번 더 쳤다.

"아들이 아프다는 건 광주사태 얘기고, 봄이 안 온다는 건 탄압 국면이 계속된다는 저항적인 의미가 숨어 있어. 그걸 읽을 수 없는 사람이 무슨 편집자야, 편집자가?"

나는 자리에서 벌떡 일어나고 싶은 충동을 간신히 참았다. 사장이 독기 어린 음성으로 계속 쏘아붙였다.

"어쨌든 윤차장은 여러 모로 위험한 인물이야. 나가! 우리 회사에서 썩 나가라구!"

충혈된 눈으로 소리 지르는 사장은 미친 사람 같았다. 나는 조용히 일어나 또박또박 걸어 나왔다.

결국 나는 맥없이 해고되었다. 주간과 편집장도 사표를 썼다. 말단 직원이었던 정영숙도 따라서 사직했다. 남아 있는 최민숙과 다른 직원들 중의 한 명이 밀고 전화를 했겠지만 우리는 더이상 개의치 않았다. 도무지 상대할 가치가 없는 인물이었기 때문이다.

기관에까지는 소식이 들어가지 않은 듯 별 간섭이 없었다. 이제는 생계 문제만이 남았다. 몇 푼 안 되는 퇴직금을 챙겨든 나는 불안하기 짝이 없었다. 가족에게는 다른 직장이 나서서 옮길 때까지 잠시 쉰다고 변명하였지만, 다른 직장이 언제 나설 것인가? 나는 여기저기 취직할 만한 데를 알아보고 다녔다. 주간과 편집장도 자신들의 일을 젖혀놓고 내 직장을 알아보는 데 발벗고 나섰다.

오갈 데 없이 실업자가 된 우리는 신촌 부근의 다방에서 자주 모였다. 그리고 서로를 위로했다. 생활이 불안하긴 모두가 마찬가지였으나 그래도 다른 사람들은 집이 있었다. 제일 딱한 처지는 매달 방값을 내야 하는 나였다. 그러나 초조한 기색을 보일 수는 없었다.

실업. 그것처럼 두려운 곤경이 있을까? 살아 있는 한 생존의 위기처럼 무서운 고비는 없다. 그러나 하늘 출판사를 그만둔 것을 후회하지는 않았다. 생계의 위협도 무서웠지만 비굴한 생존도 참을 수 없었으니까……

가끔 주간이 나를 보고 웃으며 말했다.

"윤차장도 이제 그만 결혼하지? 벌써 삼십을 바라보잖아? 돈벌이는 남자에게 맡기고 살림만 하면 오죽 좋아?"

나는 말없이 웃기만 했다. 사정이 어렵긴 하였으나 결혼으로 도피할 생각은 추호도 없었다. 애타게 새 직장을 갈망할 뿐이었다. 퇴직금이 떨어져갈 무렵 궁하면 통한다는 말이 맞는지 기회가 다가왔다. 편집장이 새 일자리를 알선해 준 것이다. ㄷ일보 해직 기자가 10·26 직후에 신규등록을 한 조그만 사회과학 출판사라고 했다. 편집장으

로 있던 사람이 광주항쟁 후 검거되어 데스크가 공석이라는 곳이었
다. 편집장은 나를 데리고 직접 가나 출판사로 갔다. 거기서 해직 기
자 출신인 지금의 사장을 만났다.

가나 출판사 사장은 나를 보자마자 즉석에서 채용을 결정했다. 편
집실이 비어 있으니 당장 내일부터 출근하라고 했다. 나는 속으로
안도의 긴 숨을 내쉬었다. 긴급한 생계의 문제가 해결된 것이다. 당
분간 차장으로 일하다가 능력을 보아 편집부장으로 승진시켜 주겠다
는 언질도 희망적이었다. 게다가 부하직원 한 명을 스스로 구해 오
라는 부탁은 나를 뛸 듯이 기쁘게 했다. 함께 사표를 낸 후 아직 취
직 못한 정영숙을 강력하게 추천했다. 일이 잘 풀리려면 한꺼번에
좋게 되는 모양이었다. 면접을 본 이튿날부터 나는 정영숙과 함께
가나 출판사에서 일하게 되었다.

가나 출판사 사장은 권력에 굴종적인 하늘 출판사 사장과는 정반
대로 저항적인 인물이었다. 숨도 제대로 못 쉴 만큼 폭압적인 그 시
절에 그는 용감하게 민주화를 위한 출판문화운동을 펼쳤다. 주로 양
심적인 민주인사들이나 해직 교수, 재야 정치인 들의 글을 펴냈고,
외국의 인권운동 사례도 소개하였다. 덕분에 사장은 문공부 간행물
심의실에 뻔질나게 불려 다녔고, 기관에서도 협박을 받았으나 늘 용
기 있고 당당하게 대처해 나갔다. 출판 사업을 통해 민주화에 일조
한다는 자부심이 그때의 사장을 강하고 열정적인 인물로 만들고 있
었다.

하늘 출판사보다는 형편없이 작은 신규 출판사였으나 나는 새 직
장이 마음에 들었다. 사장이 기획해 오는 뼈대 있는 원고들을 책으
로 만들면서 덩달아 뿌듯하고 보람찬 느낌을 받았다. 나도 민주화운
동에 아주 조그만 역할이나마 보태고 있다는 위안감이 들었고, 사회
변혁운동을 해야 한다는 중압감으로부터 어느 정도 해방되는 기분이
었다. 간혹 어려운 일이 생길 때도 있었으나 내게는 의논 상대가 있

었다. 하늘 출판사 시절의 편집장 이철범이 그 의논 상대였다. 그와 나는 하루에 한 번씩은 안부 전화를 주고받았고, 주말이면 어김없이 만나 대화를 나누었다.

편집장 이철범과 주간은 부하직원들을 모두 취직시킨 후에야 자신들의 일자리를 찾아갔다. 주간은 출판협회로 갔고, 이철범은 대기업의 홍보실에서 사사 편찬하는 일을 이 년 계약으로 하게 되었다. 장래가 보장되지는 않았으나 우선 쉬고 싶다는 이철범의 희망이 어느 정도 실현될 수 있는 한가한 직장이었다. 이철범은 한직에 있으면서 모처럼 장시를 쓰고 있었다. 그리고 틈틈이 문인들을 만났는데, 재미있는 모임이 있으면 나를 불러내어 같이 가는 것을 잊지 않았다. 덕분에 나는 문인들을 꽤 많이 알게 되었는데, 특히 저항적인 작가들에게 관심을 두었다. 혹시 그들의 작품을 가나 출판사에서 펴내게 될지도 모른다는 생각에서였다. 그러던 중 독특한 여성 시인 한 명을 알게 되었다.

신촌에 있는 민속주점에서였다. 젊은 남자 시인들과 어울려 술을 마시는 자리에서 유독 돋보이는 여자가 있었다. 삼십대 중반쯤 되었을까? 눈이 크고 입도 크며 턱선이 분명해서 강한 인상을 주는데다 새까만 머리를 짧게 자르고 바싹 메마른 몸매에 검은 옷을 입은 그 여자는 마치 고행하는 수도승처럼 보였다. 그녀는 카랑카랑한 목소리로 광주항쟁에 대해 얘기했다. 남자들은 누가 들을까봐 겁을 내는 눈치였으나 그 여자는 눈 하나 까딱 않고 전두환은 양민을 학살한 살인마라고 공언했다. 지금이야 누구나 다 아는 사실이지만 그 당시에는 광주항쟁의 진상을 얘기하면 유언비어 살포죄로 잡혀가기 십상이었다. 나는 그 용감한 여자를 감탄의 눈빛으로 바라보았다. 그러나 겁을 집어먹은 한 남성 시인이 화제를 바꾸려고 하였다.

"아, 우리 살벌한 얘기는 그만합시다. 그건 그렇고 누나는 언제 시집갈 거요?"

엉뚱한 질문을 받은 그 여자는 김이 빠지는지 아무 소리도 않고 술을 한 모금 마셨다. 그러자 그 주책맞은 남자가 거듭 말했다.

"누나도 이제 사십대가 멀지 않은데 더 늦기 전에 결혼해야지요."

그 여자가 지루하다는 표정을 지으며 되물었다.

"꼭 결혼을 해야 되는 거야? 할 수도 있고 안 할 수도 있지."

"아니, 그러면 누나는 아예 결혼을 안 하겠다는 거요?"

남자들은 말도 안 되는 소리라는 듯 펄쩍 뛰었다.

"독신을 선택할 수 있는 권리도 있지, 뭐. 남자 없이도 얼마든지 행복할 수 있어."

그 여자는 더이상 이런 화제를 거론하기 싫다는 듯 매몰차게 내뱉으며 담배를 피워물었다. 그 순간 내 마음 속에는 '독신을 선택할 수 있는 권리'라는 말과 '남자 없이도 행복할 수 있다'는 자신만만한 소리가 폭포처럼 힘있게 와 닿았다. 나도 모르는 새 술병을 들어 그녀의 빈 잔을 채워주었다. 그녀가 눈빛을 부드럽게 누그러뜨리며 나를 보고 웃었다. 그때 여자들끼리만 통하는 어떤 전류에 휘감기는 느낌이 들었다.

"출판사 편집차장이라고 했죠?"

그녀가 따뜻하게 물었다. 나는 웃으며 고개를 끄덕였다.

"나는 아카데미 출판 간사로 일하고 있어요."

그녀가 자신을 소개했다. 그제야 그녀의 이름이 김성애라는 것을 알았다. 그러나 남자들이 여자들끼리 얘기하는 걸 방해했기 때문에 우리의 대화는 금방 끊겼다. 하지만 그후 오래도록 김성애는 나에게 강한 인상을 남겨놓았다. 그래서 간혹 우리 출판사에서 좋은 책이 나오면 그녀에게 기증본을 보냈다. 김성애도 자신의 시집을 한 권 내게 보내주었다.

점차 나는 훌륭한 작품을 쓰는 문인들의 책을 만들고 싶어졌다. 이철범에게 그런 마음을 털어놓았더니 서슴지 말고 사장에게 건의해

보라고 충고했다. 나는 조심스레 사장에게 기획 건의를 했다. 정치물이나 사회과학물에 주력하고 있던 사장은 문학에 별 관심이 없었으나 내 의견을 소홀히 듣지는 않았다. 시험삼아 문학물도 몇 권 내보자고 선선히 대답했다. 드디어 내가 기획에 참여하게 된 것이다! 나는 퇴근 후 열심히 뛰어다니며 문인들을 만났다. 그리고 확실히 팔릴 작품들을 신중하게 섭외했다. 이때 경험이 많은 이철범의 조언이 큰 도움이 되었다. 그 결과 내가 기획한 책들이 팔리기 시작했다. 만족한 사장은 나를 차장에서 부장으로 승진시켰다. 내 나이 서른한 살 되던 때의 일이었다.

승진하던 날, 나는 이철범과 함께 술을 마셨다.

"이제 나도 편집장이 됐어요, 편집장님."

"편집장이 편집장한테 편집장님이라고 부르니까 이상한데? 그냥 형이라 그러지."

"그러죠, 뭐."

이철범은 이제 삼십대를 벗어나고 있었다. 그래서인지 그는 별렀던 것처럼 얘기했다.

"나는 그 동안 써온 장시가 시집으로 나와서 좋은 평판을 받았고, 여민이는 드디어 편집부장으로 승진했으니 올해는 좋은 일투성이군. 우리 이럴 때 확 결혼해 버릴까?"

화통한 농담처럼 말하며 은근히 청혼을 해왔다. 나는 술잔을 잡은 그의 기다란 손이 약간 떨리는 것을 놓치지 않았다. 긴장하고 있구나 느끼는 동시에 그가 늘 술잔을 잡고 있었다는 새삼스런 깨달음이 왔다. 오랫동안 만나왔지만 특별히 의식하지는 못했었는데, 하필 청혼을 받는 순간 그가 항상 술을 마시고 있었다는 생각이 든 것이다. 나는 잠시 침묵을 지키다 웃으며 말했다.

"형, 나에게는 대학에 다니는 동생이 있어요. 당장 결혼할 수 있는 입장이 아니라는 걸 잘 아시잖아요?"

"나한테도 노모가 있어. 우리 어머니와 나, 여민이와 여민이 동생 모두 한집에서 살면 안 돼? 우리 둘이 벌어서 넷이 함께 못 살까?"

이철범이 술잔을 입에 가져가며 말했다.

"그럴 수도 있죠. 우리 사장이 결혼했다고 쫓아낼 사람은 아니니까……"

"그럼 모든 문제가 해결됐군. 결혼하는 일만 남았지."

이철범은 빈 잔에 스스로 술을 따르며 활짝 웃었다. 내가 조심스레 물었다.

"형, 왜 언제나 술을 마시세요?"

갑자기 이철범의 안색이 하얗게 질렸다.

"그럼, 내가 술을 많이 마셔서 결혼 못 하겠다는 건가?"

이철범이 너무나 예민하게 반응했기 때문에 당황한 나는 엉겁결에 손을 내저었다.

"아니, 아니에요. 그런 뜻은 아니고 단지 궁금해서 물어봤을 뿐이에요."

이철범은 단숨에 술을 들이킨 후 술잔을 소리나게 탁 놓았다. 그리고 담배를 피워물며 흥분을 가라앉혔다. 한참만에야 그는 평정을 되찾은 듯 평소의 자상한 태도로 돌아와 친절하게 설명했다.

"여민이는 어려운 일이 있거나 외롭거나 마음이 약해질 때 무엇을 찾지?"

"그야 형을 만나서 조언을 듣죠."

나는 약간 아첨을 했다. 이철범이 피식 웃으며 말했다.

"마찬가지야. 나는 사람에게 의지하는 대신 술을 찾는 것뿐이야. 여민이가 내게 묻는 것처럼 술에게 묻고 대답을 얻지."

"왜 사람끼리 기대지 않고 술에 의존하죠?"

이철범이 메마른 얼굴을 두 손으로 쓸어내리며 쓴웃음을 지었다.

"여민이는 여자야. 남들을 찾아가서 자신의 모자라는 점이나 허한

면을 드러내도 흉이 안 되지. 오히려 보호를 받고 사랑을 얻을 수도 있어. 하지만 난 남자야. 사람들에게 약하게 보이면 치명적인 결함이 되지. 남자답지 못하다고 웃음거리밖에 안 돼. 그러니까 사람을 찾아 솔직하게 대면하는 대신 술로 위안을 삼는 거야. 남자답다는 건 고독한 거지.”

이철범의 대답을 듣는 순간 달리는 자동차에 머리를 치받친 느낌이 들었다. 멍했다. 한참만에야 그렇구나 하는 탄식이 나왔다. 나는 여자라는 조건 때문에 불리한 입장에서 살아왔고 늘 그것을 억울하게 생각했다. 그런데 남자도 어떤 면에서는 보이지 않는 억압을 받고 있었던 것이다. 도대체 무엇을 위한 남녀 차별인가? 남자다움과 여자다움을 가르는 일은 누구에게도 도움이 되지 않는다. 남녀는 진짜로 해방돼야 한다. 나는 힘주어 말했다.

“남자라고 해서 꼭 강해야 하고, 여자라고 해서 나약함이 용납된다는 건 터무니없는 모순이에요.”

“모순이지. 하지만 그게 현실인걸?”

이철범은 또 술을 마셨다. 늘 현명한 조언을 해주던 분별력 있고, 든든하며, 성숙한 어른인 그가 내심의 나약함을 숨기기 위해 그토록 애써왔다는 걸 눈물겹게 생각하지 않을 수 없었다.

“형, 이제부터는 술에게 기대지 말고 나한테 얘기해요. 형이 내게 해준 만큼 나도 의논 상대가 되어드릴 테니까요.”

나는 술병을 치우며 다짐했다. 이철범이 말없이 씨익 웃었다.

과연 결혼을 해야 할까? 나는 고민 속에 빠져들었다. 늘 술을 마시던 아버지가 떠올랐다. 아버지도 자신의 나약함과 외로움을 감추려고 술을 마시고, 짐짓 남자다운 척하려고 그토록 광폭하게 가부장의 권력을 휘둘렀던 것일까? 또 어머니는 왜 아버지의 술주정을 제어하지 못하고 무력하게 당하기만 했을까? 가부장의 절대권력에 간섭하는 일은 여자답지 못하다고 주입받아 왔기 때문일까? 어쨌든 나는 결코 부모의 결혼생활을 그대로 답습할 수는 없다. 내가 만약 결혼을 한다면, 경제적 자립을 위한 직장생활을 계속할 것이고, 술에 취해 사는 남자를 택하지는 않을 것이다. 그러나 이철범은 늘 술을 마시지 않는가? 참으로 좋은 사람이지만 나로서는 맞닥뜨리고 싶지 않은 점을 가지고 있다.

하지만 그가 술을 자제하기 시작한다면? 어쩌면 오빠처럼 아기자기한 부부생활이 가능할지도 모른다. 사실 이철범은 우리 오빠와 닮은 데가 있다. 마음이 넓고 부드럽고 자상하며 욕심을 부리지 않는다. 야심만만하며 남자다워서 나를 거느리려고만 했던 문일규와는 아주 다르다. 이철범이라면 종속 관계가 아닌 대등한 동료로서 서로 의지하고 도우며 함께 살아갈 수 있을지 모른다. 그것은 이 낯설고 힘든 세상에서 혼자 버텨내기보다 얼마나 위로가 되는 일인가? 나는 모처럼 달콤한 기대감에 젖어들기도 했다. 그러나 다음 순간 번쩍 정신이 들며 현실로 되돌아오곤 했다.

오빠같이 다정한 남편을 만난 올케 이은실조차 행복하지만은 않은 게 현실이었다. 올케는 직장생활과 가사노동, 육아의 삼중부담을 떠안고 아주 힘겨워하고 있었다. 우리 어머니가 아이들을 돌봐주지 않았다면 교사생활도 할 수 없었을 것이다. 때문에 어머니가 잔소리를 하시고 모진 시집살이를 시켜도 아무 소리 못했다. 그러니 여자에게 결혼이란 얼마나 위험한 함정인가? 게다가 이철범이 술을 자제하리란 보장도 없었다.

이런저런 생각으로 머리 속이 복잡할 즈음 최민숙이 불쑥 직장으로 찾아왔다. 박차장과 결혼하여 잘 사는 줄 알았던 그녀가 오랜만에 만나보니 얼굴이 핼쑥해져 있었다. 하늘 출판사 시절 밀고자 역할을 했을지도 모른다는 떫은 감정 때문에 반갑지는 않았지만 하도 표정이 심상치 않아서 차 한잔을 함께 했다.

"얼굴이 안됐네. 무슨 일이 있었어?"

"별일은 없어요. 그저 살기가 좀 힘들어서 그렇지."

최민숙이 쓸쓸하게 웃어 보였다.

"박차장이 월급을 적게 받아오나 보지?"

"아아니요. 부장으로 승진했어요."

최민숙은 예전의 박차장이 아닌 유능한 남편이라는 걸 강조하듯 강하게 고개를 흔들었다.

"그런데, 왜?"

"결혼생활에 실망해서 그래요. 나는 어릴 때부터 빨리 결혼해서 예쁜 아이를 낳고 행복하게 사는 게 꿈이었어요. 그런데 막상 결혼을 해보니 그렇게 즐겁지만은 않아요. 남편은 매일 늦게 들어와서 얘기를 나눌 시간도 없지, 아이들은 나를 지치게 하지……"

최민숙의 짙게 화장한 얼굴에는 검은 구름이 끼었다. 나는 잠자코 이야기를 들어주었다.

"나는 애초부터 남편이 크게 성공하기를 바라지 않았어요. 그저 평범한 월급쟁이로 살더라도 가정적이고 다정하고 재밌기를 바랐어요. 그런데 남편은 밖으로만 나돌고 집에서는 하숙생 같아요. 잠만 자고, 밥도 가끔가다 한끼씩 먹고, 한마디로 월급 타오는 기계예요. 이럴 바에야 왜 같이 사는지 모르겠어요."

최민숙의 눈에는 습기가 번졌다.

"남편은 나를 파출부 이상으로 생각하지 않아요. 아니, 그저 집안에 놓여 있는 변기처럼 생각해요."

최민숙은 손수건을 꺼내 눈물을 닦았다.

"그래도 아이들이 귀엽잖아? 나는 결혼은 안 하더라도 아이는 낳고 싶더라."

나는 위로 반, 진담 반으로 한마디 했다.

"그건 부장님이 아이들한테 시달려보지 않아서 그래요. 아이들이

란 잠시 잠깐 보는 건 귀여워도 하루종일 돌보기는 너무나 힘들어
요. 대화가 통할 만큼 컸다면 몰라도……”

최민숙이 지친 표정으로 말했다. 그러더니 갑자기 몸을 앞으로 당
기며 간절하게 애원했다.

“차장님, 아니 윤부장님. 저 좀 도와주세요.”

하도 절절하게 부탁을 하는 통에 무슨 일인가 싶어 의아했다.

“내가 뭘 도와줄 수 있을까?”

“제게 일거리를 좀 주세요. 저도 제 일이 있으면 살 것 같아요. 예
전에 직장에 다닐 때는 결혼할 때까지 임시적으로 일을 했지만, 이
제는 달라요. 일의 소중함을 알겠고, 절박하게 일다운 일을 하고 싶
어요. 교정 아르바이트를 주신다면 정말 열심히 해볼게요.”

나는 최민숙이 예전에 성의 없이 일하던 솜씨를 회상하며 떨떠름
했으나 이제는 많이 변화한 것 같아서 생각해 보자고 대답했다.

“부탁해요, 부장님. 일만 주시면 열심히 할게요.”

최민숙이 거듭 신신당부를 하더니 이내 가는 한숨을 내쉬었다.

“저는 부장님이 무척 부러워요. 결혼 안 하시고 사회생활을 하는
게……”

내가 큰 웃음을 터뜨렸다.

“남들은 노처녀라고 놀리고 불쌍해 하는데? 그러잖아도 결혼을
해야 할지 말아야 할지 고민중이야.”

최민숙의 눈이 반짝 빛나며 태도가 돌변했다.

“어머, 부장님. 결혼할 마음도 있으세요?”

나는 약간 멋쩍어서 우물거렸다.

“글쎄, 생각중이야.”

최민숙이 바싹 다가앉으며 열을 냈다.

“그러면 결혼하세요. 부장님은 유능한 분이니까 결혼생활도 잘 해
나가실 거예요. 저처럼 죽을 쑤지 말고, 정말 행복하게 남 보라는 듯

이 살아보세요."

꿈꾸듯이 얼굴을 빛내는 최민숙을 보며 나는 가늘게 한숨지었다. 자신의 결혼생활에 그토록 환멸을 느끼고 있으면서도 어디엔가 행복한 결혼이 있으리라고 환상을 품는, 그녀의 이성애에 대한 끊임없는 갈망이 안쓰러웠기 때문이었다. 하긴 나는 결혼에 대한 환상이 너무 없는지도 몰랐다. 척박하고 냉담하며 건조한 현실주의자.

나는 스스로의 꿈 없음을 나무라며 며칠을 보냈다. 그때 시인 김성애가 한번 만나자고 연락을 했다. 나는 오물이 묻은 외투를 벗어 던지듯 상쾌해져서 그녀를 만나러 갔다.

수유리에 있는 아카데미 하우스로 올라가는 길은 내 기분만큼이나 쾌적했다. 맑은 공기를 한껏 들이마시며 생생한 얼굴로 사층의 구석진 출판부로 갔다. 김성애는 전망이 좋은 방에서 혼자 무엇을 쓰고 있다가 반가운 얼굴로 맞아주었다.

"혼자 일하고 계셔요?"

내가 묻자 김성애는 부드러운 미소를 띠며 대답했다.

"혼자예요. 바쁠 때는 아르바이트생을 가끔 쓰지만…… 커피 한 잔 할래요?"

김성애가 커피를 권하며 곧바로 용건을 말했다.

"내 첫시집을 냈던 출판사가 문을 닫았어요. 그래서 절판이 됐는데, 요즈음 그 시집을 찾는 독자가 많아요. 그래서 다시 출판해 줄 곳을 찾고 있어요."

"저희 출판사가 어떨까요?"

나도 즉각 대답했다. 김성애는 수줍게 웃으며 절판됐다는 첫시집을 보여주었다.

"정말 정성껏 썼던 시들이에요. 지금도 가장 애착이 가는 작품들이죠. 첫시집답게 정결해요. 한번 검토해 보고 결정해 주세요."

"예. 사장님과 의논한 후에 연락드리겠습니다."

용건은 빨리 끝났다. 우리는 가벼운 마음으로 잡담을 했다. 김성애가 먼저 이철범 얘기를 꺼냈다.

"이철범씨와 아주 친한 것 같던데요?"

"친하죠. 결혼을 생각할 정도로……"

나는 솔직하게 내가 처해 있는 상황을 얘기했다.

"막상 결혼까지 생각하게 되니까 상당히 착잡해요. 저는 어릴 때부터 무언가 좀 다른 삶을 꿈꾸었어요. 남녀가 만나서 아이 낳고 가정을 꾸미는 보편적인 생활에는 매력을 못 느꼈어요. 살림만 하지 않고 무언가 자기 일을 갖고 있는 여자가 되고 싶었어요. 물론 결혼해서도 자기 일을 계속 할 수 있지 않냐고 하겠지만……"

나는 한숨을 쉬며 덧붙였다.

"뭐라고 꼬집어 말할 수는 없지만 좀더 치열하고 진지한 삶을 살았으면 해요. 가정에 안주하지 말고……"

김성애는 충분히 이해가 간다는 듯 고개를 끄덕였다.

"나도 그랬어요. 내게 있어서 치열한 삶이란 시 쓰기를 의미했지요. 시는 곧 나의 실존이에요. 윤부장도 무언가를 꽉 잡는다면 불필요한 갈등을 겪지 않아도 될 텐데요."

나는 김성애와 함께 담배를 나누어 피며 말했다.

"학교 다닐 때는 소설을 좀 썼어요. 하지만 거기에 전적으로 매달리진 않았어요. 제게는 당장의 생존이 더 급박했거든요. 그래서 일을 했죠. 그리고 출판 일에 애정을 갖게 되었어요. 현재 저의 과제는 훌륭한 책 만들기예요. 사람들은 혼자 사는 여자라면 교수나 문인이 돼서 명예를 날리는 등 무언가 대단해야 한다고 생각하죠. 그렇지 않으면 깔보기도 하고요. 하지만 저는 주위에서 인정해 주고 저 자신도 만족할 수 있는 편집 전문인이 된다면 그 정도로 충분하다고 생각해요."

김성애가 활짝 웃었다.

"자기 일에 전심전력할 수 있다면 그것으로 충분하죠."

나는 커피잔을 만지작거리며 자신없이 중얼거렸다.

"그런데 요즘 와서 이상한 회의가 들어요. 어쩌면 내 능력만으로 편집장이 된 게 아닐지 모른다, 이철범의 도움에 너무 의지했는지 모른다, 내가 그 남자 없이 충분히 능력을 발휘할 수 있을까 하는 의구심이 생겨요."

김성애가 나를 위로했다.

"너무 오랫동안 그 남자 그늘에 있어서 약해진 거예요. 일단 벗어나면 새로운 세계가 열려요. 그때 비로소 홀로 서기를 할 수 있죠."

김성애는 힘을 주어 말했다.

"하지만 홀로 서기란 여간 어렵지 않아요. 독신으로 살려면 무섭게 뼈저린 외로움과 고독을 감당할 수 있어야 해요. 그런 강인함이 없다면 차라리 결혼하는 게 낫죠. 잘 생각해 보세요."

나는 의자의 팔걸이를 만지작거리다가 물었다.

"김성애씨 생각에 이철범이 어떤 사람 같아요?"

"좋은 사람이죠. 유능한 편집자이고 훌륭한 시인이에요. 하지만 알코올에 너무 탐닉하지 않나 싶어요."

나는 힘없이 팔걸이에서 손을 뗐다.

"문제는 바로 그거예요. 반드시 결혼하겠다는 생각도 없는 내가 굳이 알코올에 젖은 남자와 함께 살아야 할까요? 혼자서도 잘 살 수 있는데 감정적으로 쏠린다는 이유만으로 공동생활을 시작하고 괴로움과 갈등의 세계로 빠져들 필요가 있을까요? 물론 이철범은 내게 많은 도움을 주었고, 나는 그를 좋아하지만……"

김성애가 갈팡질팡하는 나를 안타까운 시선으로 바라보았다.

"냉정히 생각하세요. 남자가 불쌍하다고 동정해서 결혼했다가는 큰코 다쳐요."

창 밖에는 노을이 지고 있었다. 김성애의 얼굴에도 붉은 황혼이

물들었다. 나는 다소 감상적이 되어 어린 시절의 기억을 털어놓았다.
알코올 중독자인 아버지와 무력한 어머니에 대한 회상을 묵묵히 듣
고 난 김성애가 귀중한 조언을 했다.

　"윤여민씨는 우선 부모로부터 받은 피해의식을 버려야 하겠군요.
언제까지나 피해자로 남을 수는 없잖아요? 내 인생의 주인은 부모가
아니라 나 자신이니까요. 이제는 부모를 객관화시켜 보고 자신도 객
관적으로 파악할 수 있어야 해요. 그래서 자기 인생의 주인공이 될
때 남성과의 공동생활도 가능하겠죠."

　김성애의 충고는 하도 적절해서 메모를 해놓고 싶을 정도였다. 나
는 그녀의 권고를 마음 깊이 새겨들었다. 김성애는 계속 말했다.

　"그러나 굳이 남성과 함께 살고 싶지 않다면 자기가 선택하지 않
은 행복이나 기회가 닿지 않은 즐거움에 대해서 연연해 하고 후회하
지 않아야 해요. 따지고 보면 공동생활을 남자하고만 해야 하는 건
아니잖아요? 여자 친구들끼리 모여 살 수도 있고 그것도 싫다면 혼
자 살 수도 있지요. 한번 다양한 삶의 형태를 생각해 보세요."

　김성애는 자리에서 일어나더니 책꽂이에서 책 한 권을 꺼내주었
다.

　"이 책을 읽어보세요. 홀로 서기를 하려면 도움이 될 거예요."

　책을 받아보니 『신데렐라 콤플렉스』라는 제목이 눈에 띄었다. 그
책을 소중히 안고 김성애의 사무실을 나왔다.

　김성애가 빌려준 『신데렐라 콤플렉스』는 퍽 유익한 책이었다. 저
자는 정신질환의 남편과 헤어져 독립적으로 살아가려 애쓰면서, 자
신의 내부에 있는 남자에 대한 의존심을 날카롭게 해부하고 있었다.
많은 사례들을 통해 여자들의 성장기를 분석하여, 고질화된 의존심
을 극복하고 독립적인 인간이 될 것을 주장한 그 글은 내게 큰 공감
을 불러일으켰다.

　그러나 내가 그 책에 흠뻑 빠져 있을 즈음 좋지 않은 소식을 접했

다. 오랫동안 수배중이던 문일규가 잡힌 것이다. 그것도 지방에 숨어 김영희와 동거생활을 하다 붙잡혔다. 텔레비전 뉴스에서는 김영희를 내연의 처라고 보도했다. 결국 김영희와 문일규가 생을 함께 하며 고난을 나누는구나 싶었다. 잡힌 것은 불행한 일이었으나 둘이 서로 의지하니 그나마 다행이었다.

며칠 후 김성애의 첫시집을 재출판하겠다는 사장의 대답과 『신데렐라 콤플렉스』를 가지고 다시 아카데미 하우스로 갔다.

"잘 읽었어요. 덕분에 많은 생각이 정리되었어요. 비교적 독립적으로 살아왔다고 자부했던 저의 내면에도 남자에 대한 깊은 의존심이 있었다는 걸 깨달았어요. 이제부터 저도 좀더 자립적인 여성이 될 것 같아요. 물론 이 책은 미국에서 쓰여졌다는 한계를 갖고 있지만……"

용건을 빨리 끝내고 사담을 나누면서 내가 책 읽은 소감을 얘기했다. 김성애가 흥미를 보였다.

"그 한계가 뭐라고 생각해요?"

"미국에서는 여성들이 내적인 의존심 같은 심리 문제만 해결하면 사회에서 자립할 수 있을지 몰라도 한국은 그렇지 않잖아요? 다시 말하면 미국은 한국의 사회구조보다 덜 억압적이고 덜 폐쇄적이죠. 하지만 한국의 여성은 내적인 의존심을 해결해야 함과 동시에 분단 모순, 계급 모순같이 산적한 사회문제와 씨름해야 해요. 내가 아무리 훌륭한 편집인이 되려 해도 검열 제도가 번번이 간섭을 하니까요. 또 친구들이 수시로 잡혀가는 우리 상황에서는 정치적인 폭압이 개인의 생활 깊숙이까지 마수를 뻗치고 있으니까요."

김성애가 눈을 반짝이며 입을 열었다.

"그래요. 우리는 분명히 최악의 상황에 있어요. 그래서 여성운동도 두 가지 방향에서 동시적으로 싹이 트고 있죠. 민족 모순과 계급 문제를 우선하는 입장과 가부장제도에 강조점을 두는 입장으로……"

김성애는 그날 태동하기 시작한 한국의 여성운동에 대해 길게 이야기해 주었다. 그리고 여성문제에 흥미를 갖는 내게 읽어야 할 기본적인 책들을 추천해 주었다.『제2의 성』,『성의 정치학』,『여성의 신비』같은 고전 외에도『여성해방의 이론체계』,『여성해방사상의 흐름』,『성의 사회학』등등의 이론서들을 읽으라고 했다.

나는 게걸스러울 정도로 그 책들을 열심히 읽었다. 그러면서 결심했다. 우선 홀로 서리라. 훌륭한 편집인이 되리라. 그러고도 여력이 남는다면 조금씩조금씩 나의 이야기를, 그리고 여자들의 이야기를 써나가리라. 나는 끓어오르는 희망으로 충만한 하루하루를 보냈다.

그런데 훌륭한 여성 편집인이 되기는커녕 베껴먹기식의 해적판을 내게 되다니…… 안 된다! 어떻게 해서든 막아야 한다.

나는 잠을 못 이루며 다시 한번 마음을 다잡았다.

선택

이튿날 아침에는 주룩비가 내렸다. 잠을 제대로 못 자서 눈두덩이 푸석푸석한 판에 비까지 내리니 기분이 한없이 우울했다. 사장은 무슨 바쁜 일이 있는지 아침 회의도 소집하지 않고 자리를 비웠다. 덕분에 오전 내내 묵묵히 일만 했다. 조용히 실무에 열중하는 것은 가라앉은 기분을 감추기에 그만이었다.

열두시 삼십분. 점심시간이었다. 직원들이 하나둘 편집실을 나갔다. 나도 천천히 현관으로 나왔다. 밖에는 그새 비가 개어서 파랗게 씻긴 하늘이 맑고 시원했다. 잠시 그대로 서서 심호흡을 했다. 그때였다. 낯익은 걸음걸이의 이선생이 회사로 오는 모습이 눈에 띄었다. 처음 보는 젊은이와 함께였다. 나는 그들이 가까이 오기를 기다렸다.

"안녕하셨어요?"

내가 반갑게 인사를 했다. 그러나 며칠 전에 좋지 않은 기색으로

떠났던 이선생은 아직 기분이 안 풀렸는지 무뚝뚝하게 고개만 끄덕
였다. 그리고 사장님이 계시느냐고 물었다.

"이 근처를 지나다가 점심이나 같이 하려고 들렀는데……"

"사장님 대신 제가 점심을 사지요."

내가 잽싸게 대답했다. 이선생은 잠시 주춤거리더니 아무래도 상
관 없다는 표정으로 따라 나섰다. 나는 회사 부근에서 제일 넓고 깨
끗한 음식점으로 갔다. 그리고 편안한 온돌방으로 안내되었다. 이선
생이 식단을 보면서 같이 온 젊은이에게 물었다.

"매운탕 어때요?"

"좋습네다. 연변 매운탕과 맛이 어떻게 다른디 먹어보겠습네다."

젊은이의 대답에는 진한 평양 말투가 배어 있었다. 새삼스럽게 그
를 주시했다. 그러자 이선생이 비로소 젊은이를 소개했다.

"인사하지요, 윤부장. 연변 조선족 2세 중에서 가장 장래가 촉망
되는 젊은 작가입니다."

"김석입네다."

젊은이가 명함을 내밀었다. 나도 명함을 건네며 말했다.

"요즈음 연변 동포들이 고국을 많이 방문한다는 소문을 들었는데,
이렇게 직접 만나뵙게 되니 무척 반갑습니다. 국가 체제가 다른 곳
에 와보니 느낌이 어떻습니까?"

"한마디로 놀랐습네다. 남조선 사람들이 이렇게까지 잘사는 줄 몰
랐습네다."

김석이 눈을 둥그렇게 뜨며 대답했다.

"잘사는 사람들만 만나보신 모양이군요."

나는 마지못해 조금 웃었다. 김석이 고개를 저었다.

"아닙네다. 남조선에서 잘 못사는 사람들도 중국의 일반적인 수준
보다는 낫게 살 겁네다."

나는 입을 다물어버렸다. 쓸쓸한 기분이었다. 자본주의의 모순을

샅샅이 모르는 김석은 우리 체제에 경탄하고 있었다. 그러나 사회주의 국가들이 붕괴한 이 즈음 우리는 김석과는 달리 환상조차 품을 곳이 없게 된 것이다.

이선생이 왜 김석을 데리고 왔을까 궁금해졌다. 그러나 이선생은 말없이 앉아 있을 뿐이었다. 나는 화제가 끊기는 게 어색해서 김석에게 물었다.

"작가라고 그러셨죠? 연변에서는 문학 수업을 어떻게 합니까?"

"귀동냥으로 하디요. 작가 선생들이 추천해 주는 책들을 읽고, 또 직접 써보고……"

"주로 어떤 책들을 읽었습니까?"

사회주의 국가의 책들에 대해 흥미를 느끼며 내가 물었다.

"중국 책, 소련 책, 그리고 북조선에서 나온 책들을 읽었디요. 이를테면 오스트로프스키의 『강철은 어떻게 단련되었는가』, 숄로호프의 『고요한 돈강』, 알렉세이 톨스토이의 『고난의 길』 같은 것들이 유명하디요."

연변 작가의 소련 발음이 유창했다. 나는 계속 물었다.

"북한 책들은 어떻게 구입해서 보셨습니까?"

"연변 도서관에 많습네다. 해방 전후의 리북명, 김사량, 최명익, 한설야 들의 작품과 최신작 『피바다』, 『꽃 파는 처녀』, 『시련 속에서』, 『청년 전위』 등등……"

열심히 듣던 나는 슬그머니 기운이 빠졌다. 새로운 정보가 하나도 없었던 것이다. 왜 이선생이 김석을 데리고 왔는지 점점 더 알 수가 없었다. 그래서 이선생에게 넌지시 물었다.

"모두들 벌써 국내에 소개된 작품들이죠?"

"그렇죠. 사회주의 국가의 유명 작품들은 이삼 년 전에 국내 독서계를 휩쓸었으니까요."

이선생도 더이상 들을 얘기가 없다는 듯 지루하게 말했다. 김석이 화제를 약간 바꾸었다.

"남조선 책들도 도서관에 있습네다."

"그래요? 주로 어떤 책들입니까?"

내가 반가워서 되물었다.

"많디요. 김남조, 서정주, 김동리 등 남조선의 대표 작품들이 다 있디요."

국정 교과서에 나오는 원로 작가들의 이름을 듣자 연변에서 그들을 어떻게 평가하는지 궁금했다.

"남한 작품을 읽어보니 어떻던가요?"

"남조선 작품은 서정성이 매우 뛰어납네다. 연변에는 요즘 모더니즘이 뒤늦게 유행하고 있어서 남조선 작품이 인기가 많습네다. 그런데 남조선에 막상 와보니 오히려 중국에서 이미 겪었던 리얼리즘 논쟁이 더 활발하더군요."

"모두가 그렇지는 않아요. 최근에는 포스트 모더니즘 논의가 한창이지요."

김석이 만난 국내 문인이 민족문학 계열에 국한되었으리라 짐작하면서 한마디했다. 그러면서 포스트 모더니즘이라면 질색을 하는 이선생의 안색을 힐끗 살폈다. 이선생은 아무 반응도 보이지 않고 가만히 있었다. 그러나 김석은 눈을 반짝였다.

"저는 남조선 문단의 새로운 리론을 많이 배워가야 합네다. 그래서 남조선 인민들의 감수성에 맞는 작품을 쓰고 싶습네다. 그래야 남조선에서도 연변 작가들의 작품이 널리 읽혀질 수 있겠디요."

비로소 어렴풋이 김석의 방문 목적을 알 것 같았다. 젊고 야심만만한 김석은 자신의 작품을 남한에 소개하고 싶어서 이선생을 통해 출판사를 물색했을 것이다. 이선생은 청을 거절하지 못하고 우리 회사로 데리고 왔으리라. 그러나 이선생 역시 연변 문학에 별 기대를 걸지 않으므로 김석 스스로 입을 열게 한 채 무덤덤하게 침묵을 지키는 것이리라.

　대충 이선생의 예고 없는 방문 경위를 짐작한 나는 김석과 별 뜻 없는 대화를 나누며 밥을 먹었다. 이선생이 심심했는지 느닷없이 김석에게 물었다.

　"연변에도 사십 살 된 노처녀가 있어요?"

　"예?"

　김석이 매운탕을 먹다 말고 입을 헤 벌리며 되물었다.

　"윤부장처럼 사십 살이나 된 노처녀 말이오."

　김석은 놀라서 나를 보며 물었다.

　"결혼 안 하셨습니까?"

　"예."

　내가 간단히 대답했다. 김석이 고개를 갸우뚱했다. 이선생이 짓궂게 같은 말을 되풀이했다.

　"연변에는 윤부장 같은 노처녀가 없지요?"

　"예. 처네들은 다 결혼합니다."

　김석이 희귀한 생물도 다 봤다는 듯 나를 쳐다보았다. 이선생도 나를 가엾게 바라보았다.

　"쯧쯧. 연변처럼 소박한 곳에서 살았으면 벌써 결혼했을 텐데, 어쩌다 이 삭막한 땅에 태어나가지고……"

　"결혼 안 한 게 불쌍한 일인가요?"

　내가 한마디 쏘아붙였다.

　"글쎄, 이렇다니까…… 결혼이 좋은 건지 나쁜 건지도 모르는 채 사십 년을 보내다니……"

　더이상 동정을 받을 이유가 없었고, 점심도 다 먹었으므로 그만 자리에서 일어났다.

　"사장님이 오셨을지 모르니 들어가서 차나 한잔 하시죠."

　이선생과 김석이 나를 따라 일어섰다. 회사로 와보니 사장이 마침 돌아와 있었다. 손님들을 사장실로 안내한 후 나는 편집실로 돌아왔다. 사장은 분명히 장사가 안 될 연변 작가의 작품을 거절하느라 곤욕을 치르겠지만 그것은 그가 감당해야 할 몫이었다. 기획위원 이선생이 데려온 작가를 편집장 선에서 되돌려 보낼 수는 없었으니까……

오후의 일을 시작하기 앞서 '대안문화' 사무실로 전화를 걸었다. 며칠 전부터 추진하기로 결심했던 기획의 자료를 구할 수 있을까 싶어서였다. 그러나 장경미 간사가 잠깐 외출했는지 아무도 전화를 받지 않았다. 할 수 없이 수화기를 놓은 후 잠시 멍하니 앉아 있었다. '대안문화'와 최초로 만나던 때가 떠올랐다.

1984년이었다. 광주항쟁의 충격을 딛고 서서히 고개를 들기 시작한 사람들은 사회 각 분야에서 새로운 움직임을 모색하고 있었다. 여성운동도 예외가 아니어서 새로운 단체들이 하나둘 생겨났다. 내가 그러한 움직임에 접하게 되었던 계기는 그 즈음 자주 만나던 김성애를 통해서였다.

아직 쌀쌀하긴 했지만 봄날이 완연한 어느 토요일 오전이었다. 김성애가 모처럼 전화를 했다.

"오늘 오후 계획이 어때요?"

"별다른 계획이 없어요."

"그럼 퇴근 후에 민속주점 '솔가'로 와요. 재미있는 모임이 있으니까……"

재미있는 모임이 어떤 것일까? 나는 가슴을 설레며 '솔가'로 갔다. 투박한 나무문을 열고 이층으로 올라가니, 김성애가 여러 여자들과 함께 큰 방 하나를 차지하고 담소를 나누다가 손짓을 했다. 나는 방안에 있는 십여 명의 여자들을 재빨리 훑어보며 안으로 들어섰다.

"여러분, 새 얼굴을 소개합니다. 지금 가나 출판사 편집장으로 일하는 윤여민씨예요."

김성애의 말에 따라 내가 고개를 숙여 인사했다.

"우리에게 꼭 필요한 사람이 왔군요."

안경을 끼고 단발머리를 한 사십대 중반의 여자가 말했다. 환영 인사치고는 싫지 않은 말이었다. 그 여자는 간단히 자기 소개를 했다.

"ㅎ대학에서 가르치는 최영주예요."

"저는 ㅅ대학에 있는 박민희예요."

"난 ㅈ대학에 있어요. 강정화예요."

최영주에 이어 계속적으로 인사를 하는 여자들은 삼십대 중반의 교수들이었다. 모두들 눈빛이 날카로웠고 표정도 빈틈이 없었으나 몸짓에는 중산층 특유의 여유와 안정감이 배어 있었다. 옷차림은 검소했으나 어딘지 모르게 세련되고 넉넉한 품위가 엿보였다. 나는 자신도 모르게 약간 주눅이 들면서 한편으로 강한 저항감이 솟구쳤다. 순간 속으로 어렵게 자란 사람 특유의 자격지심이 발동하는구나 싶어 짐짓 부드러운 미소를 지어 보였다.

교수들보다 젊어 보이는 다른 여성들도 거의 전문직 지식인들이었다. 나는 도대체 이들이 모여 어떤 얘기를 나누나 조용히 귀기울였다. 식탁 위에는 모임의 취지를 알리는 발기문과 동인 가입 원서들이 흩어져 있었다. 나는 그 중 한 장을 집어 읽어보았다.

……권위적이고 획일적인 문화를 지양하고, 남녀가 평등하고 아이들이 자유로운 대안문화를 모색한다……

대안문화라…… 그 뜻이 얼핏 머리에 떠오르지 않아 갸웃거리고 있는데, 박민희가 내가 들어오는 바람에 중단했던 말을 계속했다.

"우리 사회가 변해야 한다는 데는 모두 찬성하실 겁니다. 그것도 생활 속에서 구체적으로 변해야 할 겁니다. 그런데 억누르는 힘이 너무 크다 보니 해방에의 열망이 더욱 강렬해집니다. 그래서 폭발 직전의 상태에서 내놓는 대안은 모든 문제를 한꺼번에 해결하고자 하는 유토피아적 환상이 작용하는 급진적 혁명론이기 쉽습니다. 하지만 우리는 모든 문제를 한꺼번에 해결할 수 있다고 보지 않습니다. 우리는 장기적이고 점진적으로 우리가 할 수 있는 작은 일부터 바꿔가야 한다고 생각합니다.”

최영주가 박민희의 말을 받았다.

“그래서 우리가 다룰 수 있는 구체적인 문제로 성차별에 초점을 맞출까 합니다. 물론 우리는 성의 불평등이 이 땅의 가장 커다란 문제라고는 주장하지 않지요. 그러나 여성문제가 유일한 불평등은 아니지만 중심 과제임에는 틀림없습니다. 사실 우리는 여성으로서 그동안 각자의 방식대로 자유로운 삶을 실험해 왔습니다. 성공도 했고 실패도 했지요. 그러나 각자가 뿔뿔이 흩어져 외로운 싸움을 해왔다고 할 수 있습니다. 이제는 나 혼자의 고민이 아니라 ‘여럿’이 함께 나누는 고민을 해도 좋을 때가 왔다고 봅니다.”

나는 ㄷ대 여학생 지하 서클 시절부터 고민해 왔던 문제들이 풀릴 것 같은 예감에 사로잡혔다. 박민희가 말하는 ‘생활 속에서의 구체적인 변화, 작은 일부터 점진적으로 바꿔가기’라든가 ‘자유로운 삶을 각자 실험해 왔고, 이제부턴 혼자가 아닌 함께 고민하자’는 최영주의 얘기가 솔깃하게 다가왔다. 아! 나는 별종이 아니구나! 나와 비슷한 생각을 하는 여자들이 이렇게 많구나! 나는 숨을 죽이며 강정화의 다음 말을 들었다.

“우리는 회의 결과 특별한 조직을 만들지 않기로 했어요. 대부분의 기존 모임들은 희생적 지도자와 그를 따르는 충성된 사람들로 이루어져 있죠. 따라서 대다수의 조직활동이 위계서열적이고 감정적 원리에 의해 좌우되고 있어요. 좀 이성적인 사람들은 저절로 조직을 기피하게 되죠. 우리는 그런 조직의 폐해를 피해서 대표도 만들지 말았으면 해요. 모든 동인들이 평등한 자격으로 자율적으로 참여함으로써 기존의 조직들과 전혀 다른 새로운 대안문화를 만들어보자는 거죠.”

최영주가 덧붙여 제안했다.

“그래요. 조직의 횡포는 가능한 한 막아야 해요. 어떤 직책부터 맡길 게 아니라 일을 많이 하는 사람이 저절로 영향력을 갖도록 합시다. 그래서 카리스마적 지도자 없이, 또 열띤 흥분도 없이 ‘이성적 조직’이 지속될 수 있기를 바라는 거예요. 구성원들이 모임의 목표를 자신의 신조로 소화하고, 전체의 움직임을 파악하여 그 속에서 자신의 몫을 스스로 찾아 자발적으로 해나가는, 시키는 사람도 따르는 사람도 없이 창의력에 의해 늘 새로워지는 모임으로 열려 있으면 좋겠어요.”

강정화가 다시 말을 받았다.

“그리고 첫번째 사업으로 여러 사람에게 우리의 뜻을 알리기 위해 책을 펴냅시다. 책이라는 매체를 택한 이유는 건전한 문자문화의 정착이 시급하다고 보기 때문이에요. 생활과 동떨어진 공허한 글이 아닌, 참생각을 담은 분명한 글이 나와야 해요. 민주적 생활 양식이 담긴 창조적 의식을 책으로 펴내는 거죠. 어때요? 책 만드는 일에 참여할 거죠?”

거침없이 파고드는 강정화의 물음에 나는 약간 당황했다. 아직 어떤 모임인지도 덜 파악했는데 참여할 거냐고 묻다니…… 나는 우물쭈물 대답할 수밖에 없었다.

“저야 직업이 책 만드는 사람이긴 하지만, 아직 어떤 책인지 잘 몰라서……”

“어떤 책이 될지는 이제부터 다 같이 의논해서 만들기에 달렸지요. 가능하면 많은 사람이 즐겁게 볼 수 있는 책을 만들었으면 좋겠는데……”

“많은 사람이 보게 만들려면 한 오백 권쯤 만들어야겠네?”

자유롭게 주고받는 얘기를 듣던 나는 오백 권이라는 말에 슬그머니 웃음이 나왔다. 이들은 뛰어난 전문직 여성이지만 출판에 대해서는 아무것도 모르는 것 같았다. 나는 천천히 입을 열었다.

“출판사에서 책을 발행하려면 적어도 기본 부수 삼천 부는 나가도록 해야 합니다. 그래야 현실적인 수지타산이 맞아요. 인세도 섭섭치 않게 받을 수 있고요.”

“어머, 삼천 부씩이나 만들어요?”

박민희가 입을 크게 벌렸다. 그 모습이 어찌나 순진한지 나는 김성애에게 눈짓을 하며 가늘게 웃었다.

“삼천 부가 나가도록 하려면 여러 계층을 상대해야겠네요. 전문직 여성, 사무직 여성, 생산직 여성, 학생, 주부 들을 가리지 말고, 중산층, 기층 할 것 없이 광범위하게……”

최영주가 나름대로 계산을 했다. 나는 속으로 모인 구성원이 모두 중산층인데 기층 여성문제까지 다뤄낼 수 있을까 의심스러웠다. 그래서 현실적인 제안을 했다.

“그렇게 널리 확산시키지 않아도 가능한 계층을 집중적으로 공략하면 삼천 부 정도는 무난하게 소화할 수 있습니다. 제 생각에는 여기 모인 사람들이 가장 잘 이해하고 있는 중산층을 대상으로 하면 확실할 것 같은데요.”

“그러죠, 뭐. 이 사람 저 사람 끌어들일 필요 없이 우리 수준에 맞게 무리하지 않는 범위 내에서 합시다. 우리의 기본 자세가 무리하지 않으면서 힘 빼지 말고 일하는 거 아녜요?”

강정화가 대뜸 찬성했다. 그러자 여지껏 가만히 있던 김성애가 드디어 입을 열었다.

“그렇더라도 기층 여성을 도외시할 수는 없죠. 대다수의 여성들이 사회적, 경제적으로 억눌린 상황에 있는데, 팔자 좋은 여자들이 한가한 신세 타령이나 늘어놓으면……”

최영주가 눈을 동그랗게 뜨며 즉각 반박하고 나섰다.

“팔자 좋은 여자들이 누군데? 팔자 좋다는 여자들의 실체를 알고 보면 그런 말을 할 수 없을걸?”

박민희도 고개를 끄덕이며 동조했다.

“그래요. 기층 여성들은 중산층 여성을 부러워하지만, 대부분의 중산층 여성은 행복하지 않아요. 우리는 중산층 신화의 허구를 깨야 해요. 그러면서 여자들이 해바라기하고 있는 이상의 모습을 새롭게 바꾸어가야죠.”

김성애의 발언을 계기로 저마다 한마디씩 하면서 격론이 벌어졌다. 나는 잠시 뒷전으로 물러앉아 상 위에 놓인 음식을 먹으며 얘기가 정리되기를 기다렸다. 한참 토론이 있은 뒤 여자들은 합의를 도출해 냈다. 동인들이 자기 생활의 장에서 구체적 변화를 가져올 수 있는 새로운 생각들을 중산층 대상으로 써내되 기층 여성의 고민도 도외시하지 않는다는 방침이었다.

책의 대상을 설정하기가 어려웠던 데에 비해 일단 독자층 설정이 되자 기획안이 놀랍도록 쉽게 짜여지기 시작했다. 동인들이 저마다 기발한 아이디어를 내놓자 청탁할 원고의 성격이 삽시에 결정되었고, 다양한 인재들로 필진이 구성되었다. 나는 속으로 경탄을 했다. 출판사 편집진이 총동원되어 한 달 동안 할일을 이들은 몇 시간 내에 해치웠던 것이다. 물론 이 기획안은 앞으로 몇 차례나 수정될 것이지만…… 나는 약간 흥분되면서 신이 났다. 함께 일해볼 만한 사람들을 만났다는 느낌이었다.

월요일 아침 회의 때였다. 토요일날 만났던 ‘대안문화’에 대해 사장에게 보고했다. 그리고 기획안을 자랑스레 내보이며 그 신선함을 지적했다. 내 얘기를 주의깊게 들으며 기획안을 꼼꼼히 검토한 사장은 약간 장난기 어린 미소를 띠며 의외의 발언을 했다.

"중산층 여교수들 모임이라면 계층 상승의 욕구가 강한 우리나라 여성 독자들에게 선망의 대상이 되겠군. 그들이 발표하는 글이 너무 어렵지만 않다면 기본 부수는 무난히 나가겠어요. 윤부장이 그 모임과 계속 접촉하면서 출판 계약을 유도해 보도록 하세요."

나는 잠깐 머리가 멍해졌다. 분명히 나는 중산층의 환상을 깨고 대안문화를 추구할 새로운 여성출판문화운동의 장이 열렸다고 보고했다. 그런데 사장은 그 모든 사실을 가볍게 무시하고 여성 독자들의 계층상승 욕구를 자극하여 장사할 궁리만 하고 있었다. 나는 순간적으로 분노를 느꼈으나 이내 냉정을 되찾았다. 사장은 경영자다. 어떤 경우에도 수지타산을 생각하지 않을 수 없다. 그러나 남자들의 모임에 대해 보고했다면 이렇게 가볍게 반응하지는 않았을 것이다. 남자들의 모임이었다면 거창한 의미부터 부여하고 명분을 찾아냈을지도 모른다. 그러나 여자들의 모임이기 때문에 은근히 무시하는 것이다.

비교적 남녀 차별을 안 하는 사장이 이럴 바에야 다른 사람들은 어떨까? 남성들이 주도하는 출판계에서 '대안문화'가 처한 미약한 입장을 생각하자 나도 모르게 한숨이 나왔다. 아울러 반사적으로 '대안문화' 동인들에게 편들고 싶은 마음이 생기는 것을 억누를 수 없었다. 그때 사장이 잊은 것이 있는 듯 한마디 덧붙였다.

"그런데 장사 좀 하려다 운동권에서 욕먹지는 않을까? 중산층 여성들 뒷바라지나 한다고……"

"남자 해직 교수들이나 저항적 지식인들 가운데도 중산층이 많잖아요? 노동자들은 소수를 제외하고는 글을 쓰지 않으니까요."

내가 대뜸 쏘아붙였다. 사장은 무안한 듯 너털웃음을 웃었다. 그때만 해도 사장이 운동권과 손을 잡고 출판문화사업을 펼칠 때였다. 지금처럼 목적을 잃고 돈에만 급급해 하지는 않았다. 허허 웃고 난 사장이 한마디 충고를 했다.

"어쨌든 대안문화와 계속 만나되 일정한 거리감을 갖고 너무 빠져들지 않도록 하세요. 편집자는 필자들과 친해져야 하지만 객관성과 균형 감각을 잃으면 곤란하니까요."

"알겠습니다."

사장으로부터 접촉 방법까지 지시받은 그날 이후 나는 자유롭게 '대안문화'에 참석할 수 있었다.

고정된 사무실이 없었던 '대안문화'는 주로 널찍한 음식점에 모여 얘기를 나누었다. 동인들은 만날 때마다 서로 반가워하고 기뻐하며 웃음을 그치지 않았다. 남자들이 대부분인 사회에서 홍일점으로 지내다시피 하다가 마음이 통하는 여자 동료를 만나니 무척 즐거운 모양이었다. 게다가 내가 보기에 그들은 별다른 고민이 없어 보였다. 충분히 자기를 실현할 수 있는 직업이 있고 경제적으로도 여유로워서 행복의 조건을 두루 갖춘 것 같았다.

그러한 인상은 강정화의 집을 방문했을 때 더 강해졌다. 기획한 원고들이 대충 들어와서 모두들 한 번씩 읽어보자고 의견을 모았다. 그러나 장시간 원고를 검토할 장소가 마땅치 않아 강정화의 집에서 모이기로 했다. 강정화의 집은 사십 평쯤 되는 아파트였다. 호화로운 가구나 요란한 실내장식과는 거리가 먼 검소한 집이었지만 살기에는 편하게 짜여 있어 주인의 실용적인 성격을 말해 주었다.

거실로 들어가니 먼저 온 동인들이 반갑게 맞아주었다. 양탄자를 간 바닥과 소파에 멋대로 주저앉아서 담소를 즐기고 있자니 파출부 아주머니가 저녁을 차렸다. 강정화의 남편과 아이들이 음식을 날랐다. 나는 자연스럽게 부엌일을 하는 강정화의 남편을 놀라운 눈으로 바라보았다. 내가 아는 남자들 중에는 부엌에 들어가는 사람이 없었던 것이다. 게다가 강정화는 남편과 반말을 썼는데 그래서인지 부부가 마치 동성의 친구처럼 친밀해 보였다. 아이들도 아들, 딸에 상관

없이 억눌린 데 없고 자유스러웠다. 그야말로 평등한 부부에 양성적인 아이들 같았다. 남녀의 역할이 엄격히 구분되는 봉건적인 가정들을 지겹도록 보아온 내게는 무척 신선하고 재미있는 가족이었다.

새로운 생활 양식을 창조하고 있는 이 가족은 아주 자유롭고 즐거워 보였다. 나는 그 행복감에 약간 질려서 파출부 아주머니에게 시선을 주었다. 그래, 이 가족의 여유와 행복은 남의 집살이를 해야 하는 저런 아주머니의 노동력을 바탕으로 하는지도 몰라. 나는 굳이 70년대 여학생 지하 서클에서 공부했던 계급의식을 일깨우며 이 집의 행복에 어떤 모순이 있지 않나 의심했다. 그러나 내 생각에 아랑곳없이 파출부 아주머니는 아주 흐뭇한 표정으로 음식을 나누어주며, 손님들이 맛있게 먹는 것을 기뻐하고 있었다. 마치 할머니가 특별 요리를 해서 친손자들에게 먹일 때처럼…… 나는 파출부조차 즐거워하는 이 집의 온기에 정신을 잃을 지경이었다.

식사가 끝나자 동인들은 원고를 나누어 읽기 시작했다. 꼼꼼히 읽고 소감을 덧붙였는데, 그대로 실어도 되겠다는 원고가 거의 없었다. 대부분 필자에게 돌려주며 고쳐 쓰도록 충고를 했다. 나는 슬그머니 걱정이 되었다. 만약 출판사에서 이와 같이 원고를 되돌려 보낸다면 필자들이 노발대발해서 자신의 권위가 침해당한 데에 항의를 할 것이다. 그러나 동인들은 거리낌없이 빼고 덧붙이며 고쳐 쓰도록 조언을 했다. 그런데 그 자리에 참석한 동인 필자들은 별 불쾌한 기색 없이 순순히 고치겠다고 원고를 거두어들였다. 아니, 순순히가 아니라 기꺼이 보다 나은 글을 위해 다시 쓸 생각을 하는 것 같았다.

아마 대한민국 출판계에서 이렇게 심사숙고하여 작성되는 원고는 그리 많지 않으리라 추측했다. 청탁해서 원고가 들어오면 아무리 마음에 들지 않더라도 그대로 출판하는 일이 비일비재하다. 문인이나 교수들의 명성과 권위로 유지되는 문화계를 생각할 때 참으로 오랜만에 책다운 책을 만드는구나 싶었다.

편집회의는 밤 늦게야 끝났다. 강정화의 집을 나와 김성애와 단둘이 밤길을 걷게 되었다.

"어때요? 대안문화 동인들 재밌지요?"

김성애가 내게 물었다.

"너무 행복한 사람들만 모인 것 같아서 약간 거리감을 느껴요."

내가 솔직하게 대답했다.

"그럴지도 모르죠. 즐겁게 살려고 노력하는 사람들이니까…… 하지만 알고 보면 저마다 고민이 있어요. 강정화가 비교적 무난한 편이지, 다른 동인들은 가족 때문에 고통받는 사람도 많고 몸이 아픈 사람도 있어요. 외로운 독신자도 있고요."

"그으래요? 겉으로 보기에는 아무 문제가 없어 보이던데요?"

나는 은근히 놀라며 되물었다. 김성애가 빙그레 웃었다.

"여느 사람들 같으면 고통 속에 빠져 있을 일들을 동인들은 곧잘 이겨내요. 어차피 누구에게나 인생은 풍파의 연속이지만 그것을 헤쳐나가는 힘이 강한 거죠. 스스로 홀로 서기를 해낸 독립적인 여자들이니까요. 합리적이고 이성적으로 생각하는 훈련이 되어 있어서 모든 억압에 지혜롭게 대처하죠. 동인들을 만나면서 배우는 점이 많아요. 특히 여자가 남자에게 기대지 않고 살면, 오히려 손상되지 않은 자아를 유지할 수 있고 즐거우며 자유롭게 살 수 있다는 걸 느껴요. 윤여민씨도 그렇게 생각하지 않아요? 독신이 반드시 괴로운 극기의 길만은 아니에요. 남자에게 주눅들지 않음으로써 건강하고 재미있게 살 수도 있으니까요."

김성애가 내 팔을 가볍게 잡았다 놓은 후 작별 인사를 했다. 나는 한동안 멀어져가는 김성애의 뒷모습을 바라보았다. 그녀의 걸음걸이가 활기차서 전혀 쓸쓸해 보이지 않았다.

집으로 돌아오면서 깊은 생각에 잠겼다. 나는 어릴 때부터 남자에게 억압당하기를 싫어해서 혼자 살기를 원했다. 자라면서 남자와 연애할 기회가 생겼지만 아직 결혼을 하지는 않았다. 아무리 생각해도 결혼이란 해결책이 아니라 문제를 더 만드는 것 같았다. 머뭇거리는 사이 나이가 들었다. 그 동안 나의 독신생활은 편하기는 했지만 재밌거나 행복하지는 않았다. 심지어 사람들은 무슨 결함이 있는 불완전한 여자로 여기기도 했다. 그들의 편견이 옳다고 생각지는 않지만 특별히 반론을 제기하지도 않았다. 그저 남들이 뭐라든 내 편한 대로 살면 그만이었다.

또한 남자와 결혼함으로써 생길 괴로움과 갈등을 피해서 혼자 사는 대신 좀 재미 없어도 할 수 없다고 포기하고 있었다. 오히려 홀로 사는 외로움과 극기의 치열함을 감수해야 할 어떤 과제로 설정했다. 그러나 오늘 김성애의 얘기는 무언가 색달랐다. 혼자 살면서도 얼마든지 즐거울 수 있다는 것이다. 뜻을 같이하는 여자 친구들과 만나며 함께 일하고 나아가 새로운 공동체도 꾸미면서 대안적인 생활 양식을 모색할 수도 있다. 그렇다. 독신 여성과 불행한 삶을 연결지어 생각하는 통념을 뒤엎을 수 있다. 오히려 독신 여성과 행복한 삶의 거리가 더 가까울지도 모른다.

여름밤의 공기는 부드럽고 신선했다. 나는 깊은 숨을 들이쉬었다. 가슴이 펴지며 내부에서 무언가 탁 트이는 듯한 기분이 들었다. 그것은 일종의 해방감이었다. 그러나 종교 의례에서 일시에 구원을 받는 듯한, 또는 운동권에서 말하는 억압에서 혁명적으로 해방되는 극적인 순간과는 좀 달랐다. 하긴 평생 동안 나는 사회 인습이나 통념의 강요를 받아들이지 않았고, 따라서 처절한 억눌림도 없었던 만큼 극적인 해방감을 느낄 근거가 없는지도 몰랐다.

그러나 사람들이 노처녀라고 끊임없이 놀리고 무시하고 걱정하는 와중에서 나라고 주눅들림이 전혀 없었겠는가? 내게도 혼자 사는 여자로서의 어려움은 많았다. 그런데 그 어려움이 지금 서서히 풀려가는 것이다. 감정의 폭발이 아니라 합리적인 이성으로, 스스로 우러나

와서, 우박이 쏟아지는 게 아니라 가랑비에 촉촉히 젖듯이, 나지막한 설득과 속삭임으로 해방감이 내게 다가오고 있었다.

그래, 독신으로 사는 건 좋은 일이야. 나는 모처럼 뿌듯하고 만족스런 느낌이 들었다. 스스로 충족되는 순간이었다. 어둠 속에 서 있는 가로수까지 유난히 꿋꿋하게 보였다. 공해로 찌든 밤하늘에 몇 개 떠 있는 별도 신통하게 초롱초롱했다. 검은 아스팔트 길은 수은등 빛을 받아 윤기 있게 반짝이며 길게 뻗어 있었다. 아름다운 밤이었다. 나는 경쾌하게 걸었다.

본격적인 독신생활을 결심한 나는 이철범을 만났다. 이철범은 굳이 혼자 살겠다는 나를 이해하지 못했다. 다만 자신과의 결혼을 거절하기 위한 변명으로 생각해서 스스로 상처입을 뿐이었다. 나는 그가 필요 이상으로 상처입지 않게 하려고 차근차근 설명했으나 그는 더이상 들으려고 하지 않았다. 자리에서 일어나 먼저 다방을 휙 나가버렸다. 남겨진 나는 안타까운 나머지 긴 한숨을 쉬었다. 그러나 이내 마음을 정리했고, 남자 없이 꿋꿋하고 즐겁게 살 계획을 세웠다.

그후 부정기 간행물인 '대안문화' 동인지 창간호의 원고가 완성된 것은 일 년이 지나서였다. 주말마다 모여 편집회의를 하며 수없이 뜯어고치는 진통 끝에 원고가 완성되었을 때 동인들은 내가 일하고 있는 가나 출판사와 계약을 맺었다. 사장과의 출판 계약이 끝난 후 원고가 내 손에 넘어오자 좋은 책을 만들게 된 흥분을 감출 수 없었다. 그러나 원고에는 사진, 악보, 그림 등 편집하기 까다로운 부분이 많아 책 만들기가 퍽 어려웠다. 고민 끝에 편집 디자인을 전공한 전문가를 찾아갔다. 그 당시에는 편집 디자이너라는 직업이 처음 생겨서 전문가도 희귀할 때였다.

편집 디자이너는 나를 반갑게 맞아주었다. 그리고 원고의 성격에 대해 자세히 듣더니, 잡지처럼 사진 식자로 조판해서 페이지마다 대지작업을 해보라고 조언했다. 그때만 해도 단행본의 인쇄는 대부분 활판 기술에 의존하고 있었다. 사진 식자는 이제 막 도입되기 시작한 신기술이었다. 그러나 종래의 활판 기술로는 이 복잡한 원고의 편집을 감당해 낼 수 없는 한계가 있었다. 나는 새로운 사진 식자 기술로 '대안문화' 동인지를 만들기로 결심했다.

전문가의 도움을 받아가며 근 석 달 가량을 밤낮을 잊고, 철야와 야근을 밥 먹듯 했다. 새로운 내용에 어울리는 새로운 형태의 책, 이것이야말로 내가 원하던 일이다라는 생각이 내적인 동기와 노동을 완전히 결합시켰다. 나는 마치 열애에 빠진 사람처럼 즐겁게 일에 빠져들었다.

드디어 책이 나왔다. 사장은 보통 책보다 비싼 제작비와 전문가에게 줄 조언비 때문에 상을 찡그렸다. 하지만 동인들은 기뻐서 환성을 질렀다. 모두의 마음에 흡족했던 것이다. 동인들은 신이 나서 출판기념회를 계획했다. 그것을 바라보는 나는 한없이 흐뭇했다. 어느새 '대안문화'에 깊이 빠져든 것이다.

한 달쯤 지났을 때, 돈 때문에 불만이었던 사장도 어느 정도 기분이 풀렸다. 각 일간지마다 이 새로운 책에 대해 대서특필하는 통에 가나 출판사가 저절로 광고 효과를 얻었던 것이다. 또한 판매 상황도 양호했을 뿐더러 출판협회에서 훌륭한 책으로 선정하여 발행인인 사장이 상까지 받았다. 오백 부 운운하던 동인들은 초판 삼천 부 외에 재판, 삼판까지 찍게 되자 대성공이라고 자축했다. 나는 내 직업에 보람과 긍지를 느꼈다.

그후 '대안문화' 동인들은 조그만 사무실을 장만하여 여러 가지 소모임 활동을 벌였다. 그러나 해마다 열심히 기획하고 편집한 동인지를 내는 것을 잊지는 않았다. 덕분에 나는 매해 한 번씩은 좋은 책을 만드는 기쁨에 젖었다. 직장생활 때문에 '대안문화'에서 새로 시도하는 소모임 활동에는 참가할 수 없었지만 편집회의에는 가능한

한 참여했다. 그러면서 동인들의 얼굴을 익혀서 새 친구들을 만들었다. 새 친구들은 전문직 여성 외에도 주부, 학생 등 다양했다. '대안 문화' 사무실의 간사로 일하게 된 장경미와도 친하게 되었다.

여성학을 공부한 장경미 간사는 의욕적으로 여러 활동을 벌였다. 그 많은 활동을 보면서 나는 여성문제란 남녀 사이에서 파생되는 일 뿐만이 아니라 광범위하고 복잡한 숙제를 안고 있다는 것을 알았다. 장경미는 동인들에게 보내는 회보도 만들었다. 그러나 인쇄물을 만들어본 적이 없었기 때문에 나를 가끔 불러내어 도움을 청했다. 나는 흔쾌히 달려가서 회보 만들기를 도왔다.

그 즈음 집행유예로 석방된 문일규와 김영희가 결혼한다는 소식이 들렸다. 문일규와 친한 관계를 유지하고 있던 오빠로부터 두 사람의 결혼 소식을 들었을 때, 결혼식에 참석할 것인가 모르는 체할 것인가 한동안 망설였다. 그러나 두 사람의 결합을 진심으로 축하해 주고 싶은 마음이 강했고, 김영희와 단절된 관계를 이 기회를 통해 재개하고 싶었다. 친했던 사람들이 살아 있으면서도 만나지 않는다는 것은 얼마나 부자연스러운 일인가? 나는 정성껏 선물을 준비한 후 오빠 부부와 함께 결혼식장으로 향했다.

기독교인인 영희의 영향 때문인지 결혼식장은 종로에 있는 큼직한 교회로 선정되어 있었다. 문일규와 김영희의 이름이 나란히 써진 팻말을 지나 식장 입구에 들어섰다. 하객들이 신랑에게 축하 인사를 하고 있었다. 큼직한 키에 곤색 양복으로 깨끗이 차려입고 주머니에 꽃을 꽂은 문일규가 연방 미소를 띠며 하객들과 악수를 나누었다.

오빠 부부와 내가 문일규에게 다가갔다. 많은 사람들 속에서 나와 눈이 마주친 순간 문일규는 눈에 띄게 당황하며 잠시 얼굴이 굳어졌다. 오빠가 먼저 악수를 청했다. 문일규는 멍한 표정으로 흰 장갑 낀 손을 내밀었다. 나는 웃으면서 말했다.

"진심으로 축하해요. 참 잘 맺어진 결혼이에요. 두 사람의 좋은 모습을 보게 돼서 정말 기뻐요."

의례적인 말 같았으나 나의 솔직한 심정이 담겨 있었다. 문일규는 비로소 굳어진 표정을 풀고 어깨를 피며 활짝 웃었다.

"고맙습니다."

약간 가라앉은 쉰 듯한 목소리에 정중한 존댓말로 답례하는 그를 보며 내가 너무 서슴없이 출현했나 머쓱했지만 이미 저질러진 일이었다. 나는 격려의 뜻으로 그의 흰 장갑 낀 손을 힘주어 잡았다 놓았다. 그는 다시 한번 어깨를 펴며 웃어 보였다. 나는 오빠를 문일규 곁에 놔둔 채 이은실과 함께 영희를 찾아 신부 대기실로 갔다.

영희는 대다수의 신부들이 그러하듯 흰 웨딩 드레스를 입고 부케를 든 채 진하게 화장한 얼굴로 앉아 있었다. 주위에는 그녀의 친구들이 둘러서서 사진을 찍었다. 순간적으로 뇌리를 스치는 생각이 있었다.

체제에는 그토록 저항적인 사람이 관습에는 왜 이토록 순응할까? 만약 내가 결혼을 한다면 저렇게 번거로운 웨딩 드레스를 입지는 않겠다. 간단한 원피스나 실용적인 투피스를 입지. 하긴 전통적인 남녀관에 충실한 점이 있으니까 문일규에게 그토록 헌신적인 사랑을 베풀 수 있었겠지……

생각에 잠겨 신부의 모습을 찬찬히 응시하고 있을 때 영희가 나를 발견하고 눈을 둥그렇게 떴다. 나는 밝게 웃었다. 순간 영희의 얼굴에서 곤혹스런 빛이 사라지며 티없이 반가운 기색이 떠올랐다. 영희는 신부답지 않게 높은 목소리로 말했다.

"여민이 왔구나. 오랜만이다."

"그래, 축하해 주고 싶어서 뛰어왔다."

영희가 절교를 선언할 때와는 정반대로 따뜻한 웃음을 지으며 흰 장갑 낀 손을 내밀었다.

"니가 떠넘긴 남자, 내가 챙긴다."

"정말 잘 됐어."

나는 영희의 손을 힘있게 잡고 가볍게 흔들었다. 그 순간 우리 둘 사이를 가로막고 있던 오랜 냉전 상태가 해소되는 것 같았다.

"고생이 많았지?"

감옥을 두 번씩이나 갔다온 영희에게 위로의 말을 던졌다.

"고생은 무슨 고생? 마땅히 할일을 한 거지. 그보다 너는 별일 없이 지내니?"

영희가 의연하게 대답하며 오히려 내 걱정을 했다.

"나야 뭐, 일에 파묻혀 즐겁게 지내지."

"결혼식 끝내고 한번 만나자. 하고 싶은 얘기가 너무 많아."

"그래, 정말 보고 싶었어."

나는 비로소 영희의 손을 놓았다. 그리고 사진을 함께 찍은 후 신부 대기실을 나왔다.

곧 결혼 예배가 시작되었다. 시골티가 물씬물씬 나는 영희의 아버지가 딸의 손을 잡고 입장한 후 두 남녀는 나란히 서서 결혼 서약을 하였다. 주례를 서는 목사는 운동권에서 유명한 사람이었다. 하객들도 역시 운동권 출신이 많았다. 드문드문 ㄱ대 법대 졸업생들이 눈에 띄었는데, 그들은 나를 보고 약간 어색한 표정을 지었다. 나와 문일규의 관계를 어느 정도 알고 있는 사람들이었다. 그러나 그들이 나를 어떻게 생각하든 상관이 없었다. 끝까지 결혼식을 지켜본 후 자리에서 일어났다. 회사로 돌아가야 했기 때문에 뒤풀이에는 참석할 수 없었다.

오빠 부부와 헤어져 회사로 향하면서 내 젊음의 한 장이 매듭지어졌다는 느낌이 들었다. 개운하긴 했지만 한편으로 아쉬운 기분이었다. 그것은 섭섭함이나 쓸쓸함, 또는 미련 따위와는 전혀 달랐다. 뭐라 표현할 수 있을까? 무대 위에서 열연을 하고 성공리에 연극을 끝낸 배우가 공연이 끝난 후 텅 빈 객석을 보며 느끼는 심정 같다고나 할까? 최선을 다했다, 잘했다! 그리고 이제는 끝났다!라고 스스로에게 말하는 순간의 마음.

그 결혼식 이후에 김영희와 나의 우정이 재개되었다. 여전히 문일규는 만나지 않았지만……

한 달에 한 번꼴로 자주 만나자 김영희는 내가 '대안문화'에 깊이 빠져 있음을 알게 되었다. 저녁을 함께 하며 맥주를 한잔 했을 때, 김영희가 불만스레 물었다.

"너 왜 하필이면 대안문화 사람들하고 어울려 다니니?"

"왜, 어때서?"

내가 가볍게 되물었다. 김영희는 적개심을 숨기지 않으며 날카롭게 대답했다.

"그 사람들은 쁘띠 부르주아 지식인 여성들이잖아? 그런 사람들이 여성운동의 주체가 될 수 있겠니? 진정한 여성운동은 자본주의 체제 내에서 가장 억압받고 있는 여성 노동자를 주체로 해서 전개돼야지."

"노동자들만 여성 억압을 경험하는 건 아니잖아? 성차별 때문에 고통받는 중산층 여성들도 자신의 해방을 위해 노력할 권리가 있지 않니?"

나는 여성운동에 관한 영희의 생각을 떠볼 셈으로 반론을 제기했다.

"그건 그래. 중산층 전업주부들은 가사일에 종사함으로써 남성들의 노동력 재생산에 분명히 기여하고 있어. 하지만 자본가들로부터 한푼의 보수도 못 받고 있으니까 노동력을 착취당하는 셈이지. 그러니까 대안문화에서 시도하는 가사노동의 재평가 운동이 필요할지도 몰라. 하지만 그런 운동은 어디까지나 주변적이고 부수적인 것이야. 뭐니뭐니해도 자본주의 사회에서 여성문제의 핵심은 저임금으로 착취당하고 있는 기층 여성들에게 있어. 기층 여성들은 현사회의 기본 모순인 분단모순, 계급모순 속에서 성모순이라는 이중, 삼중의 질곡에 빠져 있으니까……"

김영희는 목소리에 힘을 주어 결론을 내렸다.

"그러니까 중산층 여성운동도 기층 여성운동에 복무할 때에만 의미가 있지. 그런데 대안문화 동인들은 계급모순을 도외시하고 중산층 운동에 안주한 채 안락한 자기 위안이나 하고 있잖아?"

나는 다소 기분이 상해서 대답했다.

"글쎄, 기층 여성운동이 선행돼야 한다는 데는 동감이지만, 계급모순이 이 사회의 모든 모순을 대변한다고 보진 않아. 사람은 물적 기반에 의해 좌우되는 것만은 아니야. 따라서 계급운동을 넘어선 또 다른 차원의 운동도 필요하다고 생각해."

김영희가 가볍게 코웃음을 쳤다.

"나는 왜 부자도 아닌 네가 물적 기반이 전부가 아니라고 주장하는지 이해할 수 없어. 그건 중산층이라는 물질적 기반을 이미 확보한 여자들이 자기들의 계급적 현실에 그대로 안주하면서, 보다 행복해지기 위해 성차별만 극복하자는 안일한 생각을 흉내내는 거 아니니?"

나는 약간 화가 나서 즉각적인 반론을 제기했다.

"자본주의 발생 이전에도 성모순은 있었어. 너는 자본주의 체제하의 계급모순이 전부인 것처럼 말하고 있지만, 나는 오히려 자본주의 제도보다 더 오래된 가부장적 억압 구조에 근본 모순이 있는 것 같아."

김영희 역시 곧바로 내 말을 반박했다. 우리는 바야흐로 논쟁에 휘말려들었다.

"가부장제가 근본 모순은 아니야. 계급모순과 분단모순을 극복해야 하는 전체 사회변혁운동이 근본적인 것이고, 가부장제나 성모순의 극복은 여성운동 고유의 특수한 영역이지. 여성운동은 보편적인 사회변혁운동의 부문운동으로 존재하는 거야.”

나는 머리 속에 확실한 도표를 그려놓고 거기서 한치라도 어긋나면 틀렸다고 강변하는 영희의 경직성에 답답함을 느꼈다. 가늘게 한숨을 쉰 후 천천히 말했다.

“나는 네 생각이 좀 도식적이라고 느껴. 가부장제는 아주 오래돼서 좀더 교묘하고 끈질긴 억압이야. 계급모순도 어쩌면 가부장제로부터 파생됐을지도 모르고…… 예를 들면 비교적 계급모순이 극복된 사회주의 사회에서도 성모순이 완전히 사라진 건 아니잖아? 성모순은 그만큼 뿌리가 깊고 질기다는 얘기야. 우리는 가부장제의 극복을 통해 성모순, 남성적인 폭력문화, 권위주의, 획일주의 등을 지양할 수 있다고 봐. 새로운 여성문화를 통해 구체적인 생활에서부터 변화를 일으킬 때, 진정한 사회변혁이 이루어지리라 믿는 거지. 물론 계급혁명, 통일 같은 제도적인 변화가 여성해방을 앞당길 수는 있겠지만 궁극적인 생활의 질적 변화까지 보장해 주지는 못할 거야. 나는 전체적인 체제 변화를 우선시하는 너와는 조금 달라. 우리는 구체적인 문제로부터 전체적인 문제를 바꾸어보려는 장기적인 대안을 추구하고 있어. 따라서 네가 머리 속으로 그리고 있는 도표처럼 계급모순, 분단모순이라는 전체 사회변혁운동의 일부로 여성운동이 존재한다고 보지는 않아. 여성운동은 오히려 좀더 총체적이고 근본적인 거지.”

긴 얘기를 참을성 있게 듣고 있던 김영희가 입을 삐죽거렸다.

“네 말은 억지가 심하고 현실성이 없어. 정치적인 혁명이나 경제적인 변화 없이 문화가 홀로 바뀔 수 있겠니? 사회변혁은 계급투쟁과 정치제도의 변화를 통해 이루어지는 거지, 여성문화의 계몽적인 확대를 통해 피 흘리지 않고 안일하게 얻을 수 있는 게 아니야.”

나 역시 거부감을 숨기지 않고 드러냈다.

“너는 너무 남성적 사고에 익숙해져 있어. 예전에도 내가 주장한

적이 있지만, 인류 역사가 투쟁을 통해 발전한다는 것은 남성적인 사고방식이야. 역사는 오히려 협동과 화해를 통해 발전한다고 보는 게 여성주의자들의 시각이지. 전쟁과 혁명으로 인해 사회변혁이 있었다고 주장한다면 그건 지배자들의 생각이야. 오히려 평화시에 인류가 더 발전해 왔지. 따라서 내 생각이 비현실적이라고 말하는 건 옳지 않아.”

김영희가 눈을 둥그렇게 뜨고 나를 바라보았다. 그리고는 한심하다는 듯이 말했다.

“너는 꿈을 꾸고 있구나. 너와 나의 생각이 이렇게까지 달라져 있을 줄 몰랐다. 역사를 보는 눈부터 근본적으로 차이가 나. 안되겠다. 그 동안 너는 너무 가진 자들하고만 어울려온 것 같아. 잡혀가고 고문당하고 총칼로 떼죽음을 당하는 현실의 각박함과 비참함을 잊어버리고 안일한 환상에 젖어 있어. 내가 너를 꿈에서 깨게 해야겠다.”

김영희는 망치로 내 머리를 내려칠 듯 단호하게 말했다. 나는 이론적인 논쟁보다는 구체적인 사례를 들어 말하는 것이 더 설득력이 있겠다고 생각했다. 그래서 구태여 꺼내고 싶지 않은 아버지 얘기를 했다.

“나의 어린 시절을 돌이켜보면, 가정 내에서 아버지의 폭력적 권력 행사가 우리 집의 불행의 원인이었어. 아버지는 정치적으로 진보적인 사람이었지만 여성을 억누르기는 서슴지 않았지. 그래서 나는 어릴 때부터 공적으로 진보적인 남자들의 사적인 모순을 날카롭게 의식하는 버릇이 생겼어. 사회적인 명분이 아니라 구체적인 생활로 사람을 판단하기로 한 거지. 아버지의 가정 내 절대권력은 결국 물적인 기반조차 무너뜨리고 말았어. 나는 가부장제에 근본 모순이 있다고 생각하지 않을 수 없었어. 따라서 구체적인 생활의 변화를 중시하고 가부장제의 모순을 극복하려는 대안문화에 깊이 빠져든 건지도 몰라.”

김영희가 고개를 끄덕였다.

"그래서 너는 언제나 남자의 권위의식에 대해 민감하게 반응했구나."

"그래. 나는 가난은 노력하면 극복할 수 있다고 생각됐지만 남녀 차별은 정말 견딜 수 없었어. 네가 가난이라는 현실은 용납 못하면서 남녀 구별에는 어느 정도 타협했던 것과 대조적이지."

이론 논쟁에서는 첨예하게 대립했던 두 사람이 어릴 때의 구체적인 경험을 주고받자 훨씬 더 서로를 이해하고 따뜻한 대화를 나누게 되었다.

"하긴 나도 어릴 때부터 가난을 뼈저리게 겪지 않았다면 물질적인 기반이 얼마나 중요한지 절감하지 못했을 거야. 찢어지게 못살았던 어린 시절에 가난만 해결되면 얼마든지 행복해질 수 있다는 신념이 생겼지."

김영희가 깊은 생각에 잠기며 중얼거렸다.

"대부분의 사람들이 그렇게 생각하지. 하지만 물질적인 욕구가 해결된다고 곧 행복해지는 건 아냐. 넌 중산층 여성들이 행복한 줄 아니?"

"그래도 기층 여성들보다는 한결 낫지. 기층 여성들은 중산층의 불행에다 더해서 빈곤이라는 악랄한 짐을 안고 있는 거니까……"

얘기가 결국 또 제자리로 왔다. 나는 지루함을 느끼며 기지개를 켰다.

"그건 그래. 너와 내가 생각이 많이 다르지만 어쩌면 큰 차이가 없는지도 몰라. 사회가 변해야 한다는 공통 인식이 있으니까…… 우리는 서로가 어떻게 다르냐가 문제가 아니라 그 다름에도 불구하고 어떻게 만날 수 있냐가 중요해."

김영희가 턱을 괴며 동조했다.

"그렇지. 서로 다른 세력이 어떻게 하나의 결집된 힘을 발휘하느냐가 중요해. 그건 그렇고, 너, 건강 관리는 하고 있니?”

갑작스런 물음에 나는 멀뚱멀뚱하고만 있었다. 그러자 김영희가 새로운 제안을 했다.

“너, 나랑 등산 다니지 않을래? 한 달에 한 번쯤 산에 가는 모임이 있는데, 목적은 단순히 체력 단련을 하는 거야. 재밌을 거야. 같이 가자.”

나는 선뜻 내키지는 않았으나 특별히 거절할 이유도 없었으므로 그러마고 대답했다.

가을이었다. 등산화를 꺼내고 배낭을 손질한 다음, 일요일을 기다렸다. 그 즈음 대학을 졸업하고 취직한 후, 결혼 준비를 하고 있던 동생이 언니를 위해 정성껏 고기를 쟁여주었다. 우리 자매는 그 동안의 셋방살이를 벗어나 시외에 조그만 임대 아파트를 장만한 직후였다. 더이상 동생의 학비 걱정을 하지 않아도 되었기 때문에 나는 오 년 뒤에 있을 임대 아파트 분양을 대비해 알뜰히 저축했다. 오빠도 맞벌이를 통해 조그만 집장만을 하였다. 우리 집안의 경제적 어려움은 비로소 한고비를 넘은 듯했다. 나는 오랜만에 넉넉한 마음을 느꼈다. 물론 어머니는 내가 집장만을 하기보다 결혼하기를 간절히 원하고 계셨다. 하지만 나는 아랑곳하지 않고 스스로의 힘으로 꾸려가는 생활에 만족했다.

일요일 아침, 언니를 끔찍이 생각하는 동생이 쟁여준 불고기거리를 메고 북한산 구기터널 입구에 도착했다. 약속 장소에는 아직 아무도 나와 있지 않았다. 멍하니 서서 오 분쯤 기다리자니 김영희가 빨간 모자를 쓰고 천천히 걸어왔다. 나는 반가워서 손을 흔들었다. 영희가 활짝 웃으며 말했다.

“등산 장비가 제법 있네. 배낭 속에는 뭐가 있니?”

“고기를 좀 준비했어.”

“잘했다. 오늘 모이는 여자들은 전부 개털들이라서 고기 맛을 본지 오래 됐을 거야."

운동권 여자들은 가난하리라는 내 짐작이 크게 틀리지 않았다.

"넌 뭘 준비했니?"

"찌개거리를 싸왔지."

영희와 내가 담소를 즐기며 십 분쯤 기다렸을까? 눈이 동그란 여자와 키가 크고 수척해 보이는 삼십대 초반의 여자가 다가왔다.

"어머, 이게 누구야? 조순미와 박영자 아니야?"

나는 화들짝 놀라서 외쳤다. 그들은 ㄱ대 여학생 지하 서클 시절에 농촌과 노동운동의 현장으로 떠났던 후배들이었다.

"오랜만이에요, 윤여민 언니. 출판사 편집부장으로 출세했다며요?"

조순미가 빙그레 웃으며 놀렸다.

"출세는 무슨 출세? 조그만 동네 골목에서 활개치는 거지."

내가 쑥스러워하며 대답한 후 물었다.

"그보다 너희들은 어떻게 지냈니? 너무나 오랫동안 소식이 끊겨서 궁금하다."

"전 농촌운동을 하다가 쟁의에 연루되어 감옥살이를 한바탕 겪었어요. 지금은 결혼해서 조용히 살아요."

조순미가 간단하게 말했다. 박영자도 마찬가지였다.

"저는 노동현장에 들어갔다가 위장 취업자로 발각되어 해고됐어요."

"어쩌면! 너희들은 학생 때의 소신대로 민주화 투쟁에 일관되게 헌신해 왔구나. 대단하다! 그 동안 서로 자주 만났나 보지?"

내가 진심으로 감탄하며 물었다.

"노는 물이 비슷하다 보니 끼리끼리 모이는 거지, 뭐."

김영희가 대신 말을 받았다. 궁금했던 안부를 주고받는 사이 다시 십 분쯤 지났을까? 키가 자그마하고 뚱뚱한 여자 둘이 뛰어왔다. 그들은 숨을 헐떡이며 사과했다.

"미안해. 둘이 만나서 오느라고 늦었어."

"삼십 분이나 기다렸다!"

아주 친한 사이인 듯 김영희가 서슴없이 톡 쏘아붙였다. 세월이 흘러서 체형이 변해서 그렇지 자세히 보니 그들 역시 아는 얼굴들이었다.

"너희들 이미순과 장청자 아니니?"

"어머, 여민이 언니! 이게 얼마만이에요?"

"아휴, 언니는 하나도 안 변했네."

우리는 하도 반가워서 서로 얼싸안았다. 나는 이미순과 장청자가 김영희와 함께 데모를 한 후 감옥 생활을 했었던 것을 상기하고 약간 죄스러워하며 말했다.

"고생이 많았지?"

"고생이랄 거 있나요? 원해서 싸웠던 건데……"

이미순이 씩씩하게 대답했다.

"여민이 언니 소식은 영희 언니를 통해 가끔 들었어요. 대안문화에 나간다며요? 부자 동네에서 노네요."

장청자가 밉지 않게 비아냥거렸다. 여섯 명의 일행은 화기애애하게 재갈거리면서 북한산으로 올라갔다. 천천히 걸어 올라가면서 내가 장청자와 이미순에게 물었다.

"요즘은 무슨 일을 하고 있어?"

"매 맞는 아내 상담 기관에서 일하고 있어요."

이미순이 대답했다.

"전 새로 생긴 기독교 여성운동 단체에서 일해요. 둘 다 여성운동권으로 뛰어들었죠."

장청자가 야무지게 말했다. 나는 속으로 학생 때 그토록 정치를 우선시하던 이들이 나이가 들더니 결국 여성운동의 필요성을 느꼈구나 생각했다. 이때 김영희가 끼여들어 화제를 바꾸었다.

"나는 오늘 큰놈은 큰놈대로 보채고 작은놈은 작은놈대로 보채서 떼어놓고 오느라고 혼났다."

무용담을 하듯 호기있게 말하자 나를 제외한 일행 모두가 까르르 웃었다. 그러더니 저마다 한마디씩 했다.

"나는 일주일 전부터 등산 갈 거라고 선전포고를 해놨어. 지가 불만이 있어도 어쩔 거야? 마누라가 모처럼 나간다는데…… 오늘 하루는 꼼짝 없이 애 보는 거지."

"아휴, 그 집 서방 참 착하기도 하다. 나는 미리 얘기했는데도 굳이 오늘 나가야 한다는 거야. 할 수 없이 애를 시집에 맡기고 왔어."

"난 친정에 맡겼어."

오가는 대화를 듣던 나는 그제야 영희가 말하던 큰놈이란 남편을, 작은놈은 자식을 가리킨다는 것을 알았다. 그러고 보니 나를 제외한 일행은 모두 결혼한 모양이었다. 그리고, 남편 뒷바라지하고 집안일에 매이고 육아에 곤란을 겪기는 예사 여자들과 마찬가지였다. 따라서 모처럼 여자 친구들과 함께 하는 등산은 이들에게 무척 즐거운 나들이였다. 한참 신이 나서 웃고 떠들며 걷다가 문득 장청자가 말없는 내게 물었다.

"그 집은 아이가 몇이에요?"

"난 독신이야."

"어머, 아직 결혼 안 했어요?"

미처 몰랐었던지 갑자기 일행의 관심이 내게로 집중되었다.

"어머, 어쩌면……"

"에이, 이제라도 빨리 시집 가세요. 아무리 남편이 속을 썩인다 해도 없는 거보다는 나아요."

"매 맞는 아내들을 보면 그렇지도 않아."

"그러니까 좋은 남자를 찾아서 결혼해야지. 애도 낳아보고……"

"그럼, 출산이 얼마나 신비한 경험인데!"

"신비한 경험 좋아하시네. 아프기만 하더라."

나를 쏙 빼놓고 자기들끼리 재재거리며 수다를 떨었다. 나를 걱정하는 그들의 얘기를 들으며 내심으로 생각했다. 결혼은 꼭 해야 한다는 사회적인 통념을 그대로 내면화한 이들은 자유롭고 다양한 삶을 추구하는 '대안문화' 동인들과 많이 다르다. 하긴 민중들의 대부분이 결혼해야 한다는 강박관념을 갖고 있으니까 민중운동 출신인 이들도 결혼이 자연스럽고 필수적이라는 생각에 타협하지 않을 수 없었을 것이다. 나는 속으로 답답함을 느꼈다.

산 입구의 포장된 도로를 걷던 우리는 흙길로 접어들어 산 속 깊숙이 들어갔다. 가을 나무들은 열매를 매달고 낙엽을 떨구었다. 작은 산새가 열매를 쪼아 먹다가 인기척이 나자 포르릉 달아났다. 등산객들은 대자연 속에서 산새처럼 작게 느껴졌다.

산길이 가파라지자 일행은 말없이 걷기만 했다. 길을 모르는 나는 목적지가 어디인지 멀게만 느껴졌다. 바위를 딛으며 한참 오르자 물소리가 가늘게 들렸다. 이제 거의 다 왔다고 김영희가 일러주었다. 나는 안도의 긴 숨을 내뿜으며 일행의 뒤를 묵묵히 따라갔다.

드디어 널찍한 평지와 약수터가 나타났다. 조순미와 박영자가 물통을 들고 밥 지을 물을 받으러 갔다. 나머지 사람들은 계속 걸어서 약수터 조금 위쪽의 숲속으로 들어갔다. 김영희가 숲속의 지리를 훤히 알고 있어 나무 사이를 요리조리 비집고 가다가 커다란 바위 밑의 평평한 자리를 찾아냈다. 꼭 여섯 명이 앉을 만한 자리였다.

"여기가 우리 자리야. 힘들었지?"

김영희가 배낭에서 접는 돗자리를 꺼내며 내게 물었다.

"잘 따라 오던데요?"

이미순이 웃으면서 신문지를 깔기 시작했다. 신문지 위에 다시 돗자리를 깐 일행은 잠시 앉아서 다리를 쉬며 땀을 식혔다. 얼마 지나지 않아 조순미와 박영자가 물을 받아 왔다. 모두들 준비해온 먹거리를 꺼냈다. 씻은 쌀, 찌개거리, 김치, 밑반찬…… 나는 슬그머니 고기를 내놨다.

"어머, 이거 불고기거리 아냐? 여민이 언니 덕분에 오랜만에 포식하겠네."

장청자가 높은 소리로 말했다. 마치 나는 그 동안 물질적인 상승만 꾀했고, 이들은 민주화 투쟁을 하며 빈한하게 살아온 것 같아 창피해졌다. 아니야, 나도 소신껏 살아왔어. 나는 움츠러드는 마음을 추스리며 고개를 들었다. 모두들 신이 나서 밥을 짓고 찌개를 끓인 후 둘러앉아 고기를 구웠다.

"어머, 돼지고기도 아니고 순 쇠고기야, 쇠고기!"

"많이도 가져왔네."

모두들 허겁지겁 먹기 시작했다. 나는 다시 주눅이 들어 고기에는 손도 대지 못했다. 김영희가 그런 나를 지그시 지켜보았다.

밥을 다 먹고 나자 장청자가 커피를 꺼냈다.

"어머, 후식도 있네."

"누가 이런 사치성 수입식품을 가져왔어? 숭늉이나 마시고 말지."

박영자가 커피를 가져온 장청자에게 타박을 주었다.

"고기 먹은 뒤에는 커피가 제격이야. 눈 딱 감고 마셔둬."

장청자가 여유작작 말했다. 커피 특유의 고소한 향기가 퍼지고 있었다. 그러자 모두들 못 참겠다는 듯 군소리 없이 커피를 받아 마셨다. 그러나 농촌운동 출신인 조순미와 해직 노동자인 박영자만은 커피 대신 숭늉을 마셨다. 나는 또 한번 기가 죽는 대신 이들이 너무 현실 감각이 없는 게 아닌가 의혹이 생겼다. 커피가 얼마나 대중화된 식품인가? 그런데 사치성 수입식품이라고 먹지 않다니, 철저한 것은 좋지만 다소 경직됐다는 느낌이 들었다. 물론 건강에는 좋지 않은 음료지만……

천천히 커피를 음미하는 사이 이미순이 진지한 화제를 꺼냈다.

"우리는 요즘 소형 영화를 한편 제작하려고 해. 매 맞는 아내의 이야기를 영상화하려는데, 어떻게 끌어갈지 고민중이야. 좋은 아이디어가 있으면 말해 줘."

장청자가 곧바로 대답했다.

"그거야 남성들의 폭력이 결국 사회 구조에서 비롯된다는 것을 깨우치는 데 초점을 맞춰야지. 화난 아버지가 어머니를 때리면 어머니는 자식을 때리고 자식은 강아지를 때리는 식으로, 독재권력과 독점자본이 남성을 착취하면 남성은 여성에게 폭력적인 분풀이를 하는 것을 그리면 돼."

"그래. 그거 좋겠다. 자본주의 체제가 가부장제를 강화하니까……"

김영희가 나를 힐끗 보며 맞장구를 쳤다. 내 의견은 좀 다르리라고 추측하는 모양이었다.

"남자가 여자를 때리는 장면 사이사이에 광주항쟁 슬라이드를 넣으면 어떨까? 성폭력과 국가권력의 남용은 같은 성질이잖아?"

조순미가 한마디 거들었다.

"참 멋진 생각인데? 독재권력의 명령으로 민중을 학살하는 군인과 사회 구조의 억압 때문에 아내를 구타하는 남편은 똑같은 데가 있어. 그렇다면 아내 구타를 하는 남성을 물리치기 위해서는 궁극적으로 폭압적인 독재에 항거해야 한다는 주장이 실감날 거야."

박영자도 찬성했다. 나는 속으로 논리가 너무 꿰어맞추는 식이고 비약이 심하지 않나 생각했으나 아무 말도 하지 않았다. 이들은 여성문제에 관해 일괄적인 학습을 통해 똑같은 결론에 도달해 있는 것 같았다. 내가 다른 의견을 말해도 쉽게 받아들이지 않으리라.

"하여튼 진정한 여성해방은 민족과 계급 모순이 극복돼서 완벽한 인간해방이 이루어질 때 가능하다는 것을 확실히 밝혀야 돼."

김영희가 다시 한번 내 눈치를 살피며 강력하게 주장했다. 나는 끝까지 잠자코 있었다. 그때 이미순이 내게 부드럽게 말했다.

"아까부터 가만히 침묵을 지키고 있는데 한마디 하세요. 기탄 없는 의견은 많은 도움이 되니까요."

나는 잠깐 망설이다 조심스럽게 입을 열었다.

"여성문제를 전체 사회변혁운동에 동원하려고만 할 게 아니라, 실제로 매 맞고 아파하는 아내들의 구체적인 체험에 초점을 맞추었으면 해. 거시적인 관점에서의 민족, 민중 문제만 강조하다 보면 피억압 집단으로서의 여성의 체험은 설 자리를 잃게 되지 않을까?"

이미순이 고개를 갸우뚱했다.

"글쎄, 때리는 남편과 매 맞는 아내의 관계에만 강조점을 두다 보면, 자칫 남성과 여성을 대립 관계로 보게 되지 않을까요? 여성문제를 민족, 민중 모순이 아닌 가부장제에서 파생되는 협소한 문제로 오도할 수도 있고요."

"그게 왜 오도하는 거야? 성모순은 워낙 가부장제 이데올로기에서 비롯되는데……"

내가 진지하게 되물었다. 장청자가 고개를 흔들었다.

"아니에요. 그건 아주 위험한 생각이에요. 지금의 자본주의 체제는 성차별을 계급 유지에 최대한 악용하고 있어요. 여성을 가사노동에 종사케 함으로써 노동력 재생산비를 줄이거나, 여성 인력을 남성 노동력보다 저임금으로 착취하거나…… 따라서 남성 노동자와 여성 노동자는 단결해서 자본가에게 대항해야 다같이 해방될 수가 있어요. 그런데 가부장제의 모순만 강조해서 남성과 여성을 대립시키면 상당히 곤란하죠. 남녀가 서로 적대관계에 빠져들거나 상호 갈등을 일으키게 되면 효율적인 단결이나 일사불란한 계급 투쟁을 할 수 없어요. 남성과 여성은 대립해서는 안 돼요. 단결해야죠."

"하지만 실제로 때리는 남편과 매 맞는 아내가 있어서 아무리 화해하라 그래도 소용이 없고, 계속 목숨이 위태로울 지경으로 구타당한다면 남성과 과감히 싸우라고 할 수밖에 없지 않아요? 거기에 바로 현실적인 여성문제가 있는 거죠. 반드시 계급문제나 민족문제에 종속되지 않는 독자적인 여성의 현실이……"

나는 전체 변혁운동의 당위성만 강조하는 일행이 답답해서 한마디 덧붙였다. 그러자 두세 사람이 동시에 반박하고 나섰다.

"매 맞는 아내의 독자성이나 특수성도 알고 보면 사회의 보편적인 빈곤이나 억압 구조와 얽혀 있죠."

"그래요. 따라서 사회체제가 우선 바뀌어야 종속적인 성모순도 점차적으로 줄어들 거예요."

나는 한결같은 주장 앞에 말문이 막혔다. 하긴 민중들과 어려운 생활을 함께 해온 이들에게는 우선 빈부 차이가 없어져야 한다는 요구가 절박할 수밖에 없었다. 또한 빈곤한 피억압 계급을 양산하는 국가독점자본주의를 총력을 다하여 부수고, 폭압적인 독재권력에 단결하여 대항하는 것이 급선무일지도 몰랐다. 하지만 사소하고 구체적인 일상적 모순을 직시하지 않고 커다란 구조악이나 민주화 투쟁만 우선시하는 이면에는 또 다른 심리가 있을지도 몰랐다. 언젠가 '대안문화'의 강정화 동인이 썼던 글이 떠올랐다.

……이들이 여성문제의 독자성을 밝히는 부분을 이렇게 완강하게 거부하는 이면에는 여성문제에 눈뜨고 싶지 않은 강한 심리적 저항이 있는지도 모른다. 성모순에 눈뜬다는 것은 자신이 그 동안 맺어온 기존의 관계를 끊기도 하고 준거집단을 떠나야 하는 아픔을 의미한다.

그러면서 강정화 동인은 가부장제에 길들여진 약은 여성일수록 그런 고통스럽고 손해 보는 일을 하지 않으려 한다고 웃으면서 말했었다. 하긴 이들도 전부 남편과 아이가 있는 여자들이다. 남녀 사이를 대립 관계로 파악한다면 더이상 견딜 수 없어지는 부분이 있을 것이다. 그래서 한사코 남녀는 적대 관계가 아니라고 자기 합리화를 하는지도 모른다. 유구한 세월 동안 여성은 남성에 의해 갖은 교묘한 수단으로 시달림을 받아와서 이제는 싸우지 않으면 권리를 찾을 수 없는데도……

일행은, 대학 시절부터 나는 다른 이견만 말해 와서 제쳐놓을 수밖에 없다는 듯 자기들끼리의 얘기에 열중했다. 나는 그들을 안타깝게 바라보았다. 여성운동조차 남성들의 논리에 맞추어 부수적으로 전개한다면, 봉건시대의 순종적인 여자들과 무엇이 다른가? 남성적인 사고방식을 아무런 반성 없이 맹목적으로 추종한다면 여성주의의 참뜻을 찾을 수 없지 않을까? 나는 급진적인 발언을 해도 거부감 없이 들어주는 '대안문화' 동인들이 그리웠다.

한참 수다를 떨던 일행은 이윽고 자리를 거두고 산을 내려왔다. 내려오는 길에는 붉은 노을이 나의 기분처럼 쓸쓸하게 내려앉고 있었다.

그후 김영희가 가끔 나를 불러내어 등산을 가자고 하였다. 나는 바쁘다는 핑계로 가지 않았다. 다시는 그렇게 쓸쓸한 기분을 느끼고 싶지 않았다. 게다가 실제로 무척 바빴다. 회사 일도 분주했지만 '대안문화'의 회보 만들기, 편집회의 참석, 월례논단 참가 등으로 주말마다 계획이 짜여졌다. 또한 그 즈음 소모임 활동에까지 참여해 여성학 공부를 했다.

'대안문화'의 장경미 간사가 이끄는 여성학 공부방은 여성으로서의 구체적인 내 삶을 이론적으로 정리하는 데에 많은 도움을 주었다. 우리는 여성학 공부가 웬만큼 끝나는 대로 각자의 삶을 써보기로 했다. 사실 여성들은 오랜 세월 침묵해 왔다. 표현하고 싶은 욕구를 참는 일은 여성의 미덕으로 간주되었다. 따라서 말없는 여성들이 무엇을 생각하고 어떻게 느끼는지는 거의 알려지지 않았다. 우리는 남성 지배세력에 의해 정리된 이야기, 대서사가 아니라 그 공식적인 역사 뒤에 숨겨 보이지 않았던 여성들의 일상적인 삶, 생각과 느낌, 즉 소서사를 써보기로 한 것이다. 위대하거나 대단할 것도 없는 한 개인의 사소한 이야기지만 구체적인 생활의 진실이 담겨 있는 소서사. 바로 '자기 역사를 써보기'였다.

물론 여성들의 이야기는 남성들의 글과 다를 수밖에 없을 것이다. 남성과 여성은 함께 살아가지만 사실은 엄격하게 역할이 분리된 세계에서 전혀 다른 체험을 하기 때문이다. 우리는 기존의 기승전결식 구조나 남성적 언어와는 다른 새로운 형식, 새로운 여성주의적 문체를 찾아보기로 하였다. 그리고 그러한 시도는 구체적인 글쓰기 작업을 통해 이루어질 것이다.

여성학 공부방에는 나와 같은 독신들도 있었지만 남성들의 뒷바라지를 하며 살아가는 전업주부들도 있었다. 그들의 이야기를 들으면서 내 독신생활이 얼마나 단순한가 반성도 되었다. 전업주부들은 남편, 아이, 시집과의 관계에서 끊임없이 갈등을 겪었다. 한 남자를 위해 인생을 바치는 것은 흔히 아름다운 사랑으로 미화되어 왔으나 사실은 끔찍하게 고달프고, 자존심 상하고, 괴로운 일이었다. 나는 사소하고 하잘것없으며 시시콜콜한 일상의 번뇌가 여성들에게 얼마나 중요한 문제인가를 새삼 깨달았다. 주부들의 이야기는 박완서의 소설처럼 흥미롭고 풍부했다. 역시 '개인적인 것은 정치적인 것'이었다.

그러나 나에게는 직장생활과 사회 체험이 전부였다. 내게는 갈등을 일으킬 가족관계가 없었다. 하긴 진작부터 갈등의 소지를 가져올 가족을 만들지 않았던 현명함 내지는 약삭빠름 탓이지만…… 나는 주부들의 힘들고 빛 안 나는 가사노동에 비하면 제법 의미있는 일을 해왔고, 여성으로서의 억압도 덜 느낀 편이었다. 어쩌면 나는 '명예 남자' 비슷한 생활을 했었는지도 몰랐다. 따라서 나의 소서사는 매우 재미없게 전개될 것 같았다. 하지만 용기를 잃지 않고 써보기로 하였다. 독신 여성의 삶도 여성의 삶이니까……

이런 이유들로 바쁘기도 했지만 더욱 정신이 없었던 것은 동생의 결혼 때문이었다. 오빠가 결혼할 때는 워낙 경제적으로 궁핍한 탓에 간략히 치렀고, 또 남자였으므로 혼수 준비가 복잡하지 않았다. 그런데 여자 동생의 경우는 많이 달랐다. 결혼에 따른 준비가 왜 그리 복잡한지 어머니와 올케뿐만 아니라 나까지 번갈아 혼수 장보기에 동원되었다. 장롱, 이불, 그릇, 가전제품, 예단, 한복, 드레스…… 간소하게 치르는 편인데도 장만할 것이 끝이 없었다. 이불 홑청 한 가지를 장만하는데도 수많은 낯선 이름의 천들이 등장했고 색깔, 디자인까지 고르려면 눈이 아팠다. 가전제품을 사는 일도 쉽지 않았다.

한마디로 현대 생활은 복잡한 상품들로 구성되어 있었다. 현대의 가정생활이란 상품의 소비처였고, 상품의 소비자인 여성은 대자본의 식민지였다. 따지고 보면 신랑 신부도 상품의 일부였다. 나는 어느새 우리의 일상생활 깊숙이 침투한 자본주의의 음모에 치를 떨었다.

나는 김영희에게 이러한 깨달음을 얘기했다. 자본주의의 모순을 지적하려면 계급투쟁만 외칠 게 아니라 우리 생활의 구체적 식민화 현상을 분석해야 할 것이라고 했다. 전계층의 여성을 대상으로 상품 공략을 하는 대자본의 침투를 직시해야 한다고…… 그러나 김영희는 여전히 중산층의 소비생활이나 문제삼을 게 아니라, 여성 노동자가 주체가 되는 계급투쟁으로 독점자본을 부수어야 한다고 강변했다.

나는 김영희와의 대화가 자꾸 어그러진다고 느꼈다. 무언가 핀트가 맞지 않았다. 김영희가 주장하는 노동자 우선은 그때처럼 노동조건이 열악한 상황에서는 꼭 필요한 주장이었다. 영희 같은 신념을 가진 사람이 더 늘어나야 했다. 그러나 자기의 주장만이 절대적으로 옳다는 독단과 배타성은 의식화운동에 방해만 될 것 같았다. 그저 저녁을 사고 후원금을 쥐어줄 수밖에 없었다.

　복닥복닥거렸던 동생의 결혼식이 끝났다. 아파트에 혼자 남게 되자 마음이 정돈되었다. 동생이 살던 작은방을 침실로 꾸미고 큰방을 서재로 만든 다음, 컴퓨터를 들여놨다. '대안문화'의 여성학 공부가 끝나는 대로 소서사를 쓸 셈이었다.

아무데도 기댈 곳 없는…

'대안문화'와의 만남을 기억하다 보니 어느새 오후 두시가 되었다. 머리를 흔들어 잡념을 떨쳐버리며 일을 시작하려 할 때였다. 경리 오미자가 인터폰도 누르지 않고, 조심스레 편집실 안으로 들어왔다. 나는 눈으로 무슨 일이냐고 물었다. 오미자가 책상 앞까지 다가와 낮게 말했다.

"형사들이 왔는데요."

오미자가 작게 말했음에도 불구하고 편집실 직원들이 들은 모양이었다. 모두들 갑자기 긴장하여 일손을 멈추고 나를 바라보았다. 나는 짐짓 기지개를 켜며 여유롭게 말했다.

"그놈들, 오랜만인데? 한동안 뜸하더니, 웬일일까? 사장님은 안 계셔요?"

오미자가 냉큼 대답했다.

“네. 조금 아까 이선생님하고 외출하셨어요.”

“알았어요. 내 곧 나갈 테니까 잠시 기다리라고 하세요.”

오미자가 편집실을 나갔다. 나는 우선 직원들을 안심시켰다.

“모두들 일을 계속하세요. 별일 없을 거예요. 혹시 문제가 될 자료를 갖고 있으면 적당히 감추세요.”

팔십년대에 같이 일을 했던 옛 직원들은 수시로 불온 유인물을 가져오곤 했었다. 우리는 그것을 돌려보고 토론했으며, 모아서 책을 만드는 데 참고자료로 쓰기도 했다. 그러나 그들은 정영숙만 빼놓고 하나둘 나갔다. 머리가 커져서 좀더 좋은 자리로 옮기기도 했고, 길을 바꾸기도 했다. 구십년대에 들어와 새로 모집한 지금의 직원들은 저항운동과 거리가 멀었다. 사실 이들이 문제될 자료를 감추고 있을 리는 없었다. 만약을 대비해서 잔소리를 좀 한 것뿐이다. 또한 팔십년대처럼 편집부 안에 위험한 원고가 있지도 않았다. 해적판 검열이라면 몰라도…… 때문에 나는 안심하고 ‘그놈’들을 만나러 일어섰다.

그놈들은 영업부에서 기다리고 있었다. 관할 경찰서의 담당 형사가 아닌 낯선 중년 남자 세 명이었다. 나는 그들이 기습적으로 수색하지 않고 기다려준 것으로 보아 큰 문제가 없으리라 예감했다. 그러나 무슨 일로 왔는지, 어떤 사태가 벌어질지 통 예측할 수 없었다. 부딪쳐보는 수밖에…… 그들에게 다가가 인사부터 했다.

“제가 편집부장인데요, 어디서 오셨는지요?”

그들 중의 한 명이 신분증을 꺼내 잠깐 보였다.

“우리는 조사받을 일을 저지른 적이 없는데요.”

나는 고개를 갸우뚱하며 그들과 마주앉았다. 그리고 오미자에게 부탁해서 차 대접을 했다. 찻잔을 거들떠보지도 않고, 그들 중의 한 명이 군소리 없이 책을 한 권 불쑥 내밀었다.

“이 책, 여기서 만들었지?”

그 책은 얼마 전에 발행한 『민중불교』였다. 말썽될 만한 내용이 없다는 자신감이 들었다. 당당하게 대답했다.

"예, 우리가 만들었습니다."

"그러면 편집장이 전부 읽어보았겠군."

위압감을 주려고 일부러 딱딱한 반말을 쓰는 것 같았다. 어쨌든 처음 보는 사이에 반말은 기분이 나빴다. 그러나 애써 참고 공손하게 대답했다.

"예, 다 읽었습니다."

"여기, 이 글이 이상하다고 생각되지 않아?"

그는 책을 펼치고 접어놓았던 부분을 내보였다. 얼핏 들여다보니 마르크스라는 단어 밑에 붉은 줄이 그어 있었다. 나는 갑자기 맥이 빠졌다. 도대체 지금이 어떤 시대인데, 아직도 마르크스 이름만 나와도 닭달을 한단 말인가? 몇 시간 전에 사회주의 국가에서 온 김석을 만나 얘기를 나누었는데, 느닷없이 오십년대식 냉전 논리를 들이대다니…… 그러나 나는 긴 말을 할 필요성을 느끼지 않았다. 냉랭하게 잘라 말했다.

"이상할 거 없는데요?"

"아니야, 이 글은 문제가 많아. 이 글을 쓴 사람을 알지?"

"모르는데요."

나는 사실대로 대답했다. 그러자 그들 중에서도 제일 나이 들어 보이는 사람이 본격적으로 신문하기 시작했다. 다른 두 명은 옆에 앉아 눈빛을 번뜩이며 날카롭게 지켜보았다.

"몰라? 모르면서 어떻게 책을 냈나?"

"그 책에는 스무 명 이상의 필자가 있어요. 제가 그 필자들을 일일이 만나서 원고를 받은 게 아니라, 한 사람이 모아온 것을 넘겨 받았어요."

"그 한 사람이 누군데?"

“목어스님이라고, 민중불교의 포교를 위해 애쓰는 분이지요.”

“포교 좋아하네. 민중불교는 종교 활동을 빙자해서 이적행위를 하고 있어. 어쨌든 그 땡중은 어떻게 알게 됐나?”

이들은 ‘민중’ 소리만 들어가면 ‘이적’이라고 생각하는 극우파들이었다. 이들에게 기획위원 이선생으로부터 목어스님을 소개받은 복잡한 경위까지 고백할 필요는 없었다. 쓸데없이 여러 사람이 피해를 입기 때문이었다. 순간적으로 임기응변이 떠올랐다. 그들이 믿을지 모르지만 우리 출판사와 목어스님과의 관계를 단순화시키기로 했다.

“어느 날 목어스님이 편집부로 찾아오셨어요. 평소에 우리 출판사에서 낸 책들을 주의 깊게 보셨다면서, 출판 의뢰를 하시더군요. 원고 뭉치를 두고 가셨는데, 읽어보니 괜찮아서 출판하기로 결정했지요.”

나이 지긋한 형사가 믿기지 않는 듯 되물었다.

“정말이야? 누구 소개 없이 불쑥 찾아온 낯선 사람의 원고를 그냥 출판했단 말이야?”

“예. 출판사에서는 그런 일이 비일비재해요. 누가 가져온 원고이든 원고가 괜찮으면 곧바로 책으로 내지요.”

내가 태연하게 대답했다.

“이 원고가 괜찮았단 말이야?”

형사가 어이없다는 듯 거칠게 반문했다. 나는 아무렇지 않게 말했다.

“예. 불교도 이제 산 속에서 나와 이웃을 위해 일하려고 애쓰는 게 긍정적으로 평가됐어요. 물론 위험한 사상을 담은 것 같지도 않았구요. 게다가 종교 서적은 독자층이 확실하거든요. 장사가 될 만하다고 판단했지요.”

형사는 억장이 막힌다는 표정을 지으며 무섭게 윽박질렀다.

“이거, 윤부장도 이놈들과 똑같이 빨간 거 아니야?”

나는 원고를 소개해 준 이선생의 신변을 지키려다 내게 위험이 몰리는 것을 민감하게 느꼈다. 그러나 이와 비슷한 일을 팔십년대에 자주 겪어서 조금도 겁이 나지 않았다. 눈을 동그랗게 뜨고 대들었다.

"이 정도 내용의 책을 가지고 너무 신경을 곤두세우시는 거 아녜요? 요즘 세상에 이런 온건한 사상도 드물다구요."

형사는 말이 막히는지 차를 한 모금 꿀꺽 마신 후 다시 질문했다.

"그러면 문제된 글의 필자를 모르는 채로 책을 만들었다 이거군."

"예. 말씀드린 대로입니다."

이때 그들 중 제일 젊어 보이는 사람이 성질을 참지 못하고 목소리를 높이며 끼여들었다.

"이 필자가 어떤 놈인 줄 알고 그렇게 함부로 책을 내나? 지금 이놈은 중죄를 짓고 도망가서 수배중이야."

"어머, 수배중이에요?"

나는 호들갑스럽게 놀라는 척했다. 사실 공개되지 않은 수배자가 숱한 요즘 세상에 도망자가 있다 해서 놀랄 내가 아니었다. 그러나 비로소 형사들이 찾아온 이유를 알아챌 수 있었다. 동시에 크게 안심이 되었다. 첫째, 나는 정말로 문제된 필자를 모른다. 둘째, 수배중이라는 사실도 처음 알았다. 따라서 어디에 있는지도 모르니 숨기거나 거리낄 게 전혀 없었다. 그러나 만의 하나, 그 모든 사실을 안다 해도 모르는 체했으리라. 굳이 운동권을 비호하지 않더라도, 보통 정도의 양식이 있는 사람이라면 아마도 형사들에게 수배자의 행방을 알려주지는 않을 것이다. 형사들도 그런 민심을 어느 정도 알고 있는지 은근히 사정을 했다.

"그래. 국가보안법 위반으로 찾고 있어. 알고 있으면 협조해 줘."

국가보안법이라고 하면 크게 떨 줄 안 모양이었다. 하지만 운동권을 별로 찬양하지 않는 나도 국가보안법이 코에 붙이면 코걸이, 귀에 붙이면 귀걸이 식의 말도 안 되는 악법이라는 것을 알고 있다. 속으로 코웃음이 나왔으나 겉으로는 큰 위법이라는 듯 난감한 표정을 짓고 힘없이 중얼거렸다.

"그런 사실은 미처 몰랐는데요."

"모르면 다야? 그런 무책임한 말이 어디 있어?"

내가 약하게 나오자 그들은 기고만장해서 점점 더 집요하게 캐물었다.

"목어는 어디 있나?"

"정릉 절에 계십니다."

목어스님이 내가 모르는 토굴 어디론가 거처를 옮겼으므로 안심하고 편안하게 말했다.

"목어와의 관계는?"

"저자와 편집장의 관계일 뿐입니다."

"목어와 문제된 필자와의 관계는?"

"같이 민중불교를 연구하는 사이라는 것 외에는 모릅니다."

"문제된 필자와 이 출판사 사장의 관계는?"

"저와 마찬가지로 모르는 사이입니다."

형사들은 같은 말을 묻고 또 물었다. 글의 내용보다는 사람 관계를 캐묻는 것으로 보아 출판의 과실을 조사하기보다 수배자의 행방을 추적하기 바쁜 것 같았다. 그렇다면 백날을 신문한데도 소용이 없을 터였다. 거듭 말하거니와 나는 문제된 필자를 전혀 모른다. 따라서 마음놓고 같은 말을 반복해서 대답해 줬다. 그런데도 그들은 무언가 미심쩍은 듯 자꾸 추궁했다.

"이 수배자, 정말 몰라? 한 번도 만난 적이 없어?"

"정말 만나보지 못했어요."

그때였다. 비껴앉아 침묵을 지키고 있던 나머지 한 명이 불쑥 내뱉았다.

"혹시 내연의 관계 아니야, 이거?"

나는 갑자기 뜨거운 응어리가 목으로 치밀어올랐다.

"아니에요!"

단호하게 부인했다. 억울했다. "당신들은 가끔씩 억울하지만 나는 날마다 억울하다!" 문득 어떤 영화 광고문이 떠올랐다. 정말이다! 너무나 억울했다. 조사받는 일이 처음이 아닌데도 매번 남녀 치정관계에 사건을 얽어매려 드는 이들이 역겨웠다. 아주 값싸고 더러운 포르노의 조역으로 억지로 끼워지는 것 같아 기분 나쁘기 짝이 없었다. 갑자기 내가 여자라는 사실을 강조하며 삽시에 비하시켜 버리는 이런 언사는 불쾌하고 억울하며 분노스러웠다.

그러나 내 기분이 어떻든 신문은 계속되었다. 두 시간쯤 반복된 신문에 나는 어지간히 지치고 마음이 상했다. 그들은 애초부터 연행할 의사는 없었던 모양이었다. 결국 자술서만 받아낸 후 돌아갔다.

나는 후줄근하게 기운이 빠져서 편집실로 들어갔다. 목을 빼고 기다리던 직원들이 경위를 물었다. 나는 애써 밝은 표정을 지으며, 간단히 신문 내용을 설명해 주었다. 다 듣고 난 서현희가 종알거렸다.

"별일 아니구나."

그 말을 듣는 순간 빙그레 웃음이 나오며 긴장이 확 풀렸다. 아울러 노곤해지면서 일할 기분이 나지 않았다. 머리도 식힐 겸 어제 마음먹은 대로 해적판에 대처할 기획도 세울 겸 자리에서 일어나 밖으로 나왔다.

돌이켜보면, 아직도 형사들이 설치고 다닌다는 것은 기가 막힌 일이었다. 독재권력에 의한 정보정치를 끝내기 위해 온 국민이 얼마나 열심히 싸워왔던가? 나는 '대안문화' 사무실이 있는 충정로를 향해 천천히 걸으면서 1987년을 기억했다. 운동권이든 아니든 가리지 않고 하나가 되어 맹렬하게 투쟁했던 그해 여름. 오랫동안 누적되어온 정치적 불만이 본격적으로 끓어오르던 그 즈음, 여성운동도 상당히 다양하고 활발하게 전개되었다.

그래서 '대안문화' 사무실에 가면 여러 여성단체에서 온 유인물들을 볼 수 있었다. 톰보이 불매운동, 부천서 성고문 사건, KBS 시청료 거부, 최루탄 추방운동 등 동조할 움직임투성이였고, 서명할 성명서도 많았다. 나는 여기저기 열심히 서명을 했다. 교수 동인들의 움직임도 심상치 않았다. 가끔 신문에 민주화를 촉구하는 서명 교수 명단이 실렸는데, '대안문화' 동인들 이름이 빠지지 않았다.

드디어 터질 것이 터졌다. 박종철 학생이 고문을 당하다 비참하게 죽은 것이다. 각계각층은 더이상 참지 못하고 폭발적으로 민주화운동을 전개하기 시작했다. 국민운동본부의 지휘 아래 연일 데모가 일어나서 거리는 최루탄 가스로 뒤덮였다. 나는 낮에는 책을 만들고 퇴근 후에는 직원들과 함께 거리로 나갔다. 처음에는 학생들 시위를 구경하다가 다음에는 박수를 쳤고, 나중에는 데모대에 함께 뛰어들었다. 최루탄이 터지면 제일 먼저 도망쳤고 데모대가 다시 모이면 슬그머니 끼여들었다. 그런 겁쟁이 나를 직원들은 부장님, 우리 부장님 하면서 따라다녔다.

유월 이십일이 넘어 시위가 점점 격렬해질 때였다. '대안문화'에서 장경미 간사가 한번 들르라고 전화를 했다. 점심시간을 이용해 '대안문화' 사무실로 갔다. 장경미 간사가 여성단체연합에서 얻어왔다고 하면서 호루라기를 한 움큼 주었다.

"여성단체 회원들은 이 호루라기를 갖고 내일 중앙우체국 앞에 모이기로 했어요."

장경미가 시간을 알려주며 가능하면 여러 명을 데리고 나오라고 당부했다. 나는 선선히 그러마고 했다. 회사로 돌아와 직원들에게 호루라기를 나누어주자 모두들 웃으며 무엇에 쓸 거냐고 물어보았다. 나도 모르니 두고 보자고 대답했다.

내일 데모를 위해 정시에 퇴근하려는데 김영희로부터 전화가 왔다. 잠깐 보자는 얘기였다. 다소 피곤했으나 아무 말 않고 약속 장소로 나갔다. 무교동 중국집의 방안에는 언젠가 등산을 같이 갔던 여자 후배들이 모여 있었다. 모두들 내일 있을 결전을 준비하는 모양이었다. 그러나 '대안문화'나 가나 출판사 직원들처럼 신나는 모습이 아니었다. 모두 굳은 얼굴이었고 결사적인 자세였다. 김영희가 무겁게 입을 열었다.

"여기 있는 사람들은 내일 데모에서 작은 모임들을 이끌 핵심이야. 다 알고 있겠지만 노파심에서 잔소리를 좀 할게. 시위를 열심히 하다 보면 동료들과 흩어지는 수가 있어. 흩어질 경우를 대비해서 두 시간 간격으로 만날 장소를 미리 정해두도록 해. 세시에는 우체국 앞, 다섯시에는 동방플라자 시계탑, 일곱시에는 신세계 육교 밑…… 하는 식으로. 그래서 없어진 인원을 확인하고 잡혀간 사람을 체크하도록. 지휘부에서 예측하는 바에 의하면 내일쯤 탱크가 등장할지도 모르는 위기 상황이니까 주의하도록 해. 물론 고물 탱크니까 겁낼 것은 없어. 하지만 총칼을 들이대더라도 당황해서 흩어지지 말고 끝까지 싸워야해."

말을 마치고 굳게 입을 다무는 김영희를 보자 전신에 소름이 끼쳤다. 그렇다. 이것은 민주화의 축제가 아니다. 광주항쟁처럼 피를 흘려야 할지도 모르는 결사적인 싸움인 것이다. 나는 정신이 번쩍 났다. 일행은 이미 죽음을 각오했다는 듯 말없이 소주잔을 들었다. 그리고 서로를 확인하며 잔을 부딪쳐 건배했다. 모두들 많이 마실 생각은 없었다. 말하자면 최후의 결전을 앞둔 사람들끼리의 작별 인사였다. 모두들 빛나는 눈과 굳게 다문 입으로 뜨거운 악수를 나눴다.

중국집을 나왔을 때 김영희가 내게 다가왔다.

"네가 열심히 데모하는 모습을 거리에서 보았어. 너를 너무 과소평가했던 것을 용서해라. 우리는 동지다!"

김영희가 나를 꼭 껴안았다. 나는 웃으면서 영희를 마주안았다. 그 동안의 서로 다른 의견에도 불구하고 어쨌든 우리는 함께 싸우고 있는 것이다.

군의 개입이 예상될 정도로 심상치 않은 시국을 걱정하면서 하룻밤을 잔 다음 출근을 했다. 그 즈음 사장은 민주화 투쟁에 개입하여 나름대로 바쁜 탓에 오전에만 회사에 붙어 있었다. 그리고 직원들이 데모대를 쫓아다니는 것을 알고 즐거워했다. 그러나 책 만들기를 중단할 수는 없었다. 물론 그런 시국 속에서 판매 부수는 현격히 줄어들었다. 하지만 영업부장만이 데모사태를 탓하고 있을 뿐 모두들 민주화운동이 일어난 것을 기꺼워했다.

편집부 직원들은 퇴근 후 데모에 가담한 다음날이면 시간 가는 줄 모르고 무용담을 나누며 즐거워했다. 아마도 독재정권 밑에서 오랜 세월 억눌려 있던 정의심이 폭발하면서 일종의 해방감을 맛보는 것 같았다. 그때 나와 함께 일하고 데모했던 직원들은 그후 정영숙만 제외하고 모두 더 나은 자리로 옮겨갔다. 돌이켜보면 그때처럼 호흡이 맞는 직원들이 없었다.

우리는 업무를 일찍 마친 후 중앙우체국 앞으로 갔다. 중앙우체국의 널찍한 계단에는 뚱뚱한 아주머니들이 한떼거리 몰려 앉아 있었다. 민가협 어머니들과 여성단체 회원들이었다. 나는 두리번거리며 '대안문화' 동인들을 찾았다. 계단 한구석에서 장경미 간사가 번쩍 손을 들어 보였다. 반가워서 가까이 다가갔다. 장경미 옆에는 여성학 공부방 멤버들의 얼굴도 보였다. 같이 온 직원들을 소개하고 이야기를 나누었다. 이때 체크 무늬 남방을 입은 젊은 남학생이 슬며시 다가오더니 유인물을 한 묶음 놔두고는 바람같이 사라졌다. 우리는 유인물을 돌려 보면서 데모가 시작되기를 기다렸다.

길거리에는 전투경찰들이 사방에 깔려 있었다. 그들은 방패로 벽을 만들고 오가는 행인들을 날카로운 눈으로 감시했다. 젊은 남학생들은 어김없이 수색을 당했다. 그러나 뚱뚱한 아주머니들이나 우리 같은 사회인들은 비교적 자유롭게 걸어다녔다. 나는 학생들은 거의 보이지 않고 일반 시민만 가득 찬 이 거리에서 누가 먼저 데모를 일으킬 것인가 궁금했다. 국민운동본부에서 시위를 하기로 결정한 시간이 다가올수록 긴장감은 더욱 고조되어갔다.

드디어 D타임이었다.

갑자기 어디선가 커다란 버스가 달려와 우체국 골목 입구에 섰다. 문이 열리더니 대학생들이 와르르 뛰어내렸다. 버스는 한 대가 아니었다. 연속적으로 달려왔다. 버스에서 내린 대학생들은 눈깜짝할 사이에 대열을 만들더니 질서정연하게 구호를 외치기 시작했다.

"호헌 철폐! 독재 타도!"

"호헌 철폐! 독재 타도!"

학생들이 각도 있게 팔을 내두르며 구호를 외치자 골목 뒤쪽의 어디에선가 또 다른 젊은이들이 나타나 큰 소리로 호응했다.

"호헌 철폐! 독재 타도!"

"호헌 철폐! 독재 타도!"

어디서 나타난 사람들인지 거리는 삽시에 시위 군중으로 가득 찼다.

"호헌 철폐! 독재 타도!"

구호는 일사불란했다. 전경들은 몰려드는 군중을 향해 최루탄을 쏘려고 자세를 낮췄다. 이때였다. 우체국 계단에 쭈그리고 앉아 있던 아주머니들이 호루라기를 불기 시작했다. 아! 호루라기를 이럴 때 쓰는 거구나! 나도 재빨리 호루라기를 꺼냈다. 수백 명이 부는 날카로운 호루라기 소리가 사방으로 퍼져 나갔다. 전경들이 흠칫 놀라 머뭇거렸다. 그 틈을 타고 학생들이 돌진했다.

"호헌 철폐! 독재 타도!"

계단에서 일어선 여성들이 학생들의 뒤를 따라 행진했다.

“호헌 철폐! 독재 타도!”

타타타타타타!

총을 난사하는 듯한 소리가 들리며 최루탄이 터졌다. 희고 매캐한 연기가 자욱하게 시야를 가리더니 눈물이 쏟아지고 기침이 나왔다. 앞이 보이지 않았고 한 발짝도 나아갈 수 없었다. 숨이 막히고 구역질이 났다. 나는 골목 구석에 쭈그리고 앉았다. 전경들이 후퇴하는 젊은이들을 무차별 연행했다. 그러자 뚱뚱한 아줌마들이 눈물 콧물에도 아랑곳없이 전경에게 대들어서 잡혀가는 젊은이를 뺏어왔다. 어디선가 여성들의 노래 소리가 들렸다.

“최루탄은 물러가라, 홀라홀라!”

나는 비로소 눈을 뜨고 몸을 일으켰다. 여성들이 행렬의 맨앞에 나서 전경들에게 삿대질하는 모습이 보였다. 나이 어린 전경들은 자기 어머니 같은 아줌마들을 차마 어쩌지 못하고 난처해서 쩔쩔매고 있었다. 어떤 여성이 최루탄의 총구에다 카네이션을 한 송이 꽂았다. 군복으로 무장한 전경들의 대열 속에서 빨간 꽃이 찬란하게 빛났다.

여성들의 뒤에서 전열을 재정비한 젊은이들이 다시 함성을 질렀다.

“호헌 철폐! 독재 타도!”

“전두환은 물러가라!”

타타타타타타타타!

멈칫했던 전경들이 다시금 무자비하게 최루탄을 쏘았다. 앞에 섰던 여성들이 최루탄을 맞고 에그머니, 죽일 놈들! 하고 비명을 지르며 사방으로 흩어졌다. 이번에는 젊은이들이 앞으로 나섰다. 젊은이들은 평화적인 시위를 하기 위해 무척 애쓰는 것 같았다. 돌멩이와 화염병을 극도로 자제하고 있었다. 따라서 시위대는 최루탄을 쏘면 물러섰다가 잠시 후 맨손으로 돌진했다.

나는 시위대 속에서 가나 출판사 직원들과 ‘대안문화’ 동인들을 보았다. 모두들 열심히 구호를 외치며 나아갔다 물러서고 후퇴했다 전진했다. 특히 '대안문화'의 장경미 간사는 남학생들과 함께 맨앞에 나서서 용감하게 싸웠다. 퇴근하던 시민들이 속속 합세했다. 시위대는 점점 불어나서 조금씩 골목길을 벗어나 큰길로 나갔다. 나도 동료들과 함께 이보 전진, 일보 후퇴를 하면서 앞으로 나아갔다.

중앙우체국 앞뿐만이 아니었다. 퇴계로, 을지로, 종로, 청계천, 시청앞…… 데모를 하다 보면 이 거리, 저 거리에서 아는 사람과 마주칠 정도였다. 반가워 얼싸안고 함께 싸우다 보면 어느새 헤어졌다. 그리고 새로운 얼굴을 또 마주쳤다. 그 와중에서 나는 문인들과 같이 싸우고 있는 김성애를 몇 번 보았다. 자가용을 끌고 차량 행렬에 섞여 경적을 신나게 울려대는 '대안문화' 동인들도 만났다. 웬만한 사람은 모두 시위대에 합세한 것 같았다.

시간이 흐를수록 싸움은 점점 더 격렬해졌다. 전국의 하늘은 최루탄으로 뿌옇게 뒤덮였고, 도시의 빌딩 숲에서는 시위대에 동조해서 던져주는 휴지가 눈꽃처럼 수북이 떨어졌다.

이른바 유월항쟁이었다. 전국적으로 번진 항쟁의 불길을 더이상 잡을 수 없게 되자 간교한 정부는 유화적인 제스처를 취했다. 탱크로 짓밟아도 소용 없겠다고 판단했는지 육이구 선언을 전격적으로 발표한 것이다. 일단은 국민들의 승리였다. 거리에는 모처럼 최루탄 연기가 사라졌다. 나는 평상시의 생활로 돌아왔다. 그러나 노동자들은 이제부터 시작이었다. 7,8,9월 대투쟁에 돌입한 것이다.

한동안 김영희의 모습이 보이지 않았다. 어디 가서 또 다른 싸움을 하는 것일까? 나는 연일 신문에 보도되는 노동자 투쟁 상황을 보면서, 김영희가 바라 마지않던 세상이 오는가 싶었다. 정말로 그런 세상이 온다면 두 손을 들어 환영할 일이었다. 나도 결국은 노동자니까. 화이트 칼라이기는 해도 아무 자본 없이 노동으로 먹고 살기는 마찬가지인 것이다.

그러나 노동자가 주인 되는 세상은 그렇게 빨리 오지 않았다. 대신에 사람들의 관심은 싸움 끝에 획득해낸 대통령 직접선거에 쏠렸다.

노동자 투쟁이 웬만큼 수그러든 어느 날, 드디어 김영희에게서 전화가 왔다. 나는 반가워서 물었다.

"오랜만이다. 통 안 보이던데 뭐했니?"

"그냥 이일 저일로 바빴어. 그 동안 등산도 못 갔단다. 모처럼 등산을 가기로 했는데 너도 같이 갈래?"

"그러자."

나는 김영희의 근황이 궁금해서 등산을 가기로 하였다. 예전처럼 북한산 입구에서 만난 일행은 서로 한동안 못 보았는지 무척이나 반가워했다. 나도 덩달아 반가웠다. 안부를 묻고 답하며 산을 오르다가 잠시 쉬어가기로 했다. 커다란 바위에 둥그렇게 걸터앉았을 때 김영희가 배낭에서 아침신문을 꺼내 읽었다. 다른 사람들은 한담을 나누었다.

"우린 여성노동자회에 들어갔어."

박영자와 조순미가 말했다.

"잘했어. 진작 들어갔어야 했지."

"그럼, 그럼. 칠십년대부터 여성 노동자들은 생존권 투쟁의 주춧돌이었어. 요즘 들어 남성 노동자들의 힘이 강해졌지만……"

이미순과 장청자가 번갈아 고개를 끄덕였다. 이때 갑자기 김영희가 신문을 거칠게 구기며 씹어뱉듯이 말했다.

"배신자들!"

"왜 그래?"

모두들 놀라서 물었다.

"끝내 야당이 분열되고 말았어! 우리가, 아니, 온 국민이 어떻게 싸워서 얻어낸 기회인데, 이렇게 지도부가 분열을 일으켜서 패배를 자초하다니……"

김영희는 분노로 손끝이 가늘게 떨렸다.

"보수 야당의 속성을 몰라서 그래? 난 애초부터 별 기대를 하지 않았어."

장청자가 나른한 표정으로 시큰둥하게 내뱉았다.

"김영삼이 나빠. 양보할 것은 양보해야지."

전라도 출신인 조순미가 한마디했다.

"김대중은 대통령 출마 안 한다고 했었잖아?"

이미순이 반박했다.

"그놈이 그놈이지, 뭐. 아예 진보 세력의 새로운 민중 후보가 필요해."

저마다 다른 의견이 나오면서 갑자기 치열한 논쟁이 벌어졌다. 이미 산행은 산행이 아니었다. 각자 다른 후보를 지지하는 이들은 운동 방법론에서도 서로 이견을 갖고 있었다. 목적지에 도착할 때까지, 아니, 목적지에서 밥을 해먹고 산을 다 내려올 때까지 논쟁은 계속되었다. 나는 운동의 세밀한 전략, 전술에 대해 잘 모르고 있었으므로 묵묵히 듣기만 했다. 결국, 일행은 심하게 다툰 채 기분이 상해서 작별 인사도 제대로 하지 않고 뿔뿔이 흩어졌다.

어처구니가 없는 일이었다. 바로 엊그제까지 목숨을 걸고 함께 싸우던 동지들이 아닌가? 그러나 이런 일은 등산팀에게만 일어난 것이 아니었다. 곳곳에서 대통령 선거를 앞두고 죽마고우끼리 격돌해서 절교하는 사태가 속출했다.

가나 출판사 편집실 직원들도 예외가 아니었다. 저마다 다른 후보를 지지하는 통에 논쟁이 그치지를 않았다. 나는 골치가 아파왔다. 어디 가면 이 소모적인 논쟁을 피할 수 있을까?

어디 가나 마찬가지일 것이라고 생각하며 '대안문화'에 회보를 만들러 갔다. 장경미 간사가 활짝 웃으며 반겨주었다. 사무실에 게시

된 인쇄물들을 빙 둘러보던 나는 장경미에게 물었다.

"대안문화는 요즘 별일 없어요?"

"별일 있을 리 있나요?"

"가는 곳마다 대선 논쟁이 한창이던데……"

장경미가 내 말뜻을 알아듣고 씽긋 웃었다.

"우리야 체제가 바뀌어도 여성운동을 계속할 것이고, 바뀌지 않아도 계속할 것이니까 어떻게 되든 크게 개의치 않아요."

"그래도 소중한 한 표를 행사하자면 고민이 있을 거 아녜요?"

나는 끈질기게 물었다.

"그거야 각자 최선의 인물이라고 생각되는 사람을 찍으면 되지요. 누가 대통령이 되든 우리 스스로 우리의 권리를 찾지 않는 이상 여성 편에 서줄 사람은 없으니까요."

장경미가 담담하게 대답했다. 언제 체제 변혁을 위해 길거리를 뛰어다녔냐는 듯이 태연한 표정이었다. 나는 의아해서 물었다.

"다른 동인들도 모두 장경미씨 같은가요?"

"모두 의견이 조금씩 달라요. 하지만 구태여 하나로 묶으려 하지 않죠. 다양한 사람들이 모인 곳이니까 여러 의견을 있는 그대로 존중해 주어야죠."

"때로는 다른 이견을 조정해서 합의를 도출해야 하지 않나요?"

"이번 일은 그럴 성질의 것이 아니죠. 우리는 직접 정치를 하는 모임이 아니니까요."

나는 잠시 가만 있었다. 문득 김영희의 얼굴이 떠오르며 나도 모르게 김영희 같은 말투로 물었다.

"하지만 모든 게 결국은 정치 투쟁으로 연결되지 않나요?"

장경미가 씨익 웃으며 기지개를 켰다.

"아따, 그만 따지고 회보나 만듭시다. 언제부터 그렇게 정치에 관심을 두었다고……"

나도 슬그머니 웃고 말았다. 비로소 담담한 기분이 들었다. 그렇다. 일시에 모든 문제가 해결되지는 않는다. 우선은 우리의 할일에 충실하고 보자. 체제나 제도가 모든 것을 보장해 주는 만병통치약은 아니니까……

그후 대통령 선거는 보수 야당의 참패로 끝났다. 여기저기서 분노와 실망에 찬 신음소리가 들려왔다. 그때부터였다. 가나 출판사의 진보적인 책들이 팔리지 않은 것은. 사장은 정치적 패배주의와 허무주의, 냉소와 무관심 탓이라고 진단했다. 그리고 급격히 기울어져가는 회사의 재정을 살리기 위해 이책 저책, 마구잡이로 출판을 시도했다. 그러면서 차츰 진지했던 출판인 본연의 자세를 잃어버리고 오직 돈만 추구하는 장사꾼으로 전락해 버렸다. 독서 대중의 사회적 무관심 문제 이전에 사장 자신의 신념의 상실과 절망이 더 큰 것 같았다.

충정로에서 버스를 내려 길을 건넜다. 경기대 입구에 있는 육층짜리 검은 건물을 보자 정겨운 느낌이 들었다. 일층의 분식집을 지나 육층 꼭대기로 올라갔다. 엘리베이터가 없어서 숨이 찼으나 쉬지 않고 올랐다. '대안문화'라는 조그만 간판이 걸린 회색 문이 나타났다. 아까는 아무도 전화를 안 받던데, 사람이 있을까 걱정하며 가볍게 문을 두드렸다.

"네, 들어오세요."

안에서 여러 사람이 동시에 대답하는 소리가 들렸다. 잘됐다, 마침 소모임이 있나 보다 짐작하며 문을 열었다. 책상 두 개와 캐비닛 두 개, 책꽂이 하나와 소파 한 벌이 전부인 단출한 사무실 안에 여러 동인들이 빼곡히 모여 있었다. 최영주, 박민희, 강정화, 김성애 등 주축 동인들과 장경미 간사도 있었다.

"호랑이도 제 말 하면 온다더니, 마침 잘 왔어요."

박민희가 격앙된 감정을 미처 감추지 못하고 빠르게 말했다. 분위기가 심상치 않았다. 김성애가 날카롭게 외쳤다.

"윤여민씨, 우리를 이렇게 실망시킬 수가 있어요?"

나는 무슨 일인가 싶어 주춤주춤 소파로 다가갔다. 소파 한가운데의 탁자 위에는 가나 출판사에서 만든 『대안문화』 동인지 2호가 두 권 놓여 있었다.

"뭐가 잘못 됐나요?"

어리둥절해 하는 나를 보고 최영주가 우선 앉으라고 권했다. 나는 빈 자리에 주저앉았다.

"보세요. 이 책은 어제 서점에서 산 거예요. 그런데 이 책의 인지와 저 책의 인지가 달라요. 이게 어떻게 된 일이죠?"

최영주가 동인지 2호 두 권의 판권을 나란히 펴 보이며 차분차분 물었다. 나는 화들짝 놀라 책을 끌어당겼다. 그리고 판권 위에 붙어 있는 인지를 살폈다. 한 권은 내 눈에도 익숙한 '대안문화'의 도장이 찍혀 있었다. 그런데 다른 한 권은 내가 보기에도 위조가 분명한 어설픈 도장이 버젓이 찍혀 있었다. 순간적으로 눈앞이 캄캄해졌다. 이럴 수가! 사장은 이제 인지 위조까지 한단 말인가? 나는 전신에 기운이 빠져서 잠시 멍하니 앉아 있었다.

"어떻게 된 일인지 설명 좀 해보세요."

박민희가 재촉했다. 나는 가까스로 정신을 가다듬고 더듬더듬 말했다.

"저도 어떻게 된 영문인지 모르겠어요. 어째서 이런 일이 일어났는지 회사에 가서 확인해 보겠어요. 그리고 곧 연락을 드리지요."

나는 더이상 그 자리에 앉아 있을 수가 없었다. 서둘러 일어서려는데 강정화가 잡았다.

"윤여민씨도 우리처럼 충격을 받은 모양인데, 그냥 가지 말고 얘기 좀 합시다. 이렇게 가려고 들른 건 아니죠?"

"네, 자료를 찾아볼 게 있어서 왔어요. 회의가 있는 줄 모르고……"

내가 기운 없이 대답했다.

"마침 잘 왔어요. 여러 가지가 궁금하던 참이니까…… 요즘 가나 출판사 내부 사정이 어때요?"

최영주가 시원한 음료를 한잔 따라주며 물었다. 나는 동인들에게 어느 정도로 솔직하게 얘기해야 할지 판단이 서지 않았다. 가나 출판사 편집장이라는 위치를 고려하면 필자에 해당하는 동인들에게 무턱대고 사실대로 회사 내막을 털어놓을 수는 없었다. 그러나 나도 '대안문화' 동인 중의 한 명이라고 생각하면 직장인으로서의 고충을 말할 수도 있는 문제였다. 잠시 망설이며 묵묵히 앉아 있자니 박민희가 넘겨짚었다.

"요즘 사회과학 출판사들이 모두 극심한 재정난을 겪는다던데, 거기도 형편이 별로 좋지 않죠?"

나는 쓴웃음을 지으며 고개를 끄덕였다.

"그래서 그렇게 이상한 책들을 내나요? 서점에 들러 보니까 요즘 가나 출판사에서 나오는 책들은 정말 너무 저질이던데요? 그런 통속물들이 팔리긴 잘 팔려요?"

강정화가 불만을 터뜨렸다. 나는 마지못해 대답했다.

"그저 기본 부수 나가는 정도죠, 뭐."

"앞으로도 계속, 우리 동인지와 정반대 성격의 반여성적인 통속물들을 출판할 예정인가요? 그렇다면 우리의 이미지를 지키기 위해서라도 더이상 가나 출판사에서 책을 내지 못하겠는데요."

타협을 모르는 성격의 김성애가 곧이곧대로 잘라 말했다. 나는 그만 눈을 감아버리고 싶은 절망적인 심정이었다. 그때 최영주가 부드럽게 물었다.

"우리 동인지가 해마다 평균 만 부씩은 팔렸지요?"

"네."

"그렇다면 번거롭게 또 다른 출판사에 의뢰해서 책을 만들 것 없이, 아예 대안문화에서 출판 등록을 내서 자체 출판을 하면 어떨까요? 전문가적인 입장에서 윤여민씨의 의견을 얘기해 주세요."

비로소 나는 오늘 모인 동인들이 무엇을 의논하고 있었는지 알 수 있었다. 나는 성의껏 대답했다.

"그 문제는 출판사의 규모를 어느 정도 벌리느냐에 달려 있습니다. 자본금을 많이 들여서 여러 명의 직원을 쓰고, 여러 종의 책을 내려면 한정이 없을 겁니다. 하지만 욕심 부리지 않고 작은 규모로 시작해서 만 부 정도 판매될 책을 꾸준히 만든다면 자체 출판도 괜찮습니다."

반드시 가나 출판사에서 '대안문화' 동인지를 만들도록 해야 한다는 편집장으로서의 집착을 버리자 허심탄회하게 말할 수 있었다.

"우리가 동인지 이외의 다른 단행본도 만들어가면서 자체 출판을 한다면 어느 정도 전망이 있어요?"

박민희가 물어왔다.

"전망은 밝은 편입니다. 출판은 점점 세분화되고 전문화하는 추세니까 대안문화가 여성전문 출판사로 뜬다면 성공하리라 봅니다. 우선 대안문화가 확보하고 있는 기획력, 즉, 인적 자원이 든든하니까요."

박민희와 김성애가 활짝 웃었다.

"우리는 성공까지 바라지는 않아요. 단지 대안문화가 시도하려는 여성출판문화운동의 방향을 잘 살려줄 출판사가 마땅치 않으니까 스스로 책을 내려는 거죠. 일반 출판사들은 아무래도 영리 우선이잖아요?"

"그렇죠."

나는 고개를 끄덕였다. 최영주가 화제를 바꾸었다.

"자체 출판을 하는 문제에 대해서는 좀더 생각하기로 하고 다른 안건으로 넘어갑시다."

동인들은 '대안문화'에서 방학마다 실시하고 있는 어린이 캠프에 대해 의논하기 시작했다. 나는 다시 회사로 돌아가야 했으므로 시간이 많지 않았다. 자료 조사를 하려는 본래의 목적이 있었으므로 슬그머니 소파에서 일어나 한쪽 구석에 있는 책꽂이로 갔다. 책꽂이에는 여성학 책들이 빽빽히 꽂혀 있었다. 여성학 공부방에서 세계 여성운동사를 공부했을 때 등장했던 중요한 여성해방운동가들을 기억해 냈다. 그리고 그들의 생애를 기록해 놓은 책들을 꼼꼼히 찾아보았다. 그 동안 다른 동인들은 토론을 통해 여러 가지 안건을 하나하나씩 해결했다. 얼마나 시간이 흘렀을까?

"윤여민씨, 뭐해요? 우리는 회의 다 끝났어요."

박민희가 소파에서 소리쳤다. 나는 퍼뜩 정신을 차리며 돌아섰다. 그리고 멋쩍게 웃으며 대답했다.

"자료 조사를 하고 있어요."

"무슨 자료를 찾는데요? 좀 도와줄까요?"

장경미 간사가 친절하게 물었다. 나도 모르게 한숨을 내쉬며 푸념을 했다.

"한심하게도 여성운동가들의 남자 관계를 조사하고 있어요."

여러 동인들의 눈이 휘둥그래졌다. 강정화가 제일 먼저 물었다.

"왜 그런 짓을 해요?"

"팔릴 만한 책을 만들라는 압력을 받았거든요."

내가 어깨를 으쓱해 보였다.

"너무했다. 여성운동가들의 사생활을 뒤지다니…… 꼭 그런 책을 만들어야 돼요?"

박민희가 정색을 하고 물었다.

"해적판을 만드는 것보다는 백배 낫잖아요?"

나는 될 대로 되라 하는 심정으로 자조하며 되물었다.

"세상에…… 요즘 그 출판사는 최악의 상황인 모양이군."

최영주가 탄식을 했다. 나는 솔직하게 고충을 털어놨다.

"정말 견디기가 힘들어요. 해적판까지 만들면서 직장생활을 계속해야 하나 회의가 들어요."

"좀 괜찮은 출판사로 옮기지 그래요?"

김성애가 모처럼 한마디했다. 나는 퍼뜩 장사가 잘된다는 두루 출판사가 떠올랐다. 나를 스카웃하려고 애쓰던 그 출판사 사장도 생각났다. 그러나 다음 순간 아니다, 그렇게까지 타협하고 싶지는 않다는 마음이 들었다. 그래서 아주 평범한 대답을 했다.

"옮길 수도 있겠죠. 하지만 어디 가나 마찬가지일 거예요. 한두 군데만 빼놓고 출판계 전체가 불황이니까요. 모두 양서 출판은 젖혀놓고 장사될 책만 찾아 허덕이고 있는 실정이죠."

나는 책꽂이에서 돌아서서 소파로 갔다. 그리고 힘없이 털썩 주저앉았다.

"우리처럼 열심히 만들면 책도 좋고 장사도 웬만큼 될 텐데……"
박민희가 중얼거렸다.

"어쨌든 고달프겠군요. 그러고 보니 얼굴이 좀 안됐어요."
최영주가 나를 자세히 들여다보며 위로했다.

"괜찮아요. 아직은 버텨낼 기력이 있어요."
나는 애써 웃어 보였다.

"그럼, 견뎌내야죠."
장경미가 단호하게 말했다.

"하여튼 동인지 인지가 왜 위조됐는지 알아봐서 연락 주세요."
김성애가 최종적으로 못박았다.

"그러지요."
내가 선선히 대답했다. 동인들이 소파에서 일어났다.

"우린 나가서 차 한잔 마시고 헤어질 건데, 윤여민씨도 같이 안 갈래요?"

"아니, 저는 회사로 돌아가야 해요."

"그럼, 다음에 봅시다."

동인들이 우르르 밖으로 나갔다. 사무실 안에는 장경미와 나만 남았다.

"오늘 저한테 많이 실망하셨죠?"

내가 쓰게 웃으며 장경미에게 물었다.

"아니요. 직장생활이 어렵다는 건 익히 알고 있어요. 나도 곧 겪을 일인데요, 뭐."

장경미가 앞머리를 쓸어넘기며 말했다.

"그게 무슨 소리죠? 곧 겪을 일이라니?"

소파에 깊숙이 파묻었던 몸을 일으키며 내가 물었다.

"저, 새로 창간되는 신문사에 취직했어요. 한 달 뒤부터 근무해요."

장경미가 미소를 지으며 대답했다. 나는 의외의 사태에 잠시 멍청해졌다. 이윽고 천천히 물어보았다.

"신문사에 취직한 건 잘된 일이네요. 하지만 대안문화 사무실은 어떻게 되나요? 누가 간사로 일하죠?"

"이제부터 다같이 적당한 사람을 물색해야죠."

으음. 나는 신음소리를 내며 다시 소파에 몸을 파묻었다. 장경미 개인을 위해서는 잘된 일이지만 '대안문화'로서는 아까운 일꾼을 놓친 셈이었다. 아쉽고 섭섭했다. 말없이 담배를 한대 피워 물었다. 담배 연기가 허전한 내 마음처럼 맥없이 퍼져 나갔다.

그날 밤 늦게 김성애가 전화를 했다.

"뭐하고 있었어요?"

"쉬는 중이에요."

김성애는 특유의 카랑카랑하면서도 해맑은 목소리로 본론을 꺼냈다.

"아까 사무실에서 나와 차를 마시면서 여러 가지 얘기를 나누었어요. 아무래도 자체 출판을 해야겠다고 의견이 모아졌어요. 출판 기금은 동인들한테 모금을 해서 천만 원 가량 만들기로 했어요. 천만 원이면 동인지 한 권을 만들 수 있잖아요? 동인지는 확실히 팔리니까 만들고 나면 수익금이 생길 거예요. 그 수익금으로 또 다른 책을 만드는 거지요. 윤여민씨 충고대로 처음부터 크게 벌리지 말고 소규모로 시작해 보기로 했어요."

김성애가 차근차근 설명했다.

"잘하셨어요. 큰 돈을 벌 수는 없겠지만 현상 유지는 할 수 있을 거예요. 그런데 출판 등록은 어떻게 내기로 했나요?"

내가 묻자 김성애가 까르르 웃었다.

"내가 출판사 대표가 돼서 등록증을 발급받기로 했어요. 우습지요? 내가 사장이라니……"

"우습기는요? 동인들 중에 제일 출판 감각이 있잖아요? 그러면 직장은 그만두실 건가요?"

나는 전화통을 잡고 본격적으로 수다를 떨었다.

"아니오. 사장에게 월급을 줄 만큼 출판 기금이 있는 게 아니니까 내 밥벌이를 그만둘 수는 없어요. 그냥 직장생활을 계속하면서 명목상의 대표로 최종 책임만 지는 거죠. 그러자니 편집과 영업의 실무자가 필요한데……"

김성애는 잠시 말을 끊었다. 그리고 무언가 말하기 어려운 듯 망설이더니 이윽고 얘기를 이었다.

"마침 박민희 동인의 제자가 영업 대행 회사를 차렸대요. 믿을 만한 제자라니까 영업은 거기다 맡기면 되겠어요. 문제는 편집진인데……"

나는 무슨 말이 나올지 잠자코 기다렸다. 김성애가 불쑥 물었다.

"윤여민씨 월급이 얼마나 돼요?"

"월급 백만 원에 보너스 연간 사백 프로예요. 하지만 요즘은 회사 형편이 어려워서 보너스를 제대로 못 받고 있어요. 월급 받는 것만도 다행이죠."

내가 솔직히 대답하자 김성애는 한숨을 쉬었다.

"윤여민씨가 도서출판 대안문화의 편집 일을 맡아주면 제일 좋겠는데, 영세하게 시작하는 형편이라 보수를 많이 줄 수 없어서 선뜻 오라는 말이 안 나오네요."

"보수를 어느 정도로 생각하고 있는데요?"

"지금 윤여민씨가 받는 봉급의 딱 절반이에요. 말단 직원 초봉 정도밖에 안 돼요. 어때요? 어려운 부탁이지만 한번 생각해 보겠어요?"

나는 신중하게 대답했다.

"며칠 궁리해 봐야겠네요."

"잘 생각해 보세요. 지금 윤여민씨 상황도 힘들잖아요? 언제까지 상업성에 부합해서 양심을 팔겠어요? 대안문화에 오면 그럴 염려는 없어요. 그리고 당장은 낮은 보수로 시작하지만 어느 정도 수익금이 오르면 인건비부터 올릴 거예요."

김성애의 간곡한 부탁에 나는 슬그머니 마음이 흔들렸다. 김성애가 계속 설득했다.

"사실 본격적인 여성출판문화운동의 장을 열어갈 때가 되지 않았어요? 여성 전문 출판사를 시도하는 것도 편집자로서는 해볼 만한 일일 거예요."

"그건 그래요. 욕심 나는 일이죠. 하지만 생계도 중요한 문제니까……"

나는 잠시 말을 더듬다가 새로운 제안을 했다.

"당장 여러 권의 책을 낼 건 아니죠? 일 년에 한두 권 내는 정도라면 제가 직장을 계속 다니면서도 병행해서 일할 수 있는데요. 퇴

근 후에 동인지를 만들면 되니까 동인 활동의 하나로 시작해 보죠,
뭐.”

문제가 해결되었다고 생각하며 그만 전화를 끊으려는데, 김성애가
다른 말을 했다.

“그게 그렇게 간단치 않아요. 한 달 뒤에 장경미 간사가 그만두거
든요.”

“아, 참! 그렇군요. 출판일과 간사일을 겸할 사람이 필요하겠군
요.”

“네, 그래요. 두 명의 인건비를 댈 형편이 아니니까요. 하긴 윤여
민씨 정도의 경력이 있는 사람에게, 젊은이들이 하는 운동단체 간사
일을 맡기는 것도 무리한 부탁이지만.”

김성애가 계속 미안해 했다.

“그건 괜찮아요. 저는 나이와 상관없이 무슨 일이든 하니까요. 문
제는 모든 운동단체들이 아이디어와 의욕을 현실화시킬 자금력이 없
다는 거죠.”

김성애가 목소리에 활기를 띠었다.

“우리 대안문화는 다른 단체보다 사정이 나은 셈이에요. 손벌리는
데 없이 자생력으로 유지되니까요. 이런 장점을 활용해서 수익사업
을 한다면 전망이 밝아요. 우선 출판이 첫번째 수익사업이 되겠지요.
물론 시간이 필요하겠지만…… 어때요?”

“열심히 생각해 볼게요.”

성의껏 대답한 후 전화 통화가 끝났다. 머리 속이 복잡해지면서
마음이 산란해졌다. 씻고 들어와 그만 자리에 누웠다. 그러나 쉽게
잠들지 않고 자꾸 잡념이 떠올랐다.

……가나 출판사의 열악한 상황으로부터 탈출해 볼까? 김성애 말
대로 양심까지 팔면서 해적판을 만드느니, ‘대안문화’의 탄탄한 인
적 자원을 바탕으로 실속 있는 여성 전문 출판을 한다면? 전망도 밝

고 의미도 있는 작업이다. 여성운동은 늘 하고 싶었으니까…… 생산과 운동이 일치한다면 나의 기술과 경륜, 그리고 의욕을 마음껏 발휘할 수 있으리라.

나는 몸을 뒤척여 돌아누웠다.

……하지만 생활은 어떻게 한다? 지금 받는 월급의 절반이라면 혼자의 생존은 가능할 것이다. 그러나 어머니 용돈과 저축은? 자신의 노후를 위해 저축할 수 없다면? 생각이 노후에 미치자 몸이 오그라드는 것 같았다. 언젠가 텔레비전에서 의지할 곳 없는 노인들이 지하도에서 자는 광경을 본 적이 있었다. 나도 그렇게 되지 말라는 보장은 없다. 혼자 힘으로 생계를 해결해야 하는 내가 저축도 없이 늙는다면 결국 집도 팔고 이리저리 떠돌다가 행려병자처럼 죽을 수밖에 없으리라. 머리가 하얘지고 몸은 병들어 제대로 걷지도 못하는 노파가 된 내가 광화문 지하도에서 신문지를 깔고 누워 자는 모습이 떠올랐다.

극단적인 공상을 하자 전신에 소름이 오스스 돋았다. 싫다. 그렇게 비참하게 늙는 것은. 최악의 경우를 피해 이 집을 유지한다 해도 늘그막에 좁은 아파트 속에서 굶주리다시피 하다 죽는 것은 정말 끔찍하다. 아버지의 처참한 최후를 보지 않았는가? 나는 그렇게 죽을 수 없다. 적어도 나는 연금이 보장되는 직장에서 이십 년은 더 일하고 저축해야 할 것이다.

나는 깜깜한 방안에서 잔뜩 웅크리고 도리질을 쳤다. 갑자기 내 몸이 아주 작게 느껴지고 방안이 허허벌판처럼 넓은 것 같았다. 마치 아무데도 기댈 곳 없는 외딴 섬의 표류자처럼, 아니면 부모도 잃고 길도 모르는 서너 살 난 무력한 어린애처럼 두렵고 외로웠다. 아니, 그저 외로운 정도가 아니었다. 생존의 벼랑 위에서 흔들리는 처절한 불안과 무서움이었다.

나는 이불을 머리 끝까지 뒤집어쓰고 눈을 꼭 감았다. 그리고 약

해지지 말자고 스스로를 타일렀다. 애써 절망적인 생각을 몰아내며
억지로 잠을 청했다.

여자의 첫 생일

　이튿날도 여느 때처럼 회사에 출근했다. 그리고 생계를 보장해 줄 직장생활을 계속하기 위해 일을 했다. 어제 '대안문화' 사무실에서 조사해 온 자료를 바탕으로 유명한 여성해방운동가들의 성과 사랑에 관한 책을 기획하는 것이다. 기획안의 전체 모양이 대충 짜였을 즈음 사장이 회의를 소집했다. 나는 한차장과 함께 사장실로 들어갔다.

　사장은 오늘도 찡그린 얼굴이었다. 한차장과 나는 조심스레 사장과 마주앉았다. 사장이 느릿느릿 물었다.

　"어제 형사들이 왔었다며요?"

　"예."

　나는 조사받은 과정을 간략하게 보고했다. 사장이 찌푸린 얼굴을 펴지 못하고 불만스레 투덜거렸다.

　"이제는 운동권 책을 내면 팔리지도 않으면서 귀찮은 일만 생겨요. 그런 책 말고 장사가 될 만한 게 없을까요?"

나는 말없이 기획안을 내밀었다. 사장이 꼼꼼히 읽어보더니 가볍게 고개를 끄덕였다.

"기본 부수는 나가겠군요. 하지만 필자를 선정해서 원고가 완성될 때까지는 시간이 꽤 걸리겠어요. 원고료도 많이 나가겠구요. 나는 지금 당장의 위기를 넘기는 게 시급한데……"

사장이 한차장에게 시선을 돌렸다.

"한차장, 에세이류는 어느 정도 추진되었어요?"

나는 마음이 급해졌다. 어떻게든 엉터리 출판을 막아야 했다. 한차장이 답변을 하려는 것을 내가 재빨리 가로막았다.

"사장님, 드릴 말씀이 있습니다."

사장이 무슨 일이냐고 눈으로 물었다. 나는 마음을 가다듬고 용기를 내었다.

"제가 가나 출판사에서 일한 지도 꽤 오래 되었습니다. 그 동안 저는 사장님을 드물게 훌륭한 출판인이라고 생각하며 존경해 왔습니다. 팔십년대에는 경영자와 전직원이 합심하여 좋은 책을 많이 발행했구요. 저는 가나 출판사에 다니는 것에 자부심을 느껴왔습니다."

사장이 빙그레 웃더니 미리 넘겨짚었다.

"그런데 사정이 어려워졌다고 잡스런 에세이나 내려고 하냐 이 말이죠? 내, 윤부장이 이렇게 반대할 줄 알았지."

한차장과 사장이 눈을 맞추며 빙글빙글 웃었다. 그러더니 궁지에 몰리면 늘 써왔던 반격의 수법을 또 반복했다.

"여자들은 불필요한 정의감이 있어요. 일종의 결벽증이라고나 할까요?"

사장과 한차장이 함께 껄껄 소리내어 웃으며 두리뭉실 나의 반대의견을 묵살했다. 나는 뭉클 가슴에 치받쳐오는 뜨거운 덩어리를 간신히 삼켰다. 그리고 침착하게 강조했다.

“아무리 회사가 어려워도 양식 있는 출판인으로서 해적판을 낼 수는 없습니다.”

갑자기 사장과 한차장의 얼굴이 싸늘하게 굳어졌다. 노골적으로 뱉어진 ‘해적판’이라는 용어에 기분이 상한 것이다. 사장이 갑자기 버럭 소리를 질렀다.

“해적판이라니? 그 뜻이나 알고 하는 말이오?”

나도 물러설 수 없었다. 낮게 가라앉은 목소리로 또박또박 대답했다.

“다른 출판사에서 낸 책을 이리저리 베끼는 것은 분명 해적판입니다. 청계천의 뜨내기 출판사에서나 하는 짓을 우리가 하려는 것입니다. 다시 한번 생각해 보십시오. 이렇게까지 타락할 수는 없지 않습니까?”

사장은 불쾌한 나머지 얼굴이 울그락불그락했다. 한차장이 흥분해서 대들었다.

“부장님은 지금 고상한 명분만 내세우고 있습니다. 당장 부도의 위기에 직면한 회사 형편을 생각해 보십시오. 해적판이 문제입니까? 농약이라도 마셔야 할 판입니다.”

“위기를 넘길 방법이 아주 없지는 않잖아요? 추리소설을 내기로 했고, 내가 기획한 책들도 서두르면 한 달 뒤에 원고가 들어올 테고……”

나는 한차장과 팽팽하게 맞섰다. 한차장이 기분 나쁘게 피식 웃었다.

“어느 필자가 한 달 만에 원고를 써준답니까? 그리고 한 달 동안 회사는 어떻게 버티고요?”

“정 급하면 편집부에서 원고를 쓰지요. 남의 책을 베끼느니 스스로 쓰는 게 낫잖아요?”

“누가 씁니까? 윤부장님이 쓰시겠습니까?”

"못 쓸 것도 없죠."

숨가쁘게 다투는 얘기를 듣고 있던 사장이 냉정을 되찾고 손을 내저었다.

"아, 그만, 그만. 이제 됐어요. 두 사람 다 일리가 있어요. 자, 결론을 내립시다."

사장은 주먹으로 가볍게 팔걸이를 두드렸다.

"두 가지를 동시에 추진합시다. 윤부장은 글솜씨가 있으니까 기획한 원고를 직접 쓰도록 하고, 한차장은 이십대 직원들과 에세이류를 만들도록!"

나는 성질이 발칵 났다. 사장이 내린 결론에 승복할 수 없었다. 막 입을 열려는데 사장이 매섭게 말을 막았다.

"윤부장은 회사의 어려운 형편을 좀더 고려하도록! 이만 회의 끝냅시다."

사장은 벌떡 소파에서 일어나 밖으로 휑하니 나가버렸다. 더이상 사장실에 남아 있을 필요가 없어졌다. 나는 두 눈에서 불꽃이 튀어나올 것 같은 느낌을 억누르고 사장실을 나왔다.

……정말, 이렇게까지 비열한 직장을 계속 다녀도 되는 걸까?

편집실로 돌아온 나는 일이 손에 잡히지 않았다. 한차장은 신이 난 듯 서현희와 황명애를 독려해서 해적판을 만들었다. 그 꼴을 멍하니 보고 있자니, 사장실에서 한차장이 나를 공격했던 말이 떠올랐다.

……부장님은 지금 고상한 명분만 내세우고 있습니다. 회사 형편을 생각해 보십시오. 해적판이 문제입니까? 농약이라도 마셔야 할 판입니다.

결국 양심을 지키려는 나와 수단 방법을 가리지 않는 한차장과의 싸움이었다. 문득 젊은 시절 여학생 서클을 탈퇴하던 때가 떠올랐다. 김영희들은 사회 정의를 세워야 한다는 사명감에 불타고 있었다. 그들은 개인적으로 어려운 처지에도 불구하고, 공포스런 탄압에도 아랑곳없이 치열한 저항운동을 전개했다. 그때 나는 그들을 따르지 않았다. 나는 거창한 역사의식에 회의를 품었고, 개인적이고 구체적인 생활의 문제를 더 우선시했다. 정의감 때문에 평생을 망친 아버지의 이상주의를 경계하고, 체제 내에 편입하여 생존을 해결한 어쩌면 이기적인 현실주의자가 나였다. 그런데, 지금은 그러한 입장이 뒤바뀐 상황이 벌어졌다. 나는 무모한 이상주의자이고 한차장은 천박한 현실주의자인 셈이다.

왜 이런 사태가 벌어진 것일까? 회사의 생존이 위태로운 이때, 수단 방법을 가리지 않고 살아남기보다는 차라리 명예를 지키며 문을 닫는 편이 낫다는 생각이 드는 것은 웬일일까? 나도 이제는 생활이 어느 정도 안정되어 정의나 명분을 찾게 된 것일까? 아니다. 나는 도리질을 쳤다. 나 같은 현실주의자에게도 마지막 양심의 선이 있다. 거대한 역사적 사명감까지는 안 되더라도, 동시대인을 상대로 책을 보급하는 편집자로서 지켜내야 할 기본 원칙이 있다. 그 최소한의 원칙을 지키지 못한다면 살아남는 것이 무슨 의미가 있을까?

내가 그토록 생활을 우선시했던 것은 생존의 의미가, 삶의 목표가, 살아남을 필요성이 있었기 때문이 아닌가? 여학생 서클을 탈퇴했을 때는 운동으로 인해 부서지지 않고 지켜져야 할 내 생활의 의미가 나름대로 있었다. 그러나 지금 편집자로서의 마지막 양심까지 포기한다면, 나의 삶에 무슨 의미가 남을 것인가?

나는 자리에서 일어나 해적판이 만들어지고 있는 편집실을 빠져나왔다. 영업부 소파에 앉아 잠시 쉬면서 커피를 마셨다. 어젯밤 김성애와 전화했던 내용이 떠올랐다. 나는 생각을 곱씹었다.

내 생활에서 운동은 늘 부수적인 것이었다. 그런데 사십 세나 된 지금 운동을 주된 업으로 삼아야 할까? 주업이었던 출판을 운동의 부수적인 수단으로 설정하고 일하게 된다면 무엇이 달라질 것인가?

천천히 커피맛을 음미하면서 과연 '대안문화'로 가야 할 것인가 망설였다. 그러자 간밤에 온몸을 엄습했던 생존에의 불안과 공포가 떠올랐다. 나는 전신을 부르르 떨었다. 스스로가 비참했다.

……생존 차원에서 허덕이느라 마음에 드는 일을 못하다니, 얼마나 한심한가?

커피를 마저 꿀꺽 마신 후 영업부를 나왔다. 그리고 아침회의 때 싸우느라 미처 묻지 못한 '대안문화'의 인지 문제를 알아보기 위해 관리부로 갔다.

관리부가 있는 창고에는 수만 권의 책들이 빼곡히 쌓여 팔리기를 기다리고 있었다. 책들 사이에 겨우 한 사람이 다닐 만한 통로가 있었다. 조심스레 비집고 들어가 사람을 찾았다.

"아무도 안 계세요?"

"네에, 여깄습니다."

굵직한 김대리의 목소리가 머리 위에서 들렸다. 올려다보니 김대리가 사다리 위에 올라가 천장 높이에 쌓인 책들을 정리하고 있었다.

"바쁘세요?"

"아니, 괜찮습니다."

김대리가 사다리 위에서 천천히 내려왔다.

"웬일이십니까? 창고까지 다 들어오시구……"

나는 아무 내색도 하지 않고 예사롭게 물었다.

"최근에 『대안문화』 2호를 중판했지요?"

"네, 한 달 전쯤에 천 부를 찍었죠. 그때 인지를 받아주시지 않았습니까?"

필자들로부터 인지를 받는 일은 대부분의 경우 편집부 소관이었다. 하지만 인지를 받으면 김대리에게 넘기지 않고 사장에게 주었다. 그러면 사장은 인지를 확인해 보고 김대리를 시켜 제본소에 보내어 책에 붙이게 했다. 때때로 사장은 나를 거치지 않고 필자들로부터 직접 인지를 받아내기도 했다.

"글쎄, 내가 인지를 받은 기억이 없는데, 누구한테 넘겨 받으셨어요?"

김대리는 그제야 눈치가 이상하다고 생각했는지 얼렁뚱땅 얼버무렸다.

"잘 생각이 안 나는데요? 아마 쓰고 남은 인지가 많았던 모양이에요."

나는 더이상 추궁하지 않고 넌지시 물었다.

"새로 찍은 『대안문화』 2호가 어디 있죠?"

"저어기, 저기 있잖습니까?"

김대리가 손가락으로 창고 구석을 가리켰다. 앵글로 짠 선반 두번째 칸에 동인지가 쌓여 있었다. 이책 저책 무작위로 꺼내 판권을 훑어보았다. 제대로 된 인지도 있었고 위조된 인지도 있었다. 어떻게 된 사정인지 어렴풋이 짐작이 갔다.

대개 필자로부터 인지를 받을 때는 정해진 부수 이외의 여분을 받는다. 제본소에서 잘못 잘리거나 붙일 때를 대비한 것이다. 그러나 여분의 인지가 다 쓰이지 않고 남을 경우가 있다. 중판을 거듭하면 여분이 꽤 모이기도 한다. 아마도 사장은 '대안문화'에서 받은 여분의 인지를 착실히 모았던 모양이다. 그러나 그 여분이 천 장이나 되지는 않았을 것이다. 문제는 천 장이 못 되는 부족분을 필자들에게 인세를 주고 받아내는 대신 적당히 위조했다는 것이다. 정말 치사하고 쩨쩨한 일이 아닐 수 없다. 인세 몇 푼 때문에 속임수를 쓰다니…… 나는 살펴보던 책들을 제자리에 놓고 씁쓸한 마음으로 창고를 나왔다.

사장이 직접 위조했을까? 그렇지는 않을 것이다. 아마 누군가의 수작을 적당히 눈감아 주었을 것이다. 얕은 꾀를 잘 쓰는 영업부장

짓일지도 모른다. 어쨌든 '대안문화' 동인들에게 뭐라고 할 것인가? 절대로 적당히 얼버무릴 수는 없었다. 사장으로 하여금 직접 해명을 하도록 해야 했다. 나는 골머리가 아파왔다. 정말로 가나 출판사에 만정이 떨어졌다.

창고에서 편집실로 돌아온 나는 외출 준비를 하고 정영숙에게 말했다.

"기획위원 장선생 결혼식에 가보겠어요. 혹시 퇴근시간까지 못 돌아올지 모르니 정영숙씨가 뒷마무리를 하세요."

나는 악마의 소굴을 탈출하는 기분으로 회사를 뛰쳐 나왔다.

장선생의 결혼식장은 신촌에 있는 '우리 무대'였다. '우리 무대'는 주로 연극을 하는 소극장이었는데, 공연이 없을 때는 예식장으로 빌려주기도 했다.

소극장에 들어서자 반원 모양의 계단식 객석에는 벌써 하객들이 꽉 차 있었다. 작가와 시인, 평론가들로 구성된 장선생의 친구들과 한복을 곱게 차려입은 일가친척들이었다. 나는 여기저기 앉아 있는 아는 얼굴들을 향해 반가운 인사를 했다. 술자리에서 자주 만났던 장선생의 친구들은 정장을 하고 부인과 함께 참석했다. 그런데 이상하게도 남자들은 남자들끼리, 여자들은 여자들끼리 몰려 있었다. 어디 가나 남녀를 극도로 구분하는 이러한 문화 풍토에 질리는 기분이었다. 나는 부인들을 잘 알지 못했으므로 남자들 틈에 엉거주춤 끼어 앉았다.

객석에서 아래로 굽어보게 되어 있는 무대에는 전통 혼례상이 차려져 있었다. 나는 장선생이 몇 분 안에 서둘러 끝내는 형식적인 신식 혼례를 치르지 않아서 다행이라고 생각했다. 그때 이선생이 전통 혼례식에 어울리는 모시 두루마기 차림으로 식장에 들어섰다. 그는 이곳 저곳에 앉아 있는 낯익은 이들과 눈인사를 나누었다. 나도 눈이 마주쳐서 활짝 웃어 보였는데, 이상하게도 이선생이 차갑게 외면을 했다. 아무래도 민족문학전집 기획에 반대했던 일을 아직도 섭섭해 하는 모양이었다. 나는 거북해진 마음으로 식이 시작되기만 기다렸다.

시간이 되자 장선생의 후배들로 보이는 풍물패가 길놀이를 했다. 장선생 친구들이 장단에 맞춰 얼쑤 하고 외치며 흥을 냈다. 이어 촛화식, 벽사의식(잡귀를 내쫓는 말뚝이춤), 신랑 신부 입장, 하늘과 땅에 알리는 글, 신랑 신부 맞절, 합환주, 예물 교환이 이어졌다. 나는 식순을 주의 깊게 보고 있었는데, 길눈이 말씀을 이선생이 하는 것을 보고 약간 놀랐다.

"어머, 이선생님이 길눈이 말씀을 하시네요."

내가 감탄하자 옆에 앉아 있던 시인 김씨가 대답했다.

"이선생은 충분한 자격이 있죠. 행복하고 원만한 가정생활을 해왔거든요. 무엇보다 중요한 자격은 첫아이로 아들을 낳은 거예요."

"그으래요?"

나는 첫아이로 아들을 낳아야 길눈이가 될 수 있다는 말에 다시 한번 남아선호 사상을 실감했다. 요즈음 젊은이들도 그런 걸 따지나 싶어 새삼스러웠다. 어쨌든 이선생은 훌륭한 민주인사일 뿐만 아니라 건실한 가장인 것 같았다. 공적인 생활과 사생활이 모두 성실한 남성을 보기 힘들었던 만큼 안팎으로 단단한 이선생에게 거듭 감탄하며 주의 깊게 말씀을 들었다.

"여기 이 두 사람은 여러분도 익히 아시다시피 같은 학교, 같은 과에서 함께 공부하며 지내온 사이입니다. 적지 않은 세월 동안 두 사람은 동지이자 벗으로서 만남을 지속해 왔고, 오늘부터는 부부가 되어 함께 살아갈 것입니다."

나는 이선생의 말을 들으며 남녀가 동료로서 공동의 관심사를 가지고 살아간다면 마음 든든하리라 생각했다. 내게는 그런 행운이 오지 않았지만, 장선생에게 기회가 왔으니 오죽 좋은 일인가? 그렇다고 해서 독신으로 사는 내 삶이 후회스럽고, 장선생이 부러운 것은 아니었다. 내 삶은 나만의 삶이었고, 장선생의 삶은 장선생의 삶이었으니까…… 이선생이 계속 말하고 있었다.

"부부가 함께 만드는 결혼생활에는 많은 장애가 있습니다. 외부에서 가해지는 방해도 있을 것이고, 내부에서 발생하는 균열도 있을 것입니다. 그러나 이 모든 장애를 물리칠 수 있는 무기가 있으니 그것은 바로 두 사람 사이의 믿음입니다."

나는 흔히들 말하는 사랑이라는 용어 대신에 믿음이라는 표현을 쓰는 것이 마음에 들었다.

"그러나 부부 사이의 믿음은 저절로 주어지지 않습니다. 끊임없이 노력해서 가꾸어가지 않으면 자칫 무너지기 쉽습니다. 한 예로 상대방이 무언가 섭섭해 하는 것 같다 싶으면 얼른 대화를 해서 그 섭섭함을 풀어주어야 합니다. 그냥 두면 오해가 생기고 믿음이 깨어집니다. 믿음을 깨뜨리지 않고 지켜나가려면 언제나 서로에 대한 관심과 배려가 필요합니다. 관심과 배려는 부부 사이의 믿음을 지키는 비결입니다."

이선생은 어른답게 오랜 결혼생활에서 얻어진 비결을 얘기해 주었다. 이어서 민주투사다운 발언이 이어졌다.

"이렇게 두 사람 사이의 믿음을 기초로 제일 작은 공동체가 이루어지면, 보다 큰 공동체를 향해 함께 나아가야 합니다. 언제까지나 두 사람만 있는 폐쇄적인 세계는 고인 물처럼 썩고 맙니다. 보다 넓은 정의와 선을 향해 나아가야 합니다. 나는 오늘 동지이자 부부로 작은 공동체를 이룬 두 사람이 우리 사회에 보다 유익하고 정의로운 일을 훌륭히 해낼 것이라고 진심으로 믿습니다."

이선생이 말을 마치자 여기저기서 박수 소리가 났다. 나도 진심으로 두 사람의 새로운 출범을 축하하며 힘껏 박수를 쳤다. 그러면서

남녀의 결합을 공동체의 출발로 보는 이선생의 확고한 시각에 대해
생각했다. 그것은 인류가 시작된 이래 줄곧 계속되어 온 결속 방식
인지도 몰랐다. 그래서 이선생은 이성과 결합하지 않는 나를 이상하
게 보는 것 같았다. 그러나 남녀가 결합하기도 하고, 혼자 살기도 하
는 다양한 생활 방식이 받아들여지는 보다 열린 공동체라면 얼마나
좋을까? 꼭 남녀가 결혼해야 한다는 강박관념을 버리고 좀더 유연한
시각을 갖는다면 이선생도 더이상 나를 노처녀라고 놀려대지 않을
것이다.

장선생은 결혼식을 끝내고 서둘러 신혼여행을 가는 대신 친구들
과의 흥겨운 뒤풀이를 준비해 놓았다. 하객들은 소극장 옆의 널찍한
한옥으로 안내되었다. 꼭 가정집 같은 음식점이었는데, 안방과 대청,
건넌방에는 푸짐한 요리상이 차려져 있었다. 여기서도 남녀의 구분
은 확실해서 안방에는 남자들이, 건넌방에는 여자들이 나누어 앉았
다. 나는 이번에는 의도적으로 여자들 사이에 끼여들었다.

여자들이 있는 곳에는 아이들이 있었다. 나는 아이들과 어울렸다.
아이들은 귀엽기 짝이 없었다. 남자들을 보면 결혼할 마음이 싹 가
시는 나였지만 아이들을 대하면 결혼하는 것도 괜찮으리라는 생각이
들었다. 티없는 아이들과 장난을 하고 있는 사이, 장선생이 한복을
벗은 양복 차림으로 신부와 함께 나타났다. 폐백이 끝난 모양이었다.
친구들은 환호성을 지르며 발바닥 때릴 채비를 했다.

그 소란한 틈을 타 이선생이 슬그머니 빠져나가고 있었다. 나도
슬며시 일어났다. 이선생은 대문께에서 따라붙는 나를 보고 마지못
해 한마디했다.

"왜 더 놀다 오지 않구요? 하긴 노처녀가 끼어 있기에는 어색한
자리지."

"선생님은 왜 더 계시지 않으세요? 젊은이들하고 어울리기 좋아
하시면서……"

종종걸음으로 이선생의 큰 보폭을 따라가며 내가 물었다.

"하도 많이 본 광경이라서 더 보지 않아도 돼요."

한옥이 있는 골목길을 벗어나 큰길로 나서면서 이선생이 대답했다.

"연변 작가 김석씨는 아직도 국내에 있나요?"

나는 막상 하고 싶은 얘기를 꺼내지 못하고 빙 둘러 물었다.

"예. 아직 있어요."

이선생이 무뚝뚝하게 대답했다.

"국내 출판을 원하나 보죠?"

"그렇긴 한데, 아무도 출판해 주려고 나서지 않아요."

내 짐작이 틀리지 않았다.

"그럴 거예요. 연변 문학은 읽히지 않으니까……"

혼잣말처럼 중얼거리고 있는데, 이선생이 나를 힐끗 보더니 무슨 생각을 했는지 발길을 멈추었다.

"어디서 차라도 한잔 하고 갈까요?"

이선생의 노여움을 풀어드릴 기회여서 나는 반색을 했다.

"고맙습니다. 바쁜 시간을 내주셔서……"

이선생이 주변의 상점을 둘레둘레 살펴보더니 한 경양식집으로 들어갔다. 나는 별 생각 없이 따라갔다. 경양식집의 실내는 매우 어두웠다. 게다가 자리마다 칸막이가 쳐져 있었다. 이선생은 그 중에서도 구석진 자리를 찾아 앉았다. 입구에 발까지 드리워진 조그만 방이었다. 나는 이렇게까지 은밀히 나눌 얘기는 아닌데 싶었으나 잠자코 있었다.

곧 차림판과 물컵이 날라져 왔다. 이선생이 물었다.

"칵테일 한잔 할까요?"

"네, 그러죠."

나는 가볍게 대답한 후 진토닉을 시켰다. 이선생은 버번을 주문했다. 나는 천천히 별렀던 이야기를 꺼냈다.

"저번에 제안하신 민족문학전집은 정말 대단한 기획이었습니다. 저도 책 다루는 사람으로서 꼭 만들어보고 싶었습니다."

"그런데 왜 반대했어요?"

이선생이 퉁명스럽게 물었다. 역시 아직도 화가 나 있는 것이다.

"회사 재정 상태가 무척 심각합니다. 상세히 말씀드릴 수는 없지만 그런 큰 투자를 할 수 있는 상황이 아닙니다."

"자세히 얘기해 봐요."

이선생이 막무가내로 요구했다. 나는 난감해져서 말문이 막혔다. 해적판까지 만들며 필사적으로 살 길을 찾는 내막을 어떻게 설명한단 말인가? 진토닉을 한 모금 마시며 잠시 생각을 가다듬었다. 이선생의 태도로 보아 사장이 아쉬운 소리를 안 한 것이 분명했다. 출판사의 체면이 달린 문제니까…… 그런데 사장이 안 한 얘기를 구태여 내가 꺼낼 필요는 없는 노릇이었다. 나는 애꿎은 진토닉만 찔끔찔끔 마셔댔다.

"한잔 더 시키지."

어느새 바닥이 난 내 잔을 보고 이선생은 말릴 틈도 없이 주문을 했다. 그리고 훨씬 부드러워진 태도로 말했다.

"요즘에 대부분의 출판사들이 어렵다는 것은 나도 잘 알고 있어요. 일반 출판사들도 재정난을 겪는데 운동권 출판사들이야 더 말할 나위가 없죠. 사회과학 서적도 한계에 부딪쳤고, 민족민중문학도 이론에 비해 구체적인 성과가 약하죠. 그래서 내 나름대로 생각해낸 게 해금된 월북 문인들이었어요. 미발굴된 남쪽 작품들도 전망이 있고…… 사실 통일시대의 민족문학전집은 내가 젊었을 때부터 꿈꾸어왔던 것이기도 해요. 내 판단으로는 어느 정도 장사가 되리라고 봐요. 사회주의 종주국이 와해된 지금 우리를 지탱해 줄 수 있는 이념은 민족주의밖에 없잖아요?"

알아듣기 쉽게 풀어서 얘기하는 이선생의 말에는 일리가 있었다. 그러나 아직도 이념에 매달리는 독자가 있을까? 게다가 월급도 제대로 못 주는 회사에서 판매 부수가 불확실하고 양만 방대한 대전집에 투자할 돈이 어디 있겠는가? 나는 속사정을 털어놓으려다 꾹 참아 넘긴 후 분명하게 말했다.

"지금 우리 회사에서 필요로 하는 기획은 빈사상태에서 깨어날 수 있는 베스트셀러입니다."

이선생이 답답하다는 듯 한숨을 내쉬었다.

"몇십만 부짜리 베스트셀러가 그렇게 쉽게 나오나요? 이런저런 책을 시도하는 가운데 어쩌다 한번 터지는 거죠. 민족문학전집을 한 권씩 꾸준히 내다 보면 그 중 하나가 히트를 칠지도 모르죠."

나도 그쯤은 충분히 알고 있었다. 그러나 회사는 이것저것 시도해 볼 최소한의 돈조차 없다. 아니, 자금이 없을 뿐 아니라 엄청난 빚에 쪼들리고 있다. 더이상 빚을 내어 불투명한 기획에 투자할 수는 없다. 확실히 팔릴 책. 그것이어야만 한다. 나는 분명히 팔릴 책 몇 가지를 사장에게 건의했었다. 그런데도 사장은 망설였다. 하물며 팔릴 전망이 약한 민족문학전집이야 말해 무엇하랴.

나는 6·29 이후 누적된 재정의 위기를 설명하는 대신 술잔을 들었다. 이선생은 묵묵히, 그러나 날카로운 눈초리로 나를 쳐다보고 있었다. 두번째 잔이 바닥났다. 이선생이 또 한잔을 시키려고 하였다.

"아니, 됐습니다. 이젠 취했어요."

나는 재빨리 만류했다. 그러자 이선생이 벌떡 일어났다. 나는 나가자는 신호인 줄 알고 따라서 일어서려고 하였다. 그런데 이선생이 갑자기 성큼성큼 다가와 내 옆에 서더니 일어나려는 나를 소파에 눌러 앉혔다. 이어 두 팔을 벌리더니 나를 안으려고 했다. 나는 너무나 놀라서 잠시 멍청해졌다. 그러나 다음 순간 반사적으로 이선생의 팔을 뿌리쳤다.

"왜 이러세요?"

내 목소리는 떨리다 못해 갈라져 나왔다.

"잠깐, 가만 있어!"

이선생은 양손으로 내 팔을 힘주어 잡더니 상반신을 눌러 왔다. 나는 돌변한 사태에 항의조차 할 세가 없었다. 있는 힘껏 이선생을 뿌리치며 일어섰다. 그러나 이선생은 얼굴 표정 하나 바꾸지 않고 나를 잡아끌어 입 맞추려 했다. 이선생의 태연한 얼굴과 날카로운 눈, 그리고 그와는 상관없이 격정적인 몸짓에 나는 혼란스럽고 아연해질 수밖에 없었다.

잠시 말없는 몸싸움이 벌어졌다. 나는 간신히 이선생을 밀치고 칸막이 밖으로 나올 수가 있었다. 재빨리 경양식집을 빠져 나왔다. 바깥은 아직도 환했다. 방금 벌어진 믿을 수 없는 일이 마치 악몽처럼 여겨져서 멍하니 서 있었다. 인도에는 사람들이, 차도에는 차들이 평상시와 다름없이 바쁘게 왕래했다.

이선생은 아무 일도 없었다는 듯 말끔한 얼굴로 계산을 한 후 밖으로 나왔다. 나는 이선생을 보자 흠칫 놀라서 뛰다시피 걷기 시작했다. 이선생은 별로 서둘지도 않고 나를 따라왔다. 모시 두루마기 자락을 휘날리며 풍류를 즐기는 이조시대의 멋진 선비 같은 모습으로…… 나는 진저리를 치며 이 남자를 어떻게 떼버릴까 궁리했다. 모질게 내치면 회사에서 다시 마주칠 때 어색할 것이고, 그렇다고 마냥 따라오게 놔둘 수도 없었다.

그때 빠른 걸음으로 내 옆에 다가온 이선생이 중얼거렸다.

"남자가 나이 오십이 넘으면 첩을 하나씩 두도록 국법으로 정했으면 좋겠어."

첩이라니! 국법으로 첩을 두라니! 나는 아연실색했다. 뭐 이런 남자가 다 있나 싶었다. 이 사람이 일평생 싸우며 찾으려 했던 민주화된 세상의 설계 속에는 국법으로 첩을 두게 하는 것도 포함된단 말인가? 말도 안 되는 소리다! 나는 침을 뱉어주고 싶었으나 냉정히 자제했다. 다시 안 볼 수 있는 사람이 아니다. 참자. 쓴웃음을 지으며 작별을 했다.

"선생님 댁이 강남이죠? 저는 강북이라서 길을 건너가야겠네요. 안녕히 가십시오."

나는 필요 이상으로 정중하게 허리를 굽혀 인사했다. 그리고 재빨리 길을 건넜다. 이선생은 잠자리를 잡으려다 놓친 소년처럼 애석한 표정으로 그 자리에 서 있었다.

집으로 향하는 버스에 올라탈 때까지 내 머리 속은 하얗게 비어 있었다. 자리를 잡고 앉아 버스가 흔들리는 대로 몸을 맡기고 있으려니 비로소 천천히 정신이 들었다. 정신을 차리면서 맨먼저 솟구친 감정은 분노였다.

……저런 남자가 모범적인 가장이란 말인가? 혼례식에서 길눈이 말씀을 하고 부부간의 믿음을 강조하는 근엄한 얼굴 뒤에, 무분별한 야수 같은 근성을 감추고 있는 철면피! 저런 남자를 철석같이 믿고 하늘같이 떠받들 부인이 가련하다. 남자들은 아무리 공적으로 훌륭해도 사적으로는 개 같은 존재들인가? 일평생을 민주화운동에 투신했고, 많은 젊은이들이 모범으로 떠받들고 있는 존경할 만한 남자가 여성을 대할 때만큼은 봉건시대의 불평등한 관계를 그대로 답습하고 있다니…… 도대체 남자들의 민주화운동, 평등한 사회를 위한 개혁의지란 무엇인가? 여자들을 남자들의 식민지로 그대로 놔둔 채 남자들만의 평등을 원한단 말인가?

나는 전신이 부르르 떨려왔다.

……개새끼! 썩어빠진 위정자들과 조금도 다를 것이 없는 놈!

나는 차창 밖을 노려보며 이를 갈았다. 생각해 낼 수 있는 갖은 욕을 마음 속으로 퍼부어대며 한동안 씨근거리고 있자니 차츰 분노가 가라앉았다. 그러면서 두번째로 떠오른 생각이 뭔가 이상하다는 것이었다.

……이상하다. 이선생이 그렇게 앞뒤 모르는 무분별한 사람이 아닌데…… 취하지도 않은 상태에서 환한 대낮에 그런 무모한 행동을 하다니…… 뭔가 다른 속셈이 있었던 것은 아닐까? 다른 속셈? 어떤 속셈?

흥분을 가라앉히고 곰곰이 생각했다.

……우선 평범하게 떠올릴 수 있는 이유는 평소 나에게 호감을 가졌었으리라는 것이다. 그 호감이 돌발적이고 충동적으로 표현되었을지도 모른다. 그러나……

나는 고개를 내저었다.

……아니다. 그건 너무 환상적인 기대감이다. 인간적인 호감이라면 그 따위로 사납게 터져 나올 수 없다. 성적으로 흑심을 품고 있었다면 몰라도……

갑자기 쓴웃음이 나왔다.

……그러나 내가 성적 매력이 풍부한 여자는 아니지 않는가? 하긴 남자들은 조금만 따뜻하게 대해 주면 금방 섹스를 연상하는 성도착적 동물들이 많다. 이선생도 별수없는 동물일까?

나는 맥이 빠져서 차창 밖으로 시선을 돌리며 생각을 바꾸었다.

……또 달리 추측해 보면, 이선생이 무언가 나를 시험해 볼 필요성이 있었을지도 모른다. 도대체 어떤 여자일까? 왜 아직 시집을 안 갔을까? 하는 호기심 반 장난 반으로 슬쩍 반응을 떠보았을 수도 있다. 이 추측은 어느 정도 타당하다. 독신 여성을 이단시까지 하는 문화 풍토에 젖은 남자가 이방인과 같은 나를 보자 궁금증이 생기던 차에 가볍게 장난을 해본 것…… 그렇다면 얼마나 고약한가? 그러나 더 고약한 동기를 갖고 있었을지도 모른다. 즉, 민족문학전집을 기획하려는 자신의 원대한 포부에 감히 반대의견을 제시한 당돌한 연하의 여자에 대한 징벌일 수도 있다. 공식석상에서 반대의견을 말

했을 뿐만 아니라 사석에서도 회사 형편이 어렵다는 막연한 변명만
할 뿐, 속사정을 툭 털어놓고 말하지 않는 빈틈없는 직업여성. 훌륭
한 남성으로서의 권위와 체면에 도전해 온 그런 얄미운 여성에 대해
남자들은 흔히 이맛살을 찌푸린다. 어? 이게? 그리고 다음 순간 뇌까
린다. 어디, 두고보자. 그러다가 기회가 닿으면 힘으로 정복해 버린
다. 성을 무기로 폭력을 행사하는 것이다. 그렇다. 어쨌든간에 오늘
내가 겪은 성적 희롱은 폭력의 일종이다! 언제까지나 약자로 있어야
마땅한 여자가 약자이지 않으려고 할 때 당하게 되는 성적 폭력.

　나는 다시 한번 분노가 솟구치는 것을 느꼈다. 그러나 그 분노는
아까처럼 흥분된 끓어오름이 아니라 처절한 배신감으로 비수같이 파
고드는 것이었다. 얼마나 이선생을 존경했던가? 그런데 이토록 무자
비하게 상처를 입히다니……

　착잡하고 음울한 기분으로 버스에서 내렸다. 집에 도착해서 현관
문을 열쇠로 열었다. 열쇠 돌리는 소리가 유난히 크게 빈 복도를 울
렸다. 아무도 없는 집안은 어둡고 적막했다. 불을 켜고 신발을 벗으
려고 몸을 굽혔다. 갑자기 눈앞이 몹시 흐려지더니 구두코에 눈물이
뚝 떨어졌다. 황급히 현관문을 잠갔다. 불을 다시 끄고 내 작은 침실
로 들어갔다. 전신에 맥이 빠지면서 그만 방구석에 털썩 주저앉고
말았다. 눈물이 걷잡을 수 없이 흘러 내렸다. 두 다리를 모아 두 팔
로 감싸안고 고개를 처박은 다음 오랫동안 흐느껴 울었다.

　얼마나 시간이 지났을까? 방안은 깜깜했다. 흐느껴 울던 소리도
멈추어 조용해진 어둠 속에서 채칵채칵 시계 돌아가는 초침 소리가
분명하게 들리고 있었다. 나는 무릎에 처박았던 머리를 들었다. 그리
고 태아처럼 옹크렸던 몸을 폈다. 다리가 저렸다. 천천히 발을 꼼지
락거렸다. 서서히 저린 증세가 없어지면서 온몸에 따뜻한 피가 돌기
시작했다. 일어나 불을 켰다. 그리고 거울을 보았다.

　울어서 얼룩진 얼굴과 헝클어진 머리칼이 꼴사나웠다. 눈도 불그

스름하게 충혈되었다. 그러나 입매만큼은 차분하게 가라앉아 있었다.

그래. 이 정도 일에 내가 무너질 줄 알아?

나는 거울을 보고 씨익 웃어 보였다. 그리고는 성큼성큼 목욕탕으로 가서 얼굴을 씻고 샤워를 했다. 가뭄 끝에 단비 맞은 나무처럼 몸과 마음이 다 개운해졌다.

음악을 틀은 후 된장찌개를 끓여 저녁밥을 한 공기 다 먹었다. 찻물을 올려놓고 설거지를 했다. 설거지를 마치고 자스민 차를 한잔 울궈냈다. 주방을 정리하고 탁자에 앉아 자스민 차를 천천히 마셨다. 음악에 따라 콧노래도 흥얼거렸다. 차를 다 마신 후 서재로 갔다. 컴퓨터를 켰다. 일기 디스켓을 꽂은 다음 쓰기 시작했다.

민주화운동을 해오던 사람들이 하나둘씩 무너져가고 있다. 운동권 사람들 모두가 그렇게 무너지지는 않겠지만, 내 주변에서는 그런 현상이 눈에 띈다. 해직기자로서 출판문화운동에 뜻을 두었던 사장은 지금 돈에만 급급한 장사꾼으로 전락했다. 그는 내게 해적판 만드는 편집실을 꾸려갈 것을 요구한다.

또한 해직교수로서 지식인 운동에 앞장섰던 이선생은 기념비적 골동품으로 남아 투사로서의 권위만 내세우고 있다. 그는 자신의 의견에 반대했던 내게 성적 희롱을 자행했다. 사회운동에 기웃거리면서 아내는 사정없이 짓밟았던 나의 아버지와 크게 다를 것도 없다.

학생운동과 노동운동에 투신했던 김영희는 지금 오갈 데 없이 생존의 압박에 허덕이고 있다. 그녀는 현실 사회주의권의 붕괴에도 불구하고 우리의 대안은 계급투쟁밖에 없다고 고집을 부린다. 하지만 사실 그녀는 이미 어느 계급에도 소속될 수 없다. 그녀는 지식인도 노동자도 아니다.

희망은 어디에 있는가? 대안은 무엇인가?

운동의 주체가 되어야 하는 노동자들만이 희망이라고 말하는 사람도 많다. 그러면 노동자가 아닌 사람은 자기 자신의 희망은 아무것도 없이 노동자들만 해바라기하며 살아야 하는가? 나의 삶은 팽개쳐버리고 기층 노동자들을 위해서만 복무해야 역사에 충실한 것일까?

예를 들면, 나는 지금 편집장으로서 고뇌를 겪고 있고, 독신 여성으로서 수모를 당했다. 그런데 이런 문제는 젖혀두고 기층 여성 노동자의 억압에만 관심을 가져야 한다면 나의 문제는 어떻게 해결할 수 있을까? 나의 문제는 역사 속에 실재하는 억압이 아니란 말인가? 물론 나도 넓은 의미의 여성 노동자 계급이다. 여성 노동자의 문제가 곧 내 문제이기도 하다. 그러나 독신 여성 편집장으로서 겪는 모든 문제가 곧 기층 여성 노동자의 문제는 아니다.

대학을 나왔고 편집장까지 승진했고 결혼을 안 했기 때문에 나는 역사 변혁에 주체적으로 참여할 수 없는가?

아니다. "개인적인 것은 정치적인 것이다"라고 누가 말했다. 그렇다. 내 문제가 우선 과제다.

사실 나는 중산층도 못 되고 기층도 못 된다. 신중간계급이랄 수 있는 화이트 칼라이지만 출판계가 워낙 영세한 탓에 고소득 전문직은 아니다. 그렇다고 육체 노동자가 주축을 이루는 계급에 속할 수도 없다.

도대체 언제까지 우리는 이 계급 구분에 매달려야 하는가? 계급성을 확고히 하고 노동자 당파성을 지지해야 사회 변혁을 이룰 수 있다는 주장들이 거셀수록 나의 위치는 애매해진다.

나는 역사의 주체인 기층 노동자가 아닌 주변인이다. 나는 현실 사회에서 기득권자인 권세가나 고소득자나 중산층도 아니기 때문에 또 주변인이다. 나는 남성중심 사회에서 남자가 아닌 여자이므로 또 또 주변인이다. 여자 중에서도 결혼한 여자가 아니기 때문에 또 또 또 주변인이다.

나는 쓰기를 멈추고 손을 내려뜨렸다. 그리고 창밖을 내다보며 중얼거렸다.
……보잘것없는 주변인으로서의 삶. 하지만 이 삶이 중요하다. 왜냐면 다른 누구의 삶이 아닌 나 자신의 삶이기 때문이다!
정신을 가다듬은 나는 다시 쓰기 시작했다.

주변인으로서 살고 있는 사람들은 역사에서 제외돼야 하는가? 그들은 자기 목소리를 죽이고 다른 사람의 목소리를 내야만 하는가? 아니다. 주변인은 주변인으로서의 목소리가 있다.

나는 다시 손을 멈추었다. 그리고 한참 생각한 후에 썼다.

요즘은 부문 운동이 강조되는 추세이다. 각 계급별로, 각자 위치에서, 자기 문제의 해결에 몰두해도 좋다는 것이다. 그러나 잊지 말 것은 전체 사회변혁운동의 일부분으로, 언제든지 주체세력의 움직임에 동원될 수 있어야 한다는 점이다.
운동, 운동, 운동, 운동……
사회변혁, 사회변혁, 사회변혁……

미친 듯이 키보드를 두들기던 나는 또 다시 손을 멈추었다. 그리고 담배를 한대 피워 물었다. 차분히 마음을 가라앉힌 다음 썼다.

우리는 운동에 대해 강박관념을 가졌던 세대로 기억될 것이다. 탱크가 교내로 침입했던 칠십년대의 추억을 갖고 있으며, 숱한 민중이 피를 뿌리고 사라져간 광주항쟁을 겪었고, 드디어 민주화가 이룩될 것 같았던 유월항쟁을 치른 우리는 어쩔 수 없이 사회변혁운동에 지대한 관심을 가지고 있다.

나는 운동의 주축으로 활동하지 않았다. 친구들이 자신의 문제를 젖혀두고 사회운동에 뛰어드는 와중에서도 내 생활을 주체적으로 꾸려가고 자아를 실현하는 일에 매달려왔다. 그러면서 스스로를 비겁한 이기주의자라고 자책하기도 했다. 하지만 구체적 생활을 제일의 과제로 놓고 운동권에 대해서는 주변적인 지원세력으로 머무는 것에 그칠 수밖에 없었다.

따라서 나는 운동권의 친구들을 가능하면 도우려고 노력해 왔다. 그들이 사회 정의를 실현하려고 자신의 생활을 전적으로 희생시키는 데 존경심을 느꼈기 때문이다. 무서운 공포와 탄압에도 굽히지 않고 당당히 싸우는 그들을 보며 한편으로 부끄러움을 느끼기도 했다. 분명히 그들은 민주화에 엄청난 공헌을 했다.

그러나 요즈음 그들의 행태는 나를 크게 실망시킨다. 신념과 희망을 잃고 자체 분열을 하며 보통사람들 이하로 전락하는 사장이나 이선생 등을 볼 때 종래의 운동 방식에 어떤 오류가 있지 않았을까 의심하게 된다.

특히 이선생의 성적 희롱은 충격적이었다. 여자가 홀로 사는 것이 이토록 어렵고 힘겨워야 하는가 회의를 느끼며, 서러운 눈물을 흘릴 정도였다. 독신의 여성을 남아도는 여분의 여자로 착각하고 장난을 치는 남성들의 태도는 정말로 분노스럽다. 평소에 이선생을 존경하고 있었기 때문에 실망도 아주 크다.

민주화가 우선시되던 시절에는 많은 사람이 앞뒤 가리지 않고 운동에 뛰어들었다. 하지만 이제는 차분히 자기를 성찰하고 반성할 때다. 어쩌면 더이상 남성적인 운동 방식에 기대할 것이 없는지도 모른다. 남성들은 기득권자이든 아니든간에 정복욕과 지배욕으로 가득차 있다. 그들의 머리는 권위적이고 위계 서열적인 사고방식으로 굳

어 있고, 그들의 싸움은 따지고 보면 헤게모니 쟁탈전에 불과할 때
가 많다.

이제 여성들의 새로운 운동방식이 필요하다. 그러기 위해서는 사
회악을 누적시켜 온 남성 문화권의 폭력적인 투쟁을 지양해야 한다.
남성 문화의 핵심이 힘을 바탕으로 한 권력 관계에 있다면, 여성 문
화는 사랑을 바탕으로 한 공동체적 관계에 중점이 있다. 이것을 살
려내야 한다. 여자들이 낳고 기르고 보살피며 쌓아온 타인에 대한
관심과 배려, 포용력 있는 애정과 평화의 대안문화가 창조돼야 한다.
그래서 다원적이고 수평적이며 유연한 열린 사회가 와야 한다.

그렇다. 나는 홀로 서기에 어느 정도 성공했다고 생각했는데, 이
선생에게 형편없이 모욕을 당했다. 결국 혼자 힘으로는 홀로 서기를
완성해 낼 수 없다. 사회의 전반적인 변화가 함께 해야 하는 것이다.
그런 의미에서 여자들의 연대가 필요하고 여성운동이 활발해져야 한
다.

김영희는 사회주의에서 대안을 찾으며, 계급해방이 이루어지면 여
성해방도 앞당겨지리라 믿는다. 과연 그럴까? 이선생 같은 민주인사
의 행태가 이럴진대 계급해방이 이루어진다고 해서 여성해방이 저절
로 달성될까? 사회제도나 정치체제가 변한다고 해도 사람들의 의식
이 여전히 봉건적이라면 여성해방은 요원하다. 체제 변혁을 이루었
던 사회주의 국가에서도 여성문제는 많은 숙제를 남기지 않았는가?

아무리 생각해도 여성운동은 계급투쟁에만 종속될 것이 아니라
좀더 구체적이고 실천적인 생활운동이 돼야 한다. 남성과 여성의 의
식 구조를 그 밑바닥부터 바꾸어 새롭게 하는…… 첩이나 두었으면
좋겠다는 뿌리 깊은 봉건성을 타파하고, 남성을 중심으로 짜여져 있
는 사회 구조에 여성을 평등하게 동참시켜야 한다. 주체적으로 살려
는 나 같은 여자가 별종으로 취급받지 않고 평범하게 여겨진다면 얼
마나 좋을까? 그렇다. 어쩌면 계급 발생보다도 훨씬 더 먼저 형성됐

을지도 모르는 가부장제 문화를 서서히 바꾸어가자. 그 변화는 혁명적으로 이루어진다기보다 장기적으로 집요하게 추구되어야 할 것이다.

그런 의미에서 '대안문화'는 꽤 바람직한 모임이다. 성급한 혁명에 기대기보다 장기적인 전망을 바라보며, 개개인의 체험을 통한 의식 변화를 중시하고, 그러한 변화가 사회 전체로 퍼져나가도록 운동하는 알찬 집단이다. '대안문화'의 탈계급성을 비판하는 친구들도 있지만 나는 '대안문화'에서 배운 바가 많다.

문제는 지금 한 걸음 더 나아가느냐에 있다. '대안문화'에 보다 적극적으로 참여해서 여성출판문화운동의 실무진으로 일할 것인가?

이 점에 대해서는 나의 직업과 경력을 별도로 생각해 보자. 나는 어릴 때부터 책을 좋아했고, 책 만드는 일에 애정을 느껴왔다. 그러나 최근의 상황은 편집일을 도둑질과 다름없는 짓으로 몰아가고 있다. 이런 상황에서는 더이상 편집장으로 머물러서는 안 된다. 다른 양서 출판사를 찾든가 여성출판문화운동에 참여하든가 단안을 내려야 한다.

다른 출판사로 옮기는 것은 가능하다. 나는 편집장으로서 나쁜 평판이 나지 않았으니까…… 그러나 시간을 두고 정말로 일할 만한 출판사를 알아봐야 할 것이다.

생각해 보면, 칠팔십년대의 출판문화운동을 반성할 때도 되었다. 사회 정의에 대한 갈망이 강했던 그 시절에는 목소리만 높이면 책이 팔렸다. 따라서 책 만드는 작업에 미처 정성을 다하지 않았던 점이 있다. 옳은 소리만 들어 있으면 기획을 했고, 마구잡이로 찍어냈다. 앞으로는 그런 행태를 반복할 수 없다. 보다 신중하고 진지해져야 한다. 출판 공해를 일으키지 말고 꼭 있어야 할 책을 만들어야 한다. 그런 의미에서 '대안문화'의 책 만드는 자세는 바람직하다. 그렇다면 '대안문화'로 가야 하지 않을까?

하긴 '대안문화' 실무진으로 간다면 출판보다는 운동에 좀더 비중을 두게 된다는 얘기다. 내가 그토록 오랜 세월 운동보다는 생활을 우선시했던 원칙이 바뀌는 것이다. 사십의 나이에 이십대 청년들처럼 생활을 버리고 운동에 뛰어들어야 할까?

여기까지 쉬지 않고 쓰던 나는 컴퓨터에서 잠시 물러났다. 그리고 주방으로 가서 자스민 차를 한잔 더 마셨다. 생각은 밀물 몰려오듯 계속되고 있었다. 다시 컴퓨터에 달라붙었다.

내가 다른 출판사로 간다 해도 남성중심적인 구조에는 변함이 없을 것이다. 사회 전체가 남성들의 사업장이니까…… 그렇다. 지금 필요한 것은 여성들의 손에 의해 경영되어지며, 여성들을 위해 책이 만들어지는 새로운 조직이다. 아마도 생산과 생활과 운동이 일치하는 새로운 공동체를 만들 수 있을지도 모른다. 그 사업은 꼭 필요한 일이며 나는 여성출판문화운동을 하고 싶다. 사십의 나이에 운동에 뛰어든들 어떠하랴? 나의 내적인 동기가 뻗치는 곳으로 가자.

문제는 운동에 뛰어들 때 생기는 생활의 공백, 경제적인 마이너스 요인이다. 그러나 그 문제도 해결책을 찾을 수 있다. 요즈음 운동권 친구들 중에 낮에는 활동을 하고 밤에는 아르바이트를 해서 생계를 해결하는 사례가 많은 모양이다. 나도 그 방법을 원용해 볼 수 있다. 즉, 낮에는 '대안문화'에서 일하고, 밤에는 편집대행 아르바이트를 하자. 아마도 교정일은 쉽게 구할 수 있을 것이다. 그러면 지금 수입의 절반 정도를 '대안문화'에서 벌고 나머지 절반은 아르바이트로 충당된다. 몸이 좀 고달프겠지만 마음이 괴로운 최근의 직장생활보다야 낫지 않겠는가? 진심으로 자기 내면의 깊숙한 곳으로부터 하고 싶은 일을 한다면 얼마나 즐거울까?

그리고 노후에 대한 걱정은 대책을 찾으면 된다. 뜻을 같이하는 여성들끼리 늘그막에 공동체를 차릴 수도 있지 않은가?

그렇다. 주체적이고 자율적인 여자들이 별종으로 취급되지 않을 수 있는 보다 유연한 사회, 남녀가 평등하고 자유로운 새세상을 향해 아주 작은 일부터 시작해 보자.

나는 크게 숨을 내쉬며 손을 멈췄다. 비로소 생각이 정리되고 결심이 섰다. 천천히 컴퓨터를 껐다. 시계를 보았다. 밤 열시였다. 김성애에게 전화 걸기에는 그리 늦은 시각이 아니었다. 그러나 나는 전화를 걸려다 말았다. 신중을 기하기 위해 하룻밤 더 생각해 보기로 하고 일찌거니 자리에 누웠다.

일요일이 되었다. 드디어 사십세의 생일을 맞은 것이다. 오랜만에 마음껏 푹 자고 난 나는 스스로를 위해 미역국을 끓였다. 그리고 간단한 빵과 우유를 먹는 대신 따뜻한 밥과 국, 불고기 반찬으로 생일상을 차렸다. 자기 스스로를 위해 생일상을 차릴 수 있는 중년의 여자가 몇이나 될까? 남편과 자식의 생일상은 차려도 자신의 생일상은 차리지 못하는 많은 여자들과 함께 이 아침을 먹고 싶다고 느꼈다.

간밤의 결심은 변함이 없었다. 설거지를 한 후 전화기를 들었다. 김성애는 마침 집에 있었다. 나는 천천히 또박또박 말했다.

"대안문화 여성출판문화운동에 동참하기로 했어요. 실무진으로 일하겠어요."

야아ー. 김성애가 반가운 소리를 짧게 외쳤다.

"잘됐네요. 우리가 합시다. 우리 여자들 손으로 한번 해봅시다!"

총구에 핀 한 송이 카네이션을 위해

류보선(문학평론가)

1

소설쓰기란 도전이자 모험이다. 아니면 저주받은 자의 자기독백이다. 서사시적 세계가 더이상 현실적으로 불가능해진 시대에서 내밀하게 서사시적 세계를 동경하는 것, 이것은 소설의 장르적 조건이다. 다시 말해 저 섬광과도 같은 신화의 세계를 그려보거나, "별이 빛나는 창공을 보고, 갈 수가 있고 또 가야만 하는 길의 지도를 읽을 수 있던 시대"를 염원하지 않고는, 소설쓰기란 불가능한 것이다. 아니 가능하다 하더라도 아무 의미가 없다. 말 그대로 하찮은 사람들의 하찮은 이야기인 소설에서, 무슨 배움이 있을 것이며, 무슨 자기정화를 맛볼 수 있을 것인가. 하찮은 인간들의 사실적인 이야기에서 맛볼 수 있는 소설적 감흥은, 이 하찮은 인간들의 삶 속에 내밀하게 발산되는 서사시적 세계의 흔적 때문이다. 타락한 시대의 논리를 거부하는 타락한 주인공들, 그들은 무슨 운명 혹은 저주처럼 타락한 시대에서 요구되는 삶의 방식을 거부하고, 아무도 기억하지 못하는(그렇지만 누구나가 염원하는) 서사시적 세계의 그림자에 자신의 삶을 맡긴다. 때문에 그들은 고통스러울 수밖에 없고, 꼭 그들이 고통스러워하는 만큼만 소설은 감동을 불러일으킨다. 따라서, 작가적 영혼과 현실과의 불화를 고통스러운 주인공의 삶을 통해 표현해내는 소설쓰기란, 서사시적 기억을 지우고자 하는 현실에 대한 도전이자 고통을 피하지 않으려는 모험이다.

한마디로, 소설쓰기란 중대한 결단이다. 눈만 질끈 감으면, 즉 서사시적 세계를 기억하지 않기만 하면 이 고통스러운 길로 굳이 들어서지 않아도 될 터, 그러나 몇몇 사람들은 무슨 저주처럼 기존의 담론질서에 만족하지 못한다. 일상적인 의미의 행복이 기존의 담론질서 내에서 사유하고 실천할 때 다가오는 것이라면, 이 질서의 거부는 곧 그 개인을 비극의 늪으로 몰아넣기에 충분하다. 거역할 수 없는 거대한 질서로부터의 일탈이 비극적인 삶을 의미한다면, 천형처럼 담론질서의 해체나 전복을 꿈꾸어야 하는 소설쓰기란 얼마나 비극적인가.

아니 그 반대인지도 모른다. 한 개인의 비극적인 삶이, 그 개인으로 하여금 기존의 담론질서를 거역하게 하는 것일지도. 한 시대의 담론질서 특히 자본주의 이후의 담론질서란 세상의 밝음, 휘황찬란함, 합리성, 건강함, 남성성 등의 끊임없는 강조를 통해 형성되고 유지된다. 그런데 그 밝음의 그늘에 가려져 있는 어두움, 음습함, 운명적 요소, 악마성, 여성성 등을 너무도 강렬하게 경험한 개인은, 이 질서에 순응할 수 없다. 이 질서에 순응한다는 것은, 세상에서 자신의 삶의 흔적을 지우는 것이기 때문이다. 기존의 담론질서도 또 어떠한 권위주의적 담론도 이 일그러지고 뒤틀린 자신의 삶을 설명해

줄 수 없을 때, 그 개인은 자신의 존재증명을 위해 문학 특히 소설을
선택하곤 한다.

　안이희옥의 『여자의 첫 생일』은 기존의 수많은 담론이 포괄해주지
못하는 자신의 삶을 스스로 증명하기 위해 씌어진 장편이다. 안이희
옥은 기성의 질서 자체가 못마땅하기 마련인 낭만성으로 충일한 젊
은이가 아니다. 낭만적 열정은 가라앉았음직한 나이, 이 뒤늦은 나이
에 작가의 길로 들어서려 하는 것이다. 기존의 어느 담론도 그의 삶
을 설명해주지 못한다고 판단한 것이리라. 작가 스스로가 운명의 어
두운 결과 무늬를 드러내지 않으면 자신의 흔적은 자취도 없이 사라
질 것이라는 두려움이, 일상적인 행복이 보장되지 않는 작가의 길을
선택하게 한 셈이다.

2

　『여자의 첫 생일』은 여성문제를 다룬 소설이다. 이땅을 살아가는
여성의 삶과 가장 잘 어울리는 수식어는 '비극적인'이란 형용사일
것이다. 철옹성처럼 무너질 줄 모르는 가부장적 사회에서 여성들은
좁은 어깨로는 감당하기 어려운 의무를 산더미처럼 짊어진 반면 권
리는 없는 삶을 살고 있다. 또 여성들에겐 상품의 이미지가 강요된
다. 인격, 능력, 지식 등은 여성의 삶에서 점점 부차적인 것으로 밀
려나고 화려한 상품의 이미지가 주어지는 것이다. 이땅의 여성들은
아름다워야 인격체로 인정받는다. 왜냐하면 여성이기 때문에. 게다
가 여성은 매일 새롭고 화려하게 변신해야 한다. 왜냐하면 여성이기
때문에. 이처럼 비논리적이고 객관성이 결여된 잣대가 여성들의 삶
을 일그러뜨리고 뒤틀어버린다.

　이러한 삶의 조건을 노예의 상태라 한다면, 여성들은 자연스럽게

이 노예의 상태에서 자유의 왕국으로의 비약을 꿈꾼다. 그러나 이 자유의 왕국으로 나아가려는 꿈은 멀고 험하다. 여성의 삶이 '여성은 의무만 다하면 되며, 여성은 상품이다'라는 인식에서부터 뒤틀리기 시작했기 때문이다. 자신만을 고매한 인격체로 혹은 본질로 삼는 (그리하여 타자의 목소리에 귀를 기울이지 않는) 사람들은, 권리가 없는 인격체 혹은 상품의 목소리에 관심조차 주지 않는다. 따라서 자유의 왕국으로 나아가려는 꿈을 꾸는 사람의 삶조차도 이제 비극적인 것이 된다. 거대한 질서의 수레바퀴에서 벗어나 자신의 운명을 개척하려는 욕구는, 비록 이 욕구가 후에 수레바퀴의 방향을 바꿀 수 있는 동력이 될 수는 있다 하더라도, 고난의 삶만을 가져다준다. 한마디로, 이땅의 여성들은 권리는 없고 의무만 있는, 또 이 상황에서 벗어나려는 욕구마저도 좌절할 수밖에 없는 비극적인 삶을 살고 있는 것이다. 그러나 자유의 왕국을 향한 꿈은 포기할 수 없는 법, 그리하여 이땅의 여성들은 '여자이기 때문에'라는 거대한 비논리의 세계와 맞서기 위해 오늘도 사소한 일상사에 신경을 곤두세우고, 그로 인한 편두통을 어디에선가 달래고 있을 것이다. 『여자의 첫 생일』은 이러한 비논리의 세계를 향한 하나의 도전이다.

　『여자의 첫 생일』은 윤여민이라는 한 여자의 인생유전을 다룬 소설이다. 윤여민이 여자의 첫 생일을 앞두고 며칠 동안 겪는 사건이 이 소설의 기본 골격을 이룬다. 그러나 이 5일이라는 시간은, 단지 지나온 삶의 편력을 이야기하기 위한 소설적 장치이다. 단 5일 동안, 윤여민은 40년의 짧지 않은 전 생애를 기억해낸다. 윤여민은 비록 크지 않은 일상사라 하더라도 항상 그것을 과거, 현재, 미래라는 시간대 내에 위치시켜놓고 숨이 막힐 정도로 반성하고 다짐하는, 날선 신경을 지닌 여성이다. 이 남달리 예민한 여성은 어느 것 하나 쉽게 넘기질 못한다. 출판사의 편집부장인 그녀는, 치마를 입으면서도 여성의 현실을 생각하며, 상업적인 출판물 하나에서도 이땅의 불길한 역사를 떠올린다. 이 지칠 줄 모르고 계속되는 반성과 다짐, 이로 인해 윤여민이 5일 동안 겪는 경험의 내용은, 그녀의 삶 전반으로 확대되며 아울러 한국 역사 전반을 총괄하기도 한다.

『여자의 첫 생일』의 미덕은 소설의 주인공이 마흔 살의 독신여성으로 설정되었다는 데에 있다. 소설의 질을 결정짓는 한 중요한 요인이 주인공이라면, 그리고 그 영혼의 지적 도정이 곧 소설의 내적 형식이라면, 『여자의 첫 생일』은 여성소설의 의미있는 내적 형식을 창출하고 있음에 분명하다. 주인공이 독신여성이라는 것, 그리고 그 여성의 삶이 외롭지도 쓸쓸하지도 저속하지도 않고 오히려 당당하다는 것, 이러한 설정은 분명 새로운 형식이다. 이제까지 씌어진 몇몇 여성문제를 다룬 소설과 구분시킨다. 『절반의 실패』(이경자), 『무소의 뿔처럼 혼자서 가라』(공지영), 『나는 소망한다 내게 금지된 것을』(양귀자) 등은 여성의 억눌린 삶을 다룬 대표적인 소설이거니와, 이 소설들은 하나같이 '더이상 인간이기를 포기한' 남성들에 의해 고통받는 여성들의 삶만을 주목한 바 있다. 기존의 소설이 동등한 인격체의 결합이 아닌 '주인과 노예'의 관계라는 기형적인 부부관계에 주로 초점을 맞추었다면, 『여자의 첫 생일』은 가족이라는 좁은 테두리를 넘어 사회 전반에 걸쳐서 진행되는 여성억압의 모습들을 성공적으로 담아낸다.

『여자의 첫 생일』의 윤여민은 빛나는 형상임에 틀림없다. 그녀는 당당하되 영웅적이지 않기 때문이다. 그녀가 지키고자 하는 것은, 혹은 사회로부터 보장받고자 하는 것은, 최소한의 것이다. 양심을 지키며 살고자 하고, 또 하나의 인격체로 대접받고자 할 뿐이다.

싸우며 사는 남자의 길, 뒷바라지하며 사는 여자의 길. 이렇게 딱 나누어 정의되지 않는 제삼의 길이 있을 것이다. 전통적인 고정관념, 남자와 여자를 이분법으로 가르지 않는 어떤 새 길이, 새 역할이.

회사의 생존이 위태로운 이때, 수단 방법을 가리지 않고 살아남기보다는 차라리 명예를 지키며 문을 닫는 편이 낫다는 생각이 드는 것은 웬일일까? 나도 이제는 생활이 어느 정도 안정되어 정의나 명분을 찾게 된 것일까? 아니다. 나는 도리질을 쳤다. 나 같은 현실주의자에게도 마지막 양심의 선이 있다. 거대한 역사적 사명감까지는 안 되더라도, 동시대인을 상대로 책을 보급하는 편집자로서 지켜내야 할 기본 원칙이 있다. 그 최소한의 원칙을 지키지 못한다면 살아남는 것이 무슨 의미가 있을까?

이 최소한의 기본 원칙을 그녀는 고수한다. 이 기본 원칙이 지켜지는 한에서는 더없이 부드럽되, 이 원칙을 넘어설 경우 누구보다 날카롭다. 그러나 윤여민은 이 최소한의 원칙만을 원하며 살지만, 대부분의 경우 날선 신경 탓에 날카롭기 짝이 없다. 이 최소한의 원칙이 지켜지지 않을 정도로 이땅의 현실은 일그러지고 뒤틀린 것이다. 사회 전반의 물신화 경향, 비민주주의적 행태, 가부장적 현실 등이 그녀의 삶을 팽팽하게 긴장하게 만들고, 윤여민은 핏발선 눈을 감지 못해 항상 눈이 아리다.

이 중 윤여민의 눈을 치뜨게 만드는 가장 거대한 벽은 여러 남성으로부터 가해지는 굴욕과 멸시, 성적 폭력 등이다. 사랑했다고 믿었던 문일규, 그러나 그는 성관계를 맺고 나자 지배자로 군림하려 한다. 독신의 편집부장인 윤여민에게 "윤부장은 왜 아직껏 결혼을 안 했어요? 성욕이 없어요? 아니면 다른 방법으로 성욕을 풀어서 구태여 결혼할 필요가 없는 거예요?"라고 몰아대는 추리작가 김건웅, 수배자의 소재를 확인하던 도중 갑작스레 "혹시 내연의 관계 아니야, 이거!"라고 내뱉는 형사들, 한평생 민주화를 위해 헌신해 사회의 명사로 자리잡았으면서도 "남자가 나이 오십이 넘으면 첩을 하나씩 두도록 국법으로 정했으면 좋겠어"라고 말하는 민중문학자 이선생, 이들의 무심한 한마디에 윤여민은 거듭 사회의 높은 벽을 깨닫는다. 그러나 윤여민은 반사적인 복수심에 불타지 않는다. 반성과 다짐을 거듭한다. 그 거듭되는 반성과 다짐의 결과, 윤여민은 이 남성들로부터 가해지는 굴욕 등을 남성중심적 문화의 필연적인 산물로 규정하고 이를 진정으로 극복하기 위해서는 여성중심적인 문화의 창출이 절실하다고 다짐한다.

　민주화가 우선시되던 시절에는 많은 사람이 앞뒤 가리지 않고 운동에 뛰어들었다. 하지만 이제는 차분히 자기를 성찰하고 반성할 때다. 어쩌면 더이상 남성적인 운동 방식에 기대할 것이 없는지도 모른다. 남성들은 기득권자이든 아니든간에 정복욕과 지배욕으로 가득차 있다. 그들의 머리는 권위적이고 위계 서열적인 사고방식으로 굳어 있고, 그들의 싸움은 따지고 보면 헤게모니 쟁탈전에 불과할 때가 많다.

　이제 여성들의 새로운 운동 방식이 필요하다. 그러기 위해서는 사회악을 누적시켜 온 남성문화권의 폭력적인 투쟁을 지양해야 한다. 남성 문화의 핵심이 힘을 바탕으로 한 권력 관계에 있다면, 여성 문화는 사랑을 바탕으로 한 공동체적 관계에 중점이 있다. 이것을 살려내야 한다. 여자들이 낳고 기르고 보살피며 쌓아온 타인에 대한 관심과 배려, 포용력 있는 애정과 평화의 대안문화가 창조되어야 한다. 그래서 다원적이고 수평적이며 유연한 열린 사회가 와야 한다.

　이러한 적극적인 의지는 『여자의 첫 생일』을, 이전의 여성현실을 다룬 작품들과 구분시킨다. 이전의 여성현실을 다룬 작품들은 여성의 훼손된 삶이 어디에서 연유한 것인지를 찾기보다 여성들의 신체에서 남성들의 폭력이 지나간 자리만을 짚어내기에 급급했기 때문이다. 『절반의 실패』등의 작품을 종합하면 남성들은 악의 화신이자 불길한 욕망에 허덕이는 동물적인 존재이며, 여성들은 이들에게 충일한 삶을 빼앗긴 가녀린 꽃이다. 그리고 이들 작품은 이 꽃이 활짝 피어오르기 위한 방법으로, 복수나 이혼을 제시한다. 이들 작품은 여성이라는 가녀린 꽃이 얼마나 황폐해 있는가를 말하기 위해 남성들을 철두철미한, 그리하여 여성에게 조그만 숨통도 열어주지 않을 정도로 교활한 악령으로 극단화시킨다. 때문에 이들 작품의 여성들이 택할 수 있는 방법 역시 극단적인 것일 수밖에 없다. 자살을 감행하거나 법을 빌어 이혼을 하며, 때로는 법을 넘어서는 복수를 행한다. 적에게 복수를 가한다는 것은 상해를 입은 개인이 누릴 수 있는 최고의 만족임에 틀림없다. 그러나 이것은 적대자에 반해서 나만이 본질적 존재임을 천명하면서 분명한 실재자임에 틀림없는 적의 존재는 지양해버리게 됨으로써 오히려 나 자신마저도 실체적인 자아로 취급할 수 없게 하는 그런 인식론이다. 만약 이러한 상황이 전도될(여성이 남성을 지배하게 될) 경우, 멸시되었던 것이 오히려 영예롭게 되고 영예롭게 생각되었던 것은 다시 멸시를 받게 됨으로써, 나라는 실재는 자기파멸에 이르게 되는 것(헤겔, 임석진 옮김, 『정신형상학 I』, 지식산업사, 1988, 228~229쪽)이다. 반면 『여자의 첫 생일』은 이제까지 여성소설이 취하던 복수의 문법과는 다르다. 기존의 담론질서를 해체하고 그것을 여성적 시각으로 새롭게 읽어내고, 그를 통해 이제까지의 담론질서로선 좀처럼 찾지 못하는 미래적 전망을 찾아내려는 소설이 『여자의 첫 생일』인 것이다. 그리하여 『여자의 첫 생일』은 온갖 고난을 딛고 여성의 혹은 인간의 충일한 삶의 상태 즉 서사시적 세계로 향하는 하나의 의미있는 좌표를 우리에게 제시한다.

특히나 80년대 변혁운동에 대한 비판은 경청할 만한 점이 많다. 윤여민은 '대안문화'를 모색하는 인물이다. 그녀가 모색하는 대안문화는 여성문화이다. 인류가 멸망의 벼랑길에서 허위적거리는 것은 이제까지의 역사가 남성중심의 사회였기 때문이라고 설명하고, 따라서 인류가 이 벼랑에서 평원으로 다시 돌아가기 위해서는 주변부로 처진 여성적 삶의 방식, 사고 등이 사회를 움직이는 운영원리가 되어야 한다는 것이다. 그리하여 『여자의 첫 생일』에서는 80년대의 열정을 이끌었고 여전히 지켜나가고 있는 인물들에 대한 비판이 자주 나타난다. 계급모순을 사회적 모순의 본질적인 요인으로 설정했던 그 논리는 인간을 서사시적 세계로 이끌기에는 역부족이며, 이를 밝히기 위해 80년대적 열정으로 가득찬 인물들에 내재한 모순의 형태를 집요하게 형상화한다. 민주화운동에 헌신했지만, 집에서는 가혹한 폭력의 집행자였던 아버지, 역시 민주화운동에 복무하지만 여성에 대해서는 지배자의 위치를 고수하려는 첫 애인 문일규, 그리고 민중문학자 이선생의 파행적인 삶이 차례로 나타나는 것이다. 이것은 80년대의 변혁운동이 사회의 민주화를 외쳤을지언정 민주주의라는 원리를 사회의 전 영역, 삶의 구석구석에까지 관철시키지 못했다는 것에 대한 통렬한 비판으로 의미가 남다르다.

그러나 『여자의 첫 생일』은 이 강렬한 주제의식으로 인해 균형을 잃은 대목도 없지 않다. 즉, 대부분의 처녀작품이 그러하듯이, 『여자의 첫 생일』도 이 강렬한 주제를 인물의 삶 속에 녹여내질 못하는 대목이 많다. 오히려 작가 안이희옥은 윤여민의 인생을 보여주기보다는 주제를 말하기에 급급하다. 소설의 사건 진행 자체가 이를 말해준다. 주인공 윤여민이 지나칠 정도의 반성과 다짐을 거듭하는 것도, 또 여성들에게 특히 윤여민에게 성적 폭력을 가하는 주체가 주로 민주화운동에 헌신하는 인물들인 것도, 계급모순만으로 세상을 읽어내는 변혁운동 노선과 잦은 논쟁이 벌어지는 것도, 모두가 이제 사회적 모순을 바로잡을 대안은 여성문화의 건설뿐임을 말하기 위해 너무 쉽게 설정된 소설적 장치이다. 때문에 『여자의 첫 생일』을 읽는 동안 독자들은 종종 작위적이라고 느껴지는 대목들을 만나야 한다. 특히 이선생의 돌연한 변신이 그러하다. 물론 작가에게는 전혀 돌발적인 변신이 아니리라. 애초부터 소설을 매듭짓기 위해 득의만만하게 숨겨둔 것인지도 모른다. 때때로 작가에게는 너무도 당연하고 분명하여 돌발적이라 생각되지 않는 것이, 독자에게는 돌발적으로 읽히는 대목들이 있다. 작가에게는 내적으로 확실한 것이, 독자에게는 확실하지 않기 때문일 것이다.

문제는 급작스런 사건 전개만이 아니다. 인물의 이러한 선택과 배열은, 진실을 오도할 가능성이 높은 것이다. 때때로 민주인사의 사회적 영향력을 약화시키기 위해 위정자들이(윤여민이 그토록 증오해 마지않는) 흔히 썼던 방법이, 민주인사에 얽힌 성적 추문이 아니었던가. 그런데 『여자의 첫 생일』은 결과적으로 변혁운동에 몸담아온 인물들을 대부분 '말'과 '행동'이 다른 이중인격자로 형상화한다. 이는 작가의 본의는 아닐 것이다. 인류의 새로운 대안은 이제 계급운동 혹은 민족운동이 아니라 여성운동이어야 한다는 사실을 지나치게 강조하다보니 나타난 부주의의 결과일 것이다. 또 소설적 긴장을 위해 여러 삶의 계기 중 한 계기가 강조되고 선택되어지는 것은 어쩌면 당연한 것인지도 모른다. 그런데 어떤 계기를 선택하기 위해 버려지는 것이 오히려 더 중요한 것일 때 문제가 발생한다. 가령, 이 소설에서 여성을 억압하는 인물들의 이력을 살펴보면, 대개가 이전의 변혁운동가들이다. 작중 주인공이자 화자인 윤여민이 사회과학출판사의 편집부장으로 설정되었기에 어쩔 수 없었을 것이며, 또 실제 그런 경우도 있으리라. 문제는, 이들 삶의 여타의 부분들이 철저하게 단선화된다는 점이다. 즉 이들 인물의 구체적인 삶의 과정이 형상화되지 않음으로써 이들은 왜 여타의 부분에서는 열려 있으면서 유독 여성문제에 대해서는 폐쇄적인가 하는 점이 밝혀지지 않는 것이다. 또는 민주화에 매진했던 사람들의 여성에 대한 인식은 저 불길한 욕

망에 몸을 맡기는 사람들과 전혀 다른 점이 없는가 하는 문제가 다
루어지지 않는 점이다.

　이 질문은 중요한데, 왜냐하면 사소한 차이에 대한 통찰이 이루어
질 때라야, 여성 억압이라는 장벽의 높이를 가늠할 수 있게 되기 때
문이다. 가령 박완서의 「꿈꾸는 인큐베이터」에서, 우리는 과거의 민
주화 투사를 만난 적이 있다. 이 민주화 투사의 형상은, 지금은 비록
민주화를 위해 헌신하지는 못하지만, 가족 내의 민주주의 실현으로
그 열정을 이어가려는 모습을 확인시켜준 바 있다. 인류의 서사시적
세계를 찾아나섰던 자인 만큼 그래도 불길한 욕망을 좇는 자들과는
사소하지만 그래도 분명한 차이는 있지 않겠는가. 혹은 자기만을 본
질로 삼는 자가 아니라면, 그리하여 타인의 목소리에 귀를 기울이는
자라면, 마음 편하게 주인의 자리를 지키려는 남성은 또 얼마나 되
겠는가. 박노해가 「이불을 꿰매면서」를 썼고, 또는 유순하가 「여자
는 슬프다」를 썼던 것은, 주인된 자의 불편함 때문이 아니겠는가.

3

　『여자의 첫 생일』은, 앞서 이야기했듯, 안이희옥의 첫 작품이다. 때
문에 몇몇 부분에서 서투른 것도 사실이다. 그 중 눈에 가장 먼저
띄는 것은 묘사에 대한 관심부족이다. 소설이란 사건의 움직임을 커
다란 물줄기로 한다. 그 물줄기는 때로는 급류는 만나 빠르게 움직
이기도 하고, 또 때로는 호수를 만나 머물기도 하는 법이다. 그 찰나
적인 멈춤의 순간, 그 주의의 풍경을 생동감있게 전달해줄 때, 독자
는 거대한 물줄기를 줄곧 놓치지 않고 따라읽을 수 있는 법이다. 그
러나 『여자의 첫 생일』은 이 멈춤의 순간이 적다. 또 멈추는 순간이
라도, 한 인물의 표정에 나타나는 미세한 떨림에서 내적 갈등을 읽어

주거나 하지 않는다. 묘사 대신에 잠언적 진리가 직접적으로 나타나며, 또는 인물의 얼굴 표정을 확인할 수 없는 토론이 거듭 나타나는 것이다. 그러나 다음과 같은 인상적인 구절도 있다.

나는 비로소 눈을 뜨고 몸을 일으켰다. 여성들이 행렬의 맨앞에 나서 전경들에게 삿대질하는 모습이 보였다. 나이 어린 전경들은 자기 어머니 같은 아줌마들을 차마 어쩌지 못하고 난처해서 쩔쩔매고 있었다. 어떤 여성이 최루탄의 총구에다 카네이션을 한 송이 꽂았다. 군복으로 무장한 전경들의 대열 속에서 빨간 꽃이 찬란하게 빛났다.

소설의 언어는 잠언이 아니다. 찻잔을 든 각 인물의 미세한 떨림 속에서, 혹은 등장인물의 표정에 언뜻 스치는 그늘 속에서, 그 인물의 존재방식을 드러내는 것이 소설적 언어인 것이다. 최루탄이 난무하는 거대한 역사의 현장에서 빨간 카네이션 한 송이는 얼마나 많은 것을 암시하는가. 이것이 소설만이 할 수 있는 영역이 아닐까. 그런데 『여자의 첫 생일』에는 보여주기 혹은 묘사의 장면이 너무도 인색하게 설정되어 있다. 이 현장성, 혹은 구체성을 어떻게 잠언적 진리와 결합시킬 것인가, 이는 이 작가에게 가장 중요한 과제 중의 하나일지 모른다. 결국 사소한 차이, 미세한 결과 무늬에의 관심 여하가, 뒤늦게 출발한 이 작가의 성패를 가늠하는 관건인 셈이다.

이러한 몇몇 흠집에도 불구하고 『여자의 첫 생일』 안에는 적지 않은 가능성이 내장되어 있다. 현실을 새로운 패러다임으로 읽어내려는 치열한 자기모색, 그러한 패러다임으로 몇몇 징후에만 집착하는 것이 아니라 전 현실을 감싸안으려는 진지한 성찰, 이것은 『여자의 첫 생일』의 작가가 지닌 중요한 미덕이다. 이 미덕은 독자로 하여금 문득 자기를 돌아보게 하기에 충분하다. 만약 나는 불길한 욕

망에 몸을 내맡기는 존재는 아니다라고 자신하는 독자(특히 남성)
가 있다면 『여자의 첫 생일』을 읽어보라고 권하고 싶다. 『여자의
첫 생일』을 덮는 순간 독자는, 한 남성이 무심코 던진 한마디가 대
부분의 여성에게는 삶과 죽음이 걸린 문제로 육박해간다는 사실을
가슴 아프게 확인해야 하고, 또한 인류의 서사시적 상태는 유독 여
성에게만 가혹한 현실을 넘어서지 않고는 도달할 수 없다는 사실도
깨달을 것이다. 바로 그 깨달음의 순간, 그 독자는 삶의 무의미성에
서 벗어나서 인류의 서사시적 세계를 향해 살아가는 의미있는 삶을
회복할 수 있을 것이다.
  과연 『여자의 첫 생일』의 작가는 자신이 지닌 미덕을 어떻게 살
려나가고 거기에 사소하고 미세한 삶의 표정을 어떠한 방식으로 덧
붙여갈 것인가. 이것은 충분히 가슴 설레는 기다림이다.

작가의 말

　대부분의 여성들이 당연히 결혼해야 하는 것으로 알고 있다. 그러나 요즈음의 여성들은 생활의 요구에 의해, 또는 자아 실현을 위해 직장생활도 병행하고 싶어한다. 여성의 사회진출이 늘어난 요즈음에는 많은 여자들이 가사노동, 육아, 직장생활의 삼중 부담을 안고 허덕이고 있다. 과연 이렇게 허덕이면서 꼭 결혼해야 하는 것일까?

　여기 결혼이라는 제도 속으로 들어가는 것을 일찍이 포기하고 직장생활을 계속해온 한 독신여성이 있다. 그 독신여성은 우리의 사회 속에서 무엇을 보고 느꼈을까? 사회생활은 어차피 시대의 영향을 피할 수 없다. 그런데 그 시대는 오랫동안 남자들이 주역으로 활동해온 무대이다. 무대 뒤편에서 뼈빠지게 뒷바라지나 하면서 침묵할 수밖에 없었던 여자들은 도대체 무엇을 느끼고 생각했을까? 여자들의 생각은 거의 역사에 기록되지 않았다. 남자와는 엄연히 다른 삶을 살아왔음에도 여자들의 이야기는 숨겨져 있다.

나는 이 소설에서 숨겨진 여성의 역사, 특히 이방인으로 취급받는 독신여성의 이야기를 썼다. 사실 독신여성은 점점 더 늘어나고 있다. 그러나 그들은 '노처녀'라고 놀림을 받고 대부분 주눅들어 있으며 뛰어나게 성공하지 않을 바에야 언젠가는 결혼해야 한다는 강박관념에 초조해하고 있다. 이 소설에 나오는 독신여성은 뛰어나게 성공하지 않았다. 그저 제 밥벌이를 할 수 있는 직장경력을 쌓아왔을 뿐이다. 그러나 그 정도를 이루기 위해 얼마나 마음을 다잡고 강해져야 했던가? 남성들이 주인공인 사회 속에서 자기 자리를 인정받기 위해서 여자들은 피흐르는 상처를 입기 쉽다. 그러나, 그 상처를 굳세게 극복해내야 한다.

물론 이 소설의 주인공도 많은 갈등과 좌절, 섬세하고 미묘한 감정의 굴곡을 느꼈을 것이다. 그러나 나는 그런 예민한 부분을 과감히 생략하고자 했다. 그리고 아주 당당하고 합리적으로 사회의 모순에 대처해나가는 강한 독신여성의 전형을 창조하고 싶었다. 그런 힘 있는 전형을 봄으로써 많은 여자들이 자신의 나약함을 극복하고 새롭게 생각하는 방식을 배울 수 있으리라 생각했기 때문이다.

물론 소설이 계몽적이거나 혁신적인 생각을 전파하는 도구는 아니다. 나는 소설을 삶에 대한 깊은 통찰과 시대에 대한 증언, 그리고 재미있는 이야기라고 생각해왔다. 그러나 여자들의 숨겨진 이야기를 쓰려고 했을 때, '소서사', 즉 여자들의 개인적인 자기진술이 얼마나 중요한가를 알았다. 여자들의 이야기를 통해 우리는 문화적인 압력이 어떻게 작용하는가를 볼 수 있고, 그 압력에 대항하여 우리의 무의식을 바꿔나갈 수 있기 때문이다.

어쩌면 사람들은 이 소설을 읽고 작가의 자기진술이라고 생각할지도 모른다. 그러나 그 짐작은 부분적으로는 맞고 나머지는 틀리다. 모든 소설이 작가의 경험이 용해될 수밖에 없다는 점에서는 분명히 자기진술적인 점이 있다. 그러나 이 소설을 쓴 나는 주인공만큼 강하지 않다. 나는 어쩌면 내 이야기가 아니라 내가 되고 싶은 여자의 이야기를 썼는지도 모른다. 그런 의미에서 이 소설은 사회 속에서 당당하게 처신하려는 나의 공적 자아이다. 나의 사적이고 유약한 자아는 아직도 숨겨져 있다. 애석하게도 그 이야기를 드러내는 방법을 아직 나는 모른다. 오랫동안 억눌려온 여성의 숨겨진 자아는 앞으로 내가 탐구해야 할 부분이고 다음 작품에서는 그것이 가능해지리라 생각한다.

그러나 나의 공적 자아, 도전하고 좌절하고 다시 도전해온 의식의 모험을 이 소설로 쓰기까지에도 사십 년이라는 세월이 필요했다. 사십세의 생일을 앞두고 비로소 말이 터져나왔다고나 할까? 여자에게 있어 사십이라는 나이는 아주 중요한 전환기이다. 성적 매력이 사라지는 시기, 그것은 더이상 여자라는 상품으로서가 아니라 비로소 '인간'으로서의 자기를 찾을 수 있는 중요한 출발점이다. 여자에게 있어 사십세의 생일이란 인간으로서 무언가를 시작해볼 수 있는 첫번째 생일인지도 모른다.

지속적인 애정을 보여주신 김정란 선배와 부족함이 많은 작품의 출판을 기꺼이 맡아주신 문학동네 식구들에게 감사의 말을 드린다.

1994년 11월
안이희옥

문학동네 장편소설
여자의 첫 생일

| 1판 1쇄 | 1995년 1월 10일 |
| 1판 2쇄 | 2002년 7월 15일 |

지 은 이	안이희옥
펴 낸 이	강병선
펴 낸 곳	(주)문학동네
출판등록	1993년 10월 22일 제22-188호

주 소	136-034 서울시 성북구 동소문동 4가 260번지 동소문빌딩 6층
전자우편	editor@munhak.com
전화번호	927-6790~5, 927-6751~2
팩 스	927-6753

ISBN 89-85712-31-4 03810
* 잘못된 책은 바꿔드립니다.
www.munhak.com